reverie

MARIE NIEBLER

not worth saving

reverie

2. Auflage 2024
Originalausgabe
© 2024 by reverie in der
Verlagsgruppe HarperCollins Deutschland GmbH, Hamburg
Gesetzt aus der Adobe Garamond
von GGP Media GmbH, Pößneck
Druck und Bindung von CPI books GmbH, Leck
Printed in Germany
ISBN 978-3-7457-0420-4
www.reverie.de

Liebe Leser:innen,

diese Reihe enthält potenziell triggernde Inhalte.
Deshalb findet ihr am Romanende eine Themenübersicht,
die demzufolge Spoiler enthalten kann.

Wir wünschen euch das bestmögliche Erlebnis
beim Lesen dieser Geschichte.

Euer Team von reverie

Für mein Herz,
das du so hemmungslos zerrissen hast.

PLAYLIST

BANKS – *Trainwreck*
Isabel LaRosa – *butterflies*
Rihanna – *Desperado*
BANKS – *Skinnydipped*
228k – *Heartless*
BLOODY, Madalen Duke – *ORCHID*
BANKS, Francis and the Lights – *Look What You're Doing To Me*
Tate McRae – *rubberband*
Britton – *To My Younger Self*
BANKS – *Gimme*
RAYE, 070 Shake – *Escapism*
Mountain Bird – *Hiding Under Water*
flora cash – *i'm tired*
BANKS – *Till Now*
Labrinth – *Power Couple*
Britton – *dandelions and daffodils*
FINNEAS – *Lost My Mind*
Winona Oak – *Lonely Hearts Club*
CLOVES – *Kiss Me In The Dark*
Charity Vance – *Wake up in the Sky*
Oliver Tree, Robin Schulz – *Miss You*
Bea Miller – *like that*
Akine – *Foster Fear*
BANKS – *Gemini Feed*
flora cash – *OVER*

KAPITEL 1

brooke

»Da wären wir.« Russell hält den Wagen direkt vor der Haustür meines Vaters. Noch bevor wir wirklich stehen, liegt meine Hand bereits am Türgriff. Seit Tagen graust es mir vor diesem Moment, und trotzdem bin ich jetzt einfach nur erleichtert, dieses Auto verlassen zu können.

Die Fahrt in dem schrottreifen Toyota hätte auch als neumodische Foltermethode durchgehen können. Ich weiß jetzt wieder sehr genau, warum ich meinen ehemaligen Nachbarn in den letzten Jahren kein bisschen vermisst habe. Aber Dad musste ja darauf bestehen, dass Russell mich vom Flughafen abholt.

Eigentlich ist das für ihn kein Umweg. Er pendelt ohnehin regelmäßig nach New Plymouth, und ich habe meinen Flug extra auf seine Arbeitszeiten abgestimmt. Was ihn natürlich nicht davon abhält, sich als der Gönner schlechthin darzustellen. Mein Retter in der Not. Blablabla.

Wäre es nach mir gegangen, wäre ich lieber drei Stunden lang mit dem Bus durch die neuseeländische Pampa getuckert. Mir egal, dass es mit dem Auto schneller und weitaus komfortabler ist. Das wiegt nicht auf, dass ich so eine Stunde lang das Gesabbel eines fünfzigjährigen Besserwissers ertragen musste. Zusammen mit einer Menge an Seitenhieben, die ich schon nicht mehr zählen kann.

»Brauchst du Hilfe mit dem Koffer?«, will Russell wissen, und ich schüttle schnell den Kopf.

»Nein. Aber danke fürs Mitnehmen.« Dass ich diese Worte über die Lippen bringe, grenzt an ein Wunder. Seit wann habe ich so viel Selbstbeherrschung? Ich steige aus dem Wagen, bevor ich doch noch auf die Idee komme, ihm umständlich auf die Füße zu spucken.

»Ich lass doch Nigels Töchterchen nicht im Stich«, behauptet Russell in seinem Gönnertonfall, und ich verdrehe innerlich die Augen. Ich wette, Dad musste ihn für den Gefallen mit irgendwas bestechen. Würde mich nicht wundern, wenn er irgendwann verkündet, dass Russell hierfür später mal mein Erbe kriegt. »Dass du aber deinem Bruder nicht wieder Ärger machst, hörst du?«

In mir gefriert alles zu Eis. Mein Herz beginnt zu rasen, und meine Kehle schnürt sich zu. Er kann froh sein, dass ich schon ausgestiegen bin. Von dem Todesblick, mit dem ich nun das Dach seiner verfluchten Karre durchbohre, hätte er Albträume bekommen. Wie kann er es wagen, so was zu sagen? Er kennt mich nicht. Er hat keine Scheißahnung, wovon er eigentlich redet.

»Aha«, sage ich nur, schlage die Tür zu und stapfe um das Auto herum zum Kofferraum. Flüchtig schaue ich dabei zum Haus. Die Tür bleibt geschlossen, und ich weiß nicht, ob mich das erleichtert oder noch mehr beunruhigt.

Russell ist natürlich noch nicht fertig. Kaum dass ich die Klappe öffne, belabert er mich schon wieder. »Ist ja nicht böse gemeint«, dringt seine Stimme aus dem Innenraum. »Aber dein Bruder hat gerade schon genug Sorgen. Mach du ihm nicht auch noch das Leben schwer.«

Ich zerre meinen Koffer aus dem Auto und presse so fest die Lippen zusammen, dass es wehtut. *Jetzt nicht beleidigend werden. Genau das erwartet er doch von dir.*

»Danke«, sage ich wieder, diesmal deutlich frostiger, und schlage die Klappe so fest zu, wie es geht. Ohne einen Blick zurück zerre ich mein Gepäck zur Veranda. Ich höre, wie er hinter mir wieder vom Hof fährt. Zurück bleiben eine Staubwolke und das wütende Schwelen, das seine Worte in meiner Magengrube verursacht haben.

Einen Moment lang spiele ich mit dem Gedanken, wieder zu gehen. Ich finde in Auckland sicher jemanden, bei dem ich übernachten kann. Ein Bus nach New Plymouth fährt heute bestimmt auch noch. Vielleicht erwische ich für heute Nacht noch einen Flug …

Nein.

Es ist zu spät für einen Rückzieher. Und wenn ich jetzt flüchte, komme ich nicht mehr zurück, das weiß ich. Noch mal überwinde ich mich nicht, die Reise hierher anzutreten. Dann wäre es endgültig vorbei zwischen meiner Familie und mir. Und genau deswegen bin ich doch hergekommen: weil ich den Gedanken nicht ertrage, allein zu sein.

Leider habe ich dabei verdrängt, dass ich es ebenso wenig ertrage, zu Hause zu sein. *Fuck …*

Ich stehe eine gefühlte Ewigkeit vor der Haustür und starre sie einfach nur an. Bei der Lautstärke von Russells Auspuff weiß mittlerweile sicher die halbe Stadt, dass ich hier bin. Trotzdem kommt niemand, um die Tür zu öffnen. Ist mein Bruder gar nicht da? Oder wartet er, bis ich mich selbst dazu durchringe, mich anzukündigen?

Zum tausendsten Mal stelle ich mir vor, was er wohl sagen wird, wenn er mich sieht. Ich habe schon etwa eine Milliarde Szenarien durchgespielt. Alle davon glichen einem Albtraum. Und trotzdem bin ich mir sicher, dass die Realität noch schlimmer wird.

In einem Anflug von Entschlossenheit drücke ich die Klingel. Halte den Atem an. Warte.

Hinter der Tür bleibt es still.

Geht er mir aus dem Weg? Er wusste, dass ich komme. Also warum ist er nicht da?

Auch beim zweiten Mal klingeln tut sich nichts, und ich schaue mich etwas unschlüssig um.

Das Grundstück hat sich wenig verändert, seit ich das letzte Mal hier war. Der Hof wird gesäumt von sattgrünen Büschen und Bäumen, vereinzelt ragt eine Palme zwischen dem Laub hervor. Gras wächst am Wegesrand, pinke und gelbe Blumen blühen in den Kübeln vor der Veranda. In der Entfernung höre ich Dads Hühner gackern.

Obwohl das Grundstück am Stadtrand Hāweras liegt, hat man hier das Gefühl, als wäre man mitten in der neuseeländischen Wildnis.

Hinter dem Haus tut sich ein Labyrinth aus Beeten, Wiese und Hühnergehege auf. Ein Teil davon war früher die Koppel für Mums Pferde, aber in den Jahren, seit sie weg ist, ist er verwildert. Dad hat immer davon geredet, dort noch mehr Ferienwohnungen zu bauen, seinen Plan aber nie durchgezogen. Stattdessen haben sich Wekarallen und zahllose andere Wildtiere das hohe Gras zu eigen gemacht.

Ein seltsames Gefühl von Wehmut überkommt mich, wenn ich daran zurückdenke, wie ich hier als Kind gespielt habe. Greysen und ich sind mit Stöcken bewaffnet über das Grundstück gejagt, haben Polizei gespielt, Hühner eingefangen und Dad beim Erbsenernten geholfen. Früher habe ich mich hier so sicher gefühlt wie nirgendwo sonst. Jetzt hingegen kribbelt meine Haut, als würde ein fremder Blick auf mir liegen, und Angst sitzt mir immerzu im Nacken.

Ich schaue mich noch mal um, entdecke aber niemanden und mustere schließlich die Veranda.

Neben mir befindet sich eine Sitzecke mit unseren uralten Gartenmöbeln. Zwei leere Bierflaschen stehen auf dem Tisch. Hatte Grey etwa Besuch? Wenn ja, wie viel Schmerzensgeld hat er der Person bezahlt?

Ich runzle die Stirn und ziehe meine Sweatjacke enger um meinen Körper. Obwohl die Sonne scheint, ist es hier kühler als in Auckland. Dort waren es in den letzten Tagen bis zu vierundzwanzig Grad. Hier sind es heute gerade mal siebzehn. Und mein Bruder lässt mich ohne Schlüssel hier stehen.

Ich lasse mein Gepäck kurzerhand auf der Veranda und folge der Einfahrt zum vorderen Teil des Grundstücks. Sträucher und Bäume trennen Dads Haus von dem kleinen Neubau, den er vor zehn Jahren mit Grandpas Erbe hat bauen lassen. Auf der Rückseite befinden sich zwei kleine Ferienapartments. Vorne begrüßt mich die hübsche Glasfront des Repair-Cafés, beklebt mit Dads heiß geliebtem Logo.

Lifesaver Café steht dort in schlichten, eleganten Lettern. Hinter der Schrift wogen dezente hellgrüne Wellen, darüber ragt in sattem Dunkelgrün Mount Taranaki in die Höhe. Der Vulkan mit seinem schneebedeckten Gipfel ist der Namensgeber der Region und von beinahe überall sichtbar. Ihn auf der Fahrt hierher aus der Nähe zu sehen, hat ein befremdliches Gefühl von Nachhausekommen in mir ausgelöst, das sich nur verstärkt, als ich nun durch die Glastür trete und die vertraute Duftmischung aus Kaffee, Maschinenöl und Dads Aftershave rieche. Es hängt in der Luft, obwohl er seit Tagen nicht hier war. Und irgendwie war ich dafür ebenso wenig gewappnet wie für das Wiedersehen mit ihm oder Greysen.

Tief durchatmend lasse ich den Blick durch den Raum schweifen. Die Bar rechts von mir ist leer, ebenso wie die Cafétische mit den bequemen Stühlen und Sofas, die dort vor der Fensterfront stehen. Wundern tut mich das nicht, denn unter der Woche ist nie viel los. Die Leute kommen lieber am Wochenende, wenn sie genug Zeit haben, um bei einem Kaffee und einem Plausch ihre mitgebrachten Sachen zu reparieren. Fahrräder, Toaster, teilweise sogar Klamotten – es gibt nichts, was hier noch kein zweites Leben geschenkt bekommen hat. Doch vor den Werkzeugschränken auf der linken Seite des Raumes stehen ein groß gewachsener, trainierter Typ und ein Junge über eine Werkbank gebeugt.

»Pass auf!«, beschwert sich der Kleine gerade. »Du machst ihn kaputt!«

»Er ist schon kaputt«, murmelt der Mann zerknirscht. Er steht mit dem Rücken zu mir, aber seine breiten Schultern wecken dennoch mein Interesse. Seine Stimme klingt tief, allerdings nicht alt. Er ist höchstens dreißig, würde ich raten. Leise trete ich näher an die beiden heran. Sie haben mich wohl noch nicht bemerkt.

»Pass auf!«, jammert der Junge schon wieder und zerrt am Unterarm des Fremden. Der rührt sich kein bisschen, doch seine Muskeln spannen sich an, und ich starre ein wenig zu lang auf seine trainierten Arme. Seit wann gibt es in Hāwera attraktive Fremde?

»Wackel doch nicht! Willst du jetzt, dass ich dir helfe, oder nicht?«

Der Junge lässt ihn los und verschränkt beleidigt die Arme vor der Brust. Sein Gesicht ist rundlich, und seine glatten schwarzen Haare könnten einen moderneren Haarschnitt vertragen. Ist dieser Topfschnitt nicht schon seit fünfzehn Jahren out? So oder so, ich schätze

15

ihn auf höchstens sieben. Offenbar bemerkt er mich aus dem Augenwinkel, denn er dreht den Kopf, und sein Blick findet mich.

»Hi«, grüße ich und trete ganz an die beiden heran, sodass ich dem Mann über die Schulter schauen kann. »Woran arbeitet ihr?«

Der Typ dreht den Kopf und starrt mich einen Moment lang völlig verdattert an. Allerdings kann ich ihm das nicht übel nehmen, denn ich schaue vermutlich ebenso verwirrt.

Er sieht wirklich gut aus. Seine grünen Augen bilden einen Kontrast zu den kurzen dunklen Haaren, die ihm in die Stirn fallen. Ein leichter Bartschatten bedeckt sein Kinn und seine Wangen. Und er ist deutlich jünger, als ich dachte. Mitte zwanzig vielleicht?

»Ähm«, macht er. Er mustert mich flüchtig, dann sieht er hinunter auf seine Hände. Ich folge seinem Blick, bleibe jedoch wieder an seinen Armen hängen. Feine dunkle Härchen ziehen sich über seine sonnengebräunte helle Haut. Darunter zeichnen sich seine Muskeln ab. »Wir versuchen, den Akku von diesem Nintendo auszutauschen«, erklärt er mir.

»Und Noah macht ihn kaputt!«, wirft der Junge ein.

Noah dreht entnervt den Kopf. »Wenn du mich die Klappe nicht aufmachen lässt, können wir schlecht daran arbeiten! Ich kann nichts dafür, dass sie nicht von selbst aufspringt.«

»Die Schrauben hast du gelöst?«, hake ich nach und besehe mir die Rückseite des Nintendo 3DS. Ein Teil meiner Gedanken hängt noch bei dem bevorstehenden Wiedersehen mit Grey, aber wenn Noah mich noch mal so anschaut, könnte er mich glatt von meinen Sorgen ablenken. Ich bin auf jeden Fall mehr als bereit, sie für ein paar Minuten zu vergessen. Oder vielleicht auch für eine Nacht …

»Kein Kommentar«, murmelt er und wirft mir einen missmutigen Blick zu. Dabei mustert er wieder flüchtig mein Gesicht, bevor er es schafft, sich abzuwenden.

Ich grinse. »Sorry. Gewohnheit.«

»Theoretisch müsste sich der Deckel jetzt mit ein bisschen Kraft runterlösen lassen. Wenn er nicht klemmen würde.« Noah hakt die Fingernägel an den Seiten in das Gehäuse und versucht, die Klappe vom Rest des Geräts zu lösen. Es bildet sich zwar ein Spalt und das Plastik biegt sich, doch tatsächlich scheint es irgendwo zu hängen.

Der Junge schlägt sich die Hände über die Augen und zappelt unruhig auf seinem Stuhl herum.

»Da unten stößt er an«, stelle ich fest. »Nimm mal den Stift und das Spiel raus.«

Sofort schießen zwei Kinderhände über die Werkbank und folgen meiner Aufforderung. Noah schaut den Jungen an und hebt vielsagend eine Augenbraue, bevor er sich wieder dem Gerät widmet. Wer weiß, wie lange die beiden schon hieran verzweifeln. Die Stimmung wirkt etwas geladen, und vor dem Jungen steht eine Tasse, in der nur noch ein kleiner Rest Kakao übrig ist.

Als Noah diesmal versucht, die Klappe zu lösen, funktioniert es ohne Probleme. »Respekt«, sagt er und wirft mir einen Seitenblick zu. »Auf die Idee sind wir nicht gekommen.«

Verschmitzt zucke ich mit den Schultern und schaue wieder hinunter auf unser Projekt. Noah macht bereits Anstalten, den alten Akku aus dem Gerät zu nehmen, doch ich lege meine Hand auf seine und halte ihn zurück. »Vorsicht, der ist schon total aufgebläht.«

Er stockt. Einen Moment lang starren wir beide hinunter auf unsere Finger. Hastig ziehe ich meinen Arm zurück, doch Noahs Wärme hat sich bereits durch meine Haut gebrannt und hinterlässt ein Kribbeln in meinen Fingerspitzen. Verdammt, er ist viel zu anziehend. Einer dieser seltenen Typen, die man nur einmal treffen muss, um sich monatelang an sie zu erinnern. Aber was macht er in einem kleinen Ort wie Hāwera? Und dann auch noch ausgerechnet in unserem Repair-Café? Ein Touri vielleicht. Perfekt. Es gibt nichts Besseres als Männer, die gezwungen sind, dich in ein paar Wochen wieder in Ruhe zu lassen.

Er räuspert sich. Seine grünen Augen mustern mich, und Gänsehaut breitet sich auf meinen Armen aus. »Ich nehme an, das ist schlecht?«, fragt er ironisch.

Unruhig streiche ich mir eine meiner Locken hinters Ohr. »Ich glaube, du kannst ihn rausnehmen, ohne dass etwas passiert. Aber bei einem aufgeblähten Akku ist die Wahrscheinlichkeit höher, dass er einem um die Ohren fliegt.«

Noahs Mundwinkel zuckt. Ich bin mir nicht sicher, ob vor Belustigung oder Besorgnis. »Verstehe ich das richtig – ich soll das Ding jetzt da rausnehmen, aber es *könnte sein*, dass es in meiner Hand explodiert?«

Ich muss grinsen. »Soll ich es machen?«, biete ich an.

»Ich hole Handschuhe«, entscheidet er und will sich abwenden.

»Kein Stress.« Ich nehme bereits den aufgeblähten Akku aus dem Gerät. Noah verzieht unzufrieden das Gesicht, doch ich zucke mit den Schultern. »So schlimm ist es auch wieder nicht. Ich wollte dir nur sagen, dass du vorsichtig damit sein …«

»*Peng!*«, brüllt der Junge zu meiner Rechten, und ich zucke zusammen. Vor Schreck hätte ich beinahe den Akku fallen gelassen. Entgeistert drehe ich mich zu ihm um und starre ihn an.

»Geht's noch?«, entfährt es mir.

Noah räuspert sich und kaschiert damit ein Lachen. Der Junge kriegt sich unterdessen nicht mehr ein und kringelt sich auf seinem Stuhl.

»Der wird mal ein großes Arschloch«, raunt Noah mir kaum hörbar ins Ohr und greift an mir vorbei nach dem neuen Akku, den er einsetzt. »Leg die Bombe vor seine Nase, vielleicht gibt er dann endlich Ruhe.«

»Bring mich nicht in Versuchung«, murmle ich, lege den aufgeblähten Akku aber sicherheitshalber hinter uns auf einer der anderen Werkbänke ab. Dass ich direkt an meinem ersten Tag einen Krankenwagen rufen muss, fehlt mir noch.

Noah schließt unterdessen das Gehäuse und dreht die Schrauben fest. Das Gerät lässt sich problemlos einschalten. »Hier.« Er gibt dem Jungen den Nintendo zurück. »Was sagt man?«

»Danke«, brummt dieser, grinst uns verschmitzt an und huscht ohne ein Wort des Abschieds aus dem Café. Dabei lässt er einen zotteligen weiß-braunen Hund zur Tür herein, der bellend auf mich zustürmt.

Noah flucht. »Columbo, *aus*!«, ruft er, doch ich werde bereits angesprungen. Ich stoße mit der Hüfte gegen die Tischplatte, weil Columbo so schwer ist. Er reibt freudig seinen Kopf an meinem Bauch und winselt mich an. Noah greift an sein Halsband und versucht, ihn zurückzuziehen, aber auch das beeindruckt den Guten wenig. »Lass sie in Ruhe!«, fordert er vergeblich. »Sitz!«

Lachend kraule ich Columbo hinter den Ohren. »Er hört ja wirklich überhaupt nicht auf dich«, stelle ich fest. Wobei mich das auch nicht wundert, wenn Noah so ein Durcheinander an Kommandos benutzt.

»Wir freunden uns erst noch an«, behauptet Noah mit gerunzelter Stirn. »Tut mir echt leid, er macht deine Jacke dreckig.«

Belustigt hebe ich die Brauen. Warum entschuldigt *er* sich eigentlich dafür, dass *mein* Hund mich anspringt? Ich schaue mich im Café um. Greysen ist nicht hier. Das ist zwar nicht so ungewöhnlich – die Kaffeebar ist meist zur Selbstbedienung, und wenn nicht viel los ist, sind die Gäste oft unbeaufsichtigt –, aber ich werde das Gefühl nicht los, dass Noah nicht nur zum Kaffeetrinken hier ist. Vor allem, da ich nirgendwo eine zweite Tasse sehe und der Junge ohne ihn abgezischt ist.

»Hilfst du hier etwa aus?«, frage ich irritiert. Columbo beginnt, meine Hand abzulecken, doch ich merke es kaum.

»So in der Art, ja. Ich bin nur für den Sommer hier.«

Vielleicht macht er Work and Travel. Aber … sein Englisch klingt nicht, als wäre er aus Großbritannien oder sonst wo von Übersee. »Das erklärt, warum ich dich nicht kenne«, stelle ich fest und drücke Columbos Kopf sanft nach unten, damit er sich beruhigt. Er lässt von meiner Hand ab, setzt sich neben mich auf den Boden und wedelt aufgeregt mit seinem flauschigen Schweif. Ich begegne Noahs Blick. »An dich hätte ich mich erinnert.«

Noah mustert mich einen Moment, als müsste er erst sichergehen, dass er meine Aussage richtig deutet. Dann schiebt sich ein Schmunzeln auf seine Lippen. »Wieso genau?«

Ich grinse ihn an. »Lass mich überlegen. Groß, sportlich, gut aussehend, hat Angst vor aufgeblähten Akkus …«

»Hättest du nichts gesagt, hätte ich das nicht mal bemerkt«, beschwert er sich, doch sein Tonfall bleibt amüsiert.

»Und mit welcher Qualifikation genau arbeitest du in einem Repair-Café?«, ziehe ich ihn auf.

»Vielleicht mache ich verdammt guten Kaffee?«

»Da ist ein Vollautomat.«

Er schmunzelt. »Okay, Frau Neunmalklug. Warum kennst du dich so gut aus? Kommst du öfter her?«

Mir entweicht ein belustigtes Schnauben. Ich könnte ihm jetzt sagen, dass ich hier wohne. Aber ich will das Spielchen noch nicht beenden. Sobald er merkt, dass er für meine Familie arbeitet, hat dieser Flirt bestimmt ein Ende. »Ich würde sagen, die Wahrscheinlichkeit, dass wir uns noch mal sehen, ist hoch«, weiche ich aus.

Noah hebt eine Braue. »Ungefähr so hoch wie die, dass uns der aufgeblähte Akku um die Ohren fliegt?«

»Höher«, versichere ich ihm.

»Das ist gut. Ich weiß auf jeden Fall, was davon ich lieber erleben würde.« Er grinst mich an, und ich erwidere es.

»Geht mir genauso. Um mich anzufassen, brauchst du aber keine Handschuhe.« Ich zwinkere ihm zu, und mir entgeht nicht, wie Noahs Augen sich kurz vor Überraschung weiten. Es ist jedes Mal dasselbe. Männer rechnen nicht damit, dass eine Frau so direkt ist, und viele schreckt es ab. Ihn offensichtlich nicht. Er kommt näher und hebt kaum merklich die Brauen. Ich kann sein Parfüm riechen. Frisch und minzig, mit einer herben Basisnote.

»Hast du was Bestimmtes im Sinn?«, will er leise wissen. Seine Stimme verursacht ein warmes Kribbeln in meinem Unterleib.

»Mir fallen da ein paar Sachen ein«, erwidere ich verschmitzt.

Noah hält meinem Blick stand. Es kostet mich einiges an Selbstbeherrschung, ihm nicht die Hände auf die Brust zu legen und ihn an seinem Shirt näher zu mir zu ziehen. Ich bezweifle zwar, dass er etwas dagegen hätte, und er wirkt wie der perfekte Mann, um meinen Sommer hier etwas erträglicher zu gestalten, aber …

Ich sollte wirklich nicht mit Dads Angestellten flirten. Nur … Dad ist nicht hier, und es ist auch nicht so, als könnte ich bei einer Aushilfe allzu großen Schaden damit anrichten. Oder?

»Wo kommst du her?«, will ich wissen. »Und was bringt jemanden wie dich nach Hāwera?«

Noah lehnt sich lässig mit der Hüfte gegen die Werkbank und stützt die Hände auf der Tischkante ab. Ich lasse den Blick über seinen Körper schweifen. Das schwarze Shirt spannt an seinen breiten Schultern, seine dunklen Jeans sitzen locker auf seinen Hüften. Er mustert mich ebenso, aber das ist mir recht. Ich will gar nicht erst den Anschein erwecken, irgendetwas Ernstes zu wollen.

»Ich studiere in Wellington an der Massey«, beantwortet er den ersten Teil meiner Frage.

»Oh«, mache ich. Ausgerechnet. »Und was?«

Er verzieht leicht das Gesicht. »Wirtschaft. Studierst du auch?«

»Maschinenbau«, bestätige ich. »Allerdings in Auckland. Aber Wellington ist echt schön, oder?«

»Ja, auf jeden Fall. Warst du schon mal dort?«

»Nein«, gestehe ich. »Aber mein Bruder studiert da, also vielleicht irgendwann mal.« Falls wir uns je wieder vertragen …

Noah legt den Kopf schief und runzelt die Stirn. »Warte … dein Bruder?«

Wie auf Kommando geht die Cafétür auf, und wir drehen die Köpfe.

Greysen steht im Eingang. Obwohl ich ihn so lang nicht mehr gesehen habe, erkenne ich ihn sofort. Seine braunen Haare sind kürzer als damals, und er ist deutlich breiter geworden. Offenbar hat er neben der Uni zu viel Zeit übrig und verbringt diese vorzugsweise auf einer Hantelbank oder so. Er trägt eine Jeans sowie ein graues Shirt und mustert die Szenerie mit unverkennbarer Skepsis. Der Blick seiner grauen Augen huscht über uns und bleibt schließlich an mir hängen. Einen gefühlt endlosen Moment lang starrt er mich einfach nur an, und aus irgendeinem Grund tut das mehr weh als alles, was er hätte sagen können. Mit einem Mal bin ich wieder siebzehn und stehe ihm und Dad gegenüber im Wohnzimmer. Meine Kehle schmerzt vom

Schreien. Mein Herz vom Rest. Und obwohl das drei Jahre her ist, bin ich heute nicht weniger verloren als damals.

Ich hasse dich.

Die Worte klingen so laut in meinen Ohren, als würden sie noch heute auf diesem Hof widerhallen.

Columbo ist es, der uns aus unserer Starre löst. Er kläfft ein Mal, springt auf und stürmt auf meinen Bruder zu. Aufgeregt reibt er sich an seinem Bein und versucht so, ihn in meine Richtung zu drängen. Erfolglos. Greysen rührt sich kein Stück.

»Dann war das doch Russells Toyota, den ich da vorhin gehört habe«, stellt er fest. Es ist keine Begrüßung. Aber es ist auch keine Anschuldigung, und das rechne ich ihm hoch an. Weh tut es trotzdem.

»Die Schrottkarre ist ja auch nicht zu überhören«, gebe ich gespielt locker zurück. Ich bin mir Noahs Blick nur allzu bewusst, traue mich jedoch nicht, zu ihm zu schauen. Ob Grey ihm von mir erzählt hat? Davon, was ich getan habe?

Mein Bruder atmet tief durch, dann kommt er endlich näher. Knapp vor mir bleibt er stehen, und kurz glaube ich ernsthaft, er würde mich umarmen. Stattdessen verschränkt er die Arme vor der Brust und schaut Noah an. »Ihr habt also schon Bekanntschaft miteinander gemacht?«

Dieser wirkt sichtlich irritiert. »Warte … Du bist Greysens Schwester?«, fragt er mich. Ich kann den Unterton in seiner Stimme nicht deuten, aber von unserem seichten Flirt eben ist nichts mehr übrig.

Ich nicke knapp. »Brooke«, stelle ich mich vor, hebe zum Gruß die Hand und meine, ein stilles *Fuck* auf Noahs Lippen zu erkennen.

»Das ist Noah«, erklärt Grey unnötigerweise und legt ihm eine Hand auf die Schulter. »Mein bester Freund und Mitbewohner. Er ist den Sommer über hier, um auf dem Hof zu helfen.«

Nun ist es an mir, verwirrt zu schauen. »Warte, was?«, entkommt es mir. »Er wohnt hier?«

»Ja. Als er von Dads Unfall gehört hat, hat er angeboten, mitzukommen.«

Okay, so war das nicht geplant. Der Typ, den ich eben angebaggert habe, ist nicht nur Greys bester Freund, sondern wohnt auch noch drei Monate im gleichen Haus? Oder hat Dad ihm eine der Ferienwohnungen überlassen? »Wo schläft er?«, platze ich heraus.

Grey runzelt die Stirn. »In meinem alten Zimmer. Ich schlafe in Dads. Wieso? Ist das ein Problem?«

Ich starre Noah an. Er hat ein Pokerface aufgesetzt, aber ich glaube, er würde mir zustimmen, würde ich jetzt Ja antworten. Nur lasse ich das schön bleiben. Allein schon, weil Grey mit Sicherheit eher mich rauswerfen würde als seinen Kumpel. Und weil ich gehofft hatte, diesen Sommer Frieden mit ihm schließen zu können.

»Nein, alles gut«, behaupte ich. »Ich wusste nur nicht, dass Fremde bei uns wohnen.« Erst recht keine extrem heißen Fremden, mit denen ich eben noch schlafen wollte! *Super.* Für ein paar naive Minuten dachte ich doch wirklich, Noah könnte mich von meinen Problemen ablenken und die Zeit hier erträglicher machen. Stattdessen verschlimmert seine Anwesenheit nur alles.

»Noah ist auch nicht fremder hier als du«, behauptet Grey, und die Worte versetzen mir einen Stich. Falls er es bemerkt, ignoriert er es. »Ihr kommt bestimmt miteinander klar.«

Ich atme tief durch und lächle scheinheilig. Jetzt nicht die Fassung verlieren. Genau darauf wartet Greysen doch. Ich wette, er sucht nur nach einem Grund, um mich zurück nach Auckland zu schicken. Aber den werde ich ihm nicht liefern. Ich schaffe das. Irgendwie …

»Na dann«, sage ich an Noah gewandt. »Willkommen in der Familie oder so.«

Noah verzieht leicht den Mund. »Danke«, erwidert er nur trocken, und ich muss zugeben, dass der Spruch eventuell etwas zu geschmacklos war. Aber Greys Anwesenheit bringt mich völlig aus dem Gleichgewicht, und ich weiß nicht mehr, ob ich jetzt patzig, freundlich oder einfach nur verdammt traurig sein soll.

»Ihr könnt euch ja später unterhalten«, schlägt Grey vor und geht wieder zurück zur Tür. Er bedeutet mir, ihm zu folgen. »Bringen wir erst mal dein Gepäck rein.«

»Bis später«, meint Noah und sammelt die Kakaotasse des Jungen vom Tisch. Wir tauschen einen flüchtigen Blick, und ich versuche, das Kribbeln zu ignorieren, das seine grünen Augen in mir auslösen. Grundsätzlich sind mir meine Flirts nie peinlich. Und ich habe auch nichts dagegen, drei Monate mit jemandem wie ihm zu verbringen. Aber dass wir uns ein Haus mit meinem großen Bruder teilen, macht die Sache etwas kompliziert. Wenn nicht sogar unangenehm.

»Bis später«, wiederhole ich und folge Grey nach draußen. Columbo schaut kurz irritiert zwischen uns hin und her, dann setzt er mir hechelnd nach.

Wir lassen Noah allein im Café zurück und gehen den Weg entlang zurück zum Wohnhaus. Grey schaut mich dabei nicht an. Offenbar setzt er auf Verdrängung statt darauf, Fragen zu stellen. Und das ist mir nur recht, denn auch nach fast drei Jahren habe ich keine Antworten für ihn.

»Wie war der Flug?«, will er wissen und nimmt den Hund am Halsband, damit er uns nicht ständig zwischen die Beine läuft.

»Unspektakulär«, erwidere ich knapp. Ich habe keine Lust auf Small Talk. Es kostet mich viel zu viel Energie, so zu tun, als wäre alles in Ordnung. Gar nicht reden wäre mir lieber. Von hier zu verschwinden, wäre mir am liebsten. So ein Mist. »Dad hat mir gar nicht gesagt, dass Noah hier ist«, bemerke ich.

»Hat er wohl vergessen«, meint Grey. »Er hat ja gerade andere Sorgen.«

Ich verziehe das Gesicht. Dad wurde letztens bei einem Sturm von einem umstürzenden Baum getroffen. Jetzt liegt er im Krankenhaus. Und obwohl sich bei dem Gedanken an ein Wiedersehen mit ihm alles in mir zusammenzieht, hätte ich den Sommer lieber mit ihm verbracht als mit Grey. Mieses Timing, schätze ich.

»Ja, wahrscheinlich«, lenke ich ein. Und dann halte ich es doch nicht aus, den Rest des Weges bis zum Haus zu schweigen. »Noah wirkt nett.«

»Er ist ja nicht umsonst mein bester Freund.«

»Und wusste er, dass ich …«

»Mach ihm einfach keinen Ärger, okay?«, fällt Grey mir ins Wort. Ich presse frustriert die Lippen zusammen. Brooke und Ärger in einem Satz ist hier offenbar ein ähnlich ikonisches Pärchen wie Pest und Cholera.

»Mach ich nicht«, verspreche ich leise und erklimme neben Greysen die Stufen zur Veranda.

Er wirft mir einen Seitenblick zu. »Dann ist ja gut.« Als wäre damit alles gesagt, zieht er seinen Schlüsselbund aus der Hosentasche und sperrt die Haustür auf.

Ich sollte einfach die Klappe halten. Aber mir brennen noch zu viele Fragen auf der Zunge. »Wie geht's Dad jetzt?«

Grey hält inne. »Ganz in Ordnung, glaube ich. Er braucht eine Reha, sobald das Schlimmste überstanden ist. Und sie wollen ihn erst mal noch ein paar Wochen im Krankenhaus behalten. Der Bruch ist verdammt kompliziert. Aber er sieht es gelassen. Hauptsache, den Scheißhühnern geht's gut …«

»Den Hühnern?«, wiederhole ich irritiert.

Grey schüttelt den Kopf und schaut mich wieder an. Sein Blick ist noch finsterer als eben, aber diesmal liegt es ausnahmsweise nicht an mir. »Deswegen war er überhaupt bei dem Wetter draußen. Er hatte Angst, dass der Hühnerstall den Sturm nicht übersteht, weil das Dach sich schon leicht gelöst hatte. Tja. Dank dem umgestürzten Baum ist der Stall jetzt ein Schrotthaufen, unser Vater wäre fast gestorben, und wir dürfen uns um die Viecher kümmern. Bester Zeitpunkt, um sie loszuwerden, wenn du mich fragst.«

»Du kannst Dad nicht die Hühner wegnehmen!«, empöre ich mich.

»Ich weiß. Leider. Aber das heißt nicht, dass ich sie gutheiße. Genauso wie dieses halbe Feld, das er da hinten bestellt. Wenn er sich einfach einen normalen Job suchen würde, statt hier den selbst ernannten Biobauern zu spielen, hätten wir ein Problem weniger.« Er sagt es mit einer solchen Bitterkeit in der Stimme, dass ich mir fröstelnd die Jacke enger um den Körper ziehe. In Greys Worten schwingt die Frustration von zehn, vielleicht auch schon zwanzig Jahren der

Enttäuschung mit. Er und Dad – das war schon immer schwierig. Erst recht, nachdem Mum uns verlassen hatte. Trotzdem tut er alles für unseren Vater. Lässt nicht zu, dass seine Gefühle seine Beziehung zu ihm zerstören.

Ich habe nie verstanden, wie er das macht.

Und noch weniger, warum er das bei mir nicht kann.

Meine Augen brennen plötzlich verdächtig, und ich blinzle hektisch.

»Wie auch immer«, meint Grey, der mich nur noch halbherzig beachtet. Er hat sich wieder der Haustür gewidmet und öffnet sie. »Wie geht's Mum?«

»Gut«, behaupte ich und klammere mich an meinem Koffer fest. »Lässt dich grüßen.«

Die Lüge geht mir so leicht von den Lippen, dass Grey nicht mal mit der Wimper zuckt. Völlig ahnungslos nimmt er mir den Koffer ab und betritt vor mir das Haus.

Mein Herz schlägt trotzdem schneller. Ich sollte ihm erzählen, was mit Mum passiert ist. Warum ich wirklich hier bin. Aber gerade können wir wenigstens halbwegs normal miteinander reden. Das wäre dann vorbei. Irgendwann werde ich diese Entscheidung bereuen, doch ich bringe es einfach nicht über mich, ihm die Wahrheit zu sagen. Mal wieder.

Ich folge Grey über die Schwelle. Erneut schlägt mir der vertraute Duft von zu Hause entgegen, und mein Herz wird seltsam schwer. Weil der Begriff so abstrakt geworden ist. Weil das hier kein Zuhause mehr ist, sondern nur noch die Erinnerung an eines.

Ich lasse den Blick über das offene Wohnzimmer mit der großen dunkelroten Couch schweifen und verkneife mir ein Seufzen.

»Ich hab dein Bett frisch bezogen und dir Handtücher hingelegt«, verkündet Grey. »Kann aber sein, dass Columbo heimlich darauf geschlafen hat. Heute Morgen stand deine Zimmertür offen.«

Er mustert den Hund tadelnd. Ich hingegen kraule Columbo hinter den Ohren. »Hast du mich so vermisst, Großer?«, frage ich, und er antwortet mit einem Kläffen.

»Nicht nur er«, murmelt Grey, und ich schaue überrascht zu ihm auf. Mein Blick trifft auf seinen, doch er wendet sich eilig ab. »Dad wird sich freuen, dich zu sehen.«

Natürlich. Nicht er hat mich vermisst, sondern nur unser Vater. Aber selbst da bin ich mir nicht sicher.

»Ich koche heute Abend. Oder hast du schon Hunger?«, will Grey wissen, als ich nichts sage.

»Nein, später ist gut.«

»Okay. Falls du mich suchst, ich bin im Garten. Auf deinem Schreibtisch liegt ein Haustürschlüssel für dich.«

Ein »Danke« ist alles, was mir darauf einfällt. Es gäbe so viel zu sagen. Aber nichts davon kann ich auch aussprechen.

Grey nickt nur knapp und wendet sich ab. Bevor ich ein weiteres Wort herausbringe, ist er mit Columbo wieder nach draußen verschwunden und lässt mich mit einem mulmigen Gefühl in der Magengrube zurück.

noah

Ich glaube, ich hatte kein so unangenehmes Abendessen mehr, seit ich das letzte Mal die Pflegefamilie gewechselt habe. Alles hieran ist … schräg. Dass Grey eine Schwester hat, wusste ich, aber nicht, wie sie aussieht. Und vor allem hat er mir nicht gesagt, dass sie hier auftauchen würde. Zumindest nicht heute. Er hat zwar angedeutet, dass sie zu Besuch kommen würde, aber nicht wann.

Ich hatte keine Chance, mich auf das hier vorzubereiten. Und ich habe keine beschissene Ahnung, warum die beiden sich anschweigen, als wäre jemand gestorben. Zugegeben, Grey hat mich vor ihr gewarnt. Laut ihm ist seine Schwester *schwierig*. Aber aus meiner Sicht war bisher das einzig Schwierige an ihr, meinen Blick von ihr loszureißen.

Brookes direkte Art vorhin hat mich derart angefixt, dass ich den ganzen Nachmittag an unsere Unterhaltung denken musste. Sie übt eine seltsame Faszination auf mich aus. Eine Anziehungskraft, die ich bisher nur bei wenigen Frauen verspürt habe – und noch nie in solch einem Ausmaß.

Vielleicht ist es auch die Tatsache, dass Brooke tabu ist, die sie so interessant macht. Denn jedes Mal, wenn sich unsere Blicke treffen, schaue ich in graublaue Augen, die Greysens nur allzu ähnlich sind. Warum habe ich das nicht gleich erkannt? Stattdessen habe ich nichts ahnend mit ihr geflirtet und mich damit noch tiefer in die Scheiße geritten. Denn jetzt will ich mehr. Aber Greys finstere Miene sagt mir, dass das absolut außer Frage steht.

Nur mies, dass wir drei Monate lang zusammenwohnen werden. Und dass Brooke ihrem Ruf als Unruhestifterin jetzt schon ziemlich gerecht wird. Zumindest, wenn man meinen Puls fragt.

Sie sitzt mir am Esstisch gegenüber und wirft mir immer wieder verstohlene Blicke zu. Vermutlich ist ihr die Situation genauso unangenehm wie mir. Hoffe ich, denn sonst wäre ich der Einzige, der sich bei unserem Flirt vorhin versehentlich mehr Blöße gegeben hat als geplant.

Um mich anzufassen, brauchst du aber keine Handschuhe.

Dieser Scheißsatz. Ich höre ihn auf Endlosschleife in meinem Kopf widerhallen.

»Also, wer will was übernehmen?«, fragt Grey, der im Verlauf des Abendessens sämtliche Aufgaben, die auf dem Hof erledigt werden müssen, heruntergerattert hat. »Am besten, wir machen jede Woche einen Plan mit der genauen Verteilung, dann weiß jeder, was er zu tun hat.«

Brooke wendet ihm genervt das Gesicht zu. »Können wir nicht einfach spontan schauen, wer worauf Lust hat? Warum muss das so durchgetaktet sein?«

»Damit die Hühner nicht verhungern?«, schlägt er vor. »Oder der arme Columbo.«

Unter mir erklingt ein Winseln. Der zottelige Hund sitzt schon die ganze Zeit über zwischen meinen Beinen und schaut bettelnd zu mir hoch. Sorry, Kumpel. Aber ich bezweifle, dass Gnocchi ihm so gut bekommen.

»Ich glaube, das kriegen wir auch so hin«, wirft Brooke ein. »Oder hast du Lust darauf, Buch zu führen, Noah?«

Ich schüttle den Kopf. »Sicher nicht. Ich wehre mich seit zwei Jahren erfolgreich gegen unseren WG-Putzplan.«

Greys Blick verfinstert sich. »Du müsstest nur einen Haken setzen.«

»Inwiefern ist das einfacher, als wenn ich dir Bescheid gebe, dass ich geputzt habe?«, feixe ich.

»Ist es nicht«, wirft Brooke ein.

Ihr Bruder verdreht die Augen. »Schön. Dann eben kein Plan. Aber wenn das nicht funktioniert …«

»Jaja«, unterbricht sie ihn. »Du kontrollierst doch sowieso alles, was wir machen, doppelt und dreifach.« Sie zwinkert mir zu, und mein Herzschlag beschleunigt sich. »Falls du ihn bei den Hühnern im Dreck knien siehst, liegt es daran, dass er nachzählt, ob wir genug Körner reingeworfen haben.«

Ich muss grinsen. »Ach so. Und ich hab mich schon gewundert.«

»Haha«, macht Grey, steht vom Tisch auf und räumt unsere Teller ab. Er wirkt angespannter, als ich ihn sonst kenne. »Soll ich gehen? Dann könnt ihr euch bei einer schönen Lästerstunde besser kennenlernen.«

»Gute Idee, aber bringst du mir vorher noch ein Bier?«, säuselt Brooke.

Ich muss lachen. »Mir auch, bitte.«

Grey stellt die Teller auf die Küchenzeile und wirft uns einen abschätzigen Blick zu. Dass Brookes Scherz bei ihm nicht gut ankam, ist mehr als offensichtlich. Und auch sie wirkt, als würde sie sich zwingen, die Stimmung möglichst locker zu halten. Ich muss mich davon abhalten, hier und jetzt zu fragen, was eigentlich los ist. Erstens geht es mich nichts an, und zweitens habe ich keine Lust, mittendrin zu stehen, wenn diese Bombe hochgeht.

Ich fürchte, es wird nicht einfach werden, diesen Sommer mit den beiden zusammenzuleben. Aber trotzdem besser, als allein mit meinen kreisenden Gedanken in der WG zu sitzen, schätze ich.

»Ich gehe uns jetzt einen Film aussuchen, während ihr den Abwasch macht«, verkündet Grey und wendet sich der Tür zu.

»Nicht schon wieder *Taxi Driver*!«, flehe ich und fasse mir an die Brust.

»Hm.« Er grinst mich halbherzig an. »Vielleicht bin ich gnädig und suche was anderes aus, wenn du mir ein Bier holst. Oder auch nicht.« Mit diesen Worten schließt er die Tür hinter sich und lässt Brooke und mich in der Küche allein. Großartig. Doch vermutlich muss ich mich daran gewöhnen.

30

Kopfschüttelnd stehe ich auf und lasse Wasser ins Spülbecken.

»Und du erträgst ihn wirklich jeden Tag?«, will Brooke scherzhaft wissen und tritt mit dem restlichen Geschirr neben mich.

Ich werfe ihr einen Seitenblick zu, unschlüssig, ob ich ehrlich oder mit einem Witz antworten soll. Ich entscheide mich für eine Mischung aus beidem. »Wenn er nicht gerade Körner zählt, ist er ganz in Ordnung.«

Sie mustert mich von der Seite, und ich bleibe einen Moment lang wieder an ihren grauen Augen und ihrem Gesicht hängen. Ihre helle Haut ist voller Sommersprossen, eine Strähne ihrer roten Locken hängt ihr in die Stirn, und diesmal kann ich nicht anders, als ihr Nasenpiercing genauer zu mustern. Keine Ahnung, warum ich den kleinen goldenen Ring so sexy finde. Vielleicht, weil er ihr verdammt gut steht. Oder weil sie generell unglaublich hübsch ist. Und jetzt starre ich sie an. *Super, Noah.*

Ich räuspere mich und wende mich eilig dem Spülbecken zu. Mittlerweile quillt der Schaum fast aus der Wanne, also drehe ich schnell das Wasser ab.

Brooke hält mir kommentarlos einen Teller hin, den ich dankend entgegennehme. Während ich ihn abspüle, schnappt sie sich ein frisches Geschirrtuch aus einer Schublade und positioniert sich zum Abtrocknen auf meiner anderen Seite.

»Also, wir tun jetzt einfach so, als würden wir uns nicht heiß finden, habe ich das richtig verstanden?«

Mir rutscht der Teller aus der Hand, so sehr überrumpelt mich ihre Frage. Schaum spritzt mir ins Gesicht, und ich blinzle verdattert.

Brooke lacht. »Sorry. Habe ich unsere unausgesprochene Abmachung damit schon gebrochen?«

»Scheint so«, keuche ich und reibe meine Wange an meinem Oberarm trocken. »Ähm …« Mir fehlen die Worte. Ich kann auch gar nichts Richtiges sagen, oder?

»Ich dachte, es wäre besser, es einmal anzusprechen, bevor wir drei Monate peinlich berührt umeinander rumschleichen«, verteidigt sie sich.

Ich wage einen Blick zu ihr. »Das kann sein«, stimme ich widerwillig zu.

»Aber?«, will sie wissen.

Mir entweicht ein Schnauben. »Ich habe nur nicht damit gerechnet, dass du so direkt bist.«

Sie zuckt mit den Schultern. »Bin ich immer, gewöhn dich dran. Nicht, dass du dich jedes Mal so erschrickst.« Ihr Blick wandert über meinen Oberkörper und die dunklen Wasserspritzer auf meinem Shirt. Warum fühlt es sich an, als würde sie mich damit ausziehen?

Einbildung. Gott, ich habe das Bedürfnis, meinen Kopf gegen eine Wand zu schlagen.

»Ist notiert«, murmle ich, reiche ihr den Teller weiter und greife nach dem Nächsten.

»Wir sagen Grey nichts davon, oder?«

Fast rutscht mir auch dieser aus der Hand, so absurd ist die Frage. »Natürlich nicht«, schnaube ich und schaue Brooke ernst an. »Falls er dich jemals fragt, du findest mich hässlich wie die Nacht.«

Sie zieht die Brauen zusammen. »Ja, das glaubt er mir bestimmt. Und danach erzähle ich ihm, dass ich ins Kloster gehe.«

»Soll das ein Kompliment werden?«, frage ich belustigt.

»Eigentlich nicht, aber wenn du unbedingt eins hören möchtest …«

Ich stoße sie sanft mit dem Ellbogen.

Ursprünglich sollte es eine rein platonische Geste sein, aber jetzt kribbelt mein Arm, als hätte ich damit nicht Brooke, sondern einen Elektrozaun angestupst. »Dein Bruder hat nicht zu viel versprochen«, bemerke ich.

Sie wird hellhörig. »Was hat er denn versprochen?«

Ach, fuck. Fettnäpfchen, oder? Ich weiche ihrem wachsamen Blick aus. »Dass du es faustdick hinter den Ohren hast«, winde ich mich heraus.

»Das waren jetzt deine Worte?«, schlussfolgert Brooke. »Und lass mich raten, seine waren eher so etwas wie …« Sie verstellt die Stimme. *»Pass auf, Noah, sie wird dein Leben zerstören.«*

Ich lache auf. »Viel Erfolg dabei.« Viel zu zerstören gibt es ja nun wirklich nicht. Und was von mir übrig ist, ist mit allen Wassern gewaschen. Dafür braucht es mehr als einen rothaarigen Wirbelsturm.

»Fordere mich nicht heraus«, warnt sie scherzhaft.

»Uuuh«, ziehe ich sie auf. »Das Kätzchen beißt?«

Brooke hebt die Brauen. »Nenn mich noch einmal Kätzchen und ich rasiere dir im Schlaf den Kopf.«

Schon wieder muss ich lachen. »*Fordere mich nicht heraus*«, ahme ich sie nach, und diesmal ernte ich einen Ellbogen in die Seite. Sie versucht, ihr Grinsen zu verbergen, aber mir entgeht es nicht.

»Na gut, es wäre ziemlich schade um deine Haare«, gesteht sie. »Wobei du mit Buzzcut sicher auch gut aussehen würdest.«

Wir flirten schon wieder, oder? Ist es zu viel verlangt, dass wir uns normal unterhalten?

»Themawechsel«, schlage ich vor. »Und hoffen wir einfach, dass Grey uns nie fragt, wie gut aussehend wir uns finden. Ich persönlich bin nämlich ziemlich schlecht im Lügen.«

»Hm«, macht sie nur, und irgendetwas klingt dabei in ihrer Stimme mit.

Ich würde gerne nachhaken. Einen Blick unter ihre lockere Fassade werfen. Aber nein. Wir müssen diese Unterhaltung irgendwie in seichtere Gewässer lenken.

Ja, genau, Noah. Super Metapher. Hol die Augenklappe und den Säbel raus.

Ich widme mich wieder den Tellern, und weil mir spontan nichts einfällt, was ich sagen könnte, schweige ich. Doch ich spüre Brookes Blick auf mir. Sie mustert mich von der Seite, während ich abspüle, und mein gesamter Körper beginnt zu kribbeln. Nach ein paar Minuten halte ich es nicht mehr aus.

»Hör auf damit«, murmle ich, und sie versteift sich.

»Womit?«

Ich zögere. Aber wenn sie so direkt ist, kann ich es auch sein, oder? Das ist nur fair. »Mich mit deinem Blick auszuziehen.«

Diesmal schaue ich dabei nicht zu ihr. Brooke ist einen Moment lang ruhig, und ich rechne schon halb damit, dass sie mir eine

Beleidigung an den Kopf knallt. Dann sehe ich aus dem Augenwinkel ihr Schulterzucken. »Sorry«, meint sie unbeteiligt, und mir entweicht ein Schnauben.

Gott steh mir bei.

»Das war ein Scherz«, behaupte ich und kann nicht anders, als noch einmal zu ihr zu sehen.

»Von mir natürlich auch«, erwidert sie, doch es klingt so feixend, dass sich meine Nackenhärchen aufstellen.

Scheiße, wir haben dieses Gespräch überhaupt nicht unter Kontrolle. Und wenn Grey das mitbekommt, verfrachtet er mich höchstpersönlich in die Hölle. Freundschaft hin oder her.

»Gut«, sage ich etwas ruppiger als geplant und starre wieder stur in das Spülwasser. Kein Raum mehr für irgendwelche zweideutigen Erwiderungen.

Auch Brooke konzentriert sich endlich auf das Abtrocknen der Teller statt auf mich. Dennoch habe ich das Gefühl, als würde die Luft zwischen uns knistern. Vielleicht ist es aber auch nur der Schaum im Waschbecken, der sich langsam auflöst.

Wir erledigen den restlichen Abwasch schweigend, und während Brooke noch mit dem letzten Teller beschäftigt ist, gehe ich bereits zur Tür, um ein wenig dringend benötigten Abstand zwischen uns zu bringen. »Ich hole Grey ein Bier aus der Garage. Willst du auch eins?«

Sie schaut mich flüchtig an und nickt.

Als ich kurz darauf ins Wohnzimmer komme, ist Brooke bereits dort. Sie lümmelt in einer Ecke des großen Sofas, Grey in der anderen, locker zwei Meter Abstand zwischen ihnen. Sie schweigen sich an, während Grey sich durch die Netflix-Auswahl scrollt.

Ich setze mich mit meinem Bier genau in die Mitte. Ein bisschen zu nah an Brooke für meinen Geschmack. Und gleichzeitig viel zu weit weg.

»Wir könnten *The Witcher* schauen«, schlägt sie soeben vor, da Grey offenbar Entscheidungsschwierigkeiten hat. Wie immer.

»Haben wir schon gesehen«, brummt er.

»Na und?«, will sie wissen. »Ich auch.«

Er verzieht das Gesicht und schüttelt nur den Kopf. Ich halte mich raus und öffne mein Bier.

»*365 Tage?*«, schlägt sie nun leiser vor, und ich verschlucke mich prompt. Prustend beuge ich mich vor. Brooke klopft mir auf den Rücken und verkneift sich offenbar ein Lachen.

»Was ist denn jetzt los?«, will Grey wissen und mustert uns skeptisch.

Ich ringe nach Luft und winke nur halbherzig ab. »Alles gut«, krächze ich.

»Brauchst du einen Latz?«, zieht Brooke mich auf.

Ich funkle sie an.

Grey seufzt. »Wenn du nur hergekommen bist, um Ärger zu machen, kannst du gleich wieder gehen.«

Sofort wandelt sich die Stimmung. Brooke presst die Lippen zusammen, und die beiden liefern sich über meinen Kopf hinweg einen Starrwettkampf.

Irgendwie wirkt das zu ernst. Grey will sie nicht ernsthaft rausschmeißen, oder? Wegen so einem dahergesagten Spruch? Was ist eigentlich los mit ihm?

»War doch nur ein Scherz«, schalte ich mich ein und wische mir über die Brust. Ein paar Tropfen Bier sind auf meinem Shirt gelandet. Nach dem Spüldebakel vorhin wäre es vielleicht langsam Zeit, mich umzuziehen, aber ich will die beiden nicht allein lassen. Am Ende gehen sie sich wie Wölfe an die Gurgel.

Ein Winseln ertönt. Columbo liegt unter dem Couchtisch und schaut flehend zu uns hoch.

Ja, Kumpel. Ich will auch nicht, dass sie streiten.

»Wir könnten wirklich noch mal *Witcher* schauen«, versuche ich es weiter. »Soll beim zweiten Mal schauen sogar noch besser sein, weil man dann die ganzen Zeitebenen versteht.«

»Hm«, macht Grey und löst endlich den Blick von seiner Schwester. »Was war der andere Vorschlag eben? Den hab ich über dein Geröchel nicht verstanden.«

»Ähm …« Panisch schaue ich zu Brooke. Die verkneift sich ein Grinsen.

»*Taxi Driver*«, sagt sie voller Überzeugung.

Grey verdreht die Augen. »Okay, ihr habt ja gewonnen.«

Er gibt *The Witcher* in die Suchleiste ein, und ich lehne mich erschöpft zurück. Mein Herz rast ein bisschen. Und es nimmt erneut an Fahrt auf, als ich nun Brookes zierliche Füße an meinem Oberschenkel spüre.

Verwirrt schaue ich zu ihr rüber. Doch sie stupst mir nur sanft gegen das Bein, formt mit den Lippen ein stilles *Danke* und zieht die Knie an die Brust. Ich starre sie an, mein Kopf kurz überfordert mit … allem. Ihr. Ihrer Art. Der Aussicht auf die nächsten Monate.

Verdammt.

Wir haben gerade mal ein paar Worte miteinander gewechselt, und ich mag sie jetzt schon.

KAPITEL 3

brooke

Ich weiß nicht, ob es Fluch oder Segen ist, Noah bei uns im Haus zu haben. Er schafft es auf jeden Fall, die angespannte Stimmung zwischen Grey und mir ein wenig zu lockern. Aber schon am ersten Morgen weiß ich, dass ich ihn nicht nur heiß finde, sondern ihn auch mag. Und das ist eine Kombination, vor der ich normalerweise nach spätestens einer Woche die Flucht ergreife.

Im Gegensatz zu meinem Bruder schaut Noah mich nicht ständig an, als würde er mich am liebsten mitsamt meinem Koffer vor die Tür setzen. Was auch immer Grey ihm von mir erzählt hat, scheint ihn nicht zu interessieren. Stattdessen wirkt er mir gegenüber völlig unvoreingenommen. Er lacht, wenn ich einen Scherz mache. Er lächelt, wenn ich es tue. Und er macht die verdammt noch mal besten Blaubeerpancakes, die ich je gegessen habe.

Doch allein seine Anwesenheit bringt meine Haut zum Kribbeln. Und ich muss ständig aufpassen, ihn nicht anzugaffen – besonders, wenn er mir so wie jetzt mit vom Schlaf zerzausten Haaren und Mehl am Shirtkragen gegenübersitzt.

»Du platzt bald«, warnt Grey mich, als ich mir Pancake Nummer acht auf den Teller hebe. Er sitzt neben mir am Frühstückstisch und liest Zeitung, als wäre er sechzig oder so.

Auch wenn mich seine wichtigtuerische Art nervt – ganz unrecht hat er leider nicht. Ich habe schon Bauchschmerzen. »Sie sind aber so gut«, jammere ich.

»Es wird nicht das letzte Mal sein, dass du Pancakes kriegst. Noah macht die ständig.«

»Er hat gesagt, die sind nur für besondere Anlässe!«, beschwere ich mich und wende mich anklagend Noah zu. Der schaut amüsiert von seinem Smartphone auf, sagt jedoch nichts.

»Ja«, murmelt Grey. »Wenn Dienstag ein besonderer Anlass ist …«

»Hey«, räumt Noah ein. »Das sind Willkommenspancakes.«

Grey schüttelt den Kopf, faltet die Zeitung zusammen und steht auf. »Ich sehe schon mal nach den Hühnern.« Mit diesen Worten lässt er mich und Noah allein in der Küche zurück.

Der tut unberührt und tippt weiter auf seinem Smartphone herum. Ich zerstochere meinen Pancake und mustere ihn verstohlen.

Gestern Abend hatte ich Angst, er wäre vielleicht sauer, weil ich meine Sprüche nicht mal Grey gegenüber zurückhalten konnte. Aber er hat sich nichts anmerken lassen, und die Pancakes fühlen sich an wie ein Friedensangebot. Nur ungünstig, dass sie ihn noch attraktiver machen. Denn wer will bitte keinen Mann, der so göttlich kochen kann?

Ich seufze auf.

Es ist nicht so, als könnte ich mich nicht beherrschen. *Normalerweise* kann ich das. Ich baggere ja auch keine Professoren an oder die Partner meiner Freundinnen. Aber ich sehne mich so sehr nach Ablenkung, dass es wehtut. Und dazu kommt, dass Noah einer dieser Menschen ist, bei denen man sofort weiß, dass man sich ihnen nicht entziehen kann. Weil sie einfach viel zu gut zu einem passen.

Irgendetwas ist besonders an ihm. Und ich glaube nicht, dass es nur an seinem Aussehen liegt oder an seinen verflucht noch mal viel zu attraktiven Armen. Es ist irgendwas in seinem Blick, seiner Stimme, seinem Lachen, das mich wie magisch anzieht.

»Schaffst du den noch?«, will er wissen, und ich schaue zu ihm auf. Er wirkt belustigt. Vielleicht auch ein bisschen selbstzufrieden. Wetten, er ist insgeheim total stolz, dass ich seine Pancakes gelobt habe?

»Ich muss noch überlegen, ob es die Bauchschmerzen wert ist«, erwidere ich.

»Vermutlich nicht, wenn man bedenkt, dass ich dir jederzeit Pancakes machen könnte.«

»*Könnte*«, wiederhole ich vielsagend und spieße ein Stück auf meine Gabel auf.

Noah schmunzelt. »Wenn du lieb fragst … und aufhörst, Grey gegenüber meinen Kopf zu riskieren.« Er stupst unter dem Tisch mein Bein mit seinem Fuß an.

»Das ist mir rausgerutscht!«, verteidige ich mich. »Und er hat es nicht mal verstanden.«

»Dir rutscht öfter so was raus, kann das sein?«

Ich zucke nur verschmitzt grinsend mit den Schultern. Noah schüttelt den Kopf und senkt den Blick auf sein Smartphone.

»Stört dich das?«, will ich wissen.

»Nein.«

»Aber?«

»Nichts *aber*. Ich sehe das als kumpelhafte Neckerei.«

»Kumpelhaft«, wiederhole ich spöttisch, und er sieht auf, um mir voller Ernst in die Augen zu schauen.

»Genau.«

»Okay, *Kumpel*«, erwidere ich belustigt. Ich sollte mir keinen Spaß daraus machen, ihn aufzuziehen. Aber es ist schon ein bisschen süß, wie Noah krampfhaft versucht, Abstand zwischen uns zu bringen.

»Hilfst du mir gleich mit dem Kompost, *Kumpel*?«

Grey hat mir aufgetragen, heute den Kompost durchzusieben und auf die Beete zu verteilen. Die körperlich schwerste Arbeit für die zierlichste Person auf dem Hof, schon klar. Warum werde ich das Gefühl nicht los, dass er das mit Absicht macht?

»Sorry, Kumpelinchen, ich wollte heute zum Strand.«

Ich runzle die Stirn. »Hat Grey das erlaubt?«

Er schnaubt. »Wie genau, glaubst du, funktioniert unsere Freundschaft?«

»Keine Ahnung, er sagt dir morgens, du sollst dein Zimmer aufräumen, und schmiert dir so lang ein Pausenbrot für die Uni?«

Noah lacht. »Das würde ich gern sehen. Und nein, Grey hat das nicht *erlaubt*. Ich habe ihm gesagt, dass ich heute eine Pause mache, und er hat mir viel Spaß gewünscht.«

»Super, also bin ich hier die Einzige, die er bemuttern wird?«

»Mehr Pausenbrote für dich«, gibt er zu bedenken und steht vom Tisch auf.

»Wenn du mir mit dem Kompost hilfst, könnten wir danach gemeinsam zum Strand«, schlage ich vor.

»Total verlockend«, meint er ironisch und zieht mir den Teller mit dem letzten Pancake weg.

»Hey!«

»Ich mach dir nächste Woche wieder welche.«

Frustriert verschränke ich die Arme vor der Brust und schaue zu, wie Noah im Stehen den Teller leer isst. »Ich könnte dir meinen geheimen Strandabschnitt zeigen.«

Kauend hebt er eine Braue. »Hm«, macht er nur unbeeindruckt.

»Du schlägst gerade eine Gratis-Fremdenführerin aus!«

»Eine Fremdenführerin, die will, dass ich erst ihren Kompost siebe.«

»Komm, wofür trainierst du denn sonst? Nur, um gut auszusehen?«

Das entlockt ihm ein Grinsen. »Und noch dazu hat es die Fremdenführerin faustdick hinter den Ohren.«

»War das jetzt ein Ja?«, frage ich hoffnungsvoll.

Noah stellt den Teller in die Spüle und tätschelt mir im Vorbeigehen die Schulter. Die Geste ist so platonisch, dass es schon fast wehtut, aber seine Berührung brennt sich dennoch durch mein T-Shirt. »Sorry, Kumpelinchen. Vielleicht nächstes Mal. Bis heute Abend.«

Damit verlässt er die Küche. *Arsch.*

»Lauf nicht unter den Klippen entlang!«, rufe ich ihm noch hinterher. Es wäre doch ein bisschen schade, sollte er von einem Felsen erschlagen werden. Dann wäre ich nämlich nicht nur heute allein mit Grey, sondern den ganzen verfluchten Sommer.

Bevor ich mich dem Kompost widme, drehe ich eine kleine Runde über das Grundstück. Ich mache bewusst einen Bogen um das vordere Gebäude mit den Ferienwohnungen und dem Café, das Grey gerade aufsperrt. Stattdessen streife ich zwischen Dads Gemüsebeeten hindurch und lese mir die Beschriftungen auf den Tonziegeln durch, die überall an den Wegesrändern liegen. Mais, Tomaten, Erbsen, Pak Choi, Salat, Kartoffeln … gefühlt gibt es nichts, was Dad nicht anbaut. Er verkauft das Gemüse sowie die Eier, die die Hühner legen, an die Leute aus der Stadt. Vermutlich kein besonders rentables Geschäft, doch gemeinsam mit den Einnahmen aus den Ferienwohnungen und dem Geld, das das Café einbringt, hält es den Hof zumindest über Wasser.

Nur war das nicht immer so. Ich kann mich gut daran erinnern, wie überfordert Dad war, als Grey und ich beide noch hier gewohnt haben und er irgendwie für uns sorgen musste.

Ich verstehe, dass Grey deshalb sauer ist. Dad hat damals alles Mögliche versucht, um Geld ranzukriegen. Reparaturservices für die Nachbarn. Für andere Leute Müll wegfahren. Eine Weile lang hat er sogar mit Schrott gehandelt und ihn überall auf dem Hof gelagert. Das Einzige, was er nicht versucht hat, war, sich einfach einen normalen Job zu suchen.

Vermutlich wäre er damit nicht glücklich gewesen. Aber auch wenn er immer versucht hat, ein guter Vater zu sein, haben wir letztendlich unter seinem Egoismus gelitten. Denn alles, was wir wollten, war seine Aufmerksamkeit, und von der war nach all den Aufgaben, die er täglich erledigt hat, nicht viel übrig.

Ich lasse den Blick über den Garten schweifen. Für Dad ist es sicher ein wahr gewordener Traum, dass er so viele Beete bewirtschaften kann. Mir persönlich graust es aber jetzt schon davor, mich in den nächsten Monaten um das alles zu kümmern.

Ich schlendere ein Stück durch die hüfthohe Wiese und werfe einen Blick in den alten Pferdestall. Drinnen riecht es noch nach Heu, die Luft ist kühl und feucht. Durch die Spalten zwischen den Brettern fällt Sonnenlicht ins Innere und erhellt die zwei Boxen, in denen früher Mums Pferde standen.

Der Gedanke an meine Mutter verhagelt mir direkt die Laune. Schnell mache ich die Stalltür wieder zu und gehe weiter zum Hühnergehege. In meiner Brust bilden Nostalgie und Melancholie allmählich eine explosive Mischung, und als ich nun einen Blick auf den zerstörten Hühnerstall erhasche, auf dem immer noch die Reste des umgestürzten Baums liegen, wird mir schlecht.

Der Sturm hat ihn komplett entwurzelt. Ein paar von Dads Seidenhühner scharren in der Kuhle, die dabei entstanden ist, nach Würmern. Einige andere haben es sich in der Nische unter dem Baumstamm gemütlich gemacht und dösen. Zumindest glaube ich das. Aufgrund ihres flauschigen Gefieders kann man ihre Augen kaum erkennen. Dad hat offensichtlich ein Faible für besonders haarige Tiere. Sowohl die Hühner als auch Columbo sehen aus wie laufende Wischmopps.

Ich versuche, nicht daran zu denken, wie Dad wohl letzte Woche hier lag – allein im strömenden Regen mit höllischen Schmerzen. Hätte ihn der Baum anders getroffen, hätte er sterben können. Und ich glaube, es ist genau dieser Gedanke, der mich seitdem nicht mehr ruhig schlafen lässt.

Was, wenn einer von ihnen stirbt? Dad, Grey, Mum. Wenn sie irgendwann alle sterben, ohne dass ich …

Ich beiße mir auf die Zunge, weil mich selbst der Gedanke überfordert, und wirble herum. Kurz entschlossen stapfe ich zum Komposthaufen, schnappe mir die Schaufel, die Grey mir bereitgestellt hat, und fange an, die Erde durch das Sieb zu werfen.

Obwohl die Temperaturen noch immer mild sind, schwitze ich schon bald in der Frühsommersonne. Was das angeht, bin ich ganz froh, Auckland für die Semesterferien entkommen zu sein. Hier in Hāwera wird es nicht mal im Dezember und Januar besonders heiß, während die Sommer weiter im Norden Neuseelands deutlich schwüler sind.

Schon bald habe ich mich aus meiner Sweatshirtjacke geschält und schaufle nur noch in Jeans und bauchfreiem Top. Columbo liegt ein paar Meter weiter im Gras und beobachtet hechelnd die Seidenhühner, die allmählich wieder munter werden und in ihrem Gehege herumpicken.

»Du könntest ruhig helfen«, keuche ich und werfe die nächste Ladung Erde durch das Sieb. Mein Rücken tut jetzt schon weh. Keine Ahnung, wie ich das allein schaffen soll. Aber ich habe die Aufgabe, ohne zu meckern, angenommen, um Grey keine Angriffsfläche zu bieten. Um den Frieden zu wahren. Vielleicht auch, um ihm irgendwas zu beweisen. Keine Ahnung.

Columbo zuckt nur unberührt mit den Ohren und schaut mich nicht mal an. Also mache ich weiter. Beiße mich eine gefühlte Ewigkeit durch, bis hinter mir irgendwann Schritte erklingen.

Ich halte inne, drehe mich um und sehe Grey zwischen den Beeten hindurch auf mich zukommen. Sofort wird mir wieder mulmig zumute.

»Klappt's?«, will er wissen und bleibt neben mir stehen. Er mustert mich abschätzig. »Du erkältest dich.«

Schwer atmend stoße ich die Schaufel in den Boden und stütze mich auf den Griff. »Mir ist heiß.«

»Hast du dich eingecremt?«, will er wissen.

Ich verdrehe die Augen. »Ja, Mum.«

Grey bedeutet mir, zur Seite zu gehen, und nimmt sich die Schaufel. Er macht da weiter, wo ich eben aufgehört habe – nur doppelt so schnell und ohne dass es ihn sonderlich anzustrengen scheint.

»Ich fahre gleich zu Dad«, bemerkt er tonlos, schaut mich dabei aber nicht mal an.

Das Nostalgiegemisch in meiner Brust beginnt zu brodeln. »Okay«, erwidere ich so neutral wie möglich.

Ich weiß, dass er will, dass ich mitkomme. Und er weiß, dass ich es weiß.

»Grüß ihn von mir«, füge ich hinzu.

Grey lässt sich nichts anmerken. »Was sagt Mum eigentlich dazu, dass du sie den ganzen Sommer allein lässt?«, will er stattdessen wie beiläufig wissen, doch ich höre den Unterton.

Mir entweicht ein Grunzen. Schön, wie er es so darstellt, als hätte *ich* Mum im Stich gelassen, während es doch eigentlich andersrum war. Aber selbst wenn ich Grey die Wahrheit erzählen würde – in seinen Augen wäre ohnehin nur ich daran schuld. Wie immer.

»Sie kommt schon mal allein zurecht«, bemerke ich kühl.

»Wir können sie ja über Weihnachten einladen«, schlägt er vor.

»Dad wird da noch nicht wieder zu Hause sein.«

Sofort versteift sich alles in mir.

»Sie will dieses Jahr mit ihren Freundinnen feiern«, behaupte ich hastig. Vielleicht stimmt das ja sogar, wer weiß. Mir ist allerdings egal, was sie macht. Meinetwegen kann sie allein unter ihrem Plastikbaum sitzen und Löcher in die Luft starren.

Greys misstrauischer Blick trifft mich. »Okay«, macht er langsam und mustert mein Gesicht. Zum Glück bin ich ohnehin schon nass geschwitzt und sicher knallrot von der Anstrengung. So bemerkt er nicht so leicht, dass ich ihn anlüge. Nicht, dass er dafür jemals ein gutes Gespür gehabt hätte …

»Und sonst?«, wechselt er das Thema. »Wie läuft die Uni?«

»Gut«, erwidere ich knapp.

»Hast du deine Prüfungen bestanden?«

Ich werfe ihm einen genervten Blick zu. »Was wird das?«

»Was? Ich frage ja nur.«

»Willst du mein Zeugnis sehen? Kriege ich Taschengeld für meine guten Noten?« Ich kann mir den patzigen Tonfall nicht verkneifen. Ich weiß, dass ich diejenige von uns beiden bin, die es verkackt hat. Aber er trägt Mitschuld. Weil er immer *so* war. So … verurteilend. Und kontrollierend. Aber bloß nicht wertschätzend.

»Hast du denn gute Noten?«, erwidert er unberührt.

Wut flammt in mir auf. Mischt sich unter all die melancholisch-nostalgische Scheißenttäuschung, die mir ohnehin schon das Atmen erschwert. »Ich würde sagen, das geht dich einen Scheißdreck an«, entkommt es mir.

»Also nicht …« Er murmelt es so leise, dass ich es vermutlich nicht mal hören sollte. Habe ich aber.

Ich muss einen ganzen Schwall an Worten herunterschlucken. Egal,

was ich jetzt sage, Grey würde es als kindisch deklarieren. Als unreif –
dabei war doch er derjenige, der mich beleidigt hat, wenn auch nicht
mit Schimpfwörtern, sondern mit schmerzhaften Seitenhieben und
Unterstellungen.

»Du wolltest fahren«, erinnere ich ihn scharf und reiße ihm die
Schaufel aus der Hand. Mit einem unterdrückten Ächzen werfe ich
die nächste Ladung durch das Sieb.

»Du kannst ja mitkommen«, spricht er jetzt endlich aus, was ihm
doch schon die ganze Zeit auf der Zunge brennt.

»Ich muss den Kompost machen.«

»Für Dad erlaube ich eine Ausnahme.« Grey lässt den Satz gezwungen locker klingen. Als wäre es ein Scherz gewesen. Doch mir wird
im selben Moment klar, dass er nichts hiervon dem Zufall überlassen
hat. Es ist ein von vorne bis hinten ausgeklügelter Plan gewesen. Er
gibt mir die schlimmste Aufgabe, die er sich ausdenken kann, um
mich dann mit einer Pause zu Dad zu locken. Wie berechnend kann
ein Mensch sein?

In mir drängen so viele Worte nach oben. Sie werden von der ex-
plosiven Gefühlsmischung an die Oberfläche getragen, und mit einem Mal habe ich das Gefühl, als würde ich jeden Moment platzen.

Wutentbrannt werfe ich die Schaufel in den Dreck. »Wie gnädig«,
spucke ich aus, drehe mich um und gehe.

»Wo willst du hin?«, ruft Grey mir nach.

»Ich mache Pause.«

»Und der Kompost?« Er klingt allen Ernstes angepisst. Und klar –
er darf sich das erlauben. Ich? Wehe.

»Mach deinen Mist doch allein!«, entfährt es mir. »Falls er überhaupt gemacht werden musste. Du kannst es ja eh besser, hab ich
recht?«

»Hey!« Ich höre, wie er die Schaufel hinter mir aufhebt und in die
Erde steckt. Columbo kläfft aufgeregt. »Du bist hier, um zu helfen,
schon vergessen?«

Ich wirble zu ihm herum. »Ja, aber ich muss mir nicht alles von dir
gefallen lassen!«

»Das sagt die Richtige!«, schnaubt Grey. »Nur weil ich mit deinen Noten recht hatte, oder was?«

Ich ignoriere den Kommentar und wende mich wieder ab. »Komm, Columbo.« Wütend stapfe ich davon, den Hund auf den Fersen.

»Den Kompost musst du trotzdem noch sieben!«, blafft Grey.

Ich kann es mir gerade noch verkneifen, ihm über meine Schulter hinweg den Mittelfinger zu zeigen. Mir brennen Tränen in den Augen, die ich nur mit Mühe wegblinzle.

Verdammt, ich weiß nicht, ob ich diese drei Monate mit ihm wirklich aushalte. Greysens Anwesenheit wirbelt all den Mist wieder auf, den ich so dringend vergessen wollte. Vor dem ich geflüchtet bin. Und der mich immer noch verfolgt …

damals

»Ich verstehe nicht, warum sie jetzt plötzlich zu mir soll, Nigel. Damit sie hier den gleichen Mist baut?«

»Brigid … Sie braucht Abstand. Und du bist ihre Mutter. Wo soll ich sie sonst hinschicken, wenn nicht zu dir?«

Die Stimmen meiner Eltern dringen aus dem Telefon, das ich heimlich aus der Küche geholt habe. Es gibt zwei im Haus, und wenn man bei einem abhebt, während mit dem anderen telefoniert wird, kann man das Gespräch mithören.

Als ich noch jünger war, habe ich oft gelauscht, wenn Dad und Mum miteinander gesprochen haben. Ich hatte die naive Hoffnung, sie würden vielleicht doch noch etwas füreinander empfinden, aber sie starb mit jedem frostigen Telefonat mehr.

Doch der Schmerz von damals ist nichts im Vergleich dazu, was sich jetzt in meiner Brust festsetzt. Was sie über mich sagen, tut scheiße weh, und es kostet mich alles, meine Schluchzer zu unterdrücken.

»Abstand von was?«, will Mum wissen. »Das Problem ist nicht der Ort! Du hast sie verzogen.«

»Abstand von Greysen zum Beispiel«, erwidert Dad und geht gar nicht auf ihren Vorwurf ein. »Pass auf, es ist mir völlig egal, ob du es für sinnvoll hältst. Du hast ihr gegenüber eine Verpflichtung, und du wirst sie erfüllen. Freu dich, dass deine Tochter zu dir will. Ich würde alles geben, um sie hierzubehalten, aber es hat keinen Sinn. Ich kann sie nicht zwingen. Und ich bin am Ende meiner Kräfte. Wenn ich sie deiner Meinung nach so falsch erzogen habe, ist das ja jetzt deine Chance, es besser zu machen.«

Ich presse mir eine Hand auf den Mund und krümme mich auf meinem Bett. Der Schmerz ist so heftig, dass es sich anfühlt, als würde er mich entzweireißen. Ich kann nicht mehr atmen. Die Ereignisse der letzten Stunden haben mir jegliche Luft aus den Lungen gedrückt, mir die Kehle zugeschnürt, mir das letzte bisschen Kraft geraubt. Dass ich Dad wehtue, macht alles nur noch schlimmer. Und wenn Mum jetzt Nein sagt, zerbreche ich. Endgültig.

Sie ist meine letzte Hoffnung. Ich fürchte nur, über diese Tatsache sind weder sie noch ich besonders glücklich.

KAPITEL 4

noah

Ich habe mir Greysens altes Fahrrad geliehen, um damit an den Strand zu fahren. Der Weg führt mich ein Stück durch Hāwera, vorbei an Einfamilienhäusern mit ausladenden Vorgärten. Palmen und Laubbäume flankieren den Wegesrand und spenden hin und wieder Schatten, doch kaum dass ich die letzten Häuser der Stadt hinter mir lasse, tut sich die Landschaft vor mir auf. Zu beiden Seiten erstrecken sich üppig grüne Schafweiden, so weit das Auge reicht. Die Frühsommersonne brennt mir im Nacken. Der Geruch von Salz weht mir vom Meer her entgegen. Und weit und breit ist keine Menschenseele zu sehen.

Ich glaube, es hätte mir gutgetan, hier aufzuwachsen. Vielleicht hätte ich zwischen dem rauen Sandstrand und den idyllischen Feldern ein bisschen Frieden gefunden. Stattdessen war schon immer die Hauptstadt mein Zuhause, auch wenn sie sich nie wie eines angefühlt hat. Zumindest nicht, bis ich Grey getroffen habe. Und ich glaube, dass ich mich in Wellington jetzt so wohlfühle, liegt kein bisschen an der Stadt, sondern nur an ihm. Ich habe es ganz allein geschafft, meine dunklen Zeiten hinter mir zu lassen. Aber Greysen sorgt dafür, dass sie mich nicht einholen. Und dafür bin ich ihm unendlich dankbar.

Umso verwirrender, dass Brooke und er offenbar solche Differenzen haben. Als ich ihn heute Morgen, bevor Brooke wach war, gefragt habe, warum er mir nicht gesagt hat, dass sie kommt, meinte er

49

nur, er sei sich nicht sicher gewesen. Eine ziemlich unbefriedigende Antwort, und sie erklärt auch die angespannte Stimmung nicht, die zwischen den beiden herrscht. Doch vielleicht ist es bei Geschwistern einfach normal, dass die Luft mal etwas dicker ist. Und Eigenschaften, die ich an den beiden mag, wie zum Beispiel Greys Verlässlichkeit oder Brookes freche Art, sind für den jeweils anderen nur noch nervig.

Ich schiebe die Sorgen um die beiden vorerst beiseite, als das Meer in Sicht kommt. Durch eine leichte Schneise in den Steilklippen kann man es schon von der Straße aus sehen, und ich atme tief durch. Die salzige Brise, die mir unters T-Shirt weht, fühlt sich nur allzu vertraut an. Aber sie erinnert mich plötzlich ungewollt an früher. An die Einsamkeit, die mir so lange tief in den Knochen saß. An das Gefühl zu versagen, egal, was ich tue.

Vielleicht hätte ich Brookes Vorschlag doch annehmen sollen. Ihre Anwesenheit hätte zumindest verhindert, dass ich zu tief in meinen Gedanken versinke.

Aber jetzt ist es auch zu spät, um umzudrehen. Ich erreiche bereits den Parkplatz über dem Strand. Da es mittags unter der Woche ist, ist er leer. Ich stelle das Rad am Rand ab und finde schon bald einen steilen Trampelpfad, der zwischen den Sträuchern und Felsen hinunter zum Wasser führt. Unten angekommen, begrüßt mich eine Mischung aus Sand und feinem Kies. Das Meer ist heute ruhig. Hinter mir tun sich die Steilklippen auf, und bis auf das gelegentliche Rufen von Vögeln und das Rauschen der Wellen ist nichts zu hören.

Fuck …

Ich hätte wirklich nicht allein herkommen sollen. Keine zwei Minuten und ich fühle mich schon wieder verloren.

Trotzdem wandere ich ein Stück am Strand entlang und suche mir eine Stelle nah an den Klippen, um mein Handtuch auszubreiten. Obwohl das Wasser kalt ist, ziehe ich mein T-Shirt aus und gehe eine Runde schwimmen. Dann lege ich mich in die Sonne und packe das Buch aus, in dem ich schon seit Monaten lese, ohne voranzukommen.

Irgendwann muss ich doch auch mal lernen, allein zu sein, ohne dass mich meine Gedanken von innen heraus auffressen. Irgendwann muss ich aufhören, mich kaputt zu fühlen, verdammte Scheiße. Aber ich wusste schon, dass das nicht diesen Sommer passieren würde. Denn sonst wäre ich in Wellington geblieben, statt mich an Grey zu heften wie eine Klette.

Missmutig schlage ich das Buch auf und suche das Kapitel, bei dem ich zuletzt aufgehört habe. Ehrlich gesagt habe ich schon wieder vergessen, was bisher passiert ist, also blättere ich ein paar Seiten zurück. Vielleicht bleibt ja diesmal irgendetwas hängen.

⁓

»Das ist nicht dein Scheißernst.«

Ich schrecke hoch und blinzle benommen gegen die viel zu grelle Sonne an. Einen Moment lang weiß ich nicht, wo ich bin. Dann nehme ich das Meeresrauschen wahr, den Wind auf meiner Haut, und erkenne Brooke, die ein paar Meter von mir entfernt am Strand steht.

Sie hat Columbo dabei, der aufgeregt an seiner kurzen Leine zieht, und funkelt mich wütend an.

»Was?«, brumme ich irritiert und stütze mich auf die Unterarme. Scheiße, wie spät ist es? Wie lang habe ich geschlafen?

»Schön, dass du lieber Lebensgefahr in Kauf nimmst, statt auf meinen Rat zu hören«, wirft Brooke mir vor.

»Deinen Rat?«, wiederhole ich. Ich weiß überhaupt nicht, wovon sie redet. Geschweige denn, warum sie plötzlich auf mich sauer ist.

Sie deutet anklagend über mich. »Ich hab dir gesagt, du sollst nicht unter den Klippen laufen, und du legst dich drunter?«

Ich drehe den Kopf und mustere den Abhang schräg über mir. Langsam beginnen ihre Worte, Sinn zu ergeben. Also … Okay, nein, ehrlich gesagt tun sie das immer noch nicht. »Was?«, frage ich deshalb erneut und setze mich ganz auf.

Brooke verdreht die Augen. »Stadtkind. Die Klippen sind instabil. Da kommen regelmäßig Brocken runter. Komm da jetzt gefälligst weg, oder ich hetze Columbo auf dich.«

»Oh«, mache ich etwas perplex, rapple mich jedoch auf. Jetzt erinnere ich mich vage daran, dass sie mir diesen Rat heute früh nachgerufen hat. Aber bis ich auf Greys Fahrrad saß, hatte ich ihn über das Chaos in meinem Inneren, das maßgeblich sie zu verantworten hat, schon wieder vergessen. Ich sammle schnell meinen Rucksack ein, werfe mir das Handtuch über die Schulter und trete zu Brooke in die sichere Zone. »Das hatte ich nicht gerafft«, gestehe ich und reibe mir den Nacken. Meine Haare sind noch feucht. Lange kann ich nicht geschlafen haben. »Danke.«

Brooke hebt abschätzig die Brauen, doch ihr Blick bleibt an meinem Arm hängen und huscht dann weiter über meinen nackten Oberkörper. Ihr Gesicht wandelt sich ein bisschen. Ihre eben noch finstere Miene wird nachdenklich, und sie starrt sekundenlang einfach nur auf meine Brust. Geht's ihr gut?

»Brooke?«

»Hm?« Perplex schaut sie zu mir hoch. Irgendwie wirkt sie mitgenommen. Und ich habe da so eine Ahnung, woran das liegen könnte. Man kann die beiden also wirklich nicht miteinander allein lassen.

»Ich hab dir gestern schon gesagt, du sollst mich nicht so anschauen«, ziehe ich sie auf.

Brooke reckt das Kinn. »Nein, du hast gesagt, ich soll dich nicht mit meinem Blick ausziehen. Aber du bist schon ausgezogen, insofern hast du es diesmal selbst zu verantworten.«

Columbo, der sich neben uns in den Sand gesetzt hat, schnauft hörbar, als wolle er ihr zustimmen.

»Schön.« Ich lege das Handtuch und meinen Rucksack ab und hole mein T-Shirt daraus hervor.

»Ich hab nicht gesagt, dass du dich wieder anziehen sollst«, beschwert sie sich.

Ich werfe ihr einen belustigten Blick zu. »Mein Oberkörper scheint dich aber sehr abzulenken.«

»Stört mich nicht.«

»Sorry.« Ich richte mich wieder auf. »Aber es ist sonst echt unfair, wenn du was zum Schauen hast und ich nicht.«

»Also wenn's nur darum geht …« Brooke greift an den Saum ihres Tops und macht allen Ernstes Anstalten, es sich über den Kopf zu ziehen.

»Hey.« Eilig fasse ich sie am Arm und halte sie davon ab. Hitze flutet meinen Körper, und mein Puls rast mit einem Mal. Sie in Unterwäsche zu sehen, fehlt mir gerade noch. Falls sie überhaupt einen BH trägt, denn da bin ich mir ehrlich gesagt nicht so sicher. Und jetzt muss ich mich davon abhalten, auf ihre Brüste zu starren. Super. »Das war ein Scherz.«

Brooke grinst mich verschmitzt an. »Ach so.«

Ich schüttle den Kopf und ziehe mir mein T-Shirt wieder an. Columbo vergräbt unterdessen seine Schnauze in meinem Rucksack, und ich ziehe ihn am Halsband zurück. »Aus!«

»Du musst schon die richtigen Kommandos benutzen, wenn du willst, dass er hört«, mischt Brooke sich ein.

Fragend schaue ich sie an. »Was ist denn an *aus* falsch?«

»Das sagt man nur, wenn er etwas im Maul hat, das er loslassen soll. Du kannst stattdessen *zurück* sagen.«

Ich mustere Columbo skeptisch, der dazu übergegangen ist, sich neben uns im Sand zu wälzen. »Gut zu wissen. Aber irgendwie bezweifle ich, dass es was ändern würde.«

Brooke fasst sich gespielt bestürzt an die Brust. »Willst du etwa sagen, er sei schlecht erzogen?«

»Er ist immerhin dein Hund.«

Sie schnaubt, und es klingt mit einem Mal bitter. »Okay, also willst du sagen, *ich* sei schlecht erzogen.«

»Nein, ich meine lediglich, dass ihr beide ziemlich frech seid.«

Jetzt schmunzelt sie wieder. »Ich kann auch sehr gefügig sein, wenn man es richtig anstellt.«

Mir entkommt ein Keuchen, und ich schüttle ungläubig den Kopf. Wenn sie nicht Greys Schwester wäre, hätte mich der Satz vermutlich ziemlich angemacht.

Okay, ehrlich gesagt tut er das auch so. Aber mein Kopf sträubt sich dagegen, diese Gefühle zuzulassen. Und statt zurückzuflirten, wie ich es sonst getan hätte, ringe ich einfach nur vergeblich um Worte.

»Es war nur ein Scherz«, stellt Brooke klar, die mir meinen Zwiespalt offenbar vom Gesicht abliest. »Ich hab schon verstanden, dass du kein Interesse hast. Heißt ja nicht, dass wir nicht miteinander flirten können, oder?«

»Warum willst du flirten, wenn sowieso nicht mehr passieren kann?«, frage ich ehrlich interessiert.

»Warum nicht?« Sie zuckt mit den Schultern. »Es macht Spaß. Und es lenkt ab. Ist schon schlimm genug, dass Grey über nichts anderes als die Uni und den Hof redet.«

»Verstehe.« Ich weiß, was sie meint. Vermutlich brauchen wir beide irgendwie Ablenkung. Wenn auch von sehr verschiedenen Dingen. Trotzdem … Ich glaube nicht, dass es für Grey einen großen Unterschied macht, ob ich mit Brooke nur flirte oder wirklich etwas mit ihr anfange. »Ich weiß nicht, ob das so eine gute Idee ist«, gestehe ich. »Wir spielen mit dem Feuer, und ich glaube, wir haben beide keine Lust auf das Drama mit deinem Bruder.«

»Er muss ja nichts davon wissen«, meint sie unberührt. »Aber ist deine Entscheidung. Ich muss dich nur warnen – an mir verbrennst du dich sowieso.« Sie zwinkert mir allen Ernstes zu.

»Weil du so heiß bist?«, frage ich belustigt.

Brooke grinst. »Das hast jetzt du gesagt.«

»Okay, Kumpelinchen«, wechsle ich das Thema. »Was machst du hier überhaupt? Ich dachte, du bist auf Kompost-Duty. Hattest du solche Sehnsucht nach mir und meinen Bauchmuskeln?«

»Bitte.« Sie schnaubt. »Ich bin gekommen, um dir das Leben zu retten. War auch bitter nötig.«

»Denkst du nicht, mein Dickschädel wäre stärker als so ein dahergelaufener Felsbrocken?«

Brooke verzieht den Mund. »Ich denke, dass in letzter Zeit schon genug Leute fast erschlagen wurden, um das auszuprobieren.«

»Ah«, mache ich peinlich berührt. Im Hinblick auf die Situation mit ihrem Vater war das echt unsensibel von mir. »Sorry.«

»Schon gut.«

Als mein Handy in meinem Rucksack vibriert, krame ich es heraus, um einen kurzen Blick darauf zu werfen. Die Uhrzeit beruhigt mich. Ich habe wirklich höchstens eine halbe Stunde geschlafen. Die Nachricht hingegen …

»Also bist du nur meinetwegen hier und ganz bestimmt nicht wegen Greysen?«, hake ich vielsagend nach.

Brooke stöhnt auf. »Das ist nicht sein Scheißernst? Was schreibt er?«

»Ich soll dir ausrichten, dass der Kompost wartet …«

Sie lässt ein verbittertes Schnauben erklingen. »War ja klar.«

Ich stecke das Handy wieder ein, ohne zu antworten, und mustere sie ratlos. »Habt ihr euch gezofft?«

Kopfschüttelnd wendet sie sich ab und steigt aus der Leine, die Columbo im Verlauf unseres Gesprächs einmal um ihre Beine gewickelt hat. »Ich will nicht drüber reden.«

»Das fasse ich als Ja auf.«

Sie wirft mir nur einen flüchtigen Blick zu. »Ich muss zurück, sonst schlafe ich heute Nacht wahrscheinlich auf der Straße. Dir noch viel Spaß. Versuch, nicht zu sterben, okay? Komm, Columbo.« Sie setzt sich in Bewegung, und er hechtet ihr nach.

Einen Moment lang bleibe ich noch unschlüssig stehen. Dann folge ich ihr ebenfalls. Ganz ehrlich, die paar Stunden, die ich hier allein war, waren schon schlimm genug. Und noch dazu mag ich es nicht, dass Brooke so genervt ist. Oder vielleicht sogar traurig, denn so ganz kann ich ihre Emotionen noch nicht lesen. Wir können vielleicht nicht miteinander schlafen, doch wir können wenigstens versuchen, unseren Sommer gegenseitig ein bisschen erträglicher zu machen. Mögliche Verbrennungen hin oder her …

Ich schließe zu ihr auf und lege ihr im Gehen freundschaftlich einen Arm um die Schultern. Brooke schaut überrascht zu mir rüber, weicht aber nicht zurück.

»Folgender Deal, Kumpelinchen. Ich helf dir mit dem Kompost, und du hilfst mir mit dem Abendessen.«

Sie runzelt die Stirn. »Du musst das nicht machen. Du hast frei.«

»Ist doch sowieso bald Flut«, meine ich gespielt unberührt. »Außerdem hattest du recht, ich trainiere nicht einfach so, sondern um vor hilflosen Frauen damit anzugeben, wie schnell ich Kompost sieben kann.«

»Hilflos also, ja?« Sie stößt mir in die Seite, und im selben Moment hechtet Columbo vor meine Füße und sorgt dafür, dass ich beinahe mit dem Gesicht voran im Sand lande. Mein Arm um Brookes Schultern ist vermutlich das Einzige, was mich davon abhält.

»Verfluchter …«, stoße ich aus, und Brooke beginnt, laut zu lachen.

»Vielleicht solltest du den Mund einfach nicht so voll nehmen«, rät sie mir und drückt mir die Leine in die Hand.

Ich löse meinen Arm von ihrer Schulter und lächle sie geschlagen an. »Er ist ein kleiner Teufel«, bemerke ich und nehme die Leine kürzer.

»Er mag dich«, hält Brooke dagegen.

»Schließt sich ja nicht aus.« Ich werfe ihr einen vielsagenden Blick zu, dann konzentriere ich mich sicherheitshalber auf meine Füße. Einerseits, um zu verhindern, dass Columbo wieder ein Attentat auf mich verübt. Und andererseits, weil ich mich sonst wieder viel zu sehr in Brookes Augen verliere.

Keine Ahnung, was zwischen Brooke und Greysen vorgefallen ist, aber ich bezweifle, dass es viel mit dem Kompost zu tun hatte. Als wir wieder auf dem Hof ankamen, war der Haufen bereits halb durchgesiebt. Zu zweit hatten wir den Rest binnen einer Stunde erledigt und auf die Beete verteilt. Brooke war anschließend völlig k. o., was sie jedoch nicht davon abhält, ihren Teil der Abmachung einzuhalten und mir beim Kochen zu helfen. Na ja. Oder so ähnlich. Wirklich hilfreich ist sie nicht. Stattdessen schleicht sie um mich herum und stibitzt immer wieder geschnittenes Gemüse von meinem Schneidbrett.

»Pass auf das Messer auf«, warne ich sie zum wiederholten Mal, als sich ihre Finger schon wieder nur eine Handbreit von der Klinge entfernt ein Stück Paprika schnappen.

»Jaja«, nuschelt sie und grinst verschmitzt.

»Bis die Nudeln fertig sind, ist nichts mehr vom Gemüse übrig.«

»Doch. Die Zwiebeln.« Brooke klaut schon wieder ein Stück Gemüse, und ich schlage scherzhaft nach ihrer Hand.

»Hör auf jetzt.«

»Ich habe Hunger!«, jammert sie.

»Das Essen ist in zehn Minuten fertig.«

»Aber, Noaaaaaah …« Sie zieht meinen Namen flehend in die Länge, und in meiner Magengrube kribbelt es verdächtig.

»Noah hat ein Messer in der Hand«, erinnere ich sie.

»Ich sterbeeeeee!« Theatralisch lässt Brooke den Kopf gegen meine Schulter sinken, und ich bringe es nicht über mich, sie abzuschütteln. Schlimmer noch. Ich wende ihr leicht das Gesicht zu, um mehr von ihrem Kokosduft riechen zu können. Ihre Locken kitzeln mich dabei am Hals. Trotzdem entgeht mir nicht, dass sie schon wieder versucht, etwas vom Schneidebrett zu stibitzen.

Ich halte ihre Hand fest und atme hörbar aus. »Gleich binde ich dich am Stuhl fest.«

»Kinky«, murmelt sie und lässt damit noch mehr Hitze in meinem Bauch entstehen.

Ich verkneife mir eine Erwiderung. Stattdessen lege ich Brookes Hand gemeinsam mit meiner eigenen auf den Messergriff. »Pass jetzt bitte auf *meine* Finger auf«, rate ich ihr und schneide die Zucchini weiter in Stückchen.

Auf einmal ist Brooke ganz ruhig. Sie folgt meinen Handbewegungen ohne Widerstand, ihre Haut warm und weich unter meiner. Die Härchen an meinen Armen stellen sich auf.

Noch immer lehnt ihr Kopf an meiner Schulter. Sie ist mir viel zu nah und gleichzeitig nicht annähernd nah genug. Trotzdem lasse ich sie los, als wir den Rest der Zucchini geschnitten haben, und löse mich vorsichtig von ihr, um eine der Nudeln zu probieren.

»Weich oder bissfest?«, frage ich und halte Brooke eine weitere hin. Doch statt mir die verfluchte Gabel aus der Hand zu nehmen, lässt sie sich von mir füttern.

Okay.

Nein, nicht okay. Ich starre auf ihre Lippen. Gehirnkurzschluss.

»Mmh«, macht Brooke zu allem Überfluss und zeigt mir einen Daumen nach oben.

Ich nehme es nur aus dem Augenwinkel wahr. Mein Blick klebt unweigerlich an ihrem Gesicht. Ein Muskel in meinem Kiefer zuckt, und eilig wende ich mich ab.

Schwester deines besten Freundes, Noah.

Sexy Schwester deines besten Freundes …

Als hätte Grey meine verbotenen Gedanken gehört, geht die Küchentür auf und er betritt den Raum. Augenblicklich wandelt sich die Stimmung. Eben war zwischen Brooke und mir noch alles gelöst. Doch Greys Anwesenheit wirkt, als hätte man einen Kübel Eiswasser ins Feuer gekippt.

»Hi«, grüßt er uns kühl. Ich werfe ihm einen fragenden Blick zu, während ich die Nudeln abgieße. Seine Miene ist finster, und er scheint sehr bedacht darauf, Brooke nicht zu lang anzuschauen. Stattdessen wendet er sich sofort dem Hängeschrank zu und holt Geschirr heraus.

»Essen dauert nur noch fünf Minuten«, lasse ich ihn wissen und werfe nun auch Brooke einen unsicheren Blick zu. Sie hat sich das Messer geschnappt und tut so, als wäre sie ganz und gar darauf konzentriert, die Zucchinistückchen einzeln noch einmal zu halbieren.

Okay …

»Wie war's im Krankenhaus?«, frage ich Grey beiläufig, stelle den heißen Topf wieder auf den Herd und brate die Zwiebeln darin an.

»Wie immer«, brummt er nur und wechselt prompt das Thema. »Die Gäste aus einer der Ferienwohnungen reisen morgen ab. Freitag kommen wieder neue.«

»Also putzen?«, schlussfolgere ich.

»Lass mich raten, ich darf das Klo sauber machen«, mischt Brooke sich ein. Die Verbitterung ist ihr deutlich anzuhören.

Fragend drehe ich mich zu ihr um, doch sie fixiert Greysen mit wütendem Blick. Der ignoriert sie. »Ich hol noch Getränke«, verkündet er, stellt den letzten Teller auf den Tisch und verschwindet wieder.

»Warum genau geht ihr euch an die Gurgel?«, frage ich vorsichtig und ziehe Brooke das Schneidbrett weg, um auch den Rest des Gemüses in den Topf zu geben.

»Ist so unser Ding«, erwidert sie frostig und verschränkt die Arme vor der Brust. »Und spar dir bitte die Kommentare, von wegen, ich muss netter zu ihm sein.«

»Das wollte ich nicht sagen«, erwidere ich ruhig und mustere weiterhin ihr Gesicht. Sie tut auf tough, aber die Sache nimmt sie echt mit, kann das sein?

»Gut«, sagt sie schlicht, kramt in der Besteckschublade und wendet sich ab. Ich konzentriere mich darauf, das Gemüse anzuschwitzen, und lösche alles mit frischen gehackten Tomaten und etwas Hummus ab, bevor ich die Nudeln zurück in den Topf gebe.

Kurz darauf steht das Essen auf dem Tisch, und Grey kommt mit den Getränken wieder aus der Garage. Wir setzen uns, doch offenbar sind die beiden noch nicht fertig damit, sich schweigend anzugiften. Nach ein paar Minuten gebe ich es auf, ein Gespräch am Laufen halten zu wollen, und bin ganz froh, als wir alle aufgegessen haben und Grey sich diesmal zum Spüldienst bereit erklärt.

Brooke und ich gehen ins Wohnzimmer. Sie fläzt sich in die Ecke, und ich setze mich automatisch neben sie, damit die beiden Streithähne nicht nebeneinandersitzen müssen. »Nächste Folge?«, frage ich und greife nach der Fernbedienung des Smart-TVs.

Brooke nickt nur still und kuschelt sich in die Kissen.

Das alles gefällt mir gar nicht. Können die beiden nicht wenigstens so tun, als würden sie sich vertragen? Oder mich mal einweihen?

»Danke, dass du mir mit dem Kompost geholfen hast«, sagt sie plötzlich leise. Verwirrt schaue ich wieder zu ihr rüber, doch Brooke hat den Blick gesenkt und knibbelt an ihren Fingernägeln herum.

»Hab ich gern gemacht«, sage ich ehrlich.

Sie beißt sich auf die Unterlippe und schaut zu mir auf. Ein zaghaftes Lächeln umspielt ihre Mundwinkel. »Putzt du morgen auch das Klo für mich?«

»Grey ist Profi im Kloputzen«, gebe ich zurück. »Er kann das machen.«

»Nicht, wenn er wieder Dad besucht …«

Ich runzle die Stirn. Ging es darum? Hat er sie nicht mitfahren lassen? Aber warum denn? »Wenn ihr beide ins Krankenhaus wollt, kann ich auch das Putzen übernehmen. Das ist überhaupt kein Problem.«

Hektisch schüttelt sie den Kopf. »Schon gut.«

»Hey, genau dafür bin ich hergekommen. Damit du und Grey euch um euren Dad kümmern könnt.«

Na ja. Und aus Eigennutz.

»Es darf immer nur eine Person zu ihm«, behauptet Brooke und weicht dabei meinem Blick aus. »Ich gehe wann anders …«

»Okay …«, erwidere ich nur irritiert. Irgendwas stimmt nicht. Aber ich raffe nicht, was es ist, und ich will sie nicht unter Druck setzen, indem ich Fragen stelle, deren Antworten mich nichts angehen.

Grey kommt aus der Küche, und Brooke verspannt sich noch mehr als ohnehin schon. Ich hoffe wirklich, es bleibt nicht den ganzen Sommer über so zwischen ihnen.

»Folge drei?«, frage ich auch Grey, doch er schüttelt den Kopf.

»Schaut ihr mal allein, ich geh noch lernen.«

»Für was?«, frage ich verwirrt. »Um deinen perfekten Durchschnitt noch perfekter zu machen? Die Polizei nimmt dich sicher auch mit ein paar Punkten weniger.«

Als Antwort bekomme ich nur ein Schulterzucken, dann verschwindet er auch schon in seinem Zimmer.

»Polizei?«, fragt Brooke leise.

Ich schaue zu ihr rüber. »Wusstest du nicht, dass er da arbeiten will?«

»Doch«, sagt sie schnell. »Ich … wusste nur nicht, dass das noch aktuell ist.«

»Deswegen studiert er ja Security and Defense«, erkläre ich.

»Ah. Ergibt Sinn.« Brooke atmet tief durch. Und auf einmal habe ich Angst, sie könnte jetzt auch gehen. Ich bin nicht hergekommen, um allein zu sein. »Dann wohl nur wir beide«, schlussfolgere ich und starte schnell die Folge, bevor sie es sich anders überlegen kann. Zu meiner Erleichterung macht sie jedoch keine Anstalten, vom Sofa aufzustehen. Sie streckt nur die Beine auf der Sitzfläche aus, bis sie beinahe wieder meinen Oberschenkel berühren.

Ich lehne mich zurück. »Was meinst du, wie sehr wird Liam Hemsworth die Rolle von Geralt verkacken?«, frage ich in die Opening-Musik hinein.

Brooke stupst mich mit dem Fuß an. »Darüber sprechen wir nicht.«

»Also sehr.«

»Ich will es mir gar nicht vorstellen.«

Eine Weile schauen wir schweigend die Folge. Als ich das nächste Mal einen Blick zur Seite werfe, hat Brooke die Augen geschlossen und schlummert anscheinend vor sich hin.

Ich glaube, sie ist von heute völlig fertig. Den Kompost durchzusieben, war ganz schön anstrengend, und wenn man dabei auch noch streitet, macht es das auch nicht leichter.

Leise ziehe ich mein Smartphone aus meiner Hosentasche und öffne den Chat mit Grey. Er war schon eine Weile nicht mehr online, aber dass er gerade wirklich lernt, kann er seiner Oma erzählen. Es ist Mitte November, verdammt. Die Uni geht erst in drei Monaten weiter.

Alles okay bei dir?

Klar, alles gut.

Sicher? Du bist anders, seit Brooke hier ist.

...

Du kannst mit mir reden, weißt du?

Muss ja nicht immer ich derjenige sein, der sein Herz ausschüttet. 😌

Ich weiß.

Aber es ist einfach kompliziert. Und ich weiß nicht, wie ich mit Brooke umgehen soll.

Dass ihr mal ruhig miteinander redet, ist keine Option?

Das ist schon seit mindestens fünf Jahren keine Option mehr ...

Vielleicht wird's Zeit, dass es wieder eine wird.

So einfach ist das nicht. Aber es beruhigt mich, dass wenigstens du mit ihr klarkommst.

Seine Nachricht verursacht ein mulmiges Gefühl in meiner Magengrube. Das hat er also schon gemerkt.

62

Tust du mir einen Gefallen?

Ich schlucke. Vor meinem inneren Auge sehe ich seine nächste Nachricht schon klar und deutlich: *Halt dich von ihr fern.* Doch stattdessen schreibt er etwas ganz anderes.

Hast du ein bisschen ein Auge auf sie?

Wie?

Na ja, was sie hier so macht. Wo sie sich rumtreibt. Und mit wem ...

Ähm ... Ich glaube, das geht mich echt nichts an. Wieso? Was denkst du denn, was sie macht?

Egal, schon gut.

Vielleicht würde es helfen, wenn du mir sagen würdest, was zwischen euch passiert ist?

Das ist 'ne lange Geschichte.

Zu deinem Glück habe ich heute keine Termine mehr. Und Brooke ist auf dem Sofa eingeschlafen, also ...

Danke, aber lass mal. Das ist mir gerade alles zu viel.

Okay. Aber falls doch, sag Bescheid. Ich bin da. Immer. Du hörst dir meinen Mist schließlich auch jedes Mal an.

Es ist kein Mist, Noah. Hör auf, das zu denken.

Schau, schon wieder.

Kein Kommentar.

Ich bin jedenfalls sicher, dass ihr euch bald wieder vertragt.

Mal sehen. Ich traue ihr nicht. Pass auf mit ihr, okay?

Brooke legt dein Leben in Trümmer, wenn du sie lässt.

Ich werfe einen Blick zur Seite. Brooke schläft seelenruhig und sieht dabei so verdammt süß aus, dass ich kurz davor bin, sie zuzudecken und ihr über den Kopf zu streicheln. Keine Ahnung, was Grey für ein Bild von seiner Schwester hat. Aber es stimmt definitiv nicht mit meinem überein. Allerdings – wenn ich so darüber nachdenke, hat Brooke vorhergesagt, dass er solche Warnungen aussprechen würde. Warum? Was ist denn das verdammte Problem zwischen den beiden?

Jetzt übertreibst du echt.

Diesmal braucht Greysen länger, um zu antworten. Und als die Nachricht endlich kommt, ist sie ziemlich ernüchternd.

Ich wünschte, es wäre so.

Gute Nacht.

brooke

»Noah? Brooke?« Greys Stimme tönt durch das kleine Ferienapartment, und seine dumpfen Schritte nähern sich.

»Hier«, ruft Noah zurück, und schon wird die Tür geöffnet.

Mein Bruder mustert das Bild, das sich ihm bietet. Noah widmet sich gerade mit Klobürste und Reinigungsmittel der Toilette, während ich in der Dusche stehe und versuche, mit Essigreiniger die Kalkflecken von den Scheiben zu bekommen.

Während Grey sich um die Hühner, das Gießen und das Café gekümmert hat, haben wir uns schon mal dem Putzen gewidmet.

»Sieht gut aus«, meint Grey und rümpft leicht die Nase. Vermutlich wegen des Essiggeruchs.

Noah schaut sich zu ihm um und wirft einen anklagenden Blick auf seine Schuhe. »Alter. Wir haben schon gewischt.«

»Oh.« Das scheint ihn zu überraschen. »Wäre das nicht am Schluss sinnvoller gewesen?«

»Das hier ist der Schluss«, weiht Noah ihn ein. »Wir sind fertig.«

Mein Bruder zieht skeptisch die Brauen zusammen, und ich rechne fast damit, dass er jeden Moment den Rest der Wohnung auf Sauberkeit kontrolliert. Doch er besinnt sich eines Besseren und zieht stattdessen seine Schuhe aus. »Sorry. Hätte nicht gedacht, dass ihr so schnell seid. Heißt das, ihr braucht keine Hilfe mehr?«

»Nope«, meint Noah. Ich verhalte mich derweil möglichst unauffällig, in der Hoffnung, dass Grey keine unangenehmen Fragen stellt.

Wie zum Beispiel, ob ich mit ins Krankenhaus komme. Ich weiß, dass er gleich verkünden wird, dass er losfährt. Und dass er sich erhofft, dass ich mitkomme. Aber wenn ich nur daran denke, Dad unter die Augen zu treten, wird mir schlecht. Immer noch.

»Okay. Dann fahre ich schon, jetzt ist noch weniger Verkehr.«

»Geht klar«, meint Noah, und ich nicke nur abwesend.

Doch Grey geht nicht. Er steht weiterhin in der Tür und schaut nun mich an. »Brooke?«

Ich schlucke. »Hm?«, mache ich und wende mich ihm widerwillig zu. »Kommst du mit?«

»Ähm … ich hab mich gestern, glaube ich, erkältet«, lüge ich. »Ich will Dad nicht anstecken.« Ich spüre, wie mir Hitze in die Wangen steigt. Noah wirft mir einen fragenden Blick zu, und Greys Gesicht verfinstert sich.

»Okay«, sagt er nur knapp. »Dann bis später.« Er nimmt seine Schuhe und geht wieder. Ich warte, bis ich die Wohnungstür zufallen höre. Dann atme ich tief durch.

»Erkältet also?«, fragt Noah. Er hat eine Braue skeptisch gehoben.

»Sicher ist sicher«, meine ich.

Noah schüttelt den Kopf. »Du weißt aber schon, dass du ihm nichts vormachen kannst, oder?«

Ich wende mich wieder der Duschwand zu. »Ja …«

»Falls du reden willst …«

»Nein«, sage ich schnell. »Kein Bedarf.«

»Alles klar. Nur ein Angebot. Das auch bestehen bleibt, also …«

»Danke.« Mehr bekomme ich nicht heraus. Ich könnte niemals mit Noah darüber reden. Es ist ja schon schwer genug, daran zu *denken*. Aber es ist lieb, dass er sich Sorgen macht. Das mag ich an ihm. Ich kann verstehen, warum er Greys bester Freund ist. Andersherum allerdings? Fragwürdig.

Ich wische den Rest der Dusche trocken und räume den Essigreiniger wieder unter die Spüle. Noah ist mit der Toilette schon fertig und faltet gerade eine sehr provisorisch anmutende Ecke in das erste Blatt der Klopapierrolle.

»Hast du diesen Nachmittag schon was geplant?«, frage ich ihn.

»Nein. Wieso? Lust, wieder die Fremdenführerin zu spielen?«

Immer, denke ich. *Aber nicht heute.* »Ich bräuchte Hilfe bei etwas.«

Noah schaut fragend von dem zerknitterten Klopapierblatt auf.

»Klar. Worum geht's?«

⌣

»Es sieht schlimmer aus, als es ist«, behaupte ich. Noah und ich stehen im Hühnergehege und schauen auf die Überreste des zerstörten Stalls. Ein paar Seidenhühner haben sich zu unseren Füßen versammelt und zupfen an Noahs Schnürsenkeln herum.

»Das halte ich für ein Gerücht«, erwidert er und rüttelt probehalber an dem umgestürzten Baum, der eine Ecke des kleinen Gebäudes zertrümmert hat. Rein strukturell gesehen ist dies das einzige Problem. Die anderen Wände sind intakt, eigentlich könnten die Hühner hier trotzdem noch wohnen. Hinge das Dach nicht in Fetzen.

»Du musst es ja nicht allein machen«, versuche ich, Noah zu überreden. »Ich weiß, wie alles geht. Ich brauche nur jemanden, der mir beim Halten hilft. Das ist sonst richtig nervig mit der Schrägfläche.«

Als ich heute Morgen bei einer kurzen Runde über den Hof am Hühnerstall vorbeikam, habe ich ein schlechtes Gewissen bekommen. Wegen Dad, der vermutlich die ganze Zeit darauf wartet, mich zu sehen. Oder von mir zu hören. Ich habe letzte Woche nur kurz mit ihm geschrieben, um ihm gute Besserung zu wünschen und meine Anreise zu klären. Seitdem gehe ich ihm wieder aus dem Weg. So wie die letzten zweieinhalb Jahre auch. Mehr als ein paar gelegentliche Nachrichten zu Weihnachten oder Geburtstagen gab es sonst nicht.

»Okay«, willigt Noah ein. »Du sagst an. Was soll ich machen?«

»Kannst du Bretter und Schrauben vom Baumarkt besorgen? Ich schreib dir auf, was wir brauchen, und räume so lang den Baum weg.«

Noah stutzt. »Wie genau willst du den Baum wegräumen?«

»Mit Dads Kettensäge.«

Er starrt mich an, und ich muss lachen.

»Was?«

»Du möchtest, dass ich dich mit einer Kettensäge allein lasse, während ich ziellos durch einen Baumarkt irre, weil ich keine Ahnung habe, was ich suche?«

»Ja.«

»Auf gar keinen Fall.«

»Traust du mir das nicht zu?«

Er schnaubt. »Das traue ich niemandem zu. Das ist viel zu gefährlich allein. Ich würde sagen, wir fahren gemeinsam in den Baumarkt, du suchst die Sachen raus, die wir brauchen, und dann können wir uns gemeinsam um den Baum kümmern.«

In mir gefriert alles zu Eis. Genau das wollte ich nicht. Scheiße. Ich hätte das mit der Kettensäge nicht sagen dürfen.

»Okay, anderer Plan. Du fährst zum Baumarkt, und ich zäune so lang die Hühner ein, damit sie uns nicht stören.«

Noah schüttelt irritiert den Kopf. »Das geht doch zu zweit viel einfacher. Außerdem meintest du eben, die Platten sind unhandlich. Wenn du willst, dass ich dir helfe, müssen wir das schon zusammen machen. Am Ende kaufe ich irgendwas Falsches.«

»Du kannst gar nichts Falsches kaufen«, behaupte ich, obwohl das ebenso gelogen ist wie meine Erkältung. Ich hätte ahnen müssen, dass es so endet. Das war eine richtig miese Idee.

»Brooke …« Noah mustert mich leicht frustriert. »Kommst du bitte mit zum Baumarkt?«

Nein.

Nein, nein und noch tausendmal nein. Ich werde diesen Baumarkt nie wieder betreten.

»Okay«, höre ich mich stattdessen sagen. Zittert meine Stimme? Zittere ich? Keine Ahnung. Ich spüre plötzlich gar nichts mehr. Nur noch lähmende Angst.

»Okay«, wiederholt Noah leicht skeptisch. »Sollen wir gleich fahren oder …?«

Meine Kehle wird eng.

»Ich zieh mich noch um.« Bevor ich es mir anders überlegen kann, lasse ich ihn stehen und stürme zurück zum Haus. Diese Angst kann nicht mein Leben diktieren. Ich bin stärker als das. Ich bin frei, verdammt. Oder zumindest rede ich mir das ein.

Zehn Minuten später sitzen wir gemeinsam im Wagen. Glücklicherweise hat Grey sein eigenes Auto genommen, um zu Dad ins Krankenhaus zu fahren, sodass uns der Jeep meines Vaters zur Verfügung steht. Noah lässt bereitwillig mich fahren und mustert mich irritiert vom Beifahrersitz aus.

»Gibt's im Baumarkt einen Dresscode, von dem ich nichts weiß?«

Ich schaue nicht zu ihm. Stattdessen konzentriere ich mich auf die Straße. Meine roten Locken habe ich eilig zu einem tief sitzenden Dutt gebändigt. Vervollständigt habe ich mein Outfit mit einer Basecap von Dad und einer übergroßen Sweatjacke.

»Will nur nicht, dass meine Haare irgendwo hängen bleiben«, schwindle ich schon wieder. »Und die Sonne blendet so.«

Ich wünschte, Noah würde aufhören, Fragen zu stellen. Dann könnte ich nämlich aufhören, ihn anzulügen. Wenigstens den Rest der Fahrt schweigt er. Und er kommentiert es auch nicht, als wir fünf Minuten später auf dem Parkplatz halten und ich mir vor dem Aussteigen die Kapuze meiner Jacke über die Basecap ziehe.

Vielleicht hält er mich jetzt für ein bisschen komisch. Aber damit läge er auch gar nicht so falsch, schätze ich.

Gemeinsam betreten wir den Laden, und ich eile Noah voraus zu dem Bereich mit den Baumaterialien. Mein Herz rast, und das Engegefühl in meiner Brust wird mit jedem Schritt stärker. Ich halte den Kopf gesenkt, schaue mich nur hin und wieder flüchtig um. Noch scheint die Luft rein zu sein. Aber bei meinem Glück …

Bei den Brettern angekommen, muss ich mich beherrschen, nicht einfach irgendetwas auf den Wagen zu werfen, den Noah neben mir hält. Am Ende müssen wir noch mal her. Das fehlt mir noch. Eilig gehe ich die verschiedenen Größen und Stärken durch und suche nach etwas, das wir ohne zu viel Materialverlust sinnvoll zuschneiden können.

»Werden wir verfolgt?«, will Noah nun wissen.

»Wie kommst du darauf?«, frage ich, ohne mich zu ihm umzudrehen.

»Du hast es ganz schön eilig.«

»Ich will nicht, dass die Hühner noch mal draußen schlafen müssen.«

»Warte, du willst damit heute fertig werden?«

»Provisorisch zumindest.«

»Okay, ähm …«

»Die hier.« Ich deute auf eine der Holzplatten und ziehe sie aus dem Regal. Noah kriegt das andere Ende gerade so zu fassen, da bugsiere ich sie schon auf den Wagen.

»Whoa, langsam.«

»Eine noch. Schrauben haben wir im Café.«

Ich ernte einen leicht genervten Blick, doch Noah widerspricht nicht weiter. Ebenso schnell, wie wir reinkamen, stehen wir an der Kasse. Erst als wir draußen auf dem Parkplatz sind, gemeinsam die Platten auf die Ladefläche des Jeeps gehievt haben und in den Wagen steigen, kann ich wieder richtig durchatmen. Das war gar nicht so schlimm. Nichts, was ich freiwillig wiederholen würde, aber …

»Brooke?«

Ich zucke zusammen, die Hand am Griff der Fahrertür. Erschrocken wirble ich herum und schaue in vertraute dunkelbraune Augen. Vor mir steht eine junge Frau mit kinnlangen schwarzen Haaren, hellbrauner Haut und türkisen Federohrringen. Sie trägt eine wilde Mischung aus schwarzen Boots, einer zerschlissenen Latzhose und dem perfektesten blauen Lidstrich, den ich je gesehen habe.

»Kaia?«, frage ich perplex. Das ist sie doch, oder? Wenn ja, hat sie sich ganz schön verändert.

»O Gott, du bist es wirklich! Ich dachte schon, ich sehe einen

Geist!«, meint sie lachend, und auf einmal finde ich mich in einer engen Umarmung wieder.

Völlig überrumpelt erwidere ich die Geste. Kaia und ich waren unsere ganze Kindheit über beste Freundinnen, aber in den letzten Jahren, die ich hier gewohnt habe, haben wir uns immer weiter entfremdet. Mein plötzlicher Wegzug hat die Sache bestimmt auch nicht besser gemacht, und danach habe ich mich fast gar nicht mehr bei ihr gemeldet. Ich dachte, sie wäre sauer auf mich. Doch anscheinend habe ich mich getäuscht.

»Seit wann bist du in der Stadt?«, will Kaia jetzt wissen und löst sich von mir.

»Ähm … zwei Tage. Und du? Studierst du nicht in Palmerston North?«

»Doch, genau. Ich bin über die Ferien zu Hause. Ähm …« Sie wirft einen Blick über ihre Schulter zum Baumarkt. »Also ich bin überrascht, dass du zurück bist, aber ehrlich gesagt noch überraschter, dass ich dich *hier* treffe. Hast du …?«

Eilig schüttle ich den Kopf. »Wir haben nur kurz Holz gekauft. Dads Hühnerstall ist kaputt.«

»Ah. Das mit deinem Dad hab ich gehört. Richte ihm gute Besserung von mir und meinen Eltern aus, okay?«

»Klar, mach ich.« Ich ringe mir ein Lächeln ab.

»Ich will euch auch gar nicht weiter aufhalten. Aber vielleicht können wir ja mal was unternehmen?«

»Super gerne«, erwidere ich ehrlich. »Es ist todeslangweilig auf dem Hof.«

Sie nickt verständnisvoll. »Wenn man die Großstadt erst mal gewöhnt ist … Ich komm einfach mal vorbei, ja?«

»Geht klar.«

»Dann bis bald. O Gott, ich freu mich so, dass du hier bist. Das wird wieder wie früher!« Kaia umarmt mich noch mal fest. Dann winkt sie mir zum Abschied und betritt den Baumarkt.

Ich steige in den Jeep ein und ziehe die Tür hinter mir zu. Noah sitzt längst auf dem Beifahrersitz und mustert mich interessiert.

»Alte Freundin?«, fragt er.

»Jep«, bestätige ich, zwinge noch ein Lächeln auf meine Lippen und atme tief durch.

Das wird wieder wie früher.

Ich frage mich nur, welches *Früher* sie meint.

damals

> Geh gefälligst ran, wenn ich anrufe

> Brooke, verdammte Scheiße

> Du kannst nicht einfach abhauen und mich ghosten

> Ich rufe dich heute Abend um sechs noch mal an. Letzte Chance.

Das Vibrieren meines Handys lässt mich so heftig zusammenzucken, dass es mir beinahe aus der Hand fällt. Es ist noch nicht sechs. Nicht annähernd. Ich bin nicht bereit hierfür. Ich kann nicht …

Ein Name taucht auf meinem Display auf, und ich atme erleichtert auf.

Kaia.

Auch von ihr habe ich heute schon zwei verpasste Anrufe in der Historie. Das Handy lag unter meinem Kopfkissen, wo ich es über meine laute Musik weder gehört noch gesehen habe. Leider hat das trotzdem nicht gereicht, um es auch zu vergessen.

Ich gehe ran. »Hi«, sage ich vorsichtig und lasse mich auf meine Bettkante sinken. Vor mir auf dem Boden erstreckt sich das Chaos, das ich beim Auspacken meines Koffers verursacht habe. Meine Klamotten sind wild durcheinandergeworfen, weil ich es beim Packen so eilig hatte. Und jetzt schaffe ich es nicht ganz, Ordnung in meinen neuen Kleiderschrank zu bringen. In welches Fach sollen die Hosen, in welches Tops? Wohin mit meiner Unterwäsche? Fragen ohne jegliche Relevanz, an denen ich mich verzweifelt festklammere, weil ich das Gefühl habe, dieser Kleiderschrank ist mein letztes bisschen Halt.

»Sorry, störe ich?«, tönt Kaias Stimme aus meinem Handy. »Du bist nicht rangegangen. Ich wollte nur wissen, ob du gut angekommen bist und so.«

»Alles gut«, stammle ich. »Meine Mum … es war viel los heute. Ich bin jetzt in meinem neuen Zimmer.«

»Ah. Und, ist es hübsch?«

»Geht so«, bringe ich hervor. Mum wohnt erst seit Kurzem in dieser Wohnung, und ich war bisher noch nie hier. Vom Fenster aus blickt man auf das Hochhaus gegenüber. Die Wände sind weiß, und es gibt einen hässlichen braunen Teppichboden, den ich am liebsten sofort herausgerissen hätte. Sie wollte hier eigentlich ein Fernsehzimmer einrichten. Jetzt steht der TV in der kleinen Wohnküche, und der Großteil des Raumes wird von einem wackligen Bett eingenommen. Es ist trostlos. Das Zimmer, die Wohnung, Mum. Sie will mich hier nicht haben, und ich will hier nicht sein. Nur Letzteres darf sie nicht wissen, also versuche ich, die Vorzeigetochter zu spielen. Keine Ahnung, wie lang ich das durchhalte.

»Ah«, macht Kaia wieder. Vermutlich weiß sie langsam nicht mehr, was sie noch sagen soll, weil sie kaum mehr als zwei Worte aus mir rausbekommen hat. Aber ich kann gerade nicht reden. Nicht, wenn sich meine Kehle immer noch anfühlt, als würde mir jemand die Luft abdrücken. Und vielleicht ist es auch besser so, wenn Kaia und ich getrennte Wege gehen. Letztendlich werden wir uns sowieso kaum noch sehen. Von Auckland bis nach Hause ist es ganz schön weit. Und ich weiß auch nicht, ob ich Hāwera jemals wieder betreten will. Ich glaube, eher nicht.

»Ich lass dich mal wieder in Ruhe«, verkündet Kaia unsicher. »Wollte nur wissen, ob du gut angekommen bist.«

»Bin ich. Danke«, würge ich hervor.

»Du kannst mir ja mal schreiben, wie die neue Schule ist.«

»Ja.« Oder eher vielleicht. Ich kann darüber gerade noch nicht nachdenken. »Wir schreiben einfach«, sage ich stumpf. »Bis dann, Kaia.«

»Bis dann.« Sie klingt enttäuscht. Trotzdem halte ich sie nicht davon ab, aufzulegen. Ich schaue auf mein Display, starre auf die Uhrzeit.

Halb sechs.

In dreißig Minuten ist es so weit.

Und bis dahin muss ich so weit weg von hier wie nur irgendwie möglich.

KAPITEL 6

noah

Wir haben den ganzen Nachmittag in der prallen Sonne verbracht und am Stall gearbeitet. So komisch Brooke im Baumarkt auch war – kaum dass wir den Parkplatz verlassen haben, wurde aus ihr wieder die freche, vorlaute Frau, die ich kenne. Mehr als einmal hat sie mich heute aufgezogen, weil ich gefühlt mit keinem einzigen Werkzeug umgehen kann. Zumindest nicht so gut wie sie. Und ob ich es wollte oder nicht – dabei haben sich auch immer wieder ein paar scheinbar unschuldige Flirts in unsere Unterhaltung geschlichen. Ich kann einfach nicht aufhören, darauf einzugehen, wenn sie damit anfängt. Und sie hat recht – eigentlich wäre es überhaupt nicht schlimm, nur zum Spaß oder zur Ablenkung miteinander zu flirten. Mies nur, dass es für mich irgendwie kein Spaß ist. Im Gegenteil. Alles, was ich sage, ist ernst gemeint. Und ich bin mir sicher, dass es ihr genauso geht. Gäbe es Greysen nicht, hätten wir uns hundertpro schon am ersten Abend gegenseitig die Klamotten vom Leib gerissen.

Aber gäbe es Greysen nicht, hätten wir uns danach auch nie wiedergesehen, also …

Keine Ahnung. Ich bin mit diesem Gefühlsdurcheinander ungefähr so vertraut wie mit der Handhabung einer Kettensäge. Nämlich gar nicht.

»Wir sind in ungefähr einer Stunde wieder da und bringen die Pizza mit«, erklärt Grey seiner Schwester gerade. Als er vor ein paar Minuten nach Hause kam und das provisorische Dach des Hühnerstalls gesehen hat, hat er kurzerhand einen Freund seines Vaters angerufen, der nicht weit von hier wohnt. Er hat wohl eine Dachbaufirma oder irgendwas in der Art und eingewilligt, uns Reste von der Versiegelungsfolie abzutreten, damit wir alles abdichten können. Wir sollen sie direkt abholen. Und damit Grey nicht allein fahren muss, habe ich mich bereit erklärt, ihn zu begleiten.

»Alles klar«, erwidert Brooke. Sie sitzt völlig fertig auf dem Sofa, die Beine hochgelegt, die Augen geschlossen.

»Gut. Bis später.« Wir verlassen das Haus und steigen in den Jeep. Greysen fährt vom Hof und stellt den Radiosender um, den Brooke vorhin ausgewählt hat. Statt elektronischen Beats tönen jetzt Oldies aus den Lautsprechern.

»War das echt Brookes Idee?«, will er plötzlich wissen.

Fragend schaue ich ihn an. »Wessen sonst?«

Er zuckt mit den Schultern und heftet den Blick auf die Straße. »Hat mich nur gewundert.«

»Okay.«

Grey trommelt mit den Fingern aufs Lenkrad und scheint zu überlegen. Ich schaue derweil aus dem Fenster und sehe zu, wie Hāwera an uns vorbeizieht.

»Woher hattet ihr die Platten?«, fragt er jetzt.

»Aus dem Baumarkt.«

Grey ist mit einem Mal verdächtig still. Ich schaue irritiert zu ihm rüber. Er hat die Brauen zusammengezogen. »Und wie … war's da?«

»Ähm …?«, mache ich nur überfordert. »Wie es im Baumarkt war?«

»Na ja … habt ihr jemanden getroffen?«

Was stellt er gerade eigentlich für komische Fragen?

Ich muss daran zurückdenken, wie Brooke durch den Laden gehetzt ist, als wäre sie auf der Flucht. Grey weiß, wieso, oder? Nur ich habe es noch nicht gerafft. »Haben wir«, bestätige ich und beobachte, wie er sich weiter verspannt. »Eine Freundin von Brooke. Ich hab ihren Namen vergessen. Schulterlange schwarze Haare, ein bisschen kleiner als sie …«

»Kaia?«, fragt Greysen verwirrt.

»Ja, das war's.«

»Sonst niemanden?«

»Nein. Sag mal, sollte ich irgendwas wissen …?«

Er wirft mir einen flüchtigen Blick zu und schüttelt den Kopf. »Nein. Passt schon. Ach fuck!« Auf einmal hält er am Straßenrand und tastet seine Hose ab. »Hast du meinen Geldbeutel?«

»Seh ich so aus?«, erwidere ich belustigt und versuche, meinen Tonfall locker zu halten. Ich grüble immer noch über die Baumarktsache, aber wenn weder er noch Brooke mir sagen wollen, was es damit auf sich hat, geht es mich vielleicht wirklich nichts an.

Greysen schaut etwas missmutig drein. »Ich hab ihn auf meinem Nachttisch liegen gelassen, als ich mich umgezogen habe«, stellt er fest.

»Also noch mal zurück?«

»Jep. Sorry, da ist mein Führerschein drin. Und die Pizza müssen wir auch bezahlen.«

»Kein Ding. Passiert.«

Er wendet und fährt wieder zurück. Nur ein paar Minuten später hält er mit laufendem Motor vor der Veranda. »Gehst du schnell?«, fragt er mich, und ich springe aus dem Wagen. Eilig husche ich ins Haus. Das Wohnzimmer ist jetzt leer. Vielleicht ist Brooke …

Ich biege in den Flur ein und stocke abrupt, weil ich in diesem Moment mit jemandem zusammenstoße.

Brooke.

Sie zieht erschrocken die Luft ein, strauchelt, und ich halte sie am Arm fest. Aus dem Augenwinkel bemerke ich die halb offene Badezimmertür, hinter der ich Wasser rauschen höre. Doch mein Kopf kann die Info nicht ganz verarbeiten. Ich starre Brooke an, die direkt vor mir steht.

Nackt.

Einen Moment lang setzt mein Gehirn aus. Mein Blick wandert unweigerlich an ihr hinab. Ich kann gar nicht anders, als sie anzustarren, weil sie so verdammt gut aussieht. Ihre Haut wirkt weich. Sommersprossen verteilen sich auf ihrem gesamten Körper, und ihre langen Locken bedecken nur halb ihre Brüste. Was zur Hölle passiert hier gerade? Hab ich mir den Kopf gestoßen oder so?

Ich schaue Brooke wieder ins Gesicht. Sie trägt Kopfhörer und schaut mich mit weit aufgerissenen Augen an. Der Duft von ihrem Kokos-Badezusatz, an dem ich eventuell mal heimlich geschnuppert habe, füllt den Flur. Allmählich dämmert mir, was los ist, aber ich bin immer noch zu perplex, um mich zu rühren.

Fuck.

Fuck.

Fuck.

Mach was, Noah! Ich kann doch nicht einfach nur hier rumstehen und sie angaffen!

Was wollte ich? Das Portemonnaie.

Kurz entschlossen lasse ich Brookes Arm los, mache aber gleichzeitig einen Schritt auf sie zu, und sie reißt die Augen noch weiter auf.

O Gott. Nicht *so*.

»Sorry«, stoße ich aus, was sie durch die Musik auf ihren Ohren vermutlich gar nicht hört, und drängle mich an ihr vorbei. Mein Arm streift ihren Oberkörper, und eigentlich wäre das nichts Schlimmes – wenn sie nicht verdammt noch mal *nackt* wäre!

Scheiße, diesen Anblick werde ich nie wieder vergessen. Aber ihr ist das vermutlich noch peinlicher als mir.

Ich stürze in Greys Schlafzimmer und schnappe mir seinen Geldbeutel vom Nachttisch. Als ich zurückkomme, steht Brooke allen Ernstes immer noch da. Sie hat die Kopfhörer abgenommen und schaut mich fragend an.

Sofort halte ich mir eine Hand vor die Augen und taste mich an der Wand entlang an ihr vorbei.

»Sorry«, murmle ich wieder und halte das Portemonnaie wie einen Schutzschild zwischen uns in die Höhe.

Brooke sagt nichts. Und mir fällt auch beim besten Willen nichts mehr ein. Wortlos husche ich aus dem Haus und ziehe die Haustür hinter mir ins Schloss. Draußen angekommen, atme ich einmal tief durch.

Fuck!

Ich fahre mir durch die Haare, gehe mit wackligen Knien zum Auto und werfe mich wieder zu Grey auf den Beifahrersitz. Er hat mittlerweile den Motor abgestellt. Zum Glück ist er nicht mit reingekommen.

»Was hat so lang gedauert?«, will er wissen und nimmt den Geldbeutel entgegen.

»Ich musste es suchen«, behaupte ich und reibe mir den Nacken.

»Lag es nicht auf dem Nachttisch?« Er runzelt die Stirn. »Alles gut? Du siehst aus, als hättest du einen Geist gesehen.«

»Hab deine Pornoschublade entdeckt«, scherze ich und bedeute ihm mit einem Nicken, loszufahren. Bevor Brooke noch auf die Idee kommt, mir nach draußen zu folgen …

Grey wirft mir einen misstrauischen Blick zu, kommt meiner Aufforderung jedoch nach. Erst als wir das Grundstück hinter uns gelassen haben, kann ich wieder halbwegs durchatmen.

Okay. Ruhe bewahren.

Erstens: Ich muss ganz schnell diese Bilder aus meinem Kopf löschen, bevor sie sich auf ewig in mein Gehirn einbrennen. Wobei es dafür vermutlich schon zu spät ist, denn sofort sehe ich Brooke wieder vor mir.

Scheiße.

Dann wenigstens zweitens:

…

Ich muss Brooke schreiben. Und mich entschuldigen. Ich habe sie nicht einfach nur nackt gesehen – ich habe sie angestarrt. Im Nachhinein fühlt es sich an, als hätte ich stundenlang sabbernd vor ihr gestanden und auf ihre Brüste gegafft. Warum kann ich mir so gut vorstellen, wie sich ihre nackte Haut unter meinen Fingern anfühlen würde? Was ist eigentlich falsch mit mir?

»Alles gut?«, fragt Grey wieder und wirft mir einen Seitenblick zu.

»Ja«, sage ich schnell. »Mir ist grad nur eingefallen, dass ich total verpennt habe, jemandem zum Geburtstag zu gratulieren.«

»Wem denn?«, fragt er. »Ich hatte auch keinen Geburtstag auf dem Schirm.«

»Kennst du nicht.«

Mir entgeht nicht, wie er die Brauen hebt. »Jemand Wichtiges?«

»Ich … keine Ahnung.« Mann, ich bin grottig im Lügen. Er soll einfach aufhören, Fragen zu stellen.

Zu meinem Glück – oder Pech, je nachdem – interpretiert Grey die Situation völlig falsch.

»Warum weiß ich nichts von der Person?«, fragt er mit einem unüberhörbaren Grinsen in der Stimme.

»Da gibt's nichts zu wissen«, verteidige ich mich.

»Aha«, macht er vielsagend. »Verstehe. Aber falls sich das ändert, kannst du sie ja mal zu uns einladen.«

Wenn. Er. Wüsste.

Ich spare mir eine Antwort und öffne stattdessen den Chat mit Brooke. Bisher ging es darin nur darum, was es zum Abendessen gibt und wer wann nach dem Café und den Hühnern geschaut hat. Mitbewohnerdinge. Nicht … *so was.*

Vorsichtshalber drehe ich das Handy so, dass Grey keinen Blick darauf werfen kann. Das würde mir gerade noch fehlen.

Und dann …

Starre ich völlig überfordert auf die Tastatur. Was zur Hölle schreibe ich denn jetzt?

Brooke ist online. Ob sie darauf wartet, dass ich mich melde? Sie wirkte relativ unberührt. Vielleicht war mir die Sache peinlicher als ihr. Aber das macht es auch nicht besser, irgendwie. Ich fühle mich mies. Wie einer dieser Gaffer, die bei einem Autounfall nichts Besseres zu tun haben, als mit der Kamera draufzuhalten. Nur dass Brooke kein Unfall ist. Nicht ansatzweise. Ich glaube, wenn, dann bin *ich* der Unfall. Scheiße, verdammt. Warum ist das so schwer?

Ich atme tief durch und tippe eine Nachricht.

Das eben tut mir leid.

Es kostet mich einiges an Überwindung, die Worte abzuschicken. Ich habe Angst vor ihrer Reaktion. Davor, dass sich jetzt zwischen uns etwas ändert. Sie mir vielleicht verhaltener gegenübertritt.

Wie befürchtet reagiert Brooke sofort. Ich kann sehen, dass sie schreibt, und mein Herzschlag beschleunigt sich.

War's so schlimm?

Einen Moment lang bin ich verwirrt. Ist das jetzt ein Scherz oder eine ernsthafte Frage? Keine Ahnung, verdammt. Ich wähle die sichere Route und antworte ehrlich.

Für mich nicht, aber das musst wohl du beurteilen.

Tut mir echt leid. Eigentlich wollte ich nur Greys Geldbeutel holen. Ich war komplett überfordert.

Gehirnkurzschluss oder so.

Verstehe.

Und ich wollte eigentlich nur ein entspanntes Bad nehmen, während ich endlich mal Ruhe vor euch habe.

Sie schickt mir ein Bild. Von ihren nackten Füßen im Badeschaum. Ist das ihre Art, die Situation aufzulockern? Leider macht es das kein bisschen leichter für mich. Ich versuche es noch mal anders.

Ich wollte dich nicht angaffen. Ich hoffe, es wird jetzt deswegen nicht komisch zwischen uns?

Alles gut. Wieso sollte es? So, wie du geschaut hast, nehme ich mal nicht an, dass du mich hässlich fandest.

Ich weiß ehrlich nicht, wie ich darauf antworten soll.

Mit der Wahrheit?

Was tut das denn zur Sache?

Wenn du mich nicht hässlich fandest, muss es mir ja auch nicht unangenehm sein, dass du mich gesehen hast.

... okay?

Lass mich raten. Dir ist es unangenehm.

Sollte es das nicht sein?

Muss es nicht.

Du kannst die Rechnung ja begleichen, dann sind wir quitt. 😉

Ein Kribbeln macht sich in meinem Unterleib breit. Aber ich interpretiere das gerade falsch, oder? Mein Hirn denkt noch in Brüsten. In Brookes Brüsten …

...?

Na, wenn ich dich auch nackt sehe, ist es fair.

Nicht ihr Ernst. Diese Frau …

Brooke …

Was denn? Ist sogar noch Platz in der Wanne.

Sie schickt mir noch ein Bild. Diesmal von ihren glatten nackten Oberschenkeln, die halb aus dem Wasser ragen.

Jetzt ist das Kopfkino endgültig nicht mehr zu bremsen. Fuck, wie war das mit dem Abstandhalten?

Das geht nicht. Nicht mal als Scherz. Mein Gehirn kennt offenbar keinen Spaß, wenn es um sie geht. Allein der Gedanke an sie in dieser verfluchten Wanne …

Alter.

Dein Bruder sitzt neben mir.

Der ist explizit nicht eingeladen, nur um das klarzustellen.

> In meiner Badewanne ist nur Platz für dich.

> Ich komm sicher nicht mit dir in die Wanne, Kumpelinchen.

> Bist du eher der Duschtyp? Können wir auch machen.

Völlig überfordert schließe ich den Chat und lege das Handy weg.

Was soll ich darauf antworten? Ich muss erst mal meinen Kopf freikriegen, bevor ich wieder sinnvolle Worte formen kann.

»War sie sauer?«, will Grey von der Seite wissen.

»Was?«, frage ich perplex und schaue panisch zu ihm rüber.

Er hebt die Brauen. »Weil du ihr nicht gratuliert hast?«

Ach ja. Wow. Ich bin so gut im Lügen, dass ich meine Ausreden schon nach ein paar Minuten selbst wieder vergesse und dann einen halben Herzinfarkt bekomme. Das kann ja nur gut enden. »Ach so. Nein, alles gut …«, behaupte ich.

Ich bezweifle jedoch, dass das stimmt. Denn Brooke fickt meinen Kopf. Dabei brauche ich den dringend, um aus dieser Scheiße wieder rauszukommen.

⌒

Als wir eine Stunde später mit der Pizza wieder auf dem Hof ankommen, ist die Stimmung zwischen Brooke und mir angespannt. Wir essen zusammen, doch sie wirft mir immer wieder verstohlene Blicke zu, und ich beginne, jede Sekunde davon zu hassen. Es war die ganze Zeit über locker zwischen uns. Entspannt. *Schön.* Und das heute hat alles ruiniert.

Statt uns wie die Abende zuvor auf die Couch zu setzen, verabschiede ich mich in mein Zimmer, um ein bisschen Zeit zum Nachdenken zu haben. Zumindest war das der Plan. Kaum dass ich allein bin und mich auf Greys altem Sessel niedergelassen habe, klopft es leise an der Tür.

»Ja?«, frage ich.

Ich rechne aus irgendeinem Grund mit Grey. Doch stattdessen kommt Brooke rein. Diesmal mit Klamotten, aber irgendwie trotzdem nicht weniger anziehend als vorhin.

Zögerlich tritt sie ein, schaut sich um und lässt sich auf meine Bettkante sinken. Ihr Blick wandert über Greys alte Möbel und den abgewetzten Sessel, in dem ich sitze.

Unschlüssig schaue ich sie an. Ich weiß immer noch nicht, wie ich jetzt mit der Situation umgehen soll, und bringe dementsprechend kein Wort heraus.

»Hi«, sagt Brooke leise und zieht mein Kopfkissen auf ihren Schoß.

Mein Blick bleibt an ihren Fingern hängen, die nervös den Bezug zurechtzupfen. Der Anblick von ihr auf meinem Bett ... kontraproduktiv.

»Was gibt's?«, frage ich so neutral wie möglich.

Sie runzelt die Stirn. »Nichts?«

Warum klingt das wie eine Frage? »Okay?«

»Also ... nichts Konkretes«, fügt sie hinzu. Und das klingt gelogen.

Auffordernd hebe ich die Brauen, und Brooke streicht unruhig mein Kissen glatt. Ich schwöre, wenn das später nach ihr riecht, kriege ich einen Nervenzusammenbruch.

»Bist du sauer?«, will sie plötzlich wissen.

Das irritiert mich jetzt doch ein bisschen. Wie kommt sie darauf? Ich halte dem Blick aus ihren grauen Augen stand. »Nein?«

»Du hast nicht mehr geantwortet.«

Mir entweicht ein Schnauben. »Ich wusste nicht, was.«

Brooke verzieht den Mund und umarmt ihre Knie mitsamt meinem Kissen. »Keine Ahnung ... irgendwas?«

Scheiße, Mann ...

Ich dachte, sie hätte nur Scherze gemacht. Aber irgendwie wirkt das gerade nicht so. Was für eine Antwort hat sie denn erwartet? Langsam verstehe ich echt gar nichts mehr.

»Brooke … Ich glaube, du musst mit den Anspielungen aufhören.«
Sie atmet tief durch. »Vielleicht war es ja gar keine Anspielung …«

»Sondern?«, entwischt es mir. Verdammt, ich sollte nicht darauf eingehen!

»Keine Ahnung!«, ruft sie frustriert. »Du hast mich doch angeschaut, als …« Sie klappt den Mund zu und presst die Lippen zusammen. »Ach, egal.«

Ich schlucke. Wer weiß, was sie in meinem Blick gesehen hat. Aber es war wahrscheinlich keine Einbildung. Nur heißt das noch lange nicht, dass daran irgendwas okay ist. Oder dass wir hier irgendetwas … vertiefen sollten.

»Weißt du … Ich glaube, es ist wirklich besser, wenn wir das mit dem Flirten ab sofort lassen. Ich werde auf diese Sachen auch in Zukunft nicht mehr eingehen«, stelle ich ruhig klar. »Ich mag dich, okay? Aber ich hab wenig Interesse daran, dass Grey mir irgendwann den Kopf abreißt, weil er denkt, ich hätte was mit dir angefangen.«

Mir entgeht nicht, dass sie dabei ein wenig das Gesicht verzieht. Doch zu meiner Überraschung steht sie einfach auf, legt mein Kissen zurück aufs Bett und geht zur Tür. »Okay«, sagt sie tonlos. »Tut mir leid.«

Warum fühle ich mich jetzt schlecht? Ich habe ihr lediglich ehrlich gesagt, was Sache ist. Und es ist auch nicht so, als hätte sie das nicht ohnehin schon gewusst.

»Noch mal sorry wegen vorhin«, murmle ich. Am liebsten hätte ich ihr gesagt, wie verdammt schön sie ist. Dass ich nur zu gern etwas mit ihr anfangen würde. Dass mir primär leidtut, dass ich sie so auf Abstand halte. Aber wenigstens dabei habe ich mich unter Kontrolle.

»Schon gut.« Brooke versucht sich an einem Lächeln, das nicht ganz ehrlich wirkt, und schüttelt den Kopf. »Du bist ja nicht der Erste, der mich nackt gesehen hat.«

Und bevor ich nachfragen kann, was zur Hölle das bedeuten soll, ist sie auch schon aus meinem Zimmer verschwunden.

brooke

Normalerweise interessiert es mich herzlich wenig, wenn Typen mir einen Korb geben. Ich gehe jeglichen ernsthaften Gefühlen aus gutem Grund aus dem Weg, und für etwas Lockeres findet sich problemlos Ersatz. Mein Selbstbewusstsein und mein Stolz sind genauso stur wie mein Dickschädel und lassen sich nicht so leicht unterkriegen. Kurz: Ich bin niemand, der einem Mann hinterherrennt oder gar nachtrauert. Aus den Augen, aus dem Sinn.

Aber mit Noah ist es ein bisschen anders. Denn ich sehe sein verfluchtes Gesicht immer noch jeden Tag. Und obwohl ich ihm definitiv zustimme, dass wir die Finger voneinander lassen sollten, nervt es mich dennoch, dass ich ihn nicht haben kann. Ich schätze, was das angeht, bin ich wirklich ziemlich kindisch.

Es ist aber auch Folter. Dieser Traumtyp tanzt mir seit zwei Wochen vierundzwanzigsieben vor der Nase rum. Und als wäre das nicht schlimm genug, hat mich auch noch nie jemand so angeschaut wie er. Als ich nackt vor ihm stand, war Noahs Blick fast schon … ehrfürchtig. Zumindest kam es mir so vor. Im Nachhinein glaube ich fast, ich hätte es mir eingebildet, denn Noah gibt mir in keiner Weise noch das Gefühl, mich irgendwie zu begehren.

Ich stehe hinter der Kaffeebar des *Lifesaver Cafés* und mustere ihn aus der Ferne. Er hilft gerade einem Mann Mitte vierzig dabei, sein Fahrrad zu reparieren. Seine Hände sind total dreckig, aber er macht dennoch ständig den Fehler, sich die Haare aus der Stirn zu streichen, weshalb er schwarze Flecken im Gesicht hat. Es ist ein bisschen süß. Irgendwie macht ihn diese Tollpatschigkeit noch attraktiver, als wenn er wirklich perfekt wäre.

Schnaubend atme ich aus. Ich muss dringend aufhören, ihn anzuhimmeln. Aber sind wir mal ehrlich, es ist schon unfair, dass er mich nackt gesehen hat und ich ihn nicht. Er hätte wenigstens so freundlich sein können, das auszugleichen. Finde ich zumindest. Andererseits ist es vielleicht besser so. Ich kann mich ja schon jetzt in seiner Gegenwart nicht mehr konzentrieren. Wahrscheinlich ist es gut, dass er mir nicht noch mehr Gründe liefert, mich in diese Sache reinzusteigern.

Noah richtet sich auf, wechselt noch ein paar Worte mit dem Mann und wendet sich dann der Bar zu. Eilig widme ich mich wieder den Tassen, die ich gerade spülen wollte, und hoffe, dass er meinen Blick nicht bemerkt hat.

Es dauert keine zwei Minuten, bis Noah vor mir steht. Das weiß ich, selbst ohne den Blick zu heben. Nach den zwei Wochen des Zusammenlebens erkenne ich seine Statur problemlos aus dem Augenwinkel, und sein unverkennbarer Duft macht die Sache auch nicht gerade schwer. Dieses Parfüm gehört verboten. In meiner Magengrube kribbelt es schon wieder wie wild, dennoch tue ich so, als würde ich Noah gar nicht bemerken.

»Hey.« Er stützt sich mit den Unterarmen auf den Tresen, und ich schaue widerwillig zu ihm hoch. Ein halbes Lächeln. Und noch mehr Schmetterlinge in meinem Bauch. »Kannst du mir zwei Cappuccinos machen?« Er hebt entschuldigend seine schmutzigen Hände. Mit denen darf er nicht an die Maschine, das stimmt.

»Klar.« Ich lasse den Spüljob unbeendet und komme stattdessen seiner Aufforderung nach. »Wird das Fahrrad wieder?«, frage ich, während ich zwei Tassen aus dem Schrank hole.

»Ja, bestimmt«, meint Noah, weicht jedoch meinem Blick aus. Er schaut hinunter auf die Schmiere an seinen Händen. »Die Kette zickt nur ein bisschen.«

»Sieht man«, gebe ich zu. Die beiden sind schon eine ganze Weile

90

zugange, und in regelmäßigen Abständen hört man einen von ihnen fluchen.

Am Wochenende ist im Repair-Café immer einiges los. Die Leute kommen aus der ganzen Stadt. Manche nur für einen Kaffee und zum Tratschen. Andere bringen Sachen mit, die sie reparieren wollen. Auch Touristen kommen gerne hier vorbei. Es ist eine Art Geheimtipp unter den Work-and-Travellern. Hier wurden schon die skurrilsten Sachen repariert, von löchrigen Rucksäcken bis zu Campervans mit Startschwierigkeiten. Die Benutzung der Werkzeuge ist dabei kostenlos. Nur wer Materialien braucht oder etwas trinken will, muss bezahlen. Unsere Trinkgeldkasse ist trotzdem immer gut gefüllt. Wobei wir das Geld darin nicht selbst zu sehen bekommen. Jeder Dollar fließt in den Hof.

»Hm«, macht Noah belustigt. Er hat den Blick durch den Raum schweifen lassen und wendet sich jetzt schmunzelnd wieder mir zu. »Wenigstens bin ich nicht wie Grey seit einer Stunde mit der Eieruhr einer verzweifelten Großmutter beschäftigt.«

Ich schaue rüber zu meinem Bruder, der gemeinsam mit Mrs. Burns an einem Tisch vor dem Fenster sitzt und an der aufgeschraubten Uhr herumwerkelt. Vermutlich ist das Ding offiziell schon seit zehn Jahren nicht mehr zu retten. Aber Mrs. Burns ist dafür bekannt, nie etwas wegzuschmeißen. Und Greysen mit seinem Helferkomplex ist das perfekte Opfer für sie.

Soeben betritt jemand Neues das Café und kommt zielstrebig auf mich zugesteuert. Kaia. Und sie sieht verdammt gut aus mit dem Bob, den goldenen Kreolenohrringen und ihrem dunkelblauen Sommerkleid.

»Hi«, sagt sie grinsend und kommt um die Bar herum, um mich zu umarmen.

Ich erwidere es und weiche anschließend einen Schritt zurück, um sie noch mal zu mustern. »Okay, wie krass ist bitte dein Outfit?«, frage ich ernst.

In der Schule war sie immer die brave Vorzeigeschülerin, die mehr auf ihre Noten als auf Klamotten fokussiert war. Jetzt sieht sie aus, als wäre sie bereit, beim nächstbesten Rave ein Dancebattle zu veranstalten. Die paar Mal, die ich sie seit unserem Wiedersehen am Baumarkt getroffen habe, war sie jedes Mal top gestylt.

Kaia grinst mich an. »Tja, du hast vielleicht einfach nachträglich noch auf mich abgefärbt. Aber was ist aus *deinem* Outfit geworden?« Sie schaut an mir hinunter – auf meine übergroße Sweatjacke und die Mum-Jeans, die ich heute trage. Der Look ist irgendwo zwischen lässig und schludrig und – ganz wichtig für die Arbeit im Café – nicht bauchfrei.

»Du weißt doch, ich bin sonst eine Zumutung für die alten Leute«, meine ich mit einem scherzhaften Augenrollen und höre hinter mir ein belustigtes Schnauben. Noah.

Auch Kaia scheint es gehört zu haben. Sie dreht ihm den Kopf zu und mustert ihn unverhohlen. »Kennen wir uns?«, will sie wissen.

Stimmt ja. Bei unserer letzten Begegnung saß er im Auto, und sie konnte ihn nicht sehen. Wehe, die beiden flirten jetzt miteinander.

»Das ist mein Mitbewohner«, stelle ich ihn kurzerhand vor und grinse Noah schelmisch an. »Noah, das ist Kaia.«

Er nickt ihr zu. »Hi. Ich würde dir ja die Hand geben, aber …« Er dreht vielsagend die Handflächen nach oben.

»Ja, das lassen wir lieber.« Sie wirft mir einen fragenden Blick zu, den ich bewusst ignoriere.

Noah wendet sich an mich. »Brooke, Cappuccino bitte? Dann lasse ich euch in Ruhe.«

Nichts lieber als das. Kaia schaut ihn immer noch viel zu interessiert an.

Ich widme mich wieder der Bar und lasse den ersten Kaffee aus der Maschine. »Wie war der Shoppingtrip mit deiner Mum?«

»Anstrengend! Aber sie hat mir neue Schuhe gekauft, das war das Leid wert. Nur rate, wer ihr dafür beim Großputz helfen muss.«

»Oh, oh. Was genau putzt sie?«

»Die Fenster. Alle.«

»O Gott. Mein Beileid. Auf die Idee ist Grey zum Glück noch nicht gekommen. Willst du auch einen Kaffee?«

»Nein danke. Besagter Großputz beginnt in einer Viertelstunde. Ich wollte dich nur kurz fragen, ob du heute Abend mit in die Bar kommst. Tanzen.« Sie zwinkert mir zu.

»Du tanzt?«, lache ich.

»Ja, hallo? Ich hab meine wilde Seite entdeckt, und ich gebe sie nicht mehr her, ich sag's dir! Also?«

Ich zögere. An sich würde ich total gern mit, aber …

»Ist sicheres Gebiet«, verspricht Kaia mir mit einem vielsagenden Unterton. Was so viel heißen soll wie: *Er* wird nicht dort sein. Ich atme tief durch.

»Ja, klingt gut«, willige ich ein. »Um wie viel Uhr?«

»Ich schreib dir einfach noch mal, wenn Mum mich vom Haken lässt, okay? Du musst auch mitkommen!« Sie hat sich Noah zugewendet und strahlt ihn an.

Er winkt ab. »Passt schon«, meint er.

»Doch, das wird gut! Oder, Brooke? Sag ihm, er muss auch mit!«

Ich ringe mir ein Lächeln ab und schiebe Noah den ersten Cappuccino über den Tresen. Eigentlich ist mir nicht danach, Noah mitzunehmen. Andererseits spricht wirklich nichts dagegen. Das zwischen uns ist rein platonisch. Dann können wir doch wohl gemeinsam feiern gehen. Und falls er wirklich was mit Kaia anfängt, umso besser. Dann kriege ich ihn schneller aus dem Kopf.

»Stimmt, du musst mit«, beschließe ich. »Du kannst nicht den ganzen Sommer hier wohnen, ohne eine Clubnight in der Bar mitzumachen.«

»Erster-Advent-Special«, fügt Kaia hinzu.

»Das heißt?«, fragt er belustigt. »Sie spielen nur Weihnachtslieder?«

»Nein. Das bedeutet Santa-Shots!«

»Oh, die wollte ich schon immer probieren!«, rufe ich aus.

Kaia grinst. »Tja, jetzt bist du alt genug, also steht dem ja nichts mehr im Wege.«

»Was zur Hölle sind Santa-Shots?«, will Noah wissen.

»Ein geschichteter Shot aus Grenadine, Kaffeelikör, weißem Kaffeelikör und einer Schlagsahnehaube«, schwärmt sie. »So gut! Glaub mir.«

»Ich spendier dir einen«, verspreche ich grinsend und reiche Noah endlich auch den zweiten Cappuccino über die Theke.

Er nimmt beide entgegen. »Okay, von mir aus. Aber ich nagle dich auf diesen Shot fest.«

Er kann mich gern noch anders festnageln …

Okay, what the fuck, Brooke.

Kaia grinst zufrieden. »Ich trommle noch ein paar Leute zusammen. Wir müssen immerhin feiern, dass du dich endlich mal wieder hier in Hāwera blicken lässt! Das wird super, ihr werdet sehen. Den Abend vergesst ihr so schnell nicht wieder.«

noah

Ich war noch nie ein Fan von Bars oder Clubs. Irgendetwas an der lauten Musik, den ausgelassenen Menschen und den bunten Lichtern sorgte schon immer dafür, dass ich mich fehl am Platz fühle. Keine Ahnung. Ich schätze einfach, ich war nie einer dieser Happy Teens, die auf Schule und Eltern scheißen und es geil finden, etwas Verbotenes zu tun. Klar, auf alles geschissen habe ich trotzdem. Aber das liegt daran, dass ich nie wirklich etwas hatte, das mich irgendwie gehalten hätte. Letztendlich hat es bei mir nie jemanden so richtig gejuckt, wo ich mich rumtreibe. Ich hatte nie diese widersprüchliche Befriedigung, erwischt worden zu sein, die immer mit dem Wissen einhergeht, dass sich jemand um einen sorgt. Ich hatte nur wachsende Resignation — meine eigene sowie die meiner Zieheltern oder Heimbetreuer. Je nachdem, wer gerade mit meiner Anwesenheit gestraft war.

Brooke hingegen? Ganz anderes Kaliber. Sie hüpft über die Tanzfläche, als hinge ihr Leben davon ab, und freundet sich dabei gefühlt mit der gesamten Bar an. Es ist befremdlich. Und gleichzeitig beneidenswert. Ich wäre auch gern so gelöst wie sie.

Ich sitze am Rand des Raumes an einem kleinen Holztisch, Grey neben mir, der immer noch misstrauisch seinen Santa-Shot beäugt. Als er erfahren hat, dass wir heute Abend herkommen, wollte er unbedingt mit. Aber wirklich Spaß zu haben scheint er nicht. In den letzten Wochen erkenne ich ihn immer weniger wieder. Aus meinem sonst so lockeren Mitbewohner ist jemand geworden, der sich den ganzen Tag nur darüber beschwert, was seine Schwester macht. So auch jetzt.

»Trink ihn endlich«, fordere ich und nicke in Richtung des Shots, doch Greysen schüttelt den Kopf. Brooke hat ihm den vorgesetzt. Vielleicht hat er Angst, dass sie damit versucht, ihn zu vergiften. Dabei sollte er froh sein, dass sie sich überhaupt die Mühe gemacht hat, ihn irgendwie miteinzubeziehen, statt direkt zu ihren Leuten zu flüchten.

»Grenadine und Sahne?«, brummt er. »Das klingt schon zum Kotzen.«

Ich verdrehe die Augen. »Dann gib ihn mir, wenn du ihn nicht willst.« Heute Mittag habe ich noch nicht dran geglaubt, aber das Zeug schmeckt tatsächlich gut. Irgendwie schafft es der Kaffeelikör, alles miteinander zu verbinden. Trotzdem vermutlich nichts für die breite Masse. Außer besagte Masse ist hackevoll. Ein Ziel, das mir für heute ziemlich erstrebenswert vorkommt. Es würde den Abend zumindest erträglicher machen.

Trotz seines Gemeckers scheint Grey noch nicht bereit, sein Shotglas aufzugeben. Er schiebt es missmutig auf dem Tisch herum und beobachtet wieder Brooke. Ich für meinen Teil vermeide das weitestgehend. Am liebsten würde ich mit ihr tanzen. Aber nope. Not gonna happen. Viel zu viel Körperkontakt für mein kleines bisschen Selbstbeherrschung.

»Der Typ schon wieder«, schnaubt mein bester Freund kopfschüttelnd. Widerwillig folge ich seinem Blick, auch wenn ich mir denken kann, was ich dort sehen werde. Und wie erwartet …

Ein Kerl mit heller Haut und einem dunklen Man Bun tanzt zum wiederholten Mal Brooke an. Er sieht aus wie Anfang zwanzig, auch wenn sein relativ dichter Bartwuchs darüber hinwegzutäuschen versucht. Seine Hände finden von hinten an Brookes Hüften, und ich spüre einen leichten Stich in der Brust, als sie sich grinsend zu ihm umdreht und ihre auf seine Schultern legt.

»Der Affe hat mit siebzehn die Karre seines Vaters in einem Teich versenkt«, keift Grey. »Mehr muss ich nicht sagen, oder?«

Ich wende mich ihm wieder zu. Sein Gesicht ist finster wie die Nacht, und auch wenn ein sehr kindischer Teil von mir nur zu gern über den Kerl herziehen würde, weiß ich doch, dass keiner von uns das Recht dazu hat. »Sie ist erwachsen«, erinnere ich Grey mal wieder und nehme einen Schluck von meinem Bier. Dabei würde ich so gern sehen, wie er den Typ von Brooke wegzerrt. Aus verschiedenen Gründen …

»Sie benimmt sich nicht erwachsen«, behauptet er.

»Wieso genau?«, hake ich nach. »Bisher hat sie doch nichts falsch gemacht.«

Grey atmet tief durch. »Keine Ahnung, Mann … Aber das geht doch wieder nicht gut aus. Schau dir den Typ mal an. Dem rutscht gleich die Hose vom Arsch.«

»Wie meinst du das, es geht nicht gut aus?«

Ich grüble immer noch über die Sache mit dem Baumarkt nach. Und auch, dass Kaia die Bar heute Nachmittag als sicheres Gebiet bezeichnet hat, spricht dafür, dass Brooke irgendwem aus dem Weg geht. Ihrem Ex vielleicht? Ist Grey deshalb hier und so verdammt angespannt?

Er presst die Lippen zusammen und schüttelt den Kopf. »Brooke hat ein Händchen dafür, sich immer die schlimmsten Typen auszusuchen.«

Meine Brust wird unweigerlich eng. Hat sie es deshalb bei mir versucht? Würde passen, oder nicht? Ich bin definitiv keine gute Wahl. Ausnahmsweise kann ich Grey also nicht widersprechen.

»Und selbst wenn?«, frage ich trotzdem weiter. »Dann fällt sie eben auf die Fresse. Ihr Problem, nicht deins.«

»Am Ende wird es aber wieder mein Problem«, behauptet er und schiebt mir endlich das Shotglas zu. »Hier. Kannst du haben.« Er steht auf.

»Was wird das?«

»Nichts. Ich geh nach Hause. Du hast ja recht, aber ich find's trotzdem scheiße.«

»Wer ist jetzt kindisch?«, ziehe ich ihn auf.

Grey wirft mir einen eisigen Blick zu. »Kommst du mit oder bleibst du noch? Deine heimliche Verehrerin ist auch noch da.« Er nickt rüber zur Bar, wo Kaia mit zwei Freundinnen sitzt und einen Cocktail trinkt. Sie sieht mich und winkt lächelnd.

Ich bin mir nicht sicher, ob sie wirklich Interesse an mir hat. Es wirkt auf jeden Fall so und wäre wohl einen Versuch wert. Leider will ich rein gar nichts von Kaia. Sie ist cool, aber nicht …

Ich schiebe den verfluchten Namen beiseite, der sich schon wieder in meinen Gedanken breitmacht, und trinke den Shot.

Es hat verschiedene Gründe, dass ich kein Interesse an Kaia habe. Und ich möchte nicht zu genau über diese nachdenken, weil mir am Ende vermutlich auffällt, dass es doch bloß ein einziger ist. Einer mit roten Locken, der verdammt nah an diesem Man-Bun-Typen tanzt …

Doch nach Hause will ich jetzt auch noch nicht. Dann stelle ich mir nämlich die halbe Nacht vor, wo Brookes Verehrer seine Hände als Nächstes hinwandern lässt. »Ich bleib noch ein bisschen«, entscheide ich widerwillig.

Grey nickt. »Hast du ein Auge auf Brooke?«, fragt er.

»Ich bin nicht ihr Aufpasser«, erinnere ich ihn. Aber natürlich habe ich das. Ich habe *immer* ein Auge auf Brooke, das ist ja seit Wochen das Scheißproblem.

Grey zuckt mit den Schultern. »Ich mein ja nur, falls einer von den Typen komisch wird …«

Die Sorge wiederum kann ich nur zu gut verstehen. Unter dem Einfluss von Alkohol traue ich keinem Kerl auch nur ansatzweise über den Weg. Und selbst ohne habe ich meine Vorbehalte.

»Ich schau nach ihr«, willige ich ein.

Grey wirkt erleichtert. Er verabschiedet sich mit einem Schulterklopfen von mir und tippt auf seinem Weg durch die Menge Brooke an. Die beiden wechseln ein paar Worte, dann schauen sie zu mir rüber. Wahrscheinlich hat er ihr gesagt, dass ich noch da bin. Ich hebe zögerlich die Hand, doch sie nickt mir nur zu und widmet sich wieder Man Bun. Es sollte mich nicht wundern, dass sie nach meiner

Ansage neulich Abend Abstand zu mir hält, aber irgendwie habe ich mir das heute anders erhofft.

Ich schnappe mir mein Bier und gehe rüber zu Kaia und ihren Freunden. Auch wenn ich nichts von ihr will, finde ich sie nett und unterhalte mich gerne mit ihr. Außerdem kann ich schlecht die nächsten Stunden allein hier sitzen und Brooke beobachten wie der letzte Creep. Ganz so erbärmlich bin ich dann doch nicht. Nur auf einem sehr guten Weg dorthin.

⌣

Sie machen rum.

Vor etwa fünf Minuten hat Mr. Ich-versenke-das-Auto-meines-Vaters-im-Teich angefangen, Brookes Gesicht abzulecken, und offenbar will er so bald nicht mehr damit aufhören. Ich sehe die beiden aus dem Augenwinkel und mache in regelmäßigen Abständen den Fehler, zu ihnen rüberzuschauen. Seine Hände stecken in den hinteren Hosentaschen von Brookes Jeans, ihre liegen in seinem Nacken, und ich kann mir viel zu gut vorstellen, wie sich das anfühlt.

Keine Ahnung, warum mich das so maßlos anpisst. Aber ich würde am liebsten rübergehen und den Kerl von ihr wegzerren. Brooke stattdessen in meine Arme schließen. Endlich das tun, wonach ich mich schon bei unserer ersten Begegnung gesehnt habe …

»Erde an Noah!« Kaia wedelt mit ihrer Hand vor meinem Gesicht herum, und widerwillig wende ich mich wieder unserem Tisch zu. Wir spielen ein Kartenspiel mit explodierenden Katzen, das irgendjemand mitgebracht hat, und ich komme absolut nicht mit. »Du bist dran«, fordert sie.

»Sorry«, murmle ich und lege meine Handkarten ab. »Spielt vielleicht lieber ohne mich.«

Im Verlauf der letzten paar Stunden hat Kaia es aufgegeben, mit mir zu flirten. Weniger nett ist sie deshalb trotzdem nicht, und das weiß ich zu schätzen.

»Willst du noch was trinken?«, bietet sie mir an, und ihr Blick huscht kurz über meine Schulter. Was sie dort sieht, weiß ich ja leider. »Ich geb dir was aus.«

Das Angebot ist verlockend. Aber ich habe den ganzen Abend nur die beiden Shots und ein Bier getrunken und nicht vor, das noch zu ändern. Mit Alkohol bin ich vorsichtig. Brooke offenbar auch. Sie hatte einen Cocktail, das war's. Damit liefert sie mir leider keinen Grund, sie einzupacken und nach Hause zu verfrachten. Nicht, dass mir das überhaupt zustehen würde. Sie ist eine erwachsene Frau, verdammt, niemand, über den ich bestimmen darf. Aber heute kommt der Höhlenmensch in mir raus.

»Nein danke«, murmle ich und lächle Kaia halbherzig an. »Ich glaub, ich geh mal. Bin gerade irgendwie nicht so gut drauf.«

»Hm«, macht sie nur, und über die Musik hinweg kann ich nicht zuordnen, ob es nun vielsagend klingt oder nur enttäuscht. »Na gut, dann bis bald. Wir sehen uns ja bestimmt noch mal wieder.«

»Klar«, erwidere ich, stehe auf und drücke zum Abschied kurz freundschaftlich ihre Schulter. Kaias Freunde winken mir flüchtig zu, viel zu sehr in ihr Spiel vertieft, um mich großartig zu beachten.

Seufzend bahne ich mir meinen Weg durch die Partygäste hindurch. Ich muss wohl oder übel Brooke sagen, dass ich gehe. Auch wenn die gerade nicht unbedingt ansprechbar ist.

Als ich sie und Man Bun aus nächster Nähe rummachen sehe, verknotet sich mein Magen noch weiter.

Ich tippe Brooke an der Schulter an und verschränke die Arme vor der Brust. Sie löst sich von dem Typ und taxiert mich mit einem leicht genervten Gesichtsausdruck. Auch Man Bun schaut mich fragend an, doch ich würdige ihn keines Blickes.

»Ich gehe«, lasse ich Brooke wissen und deute unnötigerweise mit dem Daumen hinter mich. *Charmant, Noah.* Fehlt nur noch, dass ich mir auf die Brust trommle und schreie wie ein Äffchen.

»Okay«, sagt Brooke unberührt und will sich bereits wieder dem Kerl zuwenden.

Bei mir brennt irgendeine Sicherung durch.

100

»Kommst du mit?«, höre ich mich sagen und verfluche mich innerlich.

Brooke mustert mich erneut, nun mit skeptisch gehobenen Brauen. »Nein?«, erwidert sie und lässt es zu Recht klingen, als wäre das die offensichtlichste Antwort aller Zeiten.

»Sicher? Morgen ist das Café wieder offen.«

Sie schnaubt hörbar. »Ich weiß. Danke für die Info.«

»Café?«, brummt Man Bun irritiert, doch Brooke schüttelt den Kopf, und auch ich ignoriere ihn.

»Gut«, presse ich hervor. »Dann bis morgen früh.« Ich betone das *früh* ziemlich seltsam, was auch ihr nicht zu entgehen scheint. Das war jetzt ein sehr dezenter Wink mit dem Zaunpfahl, dass sie sich nicht zu lang hier rumtreiben soll. Warum werfe ich sie mir nicht gleich über die Schulter und trage sie aus der Bar? Genial, wirklich. Ich möchte mich am liebsten selbst ohrfeigen.

»Bis dann«, erwidert Brooke nur knapp und fängt vor meinen Augen an, wieder mit diesem Kerl rumzumachen. Ich will das nicht sehen, verdammt. Schnell drehe ich mich um und verlasse die Bar.

Draußen auf der Straße ist es ruhig. Die Temperaturen sind kühler geworden, aber auch im T-Shirt ist es noch angenehm. Leider. Ich hatte gehofft, die kalte Nachtluft würde meinen Kopf ein wenig durchpusten.

Zehn Minuten lang stehe ich sinnlos vor dem Eingang der Bar und starre erwartungsvoll auf mein Handy. Vielleicht schreibt Brooke ja doch noch etwas. Vielleicht will sie doch mit nach Hause.

Aber natürlich will sie das nicht. Warum sollte sie auch? Ich habe ihr gesagt, wo meine Grenzen liegen, und sie hat es respektiert. Zwischen uns ist nichts. Wir sind Mitbewohner. Freunde vielleicht.

Und das war's.

⌒

Als Greysen am nächsten Morgen in die Küche kommt, bin ich schon seit Stunden wach. Ich habe nicht viel geschlafen. Und auch nicht besonders gut. Aber ich fürchte, das ist nicht der Grund für meine miese Stimmung.

»Perfektes Timing«, grüße ich ihn und stelle den Teller mit Blaubeerpancakes auf dem Tisch ab. »Deine Zeitung hab ich auch schon reingeholt.«

Er setzt sich und mustert mich mit hochgezogenen Brauen. »Seit wann bist du morgens so energiegeladen?«

Tja … drei Tassen Kaffee machen es möglich. Doch ich zucke nur mit den Schultern.

»Ist Brooke auch schon wach?«, fragt er. »Ich hab eben nichts von ihr gehört.«

Mein Magen verknotet sich schon wieder. Ich will mir gar nicht vorstellen, wo oder wie sie die Nacht verbracht hat. Hoffentlich in ihrem Bett. Allein.

»Ich klopfe mal«, beschließe ich und lasse meinen besten Freund in der Küche zurück. Im Flur bleibe ich vor Brookes Tür stehen und klopfe leise an. Nichts regt sich, auch beim zweiten Mal nicht. Vorsichtig drücke ich die Klinke runter und öffne die Tür einen Spaltbreit. »Brooke?«, frage ich leise, ohne ins Zimmer zu schauen. Wer weiß, wie viel sie anhat, wenn sie schläft.

Aber auch darauf kriege ich keine Antwort, weshalb ich nun doch vorsichtig meinen Kopf ins Zimmer stecke – nur um zu erkennen, dass es leer ist. Keine Brooke weit und breit. Und das um acht Uhr morgens, wo sie sich normalerweise gerade erst ins Bad schleppt.

Fuck.

Frustriert schließe ich die Tür wieder und gehe zurück in die Küche.

»Und?«, will Grey wissen.

Scheiße. Die Wahrheit kann ich ihm ja schlecht sagen, oder? Wenn er rauskriegt, dass sie mit dem Typen mitgegangen ist, gibt es nur wieder Stress zwischen den beiden. Und ich bezweifle auch, dass Brooke möchte, dass er das weiß.

»Sie schläft noch«, lüge ich und setze mich ihm gegenüber an den Tisch. »Ist spät geworden gestern.«

»Ah«, macht Grey und nimmt sich ein paar Pancakes auf den Teller. »Ich glaub, ich hab gehört, wie ihr heimgekommen seid. So um zwei?«

Das war ich. Allein. »Das könnte hinkommen. Fang schon mal an.« Ich hole mein Handy aus meiner Hosentasche und öffne den Chat mit Brooke.

Zuletzt online vor fünfzehn Minuten.

Ermordet wurde sie also schon mal nicht.

> Ich hab Greysen erzählt, dass du mit mir nach Hause bist und noch schläfst. Just fyi.

Einen Moment lang starre ich nur finster auf den Chat und warte auf eine Antwort. Doch die kommt nicht. Wer weiß. Vielleicht ist Brooke noch anderweitig beschäftigt. Die Vorstellung ist zum Kotzen.

Missmutig stecke ich das Handy weg und greife nach meiner Kaffeetasse. Die Pancakes bedenke ich nur mit einem wütenden Blick. Warum habe ich die überhaupt gemacht? Für Brooke. Aber Brooke ist nicht hier. Und ich bin angepisst.

»Alles okay mit deiner Flamme?«, will Greysen wissen.

Ich brauche einen Moment, um zu verstehen, was er meint. Dann schüttle ich schnaubend den Kopf. Seit meiner schlechten Geburtstagsausrede neulich ist er von dieser Fährte nicht mehr abzubringen.

»Hör auf damit, Alter.«

»Komm schon. Man sieht dir sofort an, wenn du mit ihr schreibst.«

Das ist ja wohl so was von Quatsch. »*Flamme* sagen nur Boomer«, lasse ich ihn wissen und schnappe mir doch einen Pancake. Es wird sonst schwer, ihm zu erklären, wieso ich die gemacht habe. Greysen isst sie zwar gern, aber wenn man ihm eine Freude machen will, hat man mit einem English Breakfast mehr Erfolg. Und wenn ich selbst keine esse, können sie ja nur für Brooke gewesen sein. Meine *Flamme*. Schon klar. Das bildet er sich doch ein, dass man mir das ansieht.

Oder? Brooke merkt schließlich auch nicht, dass ich noch Interesse an ihr habe. Sonst hätte sie nicht vor meiner Nase den Man-Bun-Typen abgeleckt. Hoffe ich zumindest. Aber selbst wenn es keine Absicht war. Ich bin sauer.

Und ein bisschen verwirrt.

Weil ich verdammt noch mal keinen Grund dafür habe, und das Gefühl trotzdem nicht abstellen kann. Weil ich für Brooke meinen besten Freund anlüge – auf mehreren Ebenen –, nur damit sie dann bei einem anderen schläft. So eine Scheiße.

Grey zieht gerade die Zeitung zu sich, als aus dem Wohnzimmer ein Klacken zu hören ist. Das klang nach der Haustür. *Fuck …*

Bevor ich schalten kann, ist Grey bereits aufgestanden und öffnet die Küchentür. Er schaut auf den Flur, und ich kann förmlich spüren, wie Brooke unter seinem Blick erstarrt.

Einen Moment lang ist es still. Sein Gesichtsausdruck wandelt sich. Von Überraschung zu Ärger.

»Was wird das?«, will er ruppig wissen.

»Dir auch einen guten Morgen.«

»Bist du grade erst heimgekommen?«

»Hast du ein Problem damit?«

Grey wirbelt zu mir herum, und sein wütender Blick findet nun mich. »Du hast mir gesagt, sie schläft noch!«

Ich schlucke. Großartig. »Ich wollte nicht, dass ihr schon wieder streitet.«

Ihm entweicht ein Schnauben. »Ob wir streiten, geht dich einen Scheißdreck an! Du hast versprochen, ein Auge auf sie zu haben, und stattdessen lässt du sie allein und deckst sie auch noch? Ich dachte, ich kann mich auf dich verlassen!«

»Ähm.« Brooke betritt die Küche. »Ich bin auch noch hier, falls es dir entgangen ist. Und ich brauche keinen Babysitter.«

»Ach so? Stimmt, du hast früher ja zur Genüge bewiesen, wie gut man dich allein lassen kann.«

Sie funkelt ihn an. »Komm mir jetzt nicht mit früher! Ich bin erwachsen!«

»Einen Scheiß bist du!«, entfährt es ihm. »Du vertreibst dir hier den Sommer mit Kaia und irgendwelchen dahergelaufenen Typen und schaffst es nicht mal, deinen Vater im Krankenhaus zu besuchen! Du bist immer noch genauso unverlässlich und egoistisch wie früher!«

Seine Anschuldigungen sind so harsch, dass mir die Luft wegbleibt. Und der Schmerz, der sich jetzt auf Brookes Gesicht abzeichnet, zerreißt mir fast das Herz. Weil ich ihn kenne, ihn selbst spüre. Seit Jahren. Er verschwindet einfach nicht mehr, und jedes Mal, wenn man jemanden enttäuscht, blüht er auf, als wäre er nie weg gewesen.

»Das ist nicht fair!«, ruft Brooke.

»Nein«, donnert Grey zurück. »Es ist echt nicht fair, dass Dad und ich uns ein Leben lang den Arsch für dich aufreißen und das der verdammte Dank ist! Warum bist du überhaupt hier, wenn er dir so scheißegal ist?«

»Er ist mir nicht scheißegal!«

»Deine Abwesenheit sagt aber was anderes!«

»Hey«, mische ich mich ein. »Wie wär's, wenn wir uns jetzt …«

»Halt dich da raus!«, unterbricht Grey mich scharf und fährt zu mir herum. »Ich will von dir heute nichts mehr hören.« Er schnappt sich sein Smartphone vom Tisch und schiebt sich grob an Brooke vorbei, die noch in der Tür steht. »Ich fahre zu Dad. Viel Spaß mit dem Café.« Seine Schritte poltern durchs Wohnzimmer, dann fällt die Haustür hinter ihm ins Schloss. In der quälenden Stille, die sich daraufhin zwischen Brooke und mir ausbreitet, klingt der Motor seines anspringenden Autos schmerzhaft laut.

Ich brauche einen Moment, um zu realisieren, was passiert ist. Und der Schock mischt sich schon bald mit bitterer Frustration.

Zögerlich setzt Brooke sich mir gegenüber auf den Platz, der eben noch Greysens war. Sie mustert den unangerührten Blaubeerpancake auf seinem Teller und meidet meinen Blick. Ihre Wangen sind gerötet. Und sie trägt noch die Klamotten von gestern Abend.

»Waren die für mich gedacht?«, will sie vorsichtig wissen und zieht zögerlich den Teller näher zu sich.

Ich antworte nicht. Die Wahrheit pisst mich zu sehr an.

Nun schaut Brooke doch zu mir auf. »Du hättest mich nicht decken müssen.«

Mir entweicht ein Schnauben. »Ernsthaft? Ich lüge für dich und das ist deine Antwort?«

Brooke stutzt. »Ich hab doch gar nicht verlangt, dass du …«

»Du wusstest, dass es ihn aufregen würde!«, fahre ich sie an.

»Ach, und deswegen darf ich nicht mehr machen, was ich möchte?!«

»Manchmal muss man die Konsequenzen vorher abwägen. Und vielleicht mal drüber nachdenken, wer noch mit drinhängt. War's so wichtig, den Kerl zu vögeln?«

Sie starrt mich an. »Geht's noch? Was mischst du dich eigentlich ein?!«

»Wie soll ich mich nicht einmischen, wenn du mich so mit reinziehst?«

»Ich hab dich in gar nichts mit reingezogen!«, ruft sie empört.

»Wer wollte denn, dass ich mit in die Bar komme?!«

»Was hat das eine mit dem anderen zu tun?«

»Wenn du direkt vor meiner Nase mit dem Kerl rummachst, ist es schwer, mich rauszuhalten, Brooke!«

Sie stockt. Und ich beiße mir auf die Lippe.

Fuck …

»Das ist jetzt nicht dein Ernst.« Ihre Stimme ist gefährlich ruhig.

»Was?«, schieße ich zurück.

»Du hast mich zwei Wochen lang abgewiesen, und jetzt bist du *eifersüchtig?*«

»Ich bin nicht eifersüchtig«, lüge ich, doch sie lacht nur bitter auf.

»Klar. Dann bist du einfach nur so scheiße. Gut zu wissen, was für ein misogyner Arsch du wirklich bist.« Sie schiebt ruckartig ihren Stuhl zurück und steht auf. »Genieß deine Pancakes.«

Mein Herz zieht sich zusammen. Schuldgefühle legen sich schwer auf meine Brust. »Wohin gehst du?«, rufe ich, weil Brookes Schritte sich nicht in Richtung ihres Zimmers entfernen, sondern sie offenbar zur Haustür geht.

»Zum Strand. Damit ich dein verdammtes Gesicht nicht mehr sehen muss.« Dann knallt die Tür zum zweiten Mal heute ins Schloss.

damals

»Wo warst du schon wieder?«

Mums Stimme lässt mich zusammenfahren, kaum dass ich die Wohnung betreten habe. Es ist dunkel im Flur. Ich erkenne nur ihre Silhouette, kaum erleuchtet vom fahlen Morgenlicht, das durchs Wohnzimmer scheint. Sie hat die Arme verschränkt, und ihren Gesichtsausdruck kann ich mir denken.

Ich antworte nicht. Stattdessen schließe ich die Tür hinter mir, hänge meine Jacke auf und streife mir die Schuhe von den Füßen.

»Ich habe dir eine Frage gestellt«, erinnert sie mich scharf und macht das Licht an. Sie trägt ein Nachthemd und darüber eine dünne Jacke.

»Die Antwort gefällt dir doch sowieso nicht«, erwidere ich kühl und will an ihr vorbei.

Mum hält mich am Ellbogen zurück. »Ich hab dir schon tausendmal gesagt, dass du dich nicht nachts irgendwo rumzutreiben hast.«

»Mum …«

»Nichts Mum! Hast du wieder bei irgendeinem Fremden übernachtet? Ist dir klar, was für ein Licht das auf dich wirft?«

Ich verdrehe die Augen. »Wir sind nicht mehr im siebzehnten Jahrhundert.«

»Und du bist trotzdem keine Prostituierte!«

»Schade eigentlich«, gifte ich zurück. »Das Geld wäre ein netter Zusatz.«

Sie funkelt mich an. »Wenn du so weitermachst, wirst du es auch brauchen! Es reicht mir. Solange du bei mir wohnst, hältst du dich auch an meine Regeln! Und das heißt, du bist in Zukunft um elf zu Hause. Haben wir uns verstanden?«

»Ich bin erwachsen«, erinnere ich sie empört.

Mum atmet stoßartig aus. »Ja, das sehe ich. Und wie erwachsen du bist! So erwachsen, dass du keinerlei Sinn für Verantwortung oder Benehmen hast! Du bist eine absolute Enttäuschung, Brooke.« Sie wirbelt herum und stapft durch den Flur zurück in ihr Schlafzimmer. Die Tür knallt hinter ihr zu und lässt mich zurück mit einer Mischung aus Wut und Schmerz.

Eine Enttäuschung.

Als könnte ich nicht dasselbe über sie sagen.

KAPITEL 9

brooke

Ich weine nicht. Noch nicht. Weil ich mir diese Schwäche nicht eingestehen will. Aber Greysens Worte haben tiefe Kerben geschlagen, und Noah hat unerwartet nachgetreten. Dass ausgerechnet er wütend auf mich sein würde, habe ich nicht erwartet. Nicht, nachdem er zwei Wochen lang mein sicherer Hafen war. Dass Grey mir immer noch nachträgt, was damals passiert ist, war tagtäglich spürbar. Aber Noah hat es immer ignoriert. War immer neutral. Immer freundlich.

Bis heute.

Heute hat er mir gezeigt, dass er wirklich nicht perfekt ist. Weit davon entfernt.

Ich blinzle gegen den Wind an, der mir vom Meer her entgegenpeitscht. Seit bestimmt einer Stunde sitze ich am Strand und versuche, meine Enttäuschung herunterzuschlucken. Es wird Zeit, dass ich von hier verschwinde. Ein Sturm kommt näher, und hier an der Küste sind die nicht nur schnell, sondern auch unberechenbar. Aber ich bin noch nicht bereit, zu gehen. Kaia verbringt den Tag bei ihrer Gran und kann mir somit keinen Unterschlupf gewähren. Das heißt, ich müsste zurück auf den Hof und mich dort mit Noah auseinandersetzen. Mit ihm und seiner Eifersucht.

Das ist doch alles nicht sein Ernst.

Er war es, der so dringend Abstand wollte. Ich hätte tausendmal lieber mit ihm geschlafen als mit Joshua, aber ich lasse mich sicher nicht korben und verzichte dann auf die Alternativen.

Red Flag.

Big fucking Red Flag.

Als erste Regentropfen auf mein Gesicht treffen, stehe ich widerwillig auf. Der Himmel über mir ist bereits pechschwarz, und in der Ferne kann ich Donnergrollen hören. Ich muss wirklich zurück. Aber letztendlich ist ja Noah derjenige, der Mist gebaut hat, nicht ich. Das werde ich ihm auch sagen.

Nur kacke, dass es darum nicht geht.

Sondern darum, dass die Enttäuschung über sein Verhalten wehtut und dieser Schmerz nur noch stärker wird, wenn ich ihn sehe.

Ich setze mich in Bewegung und beschleunige meine Schritte, als der Regen nun immer heftiger auf mich herunterprasselt. Verdammt, ich hatte die naive Hoffnung, es würde langsamer kommen. Aber ich habe definitiv zu lange gewartet. Ich komme nicht mehr trocken nach Hause, so viel steht schon mal fest.

Ein Blitz zuckt über den Himmel, und diesmal ist der Donner so laut, dass ich ihn in der Luft vibrieren spüre. Der Parkplatz, wo ich mein Fahrrad abgestellt habe, ist gefühlt noch ewig weit entfernt. Und dann muss ich ja auch noch zwanzig Minuten nach Hause fahren. Auf einem Metallrad … ist das eigentlich gefährlich?

Fuck, fuck, fuck.

Bis ich den Weg erreicht habe, der vom Strand nach oben zur Straße führt, gießt es wie aus Kübeln, ich bin nass bis auf die Knochen, und aus dem Trampelpfad ist ein regelrechter Sturzbach geworden. Dieses beschissene neuseeländische Mistwetter. Jedes verfluchte Mal!

Ich stürze trotzdem auf den Abhang zu und kämpfe mich nach oben. Zwischen den Klippen und der immer wütender werdenden See ist es zu gefährlich. Halb gebückt kraxle ich den Trampelpfad entlang, meine Hände vergraben in Schlamm und Gras, um wenigstens ein bisschen Halt zu haben. Keine Ahnung, was ich tun soll, wenn ich erst mal oben angekommen bin, aber darüber mache ich mir später Gedanken.

Ein Blitz erhellt die sonst düstere Umgebung, und fast gleichzeitig ertönt ein ohrenbetäubender Donnerknall. Ich schreie erschrocken auf, verliere einen Moment lang das Gleichgewicht und rutsche ab. Mein Knöchel knickt um, ich lande hart auf meinem Hintern und rolle ein Stück weit den Abhang runter. Ein Strauch fängt mich unsanft auf, und ich stöhne vor Schmerzen. Scheiße. Blaue Flecken und Kratzer haben mir gerade noch gefehlt.

Fluchend richte ich mich wieder auf, doch als ich einen Schritt gehen will, knicke ich sofort zur Seite. Ein stechender Schmerz durchzuckt meinen rechten Fuß, und ich ziehe scharf die Luft ein.

Nein, nein, nein.

Das ist jetzt nicht wirklich passiert!

Ich versuche mich an einem weiteren Schritt, gehe aber vor Schmerzen unweigerlich in die Knie. Geschlagen lasse ich mich auf den Boden sinken und besehe mir meinen Knöchel. In dem Zwielicht sieht er in Ordnung aus, aber jetzt, wo der erste Schreck nachlässt, spüre ich ein immer deutlicheres pulsierendes Stechen.

Scheiße, verdammt!

Es blitzt und donnert erneut. Dieses verdammte Gewitter ist mittlerweile direkt über mir. Der Wind peitscht mir die nassen Locken ins Gesicht, und ich friere in meiner getränkten Kleidung. Ich könnte hier ausharren und hoffen, dass es ebenso schnell vorbei ist, wie es gekommen ist. Aber wenn ich Pech habe, wütet es eine Stunde, und ich schließe nicht aus, doch noch von einem Blitz getroffen zu werden.

Erneut versuche ich aufzustehen, gebe aber auf. Es tut höllisch weh. Und selbst wenn ich diesen Abhang hochkomme, kann ich so nicht Fahrrad fahren.

Mit zitternden Fingern ziehe ich mein Smartphone aus meiner Hosentasche. Ein Hoch auf wasserfeste Geräte, wirklich. Ich habe einen verpassten Anruf von Grey, den ich aber ignoriere. Stattdessen suche ich widerwillig einen anderen Kontakt heraus.

Noah wird mindestens zehn Minuten brauchen, bis er hier ist. Hoffentlich findet er mich nicht gegrillt.

Ich drücke den Anruf-Button. Doch noch bevor das erste Tuten zu hören ist, erklingt über mir ein Hundebellen. Und ein Rufen.

»Brooke?«

Ich lege auf. »Noah!«, schreie ich aus voller Kehle und richte mich so weit auf, wie es möglich ist, ohne den Fuß zu belasten.

Das Kläffen kommt näher, und nur Sekunden später erscheint ein nasser zotteliger Hundekopf oben am Anfang des Weges. Columbo will auf mich zustürzen, wird aber gerade noch von Noah am Halsband zurückgehalten, der nun neben ihm auftaucht.

»Bleib!«, befiehlt er ihm, und ausnahmsweise hört Columbo auf ihn. Ich höre ihn winseln, doch er setzt sich ins Gras und sieht brav dabei zu, wie Noah den Abhang zu mir runtergeschlittert kommt. Und obwohl ich verdammt sauer auf ihn bin, habe ich mich noch nie so sehr darüber gefreut, ihn zu sehen, wie jetzt.

Sobald er mich erreicht hat, entweicht mir ein erleichtertes Schluchzen. »Hey«, sagt er, seine Stimme rau, geht neben mir in die Hocke, und bevor er irgendetwas tun kann, habe ich bereits die Arme um seinen Nacken geschlungen und klammere mich an ihm fest.

Er legt einen warmen Arm um meine Taille. »Bist du verletzt?«

»Mein Knöchel«, bringe ich heraus. »Ich bin umgeknickt.«

Noah löst sich ein wenig von mir und schaut die steile Böschung hoch. »Fuck.«

»Exakt.«

»Okay. Festhalten, Spider Monkey.« Schon hebt er mich in seine Arme, und ich schnappe nach Luft. Nicht sein Ernst.

»Noah, wenn du ausrutschst …«

»Sterben wir beide, jaja.« Er sagt es so trocken, dass ich ihm am liebsten gegen den Oberarm boxen würde.

»Gut möglich!«

Er schaut flüchtig zu mir herunter. »Vertraust du mir?«

Mir entweicht ein ersticktes Lachen. »Hör auf, *Twilight* zu zitieren, und konzentrier dich auf den Weg!«

»Das war eine ernst gemeinte Frage.«

Ich schnaube. »Die beantworte ich dir, wenn wir oben sind. Solltest du mich nicht lieber huckepack nehmen oder so, damit du die Hände frei hast?«

Er schüttelt den Kopf. »Dann ziehst du mich nach hinten, das macht es noch schwerer.« Er lehnt sich nach vorn und stapft vorsichtig den rutschigen Pfad nach oben. Columbo bellt wieder, aber ich bin völlig fixiert auf Noah. Sein Gesicht ist direkt an meinem. Regenwasser tropft aus seinen Haaren auf meine Wange. Ich kann jede einzelne seiner Bartstoppeln sehen. Wie das Wasser sich seinen Weg über seine Wangenknochen und den Schwung seiner Lippen bahnt. Ja, ich hätte wirklich lieber ihn geküsst. Und ich würde es immer noch gern tun.

Noah begegnet meinem Blick und stockt. Einen Moment lang hält er inne. Oder zumindest dachte ich, es wäre nur ein Moment. Er zieht sich in die Länge, und plötzlich wird mir überdeutlich bewusst, wo ich Noah überall berühre. Ich spüre seine angespannten Arme unter meinem Rücken und meinen Oberschenkeln. Seine harte Brust an meiner Seite. Seinen warmen Atem auf meinem Gesicht.

War er mir eben auch schon so nah?

Ich schlucke, öffne den Mund, bringe kein Wort heraus.

Noah senkt kaum merklich den Kopf. Ein Muskel in seinem Kiefer zuckt, und dann runzelt er plötzlich die Stirn.

O Gott, was mache ich hier eigentlich?

Ich wende das Gesicht ab und schaue stattdessen hoch zu Columbo. Er ist aufgestanden und dribbelt aufgeregt auf der Stelle. Immer wieder kläfft er uns an.

»Ist ja gut«, ruft Noah ihm zu. Er macht sich wieder an den Aufstieg, und ich klammere mich noch fester an ihn. Nicht, weil ich noch Angst habe. Sondern weil ich auf einmal das Bedürfnis habe, den Moment auszunutzen. Seine Nähe fühlt sich so verdammt gut an.

Nach ein paar Minuten hat Noah sich bis auf den geteerten Parkplatz hochgekämpft. Schwer atmend trägt er mich auf Dads Jeep zu. Columbo rennt winselnd um ihn herum.

»Ruhig«, meint Noah angestrengt und verfrachtet mich, nass und matschig, wie ich bin, auf den Beifahrersitz. »Hier.« Er schnallt mich an und beugt sich dabei wieder über mich. Mein Herzschlag beschleunigt sich.

Columbo zwängt sich zu mir in den Fußraum, aber er scheint zu wissen, dass er auf meinen Knöchel aufpassen muss, denn er streift ihn nicht mal. Noah macht die Tür zu und steigt auf der Fahrerseite ein.

»Arzt?«, schlägt er vor, dreht den Zündschlüssel und schaut zu mir rüber.

Ich schüttle eilig den Kopf. »Erst zum Hof, bitte. Ich … brauche was Trockenes zum Anziehen.«

Jetzt erst wandert sein Blick an mir hinunter. Und ich kann mir denken, was er sieht. Ich trage nur ein dünnes helles Shirt, keinen BH. Der nasse Stoff klebt mir an der Haut, und meine Nippel sind hart von der Kälte.

Noah räuspert sich und schaut auf die Straße. »Klar«, murmelt er über das Röhren des Motors hinweg. »Ich bring dich nach Hause.«

KAPITEL 10

noah

»Ihr geht's gut«, versichere ich Grey zum wiederholten Mal durch mein Handy und stelle den Tee, den ich für Brooke gekocht habe, auf dem Couchtisch ab. Sie liegt auf dem Sofa und sieht ungewohnt klein aus in den Klamotten, die ich ihr gegeben habe. Während Brooke sich im Bad aus ihren nassen Sachen geschält hat, habe ich ihr kurzerhand eine Jogginghose und ein Shirt von mir gegeben. Nicht ganz uneigennützig, aber immerhin unter dem sehr nachvollziehbaren Vorwand, dass ich nicht in ihrem Schrank wühlen wollte.

Als ich den kleinen Stapel vor der Badezimmertür abgelegt habe, war dahinter das Prasseln der Dusche zu hören, und prompt ist mein Kopfkino wieder angesprungen. Hätte ich sie nicht abgewiesen, hätte ich mit ihr unter dem heißen Wasserstrahl stehen können. Dann hätte sie ihre Hände in *meinen* Nacken gelegt. *Mich* geküsst statt irgendwen sonst. Verdammt, warum ist mir das so wichtig? Selbst wenn wir diesen Weg gehen würden, wäre es nur etwas Lockeres. Also kein Grund, so ein verdammtes Drama daraus zu machen.

»Ist der Knöchel blau?«, will Grey jetzt wissen. »Wenn was gebrochen ist …«

»Sie konnte schon wieder auftreten«, beruhige ich ihn. Sonst hätte ich ihr wirklich beim Duschen helfen müssen …

»Das muss trotzdem untersucht werden. Bring sie her, der Sturm ist nicht mehr so schlimm. Ich frag Dads Arzt, ob er sich das kurz anschaut.«

Seufzend wende ich mich von Brooke ab, die mir einen fragenden Blick zuwirft, und gehe zurück in die Küche. Hier prasselt der Regen noch seitlich gegen die Fenster, aber das schlimmste Unwetter ist überstanden. »Grey. Sie will nicht ins Krankenhaus«, sage ich leise. »Akzeptier das doch einfach.«

»Und wie soll ich es akzeptieren, dass sie unseren Vater so enttäuscht?« Er wird schon wieder laut. »Sie hat ihn gebeten, herkommen zu dürfen, und sich dann nie wieder auch nur bei ihm gemeldet. Wenn das kein Ausnutzen ist …«

»Vielleicht hat es auch einen ganz anderen Grund«, unterbreche ich ihn. »Vielleicht hat sie ein Problem mit Krankenhäusern.«

Er schnaubt abfällig, widerspricht aber nicht mehr. »Soll ich zurückkommen?«, fragt er stattdessen.

»Alles gut«, versichere ich ihm. »Hier ist alles unter Kontrolle.«

»Okay …« Einen Moment lang herrscht Stille in der Leitung. »Danke, Noah.«

Meine Kehle wird eng. »Nichts zu danken. Bis später.«

»Bis dann.« Grey legt auf, und ich starre noch einen Moment lang vor mich hin. Unser Streit von heute Morgen lässt mich noch nicht los. Dass Grey und ich uns zoffen, ist selten. Und wenn, dann geht es um Lappalien. Wenn ich zum Beispiel schon wieder vergessen habe, neue Hafermilch zu kaufen, nachdem ich sie leer gemacht habe. Oder wenn er mich wieder frühmorgens damit weckt, dass er in der Küche Chaos veranstaltet. Aber das heute hat sich ernster angefühlt. Greys Anschuldigungen haben mich härter getroffen.

Ich hab mich auf dich verlassen.

Ja. Das ist der Fehler. Gerade er sollte doch eigentlich wissen, wie gefährlich das ist.

Ich schenke mir ein Glas Wasser ein, hole noch ein neues Kühlpack aus dem Gefrierfach und gehe damit zurück ins Wohnzimmer. Brooke hat sich in eine Decke eingewickelt und nippt gerade an der heißen Tasse Tee. Ich lasse mich neben ihr aufs Sofa sinken und merke, wie Brooke sich dabei verspannt. Dass auch wir unseren Streit

117

noch nicht aufgearbeitet haben, ist mir schmerzlich bewusst. Oder sollte ich eher sagen: meine Anschuldigungen …

»Was ich heute früh gesagt habe …« Ich stelle mein Glas auf dem Couchtisch ab und reibe mir den Nacken. »Bei mir ist irgendeine Sicherung durchgebrannt. Ich wollte dich nicht so fertigmachen. Es tut mir leid, Brooke.«

Sie hält meinem Blick stand, ihre grauen Augen unlesbar. Brooke atmet tief durch, stellt ganz langsam auch ihre Tasse ab und richtet sich auf. »Das ist alles?«

»Alles?«, wiederhole ich irritiert.

»Denkst du echt, ich vergebe so leicht? Dass du nur ein paar Sätze sagen musst und schon ist alles wieder gut?« Mit einem Mal zittert ihre Stimme. Vor Wut?

Ich runzle die Stirn. »Ich erwarte nicht, dass du mir verzeihst oder dass alles wieder gut ist«, erwidere ich ruhig.

Nun ist es an Brooke, verwirrt zu schauen. »Warum entschuldigst du dich dann überhaupt?«

Die Frage bringt mich nur noch mehr aus dem Konzept. »Wie, warum ich mich entschuldige? Weil ich ein Arsch war und du eine Entschuldigung verdient hast.«

Offenbar ist ihr das Konzept neu, denn Brooke wirkt geradezu überfordert. Meiner Meinung nach ist eine Entschuldigung nur ehrlich, wenn man sie für die andere Person ausspricht statt für sich selbst. Und das scheint Brooke noch nicht erlebt zu haben. Sie ist es gewöhnt, dass sich die Leute erklären. Dass sie mit irgendwelchen fadenscheinigen Begründungen ihren Fehler rechtfertigen. Das ist etwas, das ich mir schon lange abgewöhnt habe. Weil es nichts besser macht. Weil es *mich* nicht besser macht.

»Brooke …« Ich fahre mir durch die Haare. »Ich weiß, dass ich keinen Anspruch auf dich habe, okay? Du kannst tun und lassen, was du willst, und weder Grey noch ich haben irgendein Recht, das zu beurteilen oder dir gar zu verbieten. Es tut mir leid, dass ich dich deswegen so angegangen bin. Es kommt nicht wieder vor. Versprochen.«

Sie schüttelt schnaubend den Kopf, als könne sie nicht ganz glauben, was sie da hört. »Du warst also ernsthaft eifersüchtig?«

»Ja«, gestehe ich kleinlaut.

»Nachdem *du* mich abgewiesen hast?«

»Ja«, bestätige ich wieder.

Brooke zieht ihre Knie an die Brust. »Weißt du, bis heute Morgen hab ich wirklich viel von dir gehalten.«

Okay, das tut mehr weh als alles davor. »Das war dann wohl ein Fehler?«, schlussfolgere ich.

»Keine Ahnung«, erwidert sie zu meiner Überraschung. »Ich bin sauer, aber ich glaube, das war die beste Entschuldigung, die ich jemals bekommen habe, also vielleicht verzeihe ich dir doch. Es gibt da nur noch eine Sache, die mich massiv anpisst.«

Okay, was kommt jetzt? Mir fallen hundert Sachen ein, die sie an mir stören könnten. Und ich wundere mich einzig und allein darüber, dass es Brooke nicht schon früher aufgefallen ist. »Und zwar?«, frage ich zögerlich und wappne mich für den Schmerz, der sicher gleich kommen wird. Sie hält meinen Blick fest, ihr Gesicht ernst.

»Dass ich viel lieber mit dir geschlafen hätte. Und wir gar kein Problem hätten, wenn du nicht so viel Wert auf Greys Meinung legen würdest.«

Ich stocke. Mein Herz beginnt zu rasen, und ich denke unweigerlich wieder an ihre Lippen. An ihren Körper in meinen Armen, ihre Brüste unter dem nassen Shirt, ihren Duft. Verdammt, in ihrer Nähe werde ich zu einem schwanzgesteuerten Teenager. Aber ihre grauen Augen verfolgen mich selbst im Schlaf. Sie ist wie ein Magnet, der mich unweigerlich zu sich zieht, egal, wie sehr ich mich zusammenreiße.

»Du legst auch Wert auf Greys Meinung«, erinnere ich sie. »Wir waren uns einig, dass nicht mehr passiert.«

Brooke verzieht unzufrieden den Mund. »Ich habe aber keine Lust mehr, mich von ihm einschränken zu lassen. Vor allem nicht, wenn du dann so komisch wirst.«

»Das kommt nicht wieder vor«, verspreche ich ihr erneut. »Und ...« Mir wird heiß. Mit einem Mal ist meine Kehle wie zugeschnürt.

»Es … also … du hast keine Gefühle für mich, oder? Das ist rein körperlich?«

Zu meiner Erleichterung schnaubt Brooke belustigt. »Keine Sorge, ich verliebe mich nicht in Typen, die meinen Bruder vorziehen.« Sie zwinkert mir zu. Dann stockt sie. »Warte, hast du …?«

»Nein«, antworte ich schnell. »Aber das ist genau mein Punkt. Das zwischen uns wäre nur etwas Lockeres. Und dafür will ich nicht meine Freundschaft zu Grey aufs Spiel setzen, Brooke.«

Sie hebt eine Braue. »Sollte es dir nicht zu denken geben, wenn es deine Freundschaft gefährdet, dass du deinen eigenen Willen hast?«

Fuck. Damit hat sie nicht unrecht. Andererseits hätte ich dieses Problem bei keiner anderen Frau. Weil keine andere so einen wunden Punkt bei Greysen trifft. »Was genau ist eigentlich das Problem zwischen euch?«, frage ich. »Vielleicht würde das helfen, um …«

Doch sie schüttelt bereits wütend den Kopf. »Hier geht's nicht um mich, Noah. Ich bin nicht daran schuld, dass du dich deiner Meinung nach zurückhalten musst.«

»Ich habe nur genauso wenig Lust auf Stress mit ihm wie du. Oder hast du Lust darauf, ihm das hier zu erklären?« Ich deute zwischen uns hin und her.

Brooke presst die Lippen zusammen. »Er muss nicht alles wissen.«

Mir entweicht ein Seufzen. »Und auf welcher Basis soll sonst unsere Freundschaft funktionieren?«

»Du weißt auch nicht alles über ihn«, erinnert sie mich. »Wenn er dir nicht mal erzählt hat, was ich …« Sie unterbricht sich und weicht mit einem Mal meinem Blick aus. »Was damals war.«

Damit hat sie leider recht.

Grey weiß alles über mich. Aber andersherum ist er ein Buch mit sieben Siegeln. Ich dachte immer, er hätte einfach eine … normale Kindheit gehabt. Eine, die nicht der Rede wert ist. Aber ich lag offenbar verdammt falsch.

»Ich bleibe trotzdem dabei«, beschließe ich, obwohl sich alles in mir danach sehnt, zu Brooke zu rutschen und sie in meine Arme zu ziehen. »Auch wenn ich dich ziemlich gern geküsst hätte.«

Brooke schaut wieder zu mir auf und verzieht missmutig das Gesicht. »Wenigstens bist du jetzt ehrlich«, murmelt sie.

Ich zucke mit den Schultern. »Und ich reiße mich zusammen. Versprochen. Nur … vielleicht könntest du mich in Zukunft vorwarnen, bevor du mit anderen rummachst. Dann stelle ich mich drauf ein. Also … falls das okay ist. Damit meine ich nicht, dass du mich um Erlaubnis fragen musst. O Mann, das kam jetzt schon wieder völlig falsch rüber, oder? Vergiss einfach, was ich gesagt habe.«

»Schon gut«, beschwichtigt sie mich. »Ich warne dich vor.«

Erleichtert atme ich auf. »Also … Freunde?« Ich lächle sie zaghaft an. »Hast du mir doch verziehen?«

Sie verkneift sich ein Schmunzeln und greift wieder nach ihrer Teetasse. »Lass mich noch einen Abend so tun, als müsstest du was wiedergutmachen. Mein Knöchel kann den Service gebrauchen.«

»Tut er noch weh?«, frage ich besorgt.

»Bisschen. Aber schon viel besser.«

Ich erinnere mich an das Kühlpack, das ich vorhin aus der Küche geholt habe, und schlage die Decke über Brookes Füßen zurück, um es mit dem aufgewärmten zu tauschen.

»Und du willst sicher nicht zum Arzt?«

»Nein, erst mal nicht. Aaaber … ich hab den ganzen Tag noch nichts gegessen außer eine Schüssel Cornflakes.«

Ich decke ihre Füße wieder zu und stehe vom Sofa auf. »Da kann ich helfen. Wie wär's mit einem Sandwich, Humpelinchen?«

»So hast du mich jetzt nicht wirklich genannt!«, beschwert sie sich gespielt bestürzt.

»Wieso? Passt doch.« Ich zwinkere ihr zu. »Extra Mayo wie immer?«

Sie verdreht die Augen und verbirgt ihr Lächeln hinter ihrer Tasse. »Schleimer.«

Brooke legt sich nachmittags schlafen. Vermutlich hat sie noch einen leichten Kater inklusive Schlafmangel von gestern Nacht, und der kleine Abenteuerausflug zum Strand hat es nicht besser gemacht. Wir haben zusammen ein paar Folgen auf Netflix geschaut, während derer ich immer wieder das Kühlpack um ihren Fuß gewechselt habe, bevor sie schließlich aufgegeben hat. Sie war schon ein paarmal eingenickt, und letztendlich gibt es keinen Grund, wieso sie nicht schlafen sollte. Das Café ist bei dem Mistwetter unbesucht, und die Hühner sind sicher in ihrem mittlerweile reparierten Stall untergebracht.

Am frühen Abend kommt Grey nach Hause. Er hat auf dem Heimweg Thai-Food geholt, doch wir entscheiden, Brooke schlafen zu lassen. Sie kann es sich später warm machen. Während wir essen, erkundigt er sich nach ihr und ihrem Knöchel, doch ansonsten bleibt die Stimmung zwischen uns gedrückt. Obwohl ich mich entschuldigen sollte, fällt es mir bei ihm viel schwerer als bei seiner Schwester. Weil ich diesmal die Schuld nicht nur bei mir sehe. Grey hat ziemlich unmögliche Dinge von mir verlangt. Und was Brooke vorhin meinte, hängt mir auch noch nach.

Trotzdem schauen wir gemeinsam einen Film. Auch wenn vermutlich keiner von uns die Handlung beachtet, sondern wir beide unseren Gedanken nachhängen. In meinem Fall Gedanken an Brooke. Als der Abspann läuft, stehe ich vom Sofa auf. Grey greift nach der Fernbedienung und schaltet den Fernseher aus.

»Noah?«, fragt er, als ich mich zum Gehen wende.

Fragend schaue ich ihn an und bleibe stehen.

Er weist mit dem Kinn auf den Platz neben sich. »Können wir noch kurz reden?«

In meinem Magen bildet sich ein Knoten. »Klar«, willige ich ein und lasse mich wieder in die Polster sinken. Hier kommt's …

»Tut mir leid, dass ich dich heute Morgen so angemault habe«, verkündet Grey, und ich stocke. Warte … was? »Ich sollte dich nicht in die Sache mit reinziehen. Dann müsstest du auch nicht für Brooke lügen.«

Ich starre ihn an, völlig überfordert mit dieser Einsicht. Gleichzeitig rattert es in meinem Hinterkopf. *Du müsstest nicht für sie lügen.*

Wenn ich ihm einfach sage, wie es zwischen uns ist … Kann er das trennen? Oder meint er mit *nicht reinziehen*, dass er sich wünscht, dass ich weniger mit Brooke zu tun habe?

»Danke, dass du dich heute um sie gekümmert hast«, fügt Grey jetzt leiser hinzu. »Und was ich dir vorgeworfen habe, war unfair. Ich weiß, dass ich dir vertrauen kann, Noah.«

Bei diesen Worten setzen sich die Schuldgefühle nur noch tiefer in meiner Magengrube fest. Er vertraut mir. Ich soll mich raushalten. Und das bedeutet, eine neutrale Position zu bewahren. Eine durchweg platonische. Es wird ja wohl möglich sein, dass ich meine merkwürdigen Gefühle für Brooke unterdrücke.

»Wenn du mir vertraust, warum erzählst du mir dann nicht, was wirklich zwischen euch los ist?«, frage ich ruhig. Innerlich zittere ich. Es kommt mir vor, als könne Grey mir jeden Moment von der Nasenspitze ablesen, dass ich mir seine Schwester in regelmäßigen Abständen nackt vorstelle.

»Weil ich versuche, damit abzuschließen«, murmelt er.

Ich hebe skeptisch eine Braue. »Und wie soll das funktionieren, wenn du nicht darüber redest?«

Er schüttelt den Kopf. »Ich komm schon klar. Das ist zwischen mir und Brooke. Und wenn ich dir erzähle, was damals war, dann ist es auch zwischen *dir* und Brooke. Weißt du, was ich meine? Es würde dein Bild von ihr beeinflussen, obwohl es nichts mit dir zu tun hat. Und das wird diesen Scheißsommer nur noch komplizierter machen. Ich will das einfach hinter mich bringen, und danach ist sowieso egal, was früher war.«

Irritiert runzle ich die Stirn. »Wieso ist es danach egal? Meinst du nicht, dass du sie noch mal wiedersiehst? Sie ist deine Schwester.«

»Sie will mich doch auch nicht sehen«, behauptet er. »Wollte sie nie. Keine Ahnung, warum sie überhaupt hier ist. Wahrscheinlich, damit Mum sie nicht zum Lernen nötigen kann oder so. Aber eins steht fest, Brooke hat kein Interesse an dieser Familie. Sieht man doch an Dad. Ich hab ihr heute Nachmittag geschrieben, dass er diese Woche die Reha anfängt, und alles, was zurückkam, war ein Okay. Er ist dann drei Stunden Fahrt von hier entfernt, nicht mehr nur eine. Da ist nichts mehr mit einem spontanen Besuch. Aber wenn sie meint. Ich hab ehrlich keine Ahnung, was *er* ihr angetan hat. Alles, was Dad früher verbockt hat, habe *ich* für sie abgefangen. Ich hab alles für sie getan, Noah. Ich hab mein Scheißleben geopfert. Und das ist der Dank.«

»Das klingt echt frustrierend«, gestehe ich. »Aber … ich kann sie auch ein bisschen verstehen.«

Greys Blick sagt sehr deutlich, was er von dieser Aussage hält, doch ich rede schnell weiter, bevor er etwas dazu sagen kann.

»Ich meine, dass es manchen Menschen schwerfällt, ihre Dankbarkeit zu zeigen. Oder sich korrekt zu verhalten. Weißt du, was ich meine? Man fällt immer wieder in dieses beschissene Verhalten von früher zurück, egal, wie sehr man es versucht.«

Grey verzieht das Gesicht. »Manchen Menschen, ja?«, fragt er vielsagend. Sein Blick wird mitfühlend. Und normalerweise kann ich das nicht leiden, weil ich mir dann oft vorkomme, als wäre ich wieder dasselbe hoffnungslose Problemkind wie früher, aber diesmal ist es vielleicht ganz gut. Weil er dann hoffentlich ein bisschen von diesem Mitgefühl auf Brooke überträgt.

»Ich weiß nicht, was ihre Beweggründe sind«, gestehe ich Greysen. »Aber sie hat welche. Und bevor du die nicht kennst, solltest du sie vielleicht auch nicht ganz abschreiben. Nur so als Rat von jemandem, der ohne Familie aufgewachsen ist und alles für eine geben würde.«

Er seufzt tief und steht von der Couch auf. »Vielleicht hast du recht …«

»Wahrscheinlich sogar.« Ich erhebe mich ebenfalls.

Grey mustert mich noch einen Moment. »Zwischen uns alles gut?«, fragt er zögerlich.

»Immer«, versichere ich ihm.

Erleichtert atmet er auf. Dann zieht er mich in eine Umarmung. Eine, die ein bisschen wehtut, weil sie so bittersüß ist, aber auch ein bisschen heilt.

»Danke«, murmle ich an seinem Ohr.

Ich sage nicht, wofür.

Grey weiß es ohnehin.

Greysen geht schlafen, und ich mache mich ebenfalls bettfertig, bleibe aber noch eine Weile wach. Es gibt eine Aufgabe, die ich schon den ganzen bisherigen Sommer aufgeschoben habe, weil ich einfach keine Motivation dafür finde: mir Kurse für das nächste Unisemester aussuchen.

Ehrlich gesagt könnte ich es auch sein lassen und stattdessen einfach irgendetwas nehmen. Die Wahl ist ungefähr so angenehm wie die zwischen Pest und Cholera. Aber vielleicht habe ich ja Glück und finde irgendwas, das mir tatsächlich Spaß macht. Nur noch ein Jahr. Und dann …

Ja, keine Ahnung. Dann suche ich mir wohl einen Job, den ich genauso sehr hasse wie mein Studium.

Während ich mich durch den Kurskatalog scrolle, höre ich, wie auf dem Flur eine Tür auf- und wieder zugeht. Leise Schritte tapsen ins Badezimmer und ein paar Minuten später weiter in die Küche.

Brooke ist wohl aus ihrem hundertjährigen Schlaf erwacht und sucht sich die Reste vom Abendessen, die wir ihr per Chat versprochen haben.

Einen Moment lang spiele ich mit dem Gedanken, zu ihr zu gehen. Ich wüsste gern, wie es ihr und ihrem Fuß jetzt geht. Und noch dazu suche ich ziemlich verzweifelt nach einem Grund, um den Laptop wieder zuzuklappen. Aber Brooke und ich allein in der Küche, mitten in der Nacht? Keine so gute Idee. Der Tag heute hat ja gezeigt, wie schlecht ich mich unter Kontrolle habe. Besser, ich gehe keine Risiken ein und versuche mich stattdessen an etwas Abstand. Auch wenn ich den noch mehr hasse als die Uni.

Mein Handy vibriert, und ein mulmiges Gefühl macht sich in meiner Magengrube breit. Mir schreiben nicht viele Leute. Und dann auch noch um diese Uhrzeit. Als ich das Display entsperre, leuchtet mir wie erwartet Brookes Name entgegen.

Sie hat mir ein Bild geschickt. Offenbar sitzt sie in der Küche, denn ich sehe den hellen Fliesenboden und ihre Beine in meiner zu großen Jogginghose. Rechts oben im Bild schwebt eine Gabel voll Thai-Nudeln. Und darunter sitzt Columbo, den Kopf auf Brookes Knie, und schaut bettelnd zu ihr hoch.

Habt ihr ihn nicht gefüttert?

Als ob irgendjemand in diesem Haus schlafen könnte, wenn wir das vergessen hätten.

Grey schläft also schon?

Denke ich zumindest.

Habt ihr euch ausgesprochen?

Ja. Alles gut.

Sie antwortet nicht mehr. Stattdessen höre ich es aus der Küche leise metallisch klappern. Und kurz darauf kriege ich ein neues Bild. Von Columbo, der mit dem Gesicht in seinem Napf hängt.

Deswegen liebt er dich also am meisten.

Tja, wenn mich sonst niemand mag.

Das stimmt doch gar nicht.

Ich mag dich zum Beispiel.

Wieder dauert es einen Moment, bis sie antwortet. Nur dass diesmal Stille herrscht. Dann:

Noah?

Ja?

Kannst du mich vielleicht ins Krankenhaus fahren?

Ich springe förmlich von Greys altem Schreibtischstuhl auf. Verdammt, warum sagt sie das erst jetzt? Ich dachte, ihrem Fuß ginge es gut. Stattdessen sind die Schmerzen so stark, dass sie ins Krankenhaus will?

Binnen Sekunden habe ich meinen Geldbeutel geschnappt, mir eine Sweatjacke über meinen nackten Oberkörper geworfen und mir ein Paar Socken aus dem Schrank genommen. Ich stolpere durch den Flur in die Küche und versuche, sie mir im Laufen anzuziehen. Brooke und Columbo schauen beide gleichermaßen verwirrt auf, als ich zu ihnen reingestürzt komme.

»Wir können sofort los«, verkünde ich und schaffe es endlich in die zweite Socke. »Brauchst du noch was? Soll ich dir eine Tasche packen?«

Brooke blinzelt verwirrt. Ihr Blick wandert über meine nackte Brust, die unter der offenen Jacke zu sehen ist, meine kurze Jogginghose und den Geldbeutel in meiner Hand. Dann entweicht ihr ein belustigtes Schnauben.

»Was?«, frage ich und fahre mir sicherheitshalber einmal über das

Gesicht und die Haare. Habe ich Zahnpasta am Kinn? Die Jacke falsch herum an?

»Du bist süß«, verkündet Brooke grinsend, dann schiebt sie sich in aller Seelenruhe noch eine Gabel voll gebratener Nudeln in den Mund.

»Ähm …«, mache ich. Irritiert schaue ich auf mein Handy und lese ihre Nachricht noch mal. Halluziniere ich? Nein. Da steht immer noch dasselbe. »Ich dachte, du willst ins Krankenhaus. Dein Fuß …?«

Brooke schüttelt schmunzelnd den Kopf. »Ich meinte, ob du mich morgen ins Krankenhaus fährst«, korrigiert sie. »Sorry, ich wusste nicht, dass du gleich aufspringst.«

»Okay«, mache ich wenig überzeugt. »Wenn dein Fuß so wehtut, wäre es aber besser, wenn wir gleich fahren. Dafür ist die Notaufnahme doch da. Oder willst du die ganze Nacht Schmerzen haben?«

»Meinem Fuß geht es gut«, versichert sie mir jetzt.

»Aber …« Langsam dämmert es mir.

Brooke schluckt. »Ich will Dad besuchen«, bestätigt sie leise meine Vermutung. »Aber ohne Grey.«

»Okay.« Ich stehe da wie bestellt und nicht abgeholt und überlege, was ich noch sagen kann. Soll ich fragen, ob sie darüber reden will? Mir schon wieder die Zähne an der Verschlossenheit der Edmonds-Geschwister ausbeißen?

Ich entscheide mich dagegen.

»Ich frag Grey morgen früh gleich, ob ich den Wagen leihen kann«, beschließe ich stattdessen.

Brooke wirkt erleichtert. Dann war das also die richtige Antwort. »Danke«, sagt sie leise.

»Nicht dafür«, versichere ich ihr. »Ich bin immer da, okay? Egal, was ist.«

Ein Lächeln zupft an ihren Mundwinkeln. »Merke ich mir.«

»Das hoffe ich sehr.«

damals

»Sie ist völlig ungezügelt! Keinerlei Sinn für Verantwortung, keinerlei Verstand. Sie kommt ganz nach dir, Nigel.« Mum spuckt die letzten Worte aus, als wären sie eine Beleidigung.

Ich liege im Krankenhausbett und starre an die kahle Decke. Eben war eine Krankenschwester da, die meinen Verband gewechselt hat. Mum und Dad haben so lang draußen gewartet. Aber die Krankenschwester ist gegangen und hat die Tür einen Spaltbreit offen gelassen, und jetzt höre ich jedes Wort, das draußen auf dem Flur gesprochen wird.

»Sie ist ein Kind, Brigid«, erwidert Dad wütend. »Es ist nicht ihre Schuld.«

»Ach ja? Siehst du die Kinder der Nachbarn im Krankenhaus? Sitzen die auch auf deinem verfluchten Hausdach, weil sie dir *etwas zeigen* wollen?!«

»Es ist doch nur halb so schlimm. Beruhig dich erst mal.«

»Mich beruhigen?!«, schreit sie fast. »Vielleicht solltest du endlich anfangen, das hier ernst zu nehmen! Sie tanzt dir auf der Nase herum! Ihre Noten sind furchtbar, ihre Hausaufgaben nur so hingeschmiert, und sie verbringt ihre gesamte Zeit irgendwo in den Büschen oder mit dir in diesem Café!«

»Weil ihr das Spaß macht.«

»Und was ist mit ihrer Zukunft? Wie soll aus ihr mal was werden, wenn sie nichts lernt? Wenn du ihr beibringst, dass es in Ordnung ist, ihre Verpflichtungen einfach zu ignorieren und ohne Sinn und Verstand überall rumzuklettern?«

»Brigid …«

»Nein, Nigel! Ich arbeite den ganzen verfluchten Tag, um euch zu ernähren. Und du bekommst es nicht mal hin, auf dieses Kind aufzupassen und dafür zu sorgen, dass sie ihre Aufgaben erledigt!«

»Sie erledigt sie doch!« Nun wird er lauter. »Nur eben nicht so, wie du es gern hättest, sondern so, wie es für Brooke gut ist!«

»So, wie es für *dich* gut ist!«, faucht sie. »Diese halbherzige, faule Art hat sie von dir.«

Ich blinzle Tränen weg und sinke tiefer in das klumpige Krankenhauskissen. Ich wollte doch gar nichts Böses. Ich wusste nicht, dass es so schlimm ist, wenn ich über eine der Mülltonnen aufs Dach klettere. Es ist auch nicht höher als die Bäume am Rand unseres Grundstücks. Grey hat gesagt, wenn man hoch genug ist, kann man Mount Taranaki sehen …

»Sie ist nicht faul«, erwidert Dad wütend. »Sie ist *zehn*, Brigid.«

Ich höre Mum schnauben. »Und was ist deine Ausrede?«

KAPITEL 11

brooke

Es ist nicht so schlimm, wie ich dachte. Und trotzdem kann ich mich nicht überwinden, den letzten Schritt zu machen und diese Tür zu öffnen.

Noah und ich stehen vor Dads Zimmer auf dem Gang des Krankenhauses von New Plymouth. Seit bestimmt fünf Minuten hat keiner von uns etwas gesagt. Noah wartet darauf, dass ich es tue, und ich … verdränge. Atme gegen meine Angst an. Versuche, das bisschen Mut wiederzufinden, das mich zurück nach Hāwera gebracht hat. Oder war das doch Verzweiflung?

»Kann ich dir irgendwie helfen?«, will Noah jetzt vorsichtig wissen.

Ich wende mich ihm zu und kann unweigerlich ein bisschen freier atmen. Sein Anblick beruhigt mich irgendwie. Bei Noah fühle ich mich sicherer als bei irgendwem sonst.

Sicherer als bei Grey, der mich immer noch meine Fehler von damals spüren lässt.

Sicherer als bei Mum, deren Liebe immer nur an Bedingungen geknüpft war.

Sicherer als bei Kaia, an der trotz unserer wiederbelebten Freundschaft noch zu viel Schmerz von früher hängt.

Und sicherer als bei Dad, der es nie geschafft hat, mich zu beschützen. Obwohl genau das doch seine Aufgabe war.

»Kannst du mit reinkommen?«, frage ich kleinlaut.

Er stockt. Einen Moment lang scheint er sich nicht sicher zu sein, ob es ein Scherz ist. Ich weiß es ehrlich gesagt auch nicht so genau. Oder … doch. Weiß ich. Das ist mein Ernst. »Ich kenn deinen Dad doch gar nicht«, meint Noah überfordert.

Ich schlucke. »Das passt. Ich auch nicht.«

Noah verzieht das Gesicht. Er sieht mit einem Mal aus, als würde sein Herz schmerzen und nicht meins. Und das mag ich so an ihm. Dass er fühlen kann, was ich fühle. Dass er mich versteht, obwohl er nichts über mich weiß.

»Also … wenn du das wirklich willst«, setzt er an, doch ich schüttle bereits den Kopf.

»Danke«, flüstere ich. »Aber du hast recht. Ich muss das allein machen.«

»Du schaffst das, Brooke.«

»Hm«, mache ich nur überfordert.

»Soll ich lieber hier warten?«, will er jetzt wissen. »Du musst dich nicht beeilen, aber falls du bald schon wieder gehen willst …«

»Wo wolltest du denn hin?«, frage ich.

Er reibt sich den Nacken. »Ähm … ein bisschen überschüssige Energie ablassen?«

Ich hebe die Brauen, und Noah zögert.

»Weißt du was?«, meint er schließlich. »Ich zeig's dir, nachdem du hier fertig bist. Wenn du willst. Wird dir sicher gefallen, so wie ich dich kenne.«

Das lockt doch noch ein Schmunzeln auf meine Lippen. »Okay«, willige ich ein. »Jetzt bin ich neugierig.«

Noah weist mit dem Kinn zur Tür. »Auf geht's, Humpelinchen.«

»Ich humple gar nicht mehr«, beschwere ich mich. Die Schmerzen in meinem Fuß sind zum Glück so gut wie vollständig abgeklungen.

Noah legt seine Hand zwischen meine Schulterblätter und schiebt mich kaum merklich vorwärts. Seine Berührung ist warm. Sie brennt sich durch mein Top und weckt in mir das Bedürfnis, mich ihr entgegenzulehnen.

Stattdessen mache ich einen Schritt vorwärts und klopfe kurz entschlossen an.

Mein Herz beginnt wieder zu rasen. Seit ich gestern Nacht entschieden habe, Dad zu besuchen, tut es das ständig.

»Herein?«, erklingt es von drinnen.

»Schreib mir, wenn du fertig bist«, raunt Noah mir zu und drückt zum Abschied leicht meine Schulter. Kann er nicht doch bleiben? Mich umarmen? Nur kurz …

»Okay«, flüstere ich stattdessen, umfasse das kalte Metall der Türklinke und drücke diese nach unten.

In Dads Zimmer ist das Fenster offen. Das merke ich sofort an dem frischen Luftzug, der mir entgegenkommt. Vogelgezwitscher ist zu hören, gemeinsam mit dem Rascheln von Papier. Zögerlich trete ich aus dem kleinen Eingangsbereich neben dem Bad, sodass ich den Rest des Zimmers sehen kann.

Zwei Betten stehen an der Wand neben dem Fenster. Das eine ist leer. Im anderen liegt Dad und liest eine Zeitschrift.

Soeben lässt er sie sinken und schaut auf. Sein Blick findet mich, und er stockt.

»Brooke?«

Er sagt meinen Namen, als könne er nicht glauben, dass ich hier bin. Und ich kann es ihm nicht mal übel nehmen. Zweieinhalb Jahre haben wir uns jetzt nicht gesehen. Immer habe ich ihn vertröstet, wenn er mich besuchen wollte. Mir Ausreden überlegt, warum ich nicht nach Hause kommen kann. Alles, um mich der Vergangenheit nicht zu stellen. Und der einzige Grund, weshalb ich es jetzt doch getan habe, ist der, dass ich musste. Wie erbärmlich.

Grey hatte recht.

Dad richtet sich auf, und ein unerwartetes Lächeln breitet sich auf seinem Gesicht aus. Mein Inneres zieht sich schmerzhaft zusammen. Trotzdem trete ich näher an sein Bett heran und bleibe unsicher davor stehen.

»Hi«, sage ich leise. Ich will ihn umarmen. Aber ich traue mich nicht. Also weise ich nur unbeholfen auf den Stuhl zwischen Dads Bett und dem Fenster. »Darf ich mich setzen?«

»Natürlich!«, sagt er sofort und streckt sich, um den Stuhl etwas zu sich zu ziehen. »Willst du etwas trinken? Ich bin leider nicht so gut ausgestattet, aber da im Schrank steht noch eine Flasche Wasser.«

»Passt schon«, wehre ich ab und setze mich neben ihn. »Ähm …« Meine Kehle wird eng. »Tut mir leid, dass ich erst jetzt komme. Ich … also …« Mir wird heiß. Ich spüre, wie ich vor Scham rot anlaufe, und auf einmal brennen Tränen in meinen Augen. Was für eine Scheißtochter bin ich eigentlich? Eine, die zu egoistisch ist, um für ihren Bruder einzustehen. Zu ängstlich, um für ihren Vater da zu sein. Zu eigensinnig, um ihre Mutter glücklich zu machen.

Auf einmal spüre ich eine warme Hand auf meiner. Blinzelnd schaue ich auf und merke erst jetzt, dass meine Sicht tatsächlich verschwommen ist und mein Atem stoßartig geht.

Dad drückt meine Finger und lächelt mich sanft an. Es bringt Fältchen um seine Augen und seinen Mund zum Vorschein. Ich starre ihn an. Schaue in sein vertrautes Gesicht mit den Sommersprossen, dem roten kurzen Bart und den grauen Augen, das ich viel mehr vermisst habe, als mir bewusst war.

»Ich bin einfach froh, dass du jetzt hier bist, hörst du?«

Seine Stimme ist frei von jeglichem Vorwurf. Als hätte ich nicht damals die Flucht ergriffen und mich dann jahrelang vor ihm versteckt.

Aber das ist Dad.

Er hat mich nie verurteilt. Er war immer verständnisvoll. Nach außen.

Ich weiß, was er mit Mum besprochen hat, wenn er dachte, ich höre ihn nicht. Ich weiß, wie sehr er an mir verzweifelt ist. Wie sehr ich sein weiches Herz gebrochen habe.

Nicht heulen.

Alles ist gut.

Ich blinzle weiter gegen die Tränen an und erwidere den Druck von Dads Fingern. Es ist so lang her, dass ich mich habe zerstören lassen. Und allmählich wird es Zeit, wieder … besser zu werden. Wieder ganz. Wieder Brooke.

»Ich hab dich vermisst«, gestehe ich Dad mit einem halben Schluchzen und stehe von meinem Stuhl auf. Ich beuge mich zu ihm hinunter und mache das, was ich längst hätte tun sollen. Schon vor Jahren.

Ich umarme meinen Vater.

»Brooke ...« Seine Stimme ist sanft. Und er zieht mich so fest an sich, dass ich fast vergesse, dass er noch verletzt ist.

»Oh, dein Bein«, setze ich an und will mich wieder von ihm lösen, doch er hält mich fest.

»Ist doch schon fast verheilt«, murmelt er und streicht mir über den Rücken. »Das hier ist wichtiger.« Er atmet tief durch. »Ich hab dich auch vermisst. Mein kleiner Wildfang.« Er drückt mir einen Kuss auf die Schläfe, und jetzt weine ich doch. Nur ein bisschen, weil ich mehr nicht zulassen kann, ohne das Gefühl zu haben, mich aufzulösen. Aber dieses bisschen tut verdammt gut.

noah

Brooke sieht verheult aus, aber sie wirkt auch gelöster als vorhin. Vielleicht sogar gelöster als je zuvor, seit ich sie kenne. Sie sitzt neben mir in einem kleinen, muffigen Proberaum und mustert wie gebannt das Schlagzeug vor ihrer Nase.

Es war eine spontane Entscheidung, hierherzufahren. Ursprünglich wollte ich mir so die Wartezeit vertreiben, bis Brooke mit ihrem Dad fertig ist, und mir ist erst im Krankenhaus klar geworden, dass das gar keinen Sinn ergibt. Als ob sie mir vorher hätte sagen können, wie lang sie ihn besuchen wird. Ihrem Ausdruck zufolge hätte es gut sein können, dass sie nach zwei Minuten wieder aus dem Zimmer stürmt, und in diesem Fall hätte sie jemanden gebraucht, der auf sie wartet. Jemanden, der sie auffängt. Und idealerweise wäre dieser jemand nicht ich gewesen, aber … na ja. Sie hat nun mal mich gefragt. Darüber, wie sehr mir diese Tatsache die Luft abschnürt, mache ich mir ein andermal Gedanken.

»Hier.« Ich reiche Brooke einen Gehörschutz, den sie nur skeptisch in den Händen dreht und mustert.

»Will ich wissen, wie viele Leute den schon aufhatten?«, fragt sie.

Ich zucke mit den Schultern, während ich mein Handy an den Lautsprecher anschließe. »Vermutlich um die tausend schwitzige Männerköpfe. Aber glaub mir, du brauchst den. Wenn du mit einem Hörsturz nach Hause kommst, verklagt dein Bruder mich.«

Brooke verdreht genervt die Augen. »Können wir ein Mal aufhören, darüber zu reden, wie Greysen sämtliche Aspekte meines Lebens bewerten würde? Falls es dir nicht aufgefallen ist – ich bin eine erwachsene Frau.«

Warum beschwört dieser Satz schon wieder ungebetene Bilder in meinen Kopf herauf? »Ist mir aufgefallen«, murmle ich.

»Dann hör bitte auf, ihn in alles mit reinzuziehen. Ist schon schlimm genug, dass er mir die Chance auf guten Sex ruiniert.«

»Du weißt ja gar nicht, ob es gut wäre«, gebe ich zu bedenken und ignoriere das Ziehen in meiner Magengegend.

Brooke wirft mir einen Blick zu. »Tja, das werden wir wohl nie erfahren. Und dementsprechend kann ich auch ruhig in der Illusion leben, dass es absolut großartig wäre.«

Ich muss mich räuspern. Mein Herzschlag hat sich beschleunigt, und die Bilder in meinem Kopf werden langsam, aber sicher zu kleinen Videoschnipseln. Ich sollte das Thema wechseln. Den Abstand einhalten, den ich selbst von ihr verlangt habe. Aber ich kann nicht.

Ich bin zu neugierig und habe viel zu wenig Selbstkontrolle.

»Will ich wissen, was diese Illusion beinhaltet?«, hake ich nach.

Brooke mustert mich amüsiert. »Ich dachte nicht?«

Richtig. Gut, dass wenigstens sie sich daran erinnert, was ich gestern erst beschlossen habe.

»Oder willst du es dir auch vorstellen können?«, fragt sie eine Spur neckender.

Mir läuft ein Schauer über die Arme. »Kann ich schon gut genug, glaub mir.«

»Also möchtest du nicht, dass ich dir bis ins kleinste Detail erzähle, wie ich mir Sex mit dir vorstelle?«

Okay. Spätestens jetzt hat das Video in meinem Kopf Spielfilmlänge. Schnaubend stoße ich Brooke in die Seite und lasse mich auf den Schlagzeughocker sinken. Ich muss stark bleiben. Ich habe nur Grey, und egal wie irrational seine Ansichten sind, wenn es um Brooke geht – ich will nicht riskieren, ihn zu verlieren.

»Bereit?«, wechsle ich das Thema und wiege die Sticks zwischen meinen Fingern. Einer meiner früheren Betreuer im Kinderheim hat mir das Schlagzeugspielen ans Herz gelegt und den Unterricht für mich möglich gemacht. Er hat damals wohl schon geahnt, dass es perfekt für mich ist, um Stress abzubauen und zur Ruhe zu finden. Trotz der unzähligen Familien und Heime, die ich in meiner Jugend durchlaufen habe, ist das immer geblieben. Aber heute fühle ich mich mit den Sticks in der Hand kein bisschen ruhiger.

Im Gegenteil.

Warum bin ich jetzt nervös? Brooke kann ohnehin nicht zuordnen, ob ich gut spiele oder nicht. Ich könnte ihr einen der schwersten Songs schlechthin vorspielen, und sie fände es vermutlich sterbenslangweilig, weil die meisten Leute glauben, nur schnelle Stücke wären anspruchsvoll.

Vielleicht habe ich genau deswegen ein schnelles Stück zum Einstieg ausgesucht. Um Brooke zu imponieren, wie der Affe, der ich offenbar bin. Ich wette, ich werde es bereuen. Nach den paar Wochen ohne Übung versaue ich bestimmt direkt die ersten Takte und schäme mich danach in Grund und Boden.

»Was, gar keine Angebertricks mit den Sticks?«, will Brooke wissen und nickt auffordernd in Richtung meiner Hände.

Schmunzelnd schüttle ich den Kopf. »Sorry, aber für so was habe ich keine Zeit.«

Belustigt hebt sie die Brauen. »So erhaben. Schön, dann zeig mal, was du kannst.« Sie setzt sich den Gehörschutz auf, und ich tue es ihr nach. Jetzt fordert sie mich auch noch heraus. Brooke ist wirklich nicht gut für meinen Kopf.

Ich versuche, sie auszublenden, und starte den Song. *Assassin* von Muse spiele ich immer, wenn ich Energie oder Frust loswerden muss, weil man seine volle Kraft in die Schläge stecken kann. Normalerweise warte ich damit allerdings, bis ich ein wenig aufgewärmt bin.

Die ersten Töne erklingen, und ich werfe noch einen flüchtigen Blick auf Brooke. Sie mustert mich erwartungsvoll. Tief atme ich durch. Mein ganzer Körper spannt sich an. Dann setze ich ein.

Der Raum verschwimmt vor meinen Augen, und ich konzentriere mich nur noch auf die Drums vor mir. Auf die schnelle Abfolge der

Schläge, das Holz zwischen meinen Fingern und die Spannung in meinen Armen. Auf den Rhythmus, der meinen gesamten Körper einnimmt und spürbar im Boden vibriert.

Wider Erwarten versemmle ich es nicht. Ich strauchle nicht mal, treffe die Schläge mit ungewohnter Präzision.

Als ich nach dem Solo am Anfang beim Spielen aufsehe, starrt Brooke mich mit offenem Mund an.

»Holy shit!«, ruft sie über die Musik hinweg, und ich muss lachen. Statt ihr zu antworten, singe ich den Chorus mit und widme mich dann dem nächsten, etwas anspruchsvolleren Abschnitt. Brooke wippt auf ihrem Hocker im Takt, und ich lege noch mehr Energie in den Song. Offenbar hat sie Spaß. Und das erfüllt mich mit einer ganz anderen Art von Stolz.

Ich spiele den Track zu Ende. Als die Musik verklingt, nehme ich meinen Gehörschutz ab und grinse Brooke an. »Krass!«, stößt sie aus.

»Was hast du denn erwartet?«, frage ich belustigt. »*Alle meine Entchen?*«

Brooke schnaubt und schüttelt den Kopf. »Ich wusste nicht, dass das so laut ist! Das vibriert richtig in den Knochen!«

Ich strahle noch ein bisschen mehr. »Geil, oder?«

»Und wie! Mach weiter!«, fordert sie und setzt sich den Gehörschutz wieder auf. Sie trommelt ungeduldig mit den Händen auf die Seite ihres Hockers.

Aus irgendeinem Grund machen mich ihre Worte verdammt glücklich. Ich kriege das Schmunzeln nicht mehr aus meinem Gesicht und wähle bereitwillig den nächsten Song aus. *Panic Attack* von Dream Theater ist einerseits extrem kraftvoll und macht die acht Minuten Länge mit vielseitigen Rhythmuswechseln wieder wett. Ich habe ein bisschen Sorge, dass sie sich dabei langweilen könnte, aber schon bald hat sie ebenfalls ein Grinsen im Gesicht und wippt wieder im Takt mit.

»Warum kam ich nie auf die Idee, Schlagzeug zu lernen?«, beschwert sie sich, als das nächste Mal die Musik verklingt. »Das wäre das perfekte Instrument gewesen, um meine Teenager-Aggressionen unter Kontrolle zu bringen!«

»Aus Erfahrung kann ich dir sagen, dass das auch ziemlich gut funktioniert«, erwidere ich belustigt. »Willst du es versuchen? Ich kann dir ein bisschen was beibringen.«

Sie springt auf. »So was von!«

»Na dann.« Ich gebe meinen Hocker frei und ziehe mir den anderen näher heran, sodass ich direkt neben Brooke sitze. Feierlich überreiche ich ihr die Sticks und beobachte, wie sie diese abschätzig in den Händen wiegt. »Probier's mal aus«, fordere ich sie auf. »Ich will sehen, wie du es machst.«

Skeptisch hebt sie eine Braue. »Kann ich es falsch machen?«

»Natürlich«, erwidere ich amüsiert. »Aber nicht schlimm falsch.«

»Okay.« Sie umfasst die Drumsticks fester und schlägt überraschend zaghaft auf die Snare. Von Brooke hätte ich eigentlich erwartet, dass sie direkt alles raushaut, was geht, aber offenbar hat sie Angst, etwas kaputtzumachen. Ihre Technik ist jedoch nicht ganz verkehrt.

»Warte mal«, sage ich ruhig und lege meine Hand auf Brookes, um ihre Finger ein wenig zu lockern. »Halt die Sticks immer nur so fest wie nötig. Hier muss er Spiel haben.« Ich drücke das hintere Ende leicht in ihre Handfläche. »Daumen und Zeigefinger fixieren, der Rest stabilisiert. Und dann aus dem Handgelenk spielen.« Vorsichtig rücke ich ihre Finger zurecht und versuche, das heiße Prickeln auf meiner Haut zu ignorieren, das die Berührungen verursachen. Ihre Hände sind ein gutes Stück kleiner als meine und so zierlich, dass ich automatisch sanfter werde. Nicht, dass sie das bräuchte. Aber irgendwie kommt Brooke mir so wertvoll vor, dass ich Angst habe, sie kaputtzumachen. Weil ich bisher alles, was in meinem Leben gut war, zerstört habe. So viele Menschen enttäuscht habe. Und letztendlich alle verloren.

Alle außer Grey …

Ich schiebe den finsteren Gedanken beiseite und lasse Brooke wieder los.

140

Es ist alles in Ordnung. Wir sind nur Freunde, wenn überhaupt, und solang ich sie nicht näher an mich heranlasse, kann ich sie auch nicht verletzen. Zumindest hoffe ich das sehr.

⌣

Die zwei Stunden im Proberaum vergehen schneller, als mir lieb ist. Brooke und ich wechseln uns mit Spielen ab, wobei sie sich an einfachen Rhythmen versucht und anschließend von mir verlangt, ihr die schwersten Lieder vorzuspielen, die ich kenne.

Ich halte mich zunächst an die, die ich bereits gut beherrsche, und schaffe es am Ende einmal mehr schlecht als recht durch *Tom Sawyer* von Rush – den Song, den ich vermutlich in Endlosschleife geübt hätte, wäre sie nicht dabei gewesen.

Die Auszeit vom Hof scheint Brooke gutzutun, und nachdem sie mir versichert, dass ihr Fuß nicht wehtut, stürzen wir uns noch gemeinsam in das vorweihnachtliche Getümmel in der Mall. Obwohl Montag ist, ist einiges los, doch Brooke scheint das nichts auszumachen. Sie kauft ein paar große goldene Ohrringe für Kaia und bittet mich um Hilfe dabei, Grey ein Parfüm auszusuchen.

Nichts leichter als das. Ich weiß, welches er am liebsten trägt, weil ich es erstens fast täglich rieche und es zweitens bei uns in der WG im Bad steht. Und zu Brookes Glück ist es auch noch bald leer.

»Boah, ist das teuer«, beschwert sie sich und wiegt die kleine Schachtel in ihrer Handfläche.

»Wenn wir es gemeinsam schenken, geht es«, biete ich ihr an. »Ich hab noch nichts für ihn.«

Brooke verzieht den Mund und zögert einen Moment zu lang. »Okay.«

Fragend hebe ich die Brauen. »Ich kann ihm auch was anderes schenken.«

»Nein, alles gut«, behauptet sie und versucht sich an einem Lächeln. »Wir nehmen das Parfüm.«

Ich mustere sie skeptisch. »Sag schon«, fordere ich.

Brooke seufzt. »Es ist nur … Er wird wissen, dass du es ausgesucht hast. Und dann bin ich wieder die faule Schwester, die sich nicht mal um ein Geschenk kümmern wollte.«

Einen Moment lang bin ich zu überrumpelt von dieser Aussage, um ihr zu widersprechen. Scheiße, denkt sie wirklich, er würde sie so sehen? Oder eher … gibt Grey ihr das Gefühl, es wäre so?

Es ist nicht Brookes Schuld, dass sie so empfindet. Ich weiß nur zu gut, wie es ist, einfach nichts richtig machen zu können. Auf jede gut gemeinte Tat nur Kritik zu ernten, und auf die restlichen dann erst recht.

Es ist ein Scheißgefühl. Eins, vor dem man nur zu gern wegläuft. Das man vermeidet, wo man nur kann, weil es einen von innen heraus zerfrisst.

Doch ich weiß nicht, was ich dazu sagen soll. Vielleicht hat sie recht. Vielleicht würde Greysen es so wahrnehmen. Vielleicht kann sie aber auch in seinen Augen ohnehin nichts richtig machen. Sie sollte sich ihm nicht beweisen müssen. Oder …?

Ich weiß immer noch nicht, was sie getan hat.

»Ach egal«, stößt Brooke aus und rauscht mit dem Parfüm an mir vorbei in Richtung Kasse. »Wir nehmen das.«

»Warte.« Ich halte sie sanft am Arm zurück und bringe sie so dazu, mir wieder ins Gesicht zu schauen. Brooke wirkt überraschend unsicher. Doch so sehe ich sie heute nicht zum ersten Mal.

Immer wenn es um ihre Familie geht, schimmert diese Seite an ihr durch. Ausnahmsweise bin nicht ich es, der alles schlimmer macht. Nur helfen tue ich ihr auch nicht. Weil ich nicht weiß, wie. Weil verdammt noch mal niemand mit mir redet.

»Such ihm ein anderes aus«, schlage ich vor. Wenn sie jetzt das nimmt und sich ihre Befürchtung über Grey bestätigt, wird sie die Schuld bei sich suchen. Weil sie es hätte verhindern können. Schenkt sie ihm ein anderes und er mag es nicht, kann sie wenigstens sagen, sie hätte es versucht. Für sich. Für ihr Gewissen.

Brooke schüttelt den Kopf. »Das gefällt ihm dann bestimmt nicht.«

»Du hast doch das hier als Referenz«, erinnere ich sie. »Nimm was

Ähnliches in der kleinsten Größe. Und wenn er es trotzdem nicht mag, ist das sein Problem. Du hast dir Mühe gegeben für ihn. Darum geht's doch. Ich zahle mit, und falls er es ganz furchtbar findet, behaupten wir, ich hätte es ausgesucht.«

Brooke wirkt noch immer nicht überzeugt. Doch als ich sie verschlagen angrinse, zupft ein Lächeln an ihren Lippen. »Ich wette, sobald er das hört, entscheidet er sich plötzlich um und findet es doch total toll«, behauptet sie.

»Dann geben wir's zurück«, erwidere ich trocken. »Zur Strafe.«

Brooke lacht. »Ich frage nach einem Beleg.«

»Sehr gut. Kann ich dich kurz allein lassen? Ich geh eben zur Toilette.«

»Klar. Aber du musst dann wiederkommen und mir helfen. Ich muss hier sonst übernachten, weil ich mich sicher nicht entscheiden kann.«

»Stell schon mal eine Auswahl zusammen, dann sortiere ich gerne aus.« Ich zwinkere ihr zu und verschwinde aus dem Laden. Allerdings schlage ich nicht den Weg zu den Toiletten ein, sondern kehre zu dem Schmuckladen zurück, in dem Brooke vorhin die Ohrringe gekauft hat. Mir ist klar geworden, dass ich gar nichts für *sie* habe. Und wer weiß, was Grey ihr schenkt. Wahrscheinlich einen neuen Putzplan …

Ich brauche wenigstens etwas Kleines, um Brooke an Weihnachten ein Lächeln auf die Lippen zu zaubern.

Als ich zehn Minuten später zurück in die Parfümerie komme, hat sie tatsächlich schon eine solide Vorauswahl getroffen. Wir entscheiden uns gemeinsam für einen Duft von derselben Marke wie Greys aktueller Liebling, von dem ich weiß, dass er ihn noch nicht hat. Bevor wir anschließend zurück nach Hāwera fahren, machen wir noch einen Abstecher zu einem Café direkt am Hafen.

Es ist mittlerweile später Nachmittag. Neben uns schwappen die Wellen an die Kaimauer, und Möwen drehen über unseren Köpfen ihre Runden. Brooke löffelt zufrieden den Eisbecher, den ich ihr spendiert habe, und tippt mit ihrem Fuß einen Rhythmus auf den Boden.

»Ohrwurm?«, frage ich.

»Deine Schuld«, murmelt sie belustigt und schiebt sich die nächste Portion Eis in den Mund.

Mein Blick bleibt unweigerlich an ihren Lippen hängen. Einen Moment lang starre ich sie gedankenverloren an, bis ich es schaffe, mich kopfschüttelnd meiner Kaffeetasse zuzuwenden.

»Was?«, fragt sie.

Ertappt hebe ich wieder den Kopf. »Hm?«

»Du hast so komisch geschaut.«

»Nichts«, behaupte ich eilig. »Ich war nur in Gedanken.«

»Das glaube ich jetzt ausnahmsweise mal«, meint sie.

Ich ringe mir ein Lächeln ab. »Gnädig von dir.«

Wir schweigen eine Weile. Ich streiche mit dem Daumen über meine Tasse und versuche, die Bilder aus meinem Kopf zu vertreiben, die sich dort immer wieder hineinschleichen.

Bilder von Brooke. Und dem Man-Bun-Typen …

Ich bin immer noch eifersüchtig. Obwohl ich immer noch kein Recht dazu habe. Obwohl sie gesagt hat, sie hätte lieber mit mir geschlafen …

»Wie war's denn am Samstag noch?«, höre ich mich sagen. Schon während die Worte meinen Mund verlassen, bereue ich sie. Warum frage ich so was? Ich quäle mich nur selbst, wenn ich diese Gedanken immer weiter zulasse.

Brooke hebt die Brauen. »Wie?«

»Na ja … mit Kaia und … den anderen?« Ich bin erbärmlich.

»Den anderen?«

Ich presse die Lippen zusammen.

»Oder meinst du Joshua?«

»Ist das der Typ mit dem Man Bun?«

Gott. Als würde sie nicht merken, worauf ich hinauswill und was mich wirklich interessiert. Ich glaube, man hat sich bei meinem Alter verzählt. Ich kann unmöglich vierundzwanzig sein. Vielleicht wurden im Heim die Geburtsdaten verwechselt.

»Es war schön, schätze ich«, gibt Brooke zurück und mustert mich skeptisch.

»Du schätzt?«, hake ich nach.

Sie zuckt mit den Schultern. »Was willst du denn hören?«

Das überrumpelt mich nun doch. »Ich will gar nichts hören. Ich wollte nur wissen, wie dein Abend war.«

»War okay.« Sie mustert mich noch einen Moment, dann widmet sie sich wieder ihrem Eisbecher. Ich hingegen habe schon wieder mein Mundwerk nicht unter Kontrolle.

»Also nichts Ernstes?«, schlussfolgere ich.

Brooke grunzt und verschluckt sich offenbar fast an ihrem Eis. »Ganz sicher nicht«, japst sie.

»Doch so schlimm?«, hake ich grinsend nach.

»Er war wirklich okay«, wiederholt sie. »Aber das ist ehrlich gesagt egal. Ich lasse mich generell auf nichts Ernstes ein.«

Warum beruhigt mich das so? Vielleicht deshalb, weil ich sie nicht enttäuschen kann, solang sie nichts Ernstes will. Sie hat mir zwar schon gesagt, dass sie keine Gefühle für mich hat, aber zu wissen, dass sie diese auch nicht entwickeln wird, fühlt sich noch sicherer an.

»Willkommen im Club«, stelle ich fest und proste ihr mit meiner Tasse zu, bevor ich einen Schluck von meinem Kaffee nehme.

»Du auch nicht?«

»Nope.«

»Wieso nicht?«, will sie nun wissen.

Ich lehne mich in meinem Stuhl zurück. »Keine Ahnung«, schwindle ich. »Ich bin einfach nicht dafür gemacht, schätze ich.«

Sie schaut mir in die Augen und erinnert mich damit ungewollt wieder daran, wieso sie für mich tabu ist. Es ist dieses Graublau. Greysen-Blau.

»Und was ist mit lockeren Sachen?«, hakt sie nach.

Ich muss schlucken. »Die sind in Ordnung.« Normalerweise.

Interessiert legt sie den Kopf ein wenig schief und mustert mich. »Wann hattest du zuletzt Sex und mit wem?«

Mir entweicht ein Keuchen. »Ähm, warum sollte ich dir das sagen?«

Brooke zuckt völlig unberührt mit den Schultern. »Du weißt es doch auch von mir.«

Wow. Danke, dass sie es mir jetzt noch mal so deutlich vor den Latz knallt …

Einen Moment lang muss ich überlegen. »Vor drei Monaten«, erzähle ich ihr dann. »Mit einer Kommilitonin.«

»Wie kam es dazu?«

»Greys Geburtstagsfeier«, gebe ich zu. »Aber wehe, du sagst ihm das.«

Brooke tut empört. »Ich bin seine Erzfeindin, schon vergessen? Als würde ich ihm irgendwas verraten!«

»Stimmt ja«, erwidere ich schmunzelnd. »Du würdest niemals auch nur ansatzweise nett zu ihm sein. Und außerdem bist du ja voll damit ausgelastet, deine Weltherrschaft zu planen, hab ich recht?«

»Jep. Ist verdammt anstrengend, sag ich dir.«

Belustigt schüttle ich den Kopf.

»Was ist danach passiert?«, will Brooke jetzt wissen.

»Wonach?«

»Nachdem du mit ihr geschlafen hast. Habt ihr es wiederholt?«

»Nein, wie gesagt. Nichts Ernstes.«

»Man kann ja auch was Lockeres wiederholen«, meint sie.

Wieder antworte ich mit einem Kopfschütteln.

»Wieso nicht?«

Ich fahre mir durch die Haare und lasse den Blick aufs Meer schweifen, um Brooke nicht ansehen zu müssen. »Ist halt so.«

»Lass mich raten.« Aus dem Augenwinkel sehe ich, wie sie die Ellbogen auf der Tischplatte aufstützt und sich zu mir vorbeugt. »Du hattest eine traumatische Kindheit und hast jetzt Bindungsängste des Todes.«

Ich spüre meinen Mundwinkel zucken und beiße mir auf die Lippe. Sie weiß es nicht. Warum genau dachte ich, Grey hätte sie eingeweiht?

»Kommt wohl hin«, murmle ich.

»Sorry.« Brooke klingt betroffen. »Das war unsensibel, oder?«

Ich ringe mir ein Lächeln ab und schaue sie wieder an. »Alles gut.«

»Falls es hilft, ich falle auch in die Kategorie«, fügt sie hinzu.

146

Mir entkommt ein leises Schnauben. »Dann passen wir ja perfekt zusammen.«

Brooke hält weiterhin meinen Blick fest. Und aus irgendeinem Grund schnürt sich meine Kehle dabei zu. Mein Herzschlag beschleunigt sich. Nur was Lockeres. Es wäre so einfach mit ihr. So verlockend. Grey dürfte nur nie davon erfahren.

Scheiße, nein.

Vielleicht hätte ich mir in der Bar auch jemanden suchen sollen, um mal diese angestaute sexuelle Energie freizulassen. Die tut meinem Gehirn nicht gut. Sie sorgt dafür, dass ich Brooke küssen will. Dringend. Und dann noch ein paar andere Sachen, die ich nicht mal denken will, weil sie sich dann erst recht nicht mehr aus meinem Kopf vertreiben lassen.

»Noah?«, fragt sie, und mein Name auf ihren Lippen weckt ein Kribbeln in meiner Magengrube.

»Hm?«, bringe ich hervor.

»Also nur, um das noch mal klarzustellen. Der einzige Grund, wieso du keinen Sex mit mir haben willst, ist Greysen?«

Ich muss mich räuspern. »Es gibt viele gute Gründe dafür.«

»Nenn einen weiteren.«

»Zum Beispiel die Tatsache, dass wir nach diesem einen Mal Sex noch zwei Monate gemeinsam in diesem Haus verbringen müssten?«, schlage ich vor. Mein Herz rast. Hitze macht sich in meinem Brustkorb breit.

»Und?«, fragt sie.

»Das funktioniert ja jetzt schon nicht.«

»Dann macht es das wohl auch nicht mehr schlimmer. Abgesehen davon juckt mich so was nicht.«

»Jetzt juckt es dich doch auch«, halte ich dagegen.

Sie verzieht das Gesicht. »Ja, weil es mich anpisst, dass der einzige Grund für dieses Drama das Egoproblem meines Bruders ist!«

»Sorry, aber dein Bruder ist mir leider wichtiger als Sex.«

»Und damit unterstützt du effektiv seinen misogynen Bullshit, herzlichen Glückwunsch.«

»Ich – was?«

»Du stellst seine Meinung über meine! Und über deine eigene! Wir wollen das, und nur weil er der Meinung ist, ich dürfe das nicht ...«

»Darum geht's mir doch gar nicht!«, unterbreche ich sie verwirrt.

»Worum es dir geht, ändert aber das Problem nicht, Noah!«

Ich klappe den Mund zu und schüttle den Kopf. Diese Diskussion überfordert mich. Erstens habe ich mich noch gar nicht damit auseinandergesetzt, was ich eigentlich will. Zweitens stößt Brooke mich mit diesen Aussagen ziemlich vor den Kopf. Und warum? Weil sie wahr sind.

»Und jetzt?«, frage ich ruhig. »Was genau soll ich deiner Meinung nach tun?«

Sie schüttelt nur resigniert den Kopf. »Schon gut. Ich schätze, ich bin einfach enttäuscht.«

»Von mir«, stelle ich fest. Mir läuft es kalt den Rücken hinunter. Natürlich ist sie das. Wie könnte sie es nicht sein? Egal, wie weit ich die Leute von mir fernhalte, letztendlich endet es immer mit ...

»Nein«, erwidert Brooke genervt. »Von ... Grey. Oder eher von mir. Davon, dass er mir noch nicht verziehen hat, und davon, dass ich deswegen jetzt auf Dinge verzichten muss, die mich vielleicht ein kleines bisschen glücklich gemacht hätten. Egal. Es ist nicht deine Schuld, und ich will auch nicht versuchen, dich zu überreden. Ich bin einfach ... Es ist alles so viel gerade. Als ich dich damals zum ersten Mal gesehen habe, dachte ich, du wärst meine perfekte Ablenkung, um den Sommer zu überleben. Aber ... na ja.«

Sie zuckt mit den Schultern, als wäre damit alles gesagt. Doch ich kann sie nur stirnrunzelnd mustern, während ich weiterhin versuche, die wenigen Puzzleteile, die ich habe, zu einem sinnvollen Bild zusammenzufügen.

»Ich kann immer noch deine Ablenkung sein«, biete ich ihr sanft an. »Nur auf andere Art und Weise. Als Kumpel.«

Ich nehme bewusst nicht das Wort *Freund* in den Mund. Weil selbst das schon zu viel Commitment für mich ist. Ein Kumpel ist jemand, dem man alle paar Wochen schreibt. Der vielleicht mal beim

Umzug hilft. Mit dem man einen Abend auf der Couch verbringt, sich über einen Film unterhält und bloß nicht die schweren Themen bespricht.

Ein Freund?

Das ist jemand, auf den man sich verlassen kann.

Und das schließt mich kategorisch aus.

»Ja«, murmelt Brooke. »Ich weiß.«

»Vielleicht ist Ablenkung aber auch generell keine so gute Strategie?«, meine ich vorsichtig.

»Hab ich auch nie behauptet«, erwidert sie.

Ich zögere. »Wie war's denn jetzt bei deinem Dad?«

Der Anflug eines Lächelns legt sich auf ihre Lippen. »Nicht so schlimm wie befürchtet. Eigentlich sogar ganz schön.«

»Wovor hattest du denn Angst?«

Brooke rührt in der Schale ihres Eisbechers. Mittlerweile ist der Rest davon geschmolzen, und einen Moment lang wirkt sie gedankenverloren. »Vor früher«, gesteht sie schließlich.

Ich öffne den Mund, um nachzuhaken, doch sie kommt mir zuvor.

»Bist du fertig?« Sie weist auf meine Tasse und kratzt den letzten Löffel ihrer Eissuppe zusammen.

»Ähm«, mache ich überfordert. »Ja.«

»Gut.« Sie schiebt sich den Löffel in den Mund und steht auf. Anschließend lässt sie ihn klirrend zurück ins Glas fallen. »Dann können wir ja gehen, bevor du mir mit deinen Blicken noch ein Loch ins Gesicht brennst.«

»Bitte?«, frage ich überrumpelt.

Brooke hat sich bereits zum Gehen gewandt und schaut über ihre Schulter zu mir. Sie zwinkert mir zu. »Du weißt schon, was ich meine, Noah. Wenn du wirklich nicht weitergehen willst, musst du aufhören, mich so anzuschauen. Kommst du? Der Wagen steht da hinten.«

Überfordert schiebe ich meine Tasse von mir und erhebe mich. Ich habe doch gerade nicht mal in diese Richtung gedacht! Aber … vor ein paar Minuten sah das noch ganz anders aus. Und auch wenn das hier vermutlich nur Brookes Weg ist, um einer Unterhaltung über dieses *Früher* zu entkommen, hat ihre Aussage durchaus Berechtigung. Letztendlich war es kein Flirtversuch, sondern lediglich eine Beobachtung. Und mit der hat sie leider mitten ins Schwarze getroffen.

Ich muss mich wirklich mehr zusammenreißen. Sonst bin ich in Brookes Anwesenheit bald völlig verloren.

KAPITEL 13

brooke

Noah macht mich fertig.

Seit unserem gemeinsamen Ausflug nach New Plymouth vor drei Tagen brennt die Luft zwischen uns. Er hat eine Grenze gezogen, und es fällt uns offensichtlich beiden schwer, sie nicht zu übertreten. Wenn sich unsere Blicke treffen, schauen wir schnell weg. Wenn wir uns versehentlich berühren, zucken wir zurück. Und wenn Greysen uns allein lässt, ergreifen wir die Flucht voreinander.

Ich weiß gar nicht mehr, wo wir stehen. Irgendwie ist das zwischen uns alles und gar nichts.

Noah war eifersüchtig auf Joshua. Das muss gleichzeitig bedeuten, dass er irgendwas für mich empfindet. Und sei es nur eine Anziehung, weil er offensichtlich nichts Ernstes will. Mit niemandem.

Aber ich will immerhin auch keine Beziehung. Anziehung reicht mir. Weil ich sie genauso empfinde, wenn ich in seiner Nähe bin. Weil sie mir mittlerweile jede Nacht den Schlaf raubt. Weil ich einfach … *will.* Ihn. Ein Mal wenigstens. Ein sicherlich verdammt gutes Mal, das habe ich im Gefühl.

Ich sitze in der Ecke des Sofas und beobachte Noah verstohlen von der Seite. Vor fünf Minuten hat Greysen per Gruppenchat eine *Besprechung* einberufen und uns damit von unseren jeweiligen Arbeiten weggeholt. Ich war eben mit Kaia im Café, die sich daraufhin auf den Nachhauseweg gemacht hat. Und Noah hat, wie er mir zerknirscht berichten musste, einen Kampf mit einem der Seidenhähne ausgetragen. Offenbar haben wir vergessen, ihn zu warnen, dass die Viecher mitunter ziemlich territorial sein können und ganz schön scharfe Schnäbel haben. Mein Angebot, für ihn Krankenschwester zu spielen, fand er allerdings nicht besonders lustig. Dabei liegt hier sicher noch irgendwo das knappe blutbeschmierte Halloweenkostüm, das ich mit sechzehn getragen habe.

Sein Pech. Jetzt sitzen wir hier zu zweit in beklommener Stille, und der Einzige, der fehlt, ist mein Bruder.

»Weißt du, was Grey will?«, frage ich und zupfe an einem der Sofakissen herum. Er dreht gerade eine Gassirunde mit Columbo, nachdem er Dad heute in die Reha gefahren hat. Endlich. Das Krankenhaus hat ihn langsam, aber sicher fertiggemacht. Ich habe ihn gestern noch mal besucht, und es wird nicht das letzte Mal gewesen sein. Auch wenn er jetzt viel weiter entfernt ist. Es bedeutet lediglich, dass ich nächstes Mal mit Grey gemeinsam fahren muss. Nicht gerade eine schöne Aussicht, aber was soll's. Vielleicht wird es nur halb so schlimm, wie ich befürchte. Genau wie mit Dad, der mir meine Abwesenheit keine Sekunde lang vorgehalten hat.

Nur … das mit Grey ist etwas ganz anderes. Weil es sich nicht lösen wird, bis ich mich entschuldige, und das kann ich nicht. Weil ich dann erklären müsste. Gestehen. Die Wahrheit ausgraben.

Noah hebt den Kopf und schaut zu mir rüber. Mann, er ist schön. Ich könnte ewig in seine grünen Augen schauen, aber in den vergangenen Tagen hat er das selten zugelassen. Ein bisschen bereue ich meine Ansage, er solle mich nicht mehr so anschauen. Es fällt ihm sichtlich schwer, und irgendwie finde ich es schade, dadurch weniger von ihm zu sehen. Von seinen Emotionen. Ich mochte die Offenheit, die wir anfangs hatten und in New Plymouth kurz wiedergefunden haben. Ich mochte es, jemanden zu haben, den ich verstehe.

»Keine Ahnung«, gibt er zurück.

»Vielleicht hat er die Körner nachgezählt, die du den Hühnern gefüttert hast, und gemerkt, dass es drei zu wenig waren«, ziehe ich Noah auf, der daraufhin belustigt schmunzelt.

»Oder er hat mal geschaut, wie viel von dem Kaffee im Café *du* getrunken hast, ohne dafür zu bezahlen.«

»Hey, der gehört praktisch mir. Also offiziell gehört er Dad, aber irgendwann werde ich ihn ja erben. Besser also, ich trinke schon mal was davon. Dann haben Grey und ich später weniger, worüber wir uns streiten müssen.«

»Sehr weise«, stichelt Noah. »Habt ihr euch schon geeinigt, wer die Höllenhühner kriegt?«

»Die schenken wir dir, weil du sie so gern magst«, säusle ich und grinse ihn an.

»Super. Ich mache mir direkt eine Notiz, dir niemals die Tür aufzumachen, wenn du bei mir klingelst.«

Ich ziehe einen gespielten Schmollmund. »Und wenn ich ohne Hühner komme? Du würdest mich doch nicht draußen stehen lassen! Oder, Noaaaah?«

Er verdreht belustigt die Augen. »Schön. Vielleicht dürftest du reinkommen. Ohne Hühner.«

»Ich wette, ich würde auch einen Kaffee von dir bekommen.«

»Ein Wasser zumindest.«

»Dürfte ich auf deinem Drumkit spielen?«

»Klar. Du schlägst ohnehin so schwach zu, dass du gar nichts kaputt machen kannst.«

Ich trete mit dem Fuß gegen seinen Oberschenkel, und er lacht auf.

»Hey!«

»Das nimmst du zurück!«, fordere ich.

»Und wenn nicht?«

»Dann komme ich dich nicht besuchen!«

Er schnaubt. »Mehr Wasser für mich?«

Wieder trete ich ihn scherzhaft.

»Schön, ich nehm's zurück«, lenkt er ein und hält meinen Fuß fest, damit ich nicht mehr nach ihm treten kann. Wir grinsen uns an, und einen Moment lang ist alles so gelöst, wie es sein sollte.

»Darf ich trotzdem auf deinem Drumkit spielen?«, frage ich.

»Unter Aufsicht«, gibt er nach. »Das ist aber elektronisch. Macht nicht so viel Spaß wie ein echtes.«

»Egal«, erwidere ich. »Mit dir macht es so oder so Spaß.«

Ein Lächeln huscht über Noahs Lippen, dann presst er sie zu einer dünnen Linie zusammen. Er räuspert sich leise, lässt meinen Fuß los und holt sein Handy aus der Hosentasche.

»Ich schreib Grey mal«, beschließt er, und ein Funke Enttäuschung durchfährt mich. Vorbei ist der Moment zwischen uns. Dieses kleine bisschen Erholung von Greysen und dem Rest meines Trümmerhaufens von einem Leben. Es könnte so locker sein zwischen uns. Aber Noah macht mal wieder dicht.

In dem Moment, in dem er zu tippen beginnt, geht die Haustür auf, und ein kläffender Columbo kommt zu uns reingestürmt. Schwanzwedelnd springt er zu mir aufs Sofa und wirft sich mit seinem gesamten Gewicht auf meinen Bauch.

Ich stöhne auf, halte ihn aber fest und drücke ihn an mich. Wenn man ignoriert, dass Columbo einem mit seinen knapp vierzig Kilo Körpergewicht jegliche Luft aus den Lungen drückt, ist es sehr schön, von ihm gekuschelt zu werden. Wenn Noah nicht will, muss mich wenigstens der Hund trösten. Ich kraule ihn hinter den Ohren und vergrabe die Nase in seinem Fell.

»Sorry«, murrt Grey, der hinter ihm das Wohnzimmer betreten hat. Er schiebt die Hände in die Hosentaschen und stellt sich vor uns. »Wir wollten gerade zurück, als der Herr meinte, eine Weka durch die Wiese jagen zu müssen.« Er funkelt Columbo tadelnd an. Dieser winselt, dreht sich auf den Rücken und versteckt das Gesicht in meiner Armbeuge.

»Ich hätte da einen Seidenhahn im Angebot, den er gerne stattdessen jagen kann«, murmelt Noah. Er hat sich entspannt zurückgelehnt und beobachtet Columbo.

Grey runzelt die Stirn. »Was? Gab's ein Problem mit den Hühnern?« Ich schaue Noah vielsagend an.

»Nein, alles gut«, behauptet er eilig. Ach. Greysen kriegt also nicht die peinliche Story? Interessant. »Was ist so dringend?«, hakt er nach.

Greys Miene wird ernst. »Ich muss ein paar Tage weg. Ich hab mich doch für diese Teilzeitstelle an der Uni beworben. Der Prof, der sie leitet, hat jetzt spontan entschieden, dass er mich gerne Probe arbeiten lassen würde.«

Ich hebe nur skeptisch die Brauen. Noah sieht auch ein bisschen ratlos aus. »Okay? Und das ist dringend, weil …?«

»Ich muss *jetzt* weg«, stellt Grey klar. »Es geht nur noch morgen, danach ist er im Urlaub. Er hatte wohl schon vier andere Bewerber. Der für morgen hat abgesagt, deswegen kriege ich jetzt stattdessen die Chance. Bis Wellington brauche ich dreieinhalb Stunden, vorher muss ich meine Sachen packen, also … ja. Ich fahre hoffentlich innerhalb der nächsten Stunde. Kommt ihr klar ohne mich?«

Völlig überrumpelt schaue ich zu Noah. Der wirkt regelrecht schockiert. Sein Blick huscht zu mir, dann scheint er sich wieder unter Kontrolle zu bekommen. Er räuspert sich und schüttelt den Kopf. Was ironischerweise seiner Antwort widerspricht. »Klar«, behauptet er. »Kein Ding, Mann.«

Warum habe ich das Gefühl, es ist doch ein Ding? O Gott. Mein Herzschlag beschleunigt sich unvermittelt. Noah und ich alleine in diesem Haus …

»Morgen steht nichts Wichtiges an, aber ich weiß noch nicht, ob ich schon morgen Abend oder erst Samstagmittag wiederkomme«, fährt Greysen fort. »In dem Fall müsstet ihr euch darum kümmern, dass das Café läuft.«

»Ist jetzt keine Wissenschaft«, werfe ich ein und streiche Columbos Zottelfell glatt, um mich ein bisschen zu beruhigen. Ich und Noah. Allein. Für wie lang? Dreißig Stunden? Vielleicht länger?

Warum ist mir so heiß? Wir sind oft allein. Aber immer nur tagsüber. Und immer ist Greysen um die Ecke. Greysen, der allem im Weg steht.

Columbo hebt den Kopf und schaut mich fragend an. Ich schlucke.

»Gut«, behauptet Grey, wirkt aber nicht überzeugt. Natürlich passt es ihm nicht, uns hier allein zu lassen. Dafür müsste er mal die Kontrolle abgeben, und das kann er ungefähr so gut wie Eiskunstlaufen.

155

Oder Ölmalerei. Nämlich gar nicht. »Falls irgendwas ist, schreibt mir oder ruft an. Oder meldet euch bei Dad, falls ich nicht rangehe, ich geb ihm noch Bescheid.«

»Warum genau muss Dad das wissen?«, hake ich nach.

»Es ist sein Hof«, erinnert er mich.

»Es ist ja aber nicht so, als würdest du ihn zwei Fremden übergeben.«

Grey presst die Lippen zusammen. »Ich darf ihm ja wohl noch erzählen, wenn ich zum Probearbeiten eingeladen werde?«

»Ach so, also rufst du ihn deswegen an und nicht, um ihm zu sagen, dass ich schuld bin, falls sich innerhalb der nächsten achtundvierzig Stunden die Feuerwehr bei ihm meldet?«

»Könntet ihr das Gezanke lassen?«, mischt Noah sich ein. »Grey, ich dachte, du musst packen.«

»Stimmt.« Er schüttelt den Kopf und durchquert das Zimmer. »Passt auf Columbo auf. Damit er nicht noch mehr unschuldige Wekas traumatisiert.«

Ich tätschle dem Hund den Kopf, während Grey in den Flur verschwindet. »Hat dich der böse Vogel beleidigt, Columbo?«, frage ich gespielt mitleidig. »Hat er einen Witz über deine Frisur gemacht?«

Noah schnaubt. »Hätte er doch sowieso nicht gehört mit dem ganzen Fell in seinen Ohren.«

»Das hast du jetzt nicht gesagt!«

Wie auf Kommando springt Columbo von mir auf, stürzt über die Couch auf Noah zu und schleckt ihm das Gesicht ab. »Igitt!«, ruft er und schiebt ihn von sich weg. »Weg! Columbo, pfui!«

Ich lache und ziehe den Hund sanft am Halsband zurück. »Hat er dich wohl doch gehört«, stelle ich fest.

»Ihr habt euch gegen mich verschworen«, behauptet Noah und reibt sich die Wange an seiner Schulter trocken. »Du und dieser gesamte Zoo hier.«

»Ich frage mich wirklich, warum es sämtliche Tiere so auf dich abgesehen haben. Solltest du vielleicht mal untersuchen lassen.«

»Gib doch zu, dass du sie heimlich gegen mich aufhetzt.«

»Jep. Bestimmt nicht deine Schuld, dass du Columbo beleidigt hast. Wenn du mit dem Seidenhahn genauso nett umgegangen bist, wundert mich nichts mehr.« Ich schließe meine Arme von hinten um Columbo und mustere Noah nachdenklich. »Was machen wir jetzt ohne Grey-Grey?«, frage ich halb scherzhaft.

»Gute Frage …«

Er begegnet meinem Blick, und schon wieder beginnt die Luft zu knistern. Vielleicht sollte ich Greysen vorsorglich noch fragen, wo der Feuerlöscher ist. Nicht, dass das mit der Feuerwehr wirklich eintritt.

Ich schlucke schwer. »Wollen wir einfach Pizza bestellen und einen Film schauen?«, schlage ich vor.

»Mhm«, macht Noah unbestimmt und nickt. Er strubbelt Columbo einmal über den Kopf und steht vom Sofa auf. »Vorher muss ich aber noch die Sache mit diesem Hahn zu Ende bringen.«

»Das klingt, als würdest du ihn umbringen«, stelle ich fest.

»Oder er mich. Mal sehen.«

»Nimm ihn mit«, rate ich, gebe Columbo frei und nicke ihm auffordernd zu. »Hör auf den Onkel Noah.«

Noah schnauft. »Onkel …«, höre ich ihn murmeln, dann verschwindet er mit dem Hund im Schlepptau nach draußen.

Ja, das war wirklich nicht das beste Wort. Denn sosehr ich Noah auch mag – von einem Familiengefühl sind wir *ganz* weit entfernt. Das wäre auch reichlich unangebracht.

KAPITEL 14

noah

Noch nie habe ich Greysen derart für etwas verflucht. Mich mit Brooke allein zu lassen, ist eine Sache. Das hätte ich vielleicht ganz gut verkraftet – hätte er mir Zeit gegeben, um mich darauf einzustellen. So jedoch blieben mir gerade mal ein paar mickrige Stunden, um mich an den Gedanken zu gewöhnen, dass wir die Nacht allein in diesem Haus verbringen werden. Ohne Grey als unwissentlichen Aufpasser. Ohne irgendeine Barriere zwischen uns, abgesehen von unserer eigenen Zurückhaltung. Und wie lang die noch hält, ist zumindest bei mir fraglich.

Ich kriege ihre Worte von Montag nicht aus dem Kopf. Sie ist enttäuscht, weil sie auf etwas verzichten muss, das sie vielleicht ein kleines bisschen glücklicher gemacht hätte. Damit meint sie uns. Sie meint mich. *Ich* hätte Brooke glücklich machen können. Der Noah, der immer nur eine Enttäuschung war. Der nie etwas richtig machen konnte. Der nie irgendwo dazugehört hat.

Selbst wenn es nur mein verdammter Körper ist, der dazu in der Lage ist, und nicht ich selbst – ich will das. Außerdem hat Brooke recht. Es ist bevormundender Mist, Grey diese Macht über unsere Entscheidungen zu geben. Aber es ändert nun mal nichts daran, dass ich mich nicht traue, das Risiko einzugehen. Egal, wie sehr ich mich danach sehne, Brooke näher zu kommen.

Als ich gegen sieben aus der Dusche komme, hat sie bereits die Pizzakartons auf dem Couchtisch drapiert und Getränke aus der Garage geholt. Während ich mich eben umgezogen habe, habe ich den Lieferanten klingeln gehört. Jetzt duftet es im ganzen Wohnbereich nach geschmolzenem Käse. Aus der Küche ist Columbos unverkennbares Schmatzen zu vernehmen. Er ist also auch schon versorgt.

»Fertig?«, fragt Brooke, die soeben durch die Küchentür kommt, und lässt ihren Blick einmal über mich schweifen. Ich trage eine graue Jogginghose und ein weites schwarzes T-Shirt. Nichts anderes als sonst auch, und trotzdem habe ich das Gefühl, als würde sie diesmal länger hinsehen. Meine Haut beginnt zu kribbeln, und ich mustere Brooke unweigerlich ebenfalls.

Sie trägt ein ähnliches Outfit, und leider steht ihr dieser Boyfriend-Look viel zu gut. Ich wünschte, ich wüsste nicht, wie ihr Körper unter diesen Klamotten aussieht. Die Vorstellung lenkt mich einen Moment lang so ab, dass mir erst nach einer gefühlten Ewigkeit des Starrens ein anderer Gedanke kommt.

»Ist das meine Hose?«, frage ich.

»Hm?«, macht sie unschuldig.

Ich schaue ihr wieder ins Gesicht und bereue es sofort. Großer Fehler. Ihre grauen Augen sind eine Herausforderung für sich.

»Die hab ich dir geliehen, als du dir den Knöchel verstaucht hast«, stelle ich fest und hebe eine Braue. Mir war gar nicht aufgefallen, dass Brooke sie nicht zurückgegeben hat.

»Kann gar nicht sein«, behauptet sie. »Das ist meine Schlafhose.«

»Du schläfst in meiner Hose?«, hake ich überrumpelt nach, doch Brooke huscht bereits an mir vorbei zum Fernseher.

»Die Pizza wird kalt«, verkündet sie. »Ich hab außerdem schon einen Film ausgesucht.«

Widerwillig folge ich ihr. Sie schläft nicht ernsthaft seit Tagen heimlich in meiner Jogginghose? Und warum gefällt mir dieser Gedanke auch noch? Trotzdem lasse ich das Thema fallen. Es fühlt sich an, als würde ich in einem Wespennest stochern.

»Was hast du ausgesucht?«, will ich stattdessen wissen.

Brooke schnappt sich die Fernbedienung vom Couchtisch und bleibt unschlüssig stehen. »*Liebe braucht keine Ferien*. Für wenigstens ein bisschen Weihnachtsfeeling. Oder ist dir der zu schnulzig?«

»Ich hab nichts gegen schnulzig«, gebe ich zu und lasse mich aufs Sofa fallen. »Das ist doch der mit Jack Black, oder?«

»Und Jude Law«, seufzt Brooke verträumt und setzt sich neben mich.

Ich werfe ihr einen belustigten Blick zu. »Auf den stehst du wohl.«

»Hallo?« Sie schaut mich entgeistert an. »Sexiest man alive! Wer steht nicht auf ihn?«

»Sexiest man alive vor zwanzig Jahren«, korrigiere ich.

»Gut, dass der Film fast genauso alt ist!« Brooke drückt mit einer Hand auf der Fernbedienung herum und angelt sich mit der anderen gleichzeitig ein Stück Pizza. Während sie den Film startet, kommt Columbo aus der Küche getrottet und lässt sich schnaufend in sein Körbchen neben dem Sofa sinken. Er rollt sich zusammen und schließt müde die Augen.

»Da ist jemand total fertig vom Wekasjagen«, stelle ich fest und schnappe mir ebenfalls ein Pizzastück aus dem Karton.

»Wie geht's dir eigentlich?«, will Brooke feixend wissen. »Irgend-welche bleibenden Verletzungen von unserem Hahn? Soll ich dich doch noch verarzten? Du musst nicht mit einer offenen Wunde leben, weißt du. Ich habe Pflaster hier.«

Ich verdrehe gespielt genervt die Augen. »Keine Sorge, ich bin hart im Nehmen. Die paar Liter Blutverlust kann ich verschmerzen.«

Brookes Mundwinkel zuckt verräterisch, und ich ziehe die Brauen zusammen.

»Was?«, fordere ich.

Sie wird rot. Brooke. Im Ernst? »Nichts«, behauptet sie eilig. »Ich frage mich nur wirklich, was mit dir und Tieren falsch ist.«

»Hey, es liegt nicht an mir!«, verteidige ich mich.

Skeptisch hebt sie eine Braue. »Ach nein?«

»Eure Tiere sind einfach schlecht erzogen.« Ich werfe Columbo einen tadelnden Blick zu, den er nicht mal bemerkt. Er schnarcht bereits zufrieden.

»Komisch, dass sie nur auf dich nicht hören«, bemerkt Brooke glucksend.

»Grey hat den Hund auch nicht gerade gut unter Kontrolle. Frag mal die Vögel in der Umgebung.«

Sie schmunzelt verhalten. »Okay, dem kann ich nicht widersprechen.«

»Siehst du? Es liegt nicht an mir. Die Frage ist dann wohl eher, warum Columbo auf *dich* hört. Sei ehrlich, hast du ihn bestochen oder erpresst, damit er sich benimmt?«

Brooke stößt mich gegen die Schulter. »Er tut das aus reiner Liebe zu mir, ja?«

Ich schüttle nur belustigt den Kopf und beiße in mein Stück Pizza. Dabei entgeht mir nicht, dass Brooke mich weiter von der Seite mustert. Ihr Blick brennt sich förmlich in meine Seite, und ich vermeide es bewusst, wieder zu ihr rüberzuschauen. Hin und wieder machen wir den Fehler, uns ein bisschen zu lang in die Augen zu sehen. Und jedes Mal habe ich danach das Bedürfnis, sie an mich zu ziehen und endlich zu küssen.

»Meinst du, Grey kriegt den Job?«, fragt sie zögerlich.

Ich zucke mit den Schultern. »Keine Ahnung. Ich hoffe es für ihn. Er wollte ihn unbedingt.«

»Wieso? Dad gibt ihm doch Geld für die Miete, oder nicht?«

Nun schaue ich doch zu ihr rüber. Sie wirkt fast ein wenig zerknirscht. Wusste sie überhaupt von der Bewerbung? »Ich glaube, er will die Stelle primär als Referenz für später. Der Prof, der sie leitet, ist wohl ein Ex-Cop mit Beziehungen zur Polizei. Ich denke, er will so seine Chancen erhöhen, dort genommen zu werden. Auch wenn er das echt nicht braucht. Mit seinen Noten nehmen die ihn mit Handkuss. Aber Grey jobbt schon die ganze Zeit nebenher. Schätze, er will eurem Dad nicht auf der Tasche liegen oder so.«

»Ah«, macht sie unbestimmt und lehnt sich in den Kissen zurück. »Verstehe …«

Da schwingt ein merkwürdiger Unterton in ihrer Stimme mit. Ich mustere sie nachdenklich. Brooke sitzt näher bei mir als sonst. Normalerweise verkrümeln wir uns in die gegenüberliegenden Ecken des Sofas, wenn Grey nicht dabei ist, doch heute hat sie den Platz direkt neben mir gewählt. Ihr Knie berührt fast meinen Oberschenkel, und ich bilde mir ein, eine leichte Kokosnote zu riechen.

»Redet ihr nicht manchmal über so was?«, frage ich vorsichtig.

Sie schnaubt hörbar. »Nein. Ganz dünnes Eis. Und wenn doch, geht es sofort wieder um mich, und Grey unterstellt mir, ich würde mir nicht genug Mühe mit der Uni geben.«

»Wonach beurteilt er das denn?«, will ich wissen. »Mühe kann man nicht immer sehen.«

»Tja. Das wüsste ich auch gern.«

»Hast du ihn mal darauf angesprochen?«

»Wozu?«, erwidert sie verbittert. »Er ändert seine Meinung ja doch nicht mehr.«

»Wie kommst du darauf?«

»Weil er sie offensichtlich in Stein gemeißelt hat, sonst würde er mir wohl kaum fast drei Jahre später immer noch solche Vorwürfe machen. Ich schätze, manche Sachen kann man nicht verzeihen.« Brooke blinzelt hektisch. »Egal. Ich verschwende sowieso nur meine Zeit, wenn ich versuche, ihn zu verstehen.«

Ich runzle die Stirn. Wenn mir nicht bald einer der beiden sagt, was zwischen ihnen vorgefallen ist, drehe ich wirklich durch.

»Ich glaube, Grey meint es gut«, gebe ich zu bedenken. »Ich weiß, er bringt es oft nicht gut rüber, aber letztendlich will er nur, dass du okay bist.«

Brooke lacht bitter auf. »Sorry, Noah, aber das macht es nicht besser.«

»Ich weiß. Das habe ich auch nicht behauptet. Aber irgendwo habt ihr ja schon eine gemeinsame Basis, auf der man mal Frieden schließen und über alles reden könnte. So rein theoretisch. Aber das ist nur meine unqualifizierte Meinung als unparteiischer Beobachter, der euch Streithähne rund um die Uhr vor der Nase hat.«

»Als ob du unparteiisch bist«, murmelt sie.

Ich runzle die Stirn. »Klar bin ich das. Oder bin ich dir irgendwann mal in den Rücken gefallen?«

»Du denkst mehr daran, was Greysen passen würde und was nicht, als daran, was du selbst willst. Das sagt doch eigentlich schon genug.«

Ich hebe die Brauen. Das Thema schon wieder? »Ich weiß sehr gut, was ich will. Aber man kann sich nicht immer einfach alles nehmen.«

Darauf erwidert Brooke nichts mehr. Doch mein Kopf überlegt trotzdem, was sie wohl gesagt hätte, hätte sie sich nicht selbst zurückgehalten. Vielleicht etwas in die Richtung, dass es einen Unterschied macht, ob man auf etwas verzichtet, weil es einem nicht zusteht, oder deshalb, weil andere der Meinung sind, es stünde einem nicht zu. Vielleicht hätte sie mir vorgehalten, dass das nur jemand sagt, der nach Ausreden sucht, um nicht mutig sein zu müssen. Oder sie hätte in typischer Brooke-Manier einen anstößigen Witz gemacht und mich darauf hingewiesen, dass ich sie sehr wohl *nehmen* kann. Ich müsste ihr nur diese Jogginghose ausziehen, die ohnehin viel zu locker auf ihren Hüften sitzt, und …

Jetzt rast mein Herz schon wieder. Und mein Appetit auf Pizza wurde durch ein ganz anderes Verlangen ersetzt. Es ist doch nur Sex, verdammt. Warum fühlt es sich dann an, als würde ich etwas Lebenswichtiges verpassen?

»Was ist jetzt mit Jude Law?«, frage ich und weise mit dem Kinn zum Fernseher. »Erleuchte mich.«

Nachdem Brooke endlich den Film gestartet hatte, haben wir unsere Pizza gegessen und sind anschließend in Schweigen verfallen. Wir haben es uns beide auf der Couch bequem gemacht, doch ich bin weiterhin seltsam angespannt. Und heute geht das Gefühl nicht weg, ganz egal, wie sehr ich es von mir zu schieben versuche.

Anstrengend.

Der Film geht über zwei Stunden, und wir haben gerade mal die Hälfte. Columbo schläft immer noch tief und fest. Draußen wird es endlich dunkel.

Brooke seufzt und verursacht damit unerwartet Gänsehaut auf meinen Armen. Fragend schaue ich zu ihr rüber.

Sie lehnt neben mir in den Kissen, die Knie an die Brust gezogen, scheinbar auf den Fernseher fixiert. Ich hingegen habe meine Beine auf dem Seitenteil der Couch ausgestreckt und kann nur an sie denken.

»Was ist?«, will ich leise wissen und ziehe damit ihre Aufmerksamkeit auf mich. Sie fängt meinen Blick ein, dann schaut sie wieder auf den Bildschirm.

»Ich will auch Schnee an Weihnachten«, beschwert sie sich.

»Ich kann dir dieses Jahr leider nur Kunstschnee anbieten.« Sofort macht sich mein nutzloses Gehirn eine Notiz, für Brooke online nach Kunstschnee zu schauen. Persönlich mache ich mir nicht viel aus dem Fest. Als Kind war es für mich immer eher ein trauriges als ein glückliches Erlebnis. Aber sie scheint sich nach ein bisschen Weihnachtsfeeling zu sehnen.

Brooke jedoch schüttelt bereits den Kopf. »Das ist nicht dasselbe. Ich will in ein eingeschneites Cottage in England und mit Jude Law kuscheln, danke.«

Ich verziehe das Gesicht. »Der Typ ist mittlerweile fünfzig«, erinnere ich sie.

Brooke grinst mich an. »Und? *Age is just a number*, Noah. Oder wirst du dann wieder eifersüchtig?«

»Ich weiß nicht, was du meinst«, brumme ich und wende mich wieder dem Fernseher zu.

»Klar.« Sie stupst mir gegen den Arm und lehnt sich plötzlich gegen meine Schulter. Die unerwartete Berührung lässt mich erstarren. »Mit dir würde ich auch kuscheln«, murmelt sie, und mein Herzschlag beschleunigt sich.

Ich muss mich räuspern. Es kostet mich einiges an Selbstbeherrschung, ihr nicht den Arm umzulegen und sie an meine Seite zu ziehen. »Brooke …«

»Sorry«, flüstert sie und vergräbt das Gesicht im Ärmel meines Shirts. »Irgendwie finde ich dich immer noch gut.«

Ich atme hörbar aus. Wenn Brooke so direkt ist, schaffe ich es nicht, dichtzumachen. Das fühlt sich falsch an. Noch falscher, als es der Abstand ohnehin schon tut.

164

Wahrheit gegen Wahrheit, oder so? Ich komme nicht dazu, genauer darüber nachzudenken. Mein Mund hat sich schon dazu entschieden, Worte zu produzieren.

»Ich dich auch, du Nuss«, erwidere ich leise.

»Warum bin ich jetzt eine Nuss?«, will sie wissen und hebt den Kopf so weit, dass sie mir ins Gesicht schauen kann.

Ich begegne dem Blick aus ihren grauen Augen, und es ist, als würde sie damit mein Inneres in Brand stecken. Meine Kehle wird eng, und ich muss schlucken. »Ich dachte, wir hätten uns auf Totschweigen geeinigt«, winde ich mich.

»Das ist deine Strategie«, murmelt sie. »Ich persönlich kann nur gut schweigen, wenn mein Mund anderweitig beschäftigt ist.« Sie wird nicht mal rot bei diesen Worten. Stattdessen lässt sie ihre Hand langsam auf meinen Bauch wandern.

Obwohl ich es sollte, halte ich Brooke nicht auf. Ich halte lediglich den Atem an, schaue ihr weiter ins Gesicht und … warte. Ihre Berührung brennt sich durch mein Shirt und fühlt sich so gut an, dass ich schon jetzt nicht mehr klar denken kann. Ich will wissen, was Brooke vorhat. Ich will, dass sie weitergeht. Scheiße, ich will endlich aufgeben.

»Du hast nicht gesagt, dass ich aufhören soll«, stellt sie fest, ihre Stimme kaum mehr als ein Hauchen.

Ich kann förmlich hören, wie in meinem Gehirn die letzten Sicherungen durchbrennen. Ich *könnte* jetzt Stopp sagen. Aber ich fürchte, wir haben hiermit offiziell das Ende meiner Selbstbeherrschung erreicht. »Stimmt«, bestätige ich leise.

»Also bilde ich mir diese Spannungen nicht ein.«

Mein Mundwinkel zuckt. »Nein …«

»Und was ist aus deinem Plan geworden, das einfach auszusitzen?«

Mir schwirrt der Kopf. »Argumentierst du nicht gerade in die falsche Richtung?«

»Ich will nichts machen, was du nicht willst«, murmelt sie.

Ich will es aber.

Ich will alles hieran und mehr als das.

Fuck …

Nun lege ich doch meinen Arm um sie und ziehe Brooke sanft an meine Seite. »Mein Plan war eventuell scheiße.«

»Ach.« Sie schmunzelt. »Das fällt dir früh auf.«

Mir entweicht ein Schnauben. »Deine Verführungstechniken lassen echt zu wünschen übrig. Jetzt beleidigst du mich auch noch.«

Brooke streicht mit ihren Fingern unter den Saum meines Shirts, und ich stocke. Mein Herzschlag beschleunigt sich. Mein Atem geht unweigerlich flacher. »Scheint trotzdem zu funktionieren«, stellt sie fest.

»Weil *du* funktionierst«, gestehe ich ihr.

»Das ist das Romantischste, was jemals wer zu mir gesagt hat«, meint sie trocken.

Ich muss lachen, und sie grinst mich an. Kaum merklich kratzt sie mit ihren Fingernägeln über meinen nackten Bauch und jagt damit Gänsehaut über meinen gesamten Körper.

Tief atme ich durch. Ringe um das letzte bisschen Fassung. Wollen, Sollen, Dürfen … Scheiße, ich habe keine Ahnung mehr, was jetzt was ist.

»Ich weiß echt nicht, ob ich mit dir schlafen sollte, Brooke«, stoße ich aus.

Sie zögert. Dann schluckt sie hörbar. »Und was anderes?«, flüstert sie.

Alles in mir schreit danach, sie zu küssen. Ich will mich über sie beugen, ihren Körper mit meinem ins Sofa drücken, meine Hand unter ihre zu weiten Klamotten wandern lassen. Mein Schwanz ist hart, mein Verlangen fast schon schmerzhaft. Trotzdem rühre ich mich nicht. »Was schlägst du vor?«, höre ich mich sagen.

Brooke richtet sich auf und nimmt meinen Blick gefangen. Ihre Hände wandern zum Bund meiner Jogginghose. Zaghaft hakt sie ihre Finger unter den Stoff und schiebt ihn ein Stück nach unten.

Die Berührung brennt sich unter meine Haut. Trotzdem halte ich sie nun sanft am Handgelenk zurück. Ich will das. Aber mit Brooke darf ich mir keine Fehler erlauben. Kein Missverständnis. Ich will

166

nicht die nächsten zwei Monate damit verbringen, von ihr gehasst zu werden.

»Was erhoffst du dir davon?«, frage ich mit rauer Stimme.

Brooke schüttelt den Kopf. »Nichts, Noah«, erwidert sie unberührt. »Ich habe einfach Lust drauf. Und danach können wir es weiter totschweigen, wenn du das so gern machst.«

Scheiße …

Ich sollte Nein sagen, verdammt. Aber das will ich nicht. Stattdessen nehme ich vage wahr, wie ich ihre Handgelenke loslasse und mich tiefer in die Kissen zurücklehne.

Okay.

Ich komme in die Hölle.

Komischerweise ist mir das egal, als Brooke mir nun, ohne den Blickkontakt zu unterbrechen, die Hose von den Hüften zieht und sich in Zeitlupe meinem Schwanz zuwendet. Sie umfasst ihn sanft mit ihren Fingern und reibt ihn mit leichtem Druck. Ich bin schon hart, seit sie mir vorhin die Hand auf den Bauch gelegt hat, und das war nichts im Vergleich dazu, was diese Berührung in mir auslöst. Trotzdem greife ich jetzt nach der Fernbedienung und pausiere den Film. Keine Chance, dass ich diesen Moment mit Jack Black teile.

»Rutsch rüber«, fordert Brooke leise und steht vom Sofa auf. Ich nehme ihren jetzt freien Platz ein, sodass ich nicht mehr liege, sondern sitze, und sie kniet sich zwischen meinen Beinen auf den Boden. »Du kannst mich anfassen«, bietet sie mir an und umfasst wieder meinen Schaft. »Du musst aber nicht.«

»Gefällt dir das denn?«

»Sonst würde ich es dir nicht vorschlagen, Noah.«

Noah. Etwas an der Art, wie sie meinen Namen sagt, macht mich seltsam glücklich. Sie beugt sich langsam runter und fährt mit der Zunge über meine Eichel. Ich ziehe scharf die Luft ein, doch sie nimmt ihn bereits ganz zwischen die Lippen, und ich stöhne auf. Erneut findet Brookes Blick mich. Ihre grauen Augen brennen sich in mein Gedächtnis, während sie ihren Kopf rhythmisch auf und ab bewegt. Langsam, aber bestimmt, eine Hand an meinem Schaft.

Ich streiche mit den Fingern über Brookes Wange und weiter in ihre Haare. Zaghaft, ohne Druck auszuüben. Ich will ihr nicht die Kontrolle nehmen. Ich will nur mehr von ihr spüren. Eine engere Verbindung, als vermutlich gut für uns ist.

Brookes Locken sind seidig weich. Und ich wette, ihre Lippen sind es ebenso. Scheiße, ich will sie immer noch küssen. Ich will mit ihr schlafen. Ich will jeden Millimeter ihrer erhitzten nackten Haut berühren und sie genauso zum Kommen bringen wie sie mich gerade.

Not gonna happen.

Ich bin ohnehin schon zu weit gegangen. Nach dieser Nummer hört es auf. Allerdings werde ich wohl niemals vergessen können, wie gut sich ihr Mund anfühlt. Sie erhöht das Tempo, erzeugt einen Unterdruck, der mich fast um meinen letzten Rest Verstand bringt. Ich spüre, wie sie meinen Schwanz mit ihrer Zunge umspielt, und greife fester in ihre Haare.

»Brooke«, keuche ich. Das Ziehen in meinem Unterleib ist mittlerweile unerträglich, und wenn sie so weitermacht, halte ich nicht mehr lang durch. Ich könnte es noch hinauszögern, diesen Moment noch ein wenig auskosten, aber ich will ihr auch nicht ohne Vorwarnung in den Mund spritzen. »Ich komme gleich.«

Sie lässt ein kehliges »Mh« verlauten und nimmt mich wie als Antwort noch tiefer in den Mund. Ich stöhne auf.

Brooke umkreist mit der Zunge meine Eichel, saugt noch ein wenig stärker an mir, und ich gebe nach. Ich komme in ihren Mund. Vorsichtshalber lasse ich sie dabei los, doch es stört sie kein bisschen. Schwer atmend sehe ich dabei zu, wie Brooke mein Sperma schluckt und anschließend meinen Schwanz sauber leckt, als wäre verdammt noch mal nichts dabei.

Meine Muskeln zittern vor Erregung. Ich starre Brooke an und weiß nicht wohin mit meinen übersprudelnden Gedanken.

Scheiße.

Habe ich schon mal erwähnt, dass diese Frau meinen Kopf fickt?

Geistesabwesend streiche ich ihr über die Wange. Brooke lächelt mich zufrieden an, streicht sich die Haare hinter die Ohren und zieht meine Hose wieder hoch. Dann huscht sie ins Bad, um sich die Hände zu waschen. Ich höre den Hahn laufen und starre einen Moment lang völlig benebelt auf den pausierten Fernseher.

Okay, Noah.

Und jetzt?

Erst mal wieder einen klaren Kopf kriegen. Struktur in meine Gefühle bringen. Das eben ... verarbeiten. Und das Bedürfnis unterdrücken, sie im Gegenzug auszuziehen und den Gefallen zu erwidern. Wenn ich Brooke auch nur einmal so berühre, werde ich nicht mehr damit aufhören können, das ist sicher.

Als sie aus dem Bad zurückkommt, rutsche ich wieder auf meinen ursprünglichen Platz in der Ecke, doch diesmal hebe ich, ohne nachzudenken, den Arm für sie. Sie hat zwar gesagt, dass sie sich hiervon nichts erhofft, aber ich kann sie jetzt sicher nicht behandeln, als wäre nichts gewesen. Die Frau hat mir gerade einen göttlichen Blowjob gegeben, und ich bin kein Arsch. Meistens zumindest nicht. Und nie absichtlich.

»Du wolltest kuscheln, oder nicht?«, bringe ich hervor. Meine Stimme ist rau, und mein Herzschlag kommt mir weiterhin unregelmäßig vor. Als hätte sie ihn soeben nachhaltig aus dem Takt gebracht.

Brooke wirkt kurz überrascht, fängt sich jedoch schnell wieder. Schmunzelnd schmiegt sie sich an meine Seite und streckt ihre Beine neben meinen auf dem Seitenteil der Couch aus. Sie bettet den Kopf auf meine Schulter, wobei mir ihr Kokosduft um die Nase weht, und atmet zufrieden durch.

»Man könnte fast meinen, du hättest das so geplant«, bemerke ich scherzhaft, streiche über ihren Rücken und greife wieder nach der Fernbedienung.

Ich darf sie jetzt nicht anschauen. Sonst bin ich verloren. Trotzdem bemerke ich aus dem Augenwinkel, dass Brooke zu mir aufsieht.

»Ich hab es nicht erwartet«, murmelt sie. »Aber ich finde es sehr gut so. Hätte ich gewusst, dass ich dir nur einen blasen muss, um ein bisschen Zuneigung zu bekommen, hätte ich das schon früher gemacht.«

Ich schlucke und ringe mir ein Lächeln ab. »Du bist unfassbar«, stelle ich fest. Doch ich merke, wie sie sich bei meinen Worten versteift. »Auf eine sehr positive Weise«, füge ich deshalb hinzu und lehne meine Wange an ihre Stirn.

Küss sie, verlangt alles in mir schon wieder. Lautstark und penetrant. *Küss sie, küss sie, küss sie.*

Aber das lasse ich verdammt noch mal bleiben. Dieser Blowjob hat mehr als gereicht, um Chaos zu stiften. Wir müssen es nicht auch noch auf die Spitze treiben.

Andererseits …

Unsere Zurückhaltung glich schon die ganze Zeit einem wackligen Schuppen, und Brooke hat ihn soeben angezündet. Macht es jetzt wirklich noch einen Unterschied, wenn ich ihn abreiße?

Ja.

Doch.

Irgendwie schon, zumindest rede ich mir das ein.

Und auch wenn es bedeutet, dass ich mich weiter quäle, reiße ich mich zusammen.

KAPITEL 15

brooke

Ich schätze, ich stehe darauf, mich selbst zu quälen. Denn sosehr ich es auch genossen habe, Noah diesen Blowjob zu geben … Ich wusste doch von Anfang an, dass ich es bereuen würde.

Nicht, weil irgendetwas daran unangenehm war. Sondern weil ich verdammt noch mal mehr will als das.

Ich liege in seinen Armen, eng an seine Seite gekuschelt, und bin so geil, dass es fast schon wehtut. Feuchtigkeit hat sich zwischen meinen Beinen gesammelt. Mir ist heiß. Mein Herz hämmert mir heftig gegen den Brustkorb.

Trotzdem rühre ich mich nicht. Ich bleibe ruhig liegen und verzweifle an dem Zwiespalt, in dem ich mich befinde.

Einerseits kann ich es kaum erwarten, dass der Film aus ist, wir ins Bett gehen und ich mir wenigstens ansatzweise selbst das geben kann, was Noah mir nicht geben will.

Andererseits möchte ich ewig mit ihm kuscheln.

Er riecht so verflucht gut, und seine Finger ziehen immer weiter sanfte Kreise auf meinem Arm. Keine Ahnung, wann ich mich das letzte Mal so geborgen gefühlt habe. Es muss Jahre her sein. Und vielleicht hatte Noah doch recht. Wir hätten lieber beim Totschweigen bleiben sollen, denn ich werde das hier ziemlich sicher vermissen. Und die nächsten Monate vermutlich viel zu oft an Noahs Körper denken. Oder Noah generell.

Als der Film zu Ende ist, lösen wir uns voneinander. Doch wie sich herausstellt, hat der Blowjob nicht dabei geholfen, die Spannung zwischen uns zu legen. Noah schaut mich immer noch an, als könnte er sich nicht entscheiden, ob er weglaufen oder mich ausziehen soll.

»Du kannst zuerst ins Bad«, schlage ich ihm vor, weil sich meine Beine wie Wackelpudding anfühlen und ich mich nicht traue, vor seinen Augen aufzustehen. Ich greife nach der Fernbedienung, um den Fernseher auszuschalten, und Noah verschwindet ins Badezimmer. Erst als er die Tür hinter sich zugezogen hat und ich den Wasserhahn laufen höre, hieve ich mich von der Couch hoch und atme einmal tief durch. Damit findet der Abend wohl offiziell ein Ende.

Ich versuche, nicht allzu wehmütig zu sein, und ziehe in meinem Zimmer mein Schlafshirt an. Noahs Jogginghose behalte ich an. Es war nicht gelogen, dass ich in ihr schlafe. Nur warum ich ihm das vorhin erzählt habe, weiß ich nicht. Irgendwie kam ich mir komisch dabei vor, sie immer heimlich zu tragen.

Es dauert nicht lang, bis Noah mit Zähneputzen fertig ist und wieder aus dem Bad kommt. Wir begegnen uns im Flur und starren uns einen Moment zu lange an. Er lächelt zögerlich und lenkt meinen Blick damit auf seine Lippen.

Fast bin ich ein bisschen sauer, dass ich ihn nicht küssen kann. Sauer auf mich selbst, dass ich vorhin so gehandelt habe. Ich hatte gleichzeitig zu viel und zu wenig von Noah.

Widerwillig schaue ich ihm wieder in die Augen, aber ich kann nicht ansatzweise so gut in ihnen lesen wie sonst. Gerade weiß ich mit dem Grün nichts anzufangen. Da sind zu viele verwirrende Gefühle in meiner Brust, um Noahs auch nur ansatzweise aufzudröseln.

»Dann gute Nacht«, sage ich überfordert und schiebe mich an ihm vorbei ins Bad.

Er rührt sich nicht. Schweigt. Doch er hält mich auch nicht auf, also ziehe ich kurzerhand die Tür hinter mir zu und mache mich ebenfalls bettfertig. Verdammt, was, wenn es zwischen uns jetzt doch komisch wird?

Morgen sieht es anders aus. Bis dahin hat sich die Sache ein wenig gelegt, ich kann wieder … besonnener denken, und Noah bereut es

172

hoffentlich nicht, mich an sich herangelassen zu haben. Ich hingegen bereue gerade sehr, dass ich meinen Vibrator damals bei Mum vergessen habe. Mit ein bisschen Pech hat sie ihn auch noch gefunden und weggeschmissen. Dabei könnte ich den ziemlich gut gebrauchen, um Typen mit zu viel Moral zu ersetzen. O Mann …

Ich beeile mich im Bad, husche zurück auf den Flur und ziehe die Tür hinter mir zu. Doch als ich mich umdrehe, steht Noah plötzlich direkt vor mir. Sein Duft steigt mir in die Nase, und sein trainierter Körper ist wie eine Wand, die mich zwischen sich und der Badezimmertür gefangen nimmt.

Ich stocke und schaue zu ihm hoch. Wenn er mir so nah ist, fühle ich mich automatisch noch stärker zu ihm hingezogen. Scheiße, ich weiß wirklich nicht, wie ich heute Nacht schlafen soll.

»Wolltest du ins Bad?«, frage ich verwirrt, doch Noah fixiert mich mit einem derart durchdringenden Blick, dass sich sämtliche Härchen an meinem Körper aufstellen.

Er atmet tief durch, zieht die Brauen zusammen und kommt noch ein wenig näher. »Nein.« Seine Stimme ist rau und jagt mir einen Schauder über die Arme. Ich muss schlucken.

»Sondern?«, bringe ich hervor.

»Ist das nicht offensichtlich?« Noah stützt sich links und rechts von mir an der Tür ab, sodass er mich zwischen sich und dem Holz einkeilt, und senkt den Kopf ein wenig.

Ich traue mich nicht, mich zu bewegen. Fast habe ich Angst, ich könnte Noah mit einer falschen Bewegung wieder in die Flucht schlagen.

Passiert das gerade wirklich? Hat er sich umentschieden? Wie gebannt starre ich ihn an.

»Noah …«, flüstere ich, und er senkt den Kopf noch weiter. Ich kann seinen Atem auf meinen Lippen spüren.

»Es macht mich fertig, wenn du meinen Namen sagst«, raunt er, und ich greife nach seinem Shirt, vergrabe die Finger in dem schwarzen Stoff, als könnte ich so verhindern, dass er sich wieder von mir löst.

»Wieso?«, hauche ich.

»Weil ich mir dann jedes Mal vorstelle, wie du ihn stöhnst ...« Sein Blick wandert über mein Gesicht. Die Hitze seines Körpers sickert langsam in meinen, und Erregung breitet sich wieder in mir aus wie Gift.

»Er ist ja auch hochgradig stöhntauglich«, bemerke ich leise, und er atmet hörbar aus. Mit einem Mal drängt er mich mit seinem Becken gegen die Tür. Noahs Erektion drückt sich durch den Stoff unserer Kleidung in meinen Bauch, und sofort wird alles in mir butterweich. Ich schiebe meine Hände in seinen Nacken, ziehe sein Gesicht zu mir herunter. Im selben Moment umfasst Noah meine Oberschenkel, hebt mich hoch und küsst mich.

Ich schmelze. Anders kann man es nicht beschreiben.

Ich dränge mich gegen Noahs Körper, schlinge meine Arme um seinen Hals und stöhne leise auf.

Noah schmeckt nach Minze. Seine Lippen sind weich, aber fordernd, und sein leicht stoppeliges Kinn streift meines, als er unseren Kuss vertieft. Ich lege meine Beine um seine Hüften, und er reibt seinen Schritt an meiner Mitte.

Mit einem Aufseufzen vergrabe ich die Finger in seinen Haaren und versuche vergeblich, ihm mit meinen Füßen die Hose von den Hüften zu schieben. Ich will ihn. Jetzt. Alles. Sofort.

»Zimmer«, keucht er an meinem Mund und löst sich von der Tür, seine Arme sicher um meinen Körper, sodass ich nicht falle.

»Kondom«, erwidere ich atemlos.

Er lacht heiser auf. »Vorspiel?«

Mir entweicht ein beinahe flehendes Schnauben. »Bitte fick mich einfach, Noah, ich bin seit zwei Stunden geil.«

Sein ersticktes »Fuck« geht in unserem nächsten Kuss unter. Noah trägt mich in sein Zimmer, setzt mich ab und reißt die Schublade seines Nachtkästchens auf. Binnen Sekunden hat er ein Kondom daraus hervorgeholt und drängt mich rückwärts gegen die Wand zwischen Bett und Schreibtisch. Er schiebt seine warmen Hände unter mein Shirt, zieht es mir kurzerhand über den Kopf und widmet sich dann meiner Hose. Geradezu ungeduldig zerrt er sie mir von den Hüften und drückt dabei seine Stirn an meine.

»Bin ich dir zu grob?«, fragt er keuchend, fixiert mich aber bereits wieder mit seinem Körper an der Wand.

Ich muss lachen. »Ich mag grob«, erwidere ich und schiebe sein T-Shirt ebenfalls hoch. Noah hilft nach, zieht es sich aus und entledigt sich auch seiner Jogginghose. Diesmal ist es allerdings sein Oberkörper, der meine Aufmerksamkeit auf sich zieht. Das warme Licht der Nachttischlampe, das den Raum erhellt, lässt Noahs Körper noch perfekter aussehen, als er ohnehin ist. Ich fahre mit den Handflächen über seine breite Brust, spüre seinen definierten Muskeln nach und stöhne auf, als er dabei seine Finger zwischen meine Beine gleiten lässt. Mit der anderen Hand streift er sich das Kondom über.

»Scheiße, bist du feucht«, raunt er und dringt mit zwei Fingern in mich ein.

Meine Knie werden weich. Ich klammere mich an Noahs Armen fest und spreize die Beine ein wenig, um ihm besseren Zugang zu geben, doch er reibt mich nur kurz und zieht seine Hand wieder zurück. Kein Vorspiel. Daran will er sich offenbar halten, denn er hebt mich wieder hoch, und ich schlinge instinktiv die Beine um seine Hüften.

»Du kannst jederzeit Stopp sagen.« Seine Stimme ist kaum mehr als ein Grollen, aber es tut dem Ernst seiner Worte keinen Abbruch. Und die Sicherheit, die er mir mit ihnen vermittelt, erregt mich nur noch mehr.

Die meiste Zeit schlafe ich mit fast Fremden. Es hat seinen eigenen Reiz, aber man weiß nie so ganz, worauf man sich einlässt. Bei Noah hingegen fühle ich mich bedingungslos sicher. Ich kenne ihn. Ich vertraue ihm. Ich glaube, er könnte alles mit mir machen – einfach, weil er es ist.

»Ich weiß«, keuche ich und ziehe sein Gesicht zu mir heran. Ich küsse ihn, und er erwidert es rau. Sein Schaft reibt dabei über meine Mitte. Obwohl ich Noah erst vor höchstens zwei Stunden einen Blowjob gegeben habe, ist er jetzt wieder steinhart. Und ich glaube, wenn ich noch länger darauf warten muss, ihn in mir zu haben, sterbe ich.

Als hätte er meine Gedanken gehört, hebt er mich ein wenig höher und dringt langsam in mich ein. Ich sinke tief auf Noahs Schwanz, und wir stöhnen beide. Unsere Lippen streifen einander, unser Atem vermischt sich. Noahs nackte Brust drückt gegen meine, presst mich fester gegen die Wand in meinem Rücken. Er beginnt, sich in mir zu bewegen – erst langsam, dann mit immer kräftigeren Stößen, und ich zerfließe.

Ich weiß jetzt schon, dass das der beste Sex ist, den ich jemals hatte. Noch nie hat sich alles so verdammt richtig angefühlt. Noahs Brust ist warm und fest unter meinen Fingern, seine Küsse verschlingen mich, seine Bewegungen rauben mir das restliche bisschen Verstand.

Er ist grob, aber nur augenscheinlich. Ich spüre jeder Berührung an, dass er sie durchdacht hat, sie genau abstimmt, um mir nicht wehzutun. Und das fühlt sich so verdammt bedeutungsvoll an. Weil er mich nicht einfach nur fickt, bis einer von uns kommt, sondern sich wirklich bemüht. Und Scheiße, es lohnt sich.

Ich lehne meinen Hinterkopf gegen die Wand und schaue Noah ins Gesicht. Er fängt meinen Blick auf und hält ihn fest, hört dabei aber nicht auf, sich in mir zu bewegen. Ein paar Strähnen seiner dunklen Haare kleben ihm feucht in der Stirn.

Ich streiche sie beiseite, und gerade finde ich Noah sogar noch schöner als sonst. Irgendwie zu schön, um wahr zu sein. Ich lege meine Hand an seine Wange, und er hält inne. Einen Moment lang schauen wir uns an wie gebannt. Irgendwie will ich etwas sagen, und obwohl ich noch nicht weiß, was, öffne ich den Mund. Doch auf einmal zieht Noah sich aus mir zurück und setzt mich ab. Ich will mich bereits beschweren, stocke aber. Mit einer fließenden Bewegung wischt Noah seine Unisachen vom Schreibtisch neben uns und dreht mich so, dass ich mit dem Rücken zu ihm stehe.

Er drückt meinen Oberkörper auf die Tischplatte, und mir entweicht ein überrumpeltes Lachen.

»Was?« Ich höre die Belustigung aus seiner Stimme. Er streicht mir mit den Fingern über den Rücken, und ich erschaudere. »Das wollte ich schon immer mal machen.«

176

Ich stütze mich auf die Unterarme und schaue über meine Schulter zu ihm. »Das war ziemlich heiß, muss man dir lassen.«

Noah grinst mich an, schiebt meine Beine weiter auseinander und zieht meinen Hintern zu sich heran. »Du wolltest meinen Namen stöhnen, wenn ich mich richtig erinnere.«

Herausfordernd hebe ich die Brauen. »Bring mich dazu.«

Ohne den Blickkontakt zu unterbrechen, dringt er wieder in mich ein.

Ich keuche auf. Der neue Winkel fühlt sich noch zehnmal besser an als zuvor, und es klatscht, weil Noah nun ganz in mich stößt. Jetzt stöhne ich wirklich seinen Namen. Immer wieder, mein Kopf längst nicht mehr fähig, irgendetwas anderes über meine Lippen zu bringen. Und als Noah wenig später seine Hand an meine Klit wandern lässt und mich mit sanftem Druck reibt, während er mich fickt, komme ich so heftig, dass meine Beine kurz wegknicken.

Ich sacke auf dem Tisch zusammen und spüre, wie Noah in mir ebenfalls kommt. Das Pulsieren seiner Erektion mischt sich mit dem, das mein eigener Orgasmus in meinem Unterleib auslöst. Unser Atem geht laut und angestrengt, und ich lasse erschöpft die Stirn auf die Tischplatte sinken.

»Alles okay?«, fragt er keuchend und klingt dabei fast ein wenig besorgt. Er streicht über meinen Rücken nach oben bis in meinen Nacken, und ich seufze zufrieden.

Er soll weitermachen. Seine Berührungen brennen weiterhin wie Feuer und sind doch das schönste Gefühl auf dieser Welt.

»Ja«, bringe ich hervor und richte mich etwas mühsam auf.

Noah hilft mir, dreht mich zu sich herum und mustert prüfend mein Gesicht. Er legt mir einen Arm um und streicht mir mit der freien Hand eine verschwitzte Locke aus der Stirn. Noch immer geht sein Atem schwer. Ein leichter Schweißfilm überzieht seine Brust. Ich lasse den Kopf gegen seine Schulter sinken und genieße es, wie er dabei seinen Griff festigt und einen Teil meines Gewichts auffängt.

»Kuscheln?«, nuschle ich, bevor er auch nur auf die Idee kommen kann, mich in mein Zimmer zu schicken.

Er schnaubt belustigt und schüttelt den Kopf. »Selbstverständlich.«
Erleichterung durchströmt mich, aber trotzdem löse ich mich von
ihm. »Ich bin kurz im Bad.«

»Lass dir Zeit.«

Ich denke gar nicht daran. Als ich wenig später zurückkomme,
liegt Noah bereits im Bett. Immer noch nackt, wie ich zufrieden
feststelle. Er hat das Kondom entsorgt und hebt wortlos die Decke
für mich an. Schnell krabble ich darunter und schmiege mich an
seine Brust.

O Mann. Jetzt riecht er noch besser. Nicht mehr nur nach seinem
minzig-holzigen Parfüm, sondern auch ein bisschen nach Männer-
schweiß. Wie soll ich so schlafen?

Noah greift über mich hinweg, um die Lampe auszuschalten, und
ich nutze es schamlos aus, dass sein Gesicht dabei so nah an meinem
ist. Sanft lege ich die Hände an seine Wangen und küsse ihn. Er erwidert es, wenn auch anders als vorhin. Ruhiger diesmal, zärtlicher.
Und damit unterstreicht er nur erneut, was ich ohnehin schon wusste:

Eine Nacht mit Noah reicht nicht. Und ein einziges Mal reicht
noch weniger.

Ich atme tief durch und vergrabe das Gesicht an seinem Hals.
Noah zieht mich an seinen nackten Körper und fährt wieder mit dem
Daumen über meinen Nacken. Immerzu mit demselben bestimm-
ten Druck, der allmählich meinen Herzschlag entschleunigt und das
sanfte Pochen zwischen meinen Beinen ausklingen lässt.

»Gute Nacht«, raunt er. Seine Lippen streifen meine Stirn.

»Nacht«, hauche ich und hinterlasse eine Spur sanfter Küsse auf
seinem Hals, bis ich plötzlich bei Noahs stoppeligem Kinn ankomme.
Und dann liegen meine Lippen doch wieder auf seinen.

Er seufzt auf, und seine Finger streichen über meine Brüste. Sofort
werde ich wieder feucht. Ich fürchte, heute Nacht werde ich kein
Auge zumachen.

»Wie müde bist du?«, murmelt Noah an meinem Ohr und küsst
sich meinen Hals hinab.

»Das kommt drauf an, was du vorschlägst«, flüstere ich zurück.

Er senkt den Kopf, umschließt meinen rechten Nippel mit seinen Lippen und umkreist ihn zärtlich mit der Zunge. »Ich glaube, ich schulde dir einen Orgasmus«, raunt er an meiner Haut. »Es steht zwei zu eins.« Seine Finger wandern tiefer, und ich öffne unwillkürlich die Beine für ihn. Wieder entlockt er mir ein Stöhnen.

»Ich glaube auch«, bringe ich heraus, lasse den Kopf in die Kissen sinken und genieße das Gefühl von Noahs heißem Atem, der sich seinen Weg über meinen Bauch hinabbahnt. Ich vergrabe die Finger in seinen kurzen Haaren und schließe die Augen. Nur zu gerne verzichte ich auf Schlaf, wenn ich dafür das hier haben kann. Und zu meinem Glück scheint Noah genauso wenig aufhören zu wollen wie ich.

KAPITEL 16

noah

Als ich aufwache, scheint bereits die Vormittagssonne ins Zimmer und präsentiert mir das Chaos, das Brooke und ich angerichtet haben.

Meine Uniunterlagen, die ich kurz entschlossen vom Tisch gefegt habe, sind auf dem Boden verstreut. Dazwischen liegen unsere Klamotten, die wir uns gestern förmlich vom Leib gerissen haben. Es sieht aus, als hätte hier drin ein Wirbelsturm gewütet. Aber das größte Chaos ist wohl dennoch das in meinem Kopf.

Brooke liegt in meiner Armbeuge und schläft. Ihr warmer Atem kitzelt meine Haut, ihre roten Locken fallen ihr wild ins Gesicht. Sie wirkt friedlich. Eines ihrer Beine ist über meinen Oberschenkel geschlungen, ihre Hand liegt auf meiner nackten Brust, und ich kann die Sommersprossen auf ihren Wangen zählen.

Fuck …

Was war das gestern?

Ich kann nicht behaupten, dass ich es bereue. Dafür war diese Nacht mit Brooke viel zu gut. Aber hätte ich mit etwas anderem als nur meinem Schwanz gedacht, wäre das nicht passiert. Und es wäre besser so gewesen, denn ich weiß jetzt schon, dass die Spannungen zwischen uns damit nicht besser, sondern eher schlimmer geworden sind.

Ich will mehr, verdammt. Aber davon hält mich nicht nur Greysen ab, sondern meine eigenen Prinzipien. Das Risiko, Brooke wehzutun, wenn wir das hier wiederholen, ist einfach viel zu hoch. Allein wie sie mich gestern angesehen hat, ihr Blick fast schon liebevoll …

180

Das ist kein gutes Zeichen.

Abgesehen davon bin ich nicht naiv. Ich weiß, dass ein Geheimnis wie dieses nicht ewig unter Verschluss bleiben kann. Irgendwann wird Grey davon erfahren, und dann habe ich ein verdammtes Problem. Aber das Risiko ist deutlich geringer, wenn wir hier einen Schlussstrich ziehen. Ich hoffe nur wirklich sehr, dass Brooke und ich das mit dem Totschweigen jetzt besser hinbekommen.

Vorsichtig darauf bedacht, sie nicht zu wecken, stehe ich aus dem Bett auf und ziehe ihr die Decke über die Schultern. Alles in mir sehnt sich danach, mich wieder zu ihr zu legen. Nur noch ein bisschen ihre Nähe genießen, bis sie aufwacht. Mit ihr kuscheln. Vielleicht das von heute Nacht wiederholen …

Scheiße, nein. Ich fürchte, wenn ich Brooke noch mal nachgebe, bin ich endgültig nicht mehr zu retten. Dass ich es überhaupt so weit habe kommen lassen, ist schon bedenklich.

Leise hole ich mir etwas zum Anziehen aus dem Schrank und verlasse das Zimmer. Ich füttere Columbo, der mir im Flur bereits hechelnd entgegenkommt, lasse ihn nach draußen und steige dann unter die Dusche. Brooke scheint noch immer zu schlafen, und ich werde allmählich nervös. Keine Ahnung, wie sie nach dieser Nacht auf mich zu sprechen ist. Oder wie sie reagiert, wenn ich ihr sage, dass es *wirklich* bei diesem einen Mal bleiben muss.

Ich schätze, so oder so kann es nicht schaden, sie ein bisschen versöhnlich zu stimmen, also vertreibe ich mir die Zeit damit, Pancakes zu machen. Das wird dann wohl unser Mittagessen, denn es ist schon halb zwölf.

Ich widme mich dem Herd und höre ein paar Minuten später, wie auf dem Flur die Badezimmertür auf- und zugeht. Brooke ist also aufgewacht. Die Anspannung in mir wächst, aber ich versuche, zumindest äußerlich ruhig zu bleiben. Als ich sie hinter mir in die Küche tapsen höre, drehe ich mich nicht sofort um. Ich wende lediglich den nächsten Pancake und ringe mir ein heiseres »Morgen« ab.

»Versuchst du, mich noch mal zu verführen, oder warum machst du mein Lieblingsfrühstück?«, will sie schelmisch wissen und tritt an mich heran. »Das weiß ich sehr zu schätzen, vor allem, weil du dir nach gestern echt gar keine Mühe mehr geben müsstest.«

Schnaubend atme ich aus und wende mich ihr zu. »Ich mache das nicht, um dich …« Ich stocke mitten im Satz. Brooke steht splitterfasernackt neben mir und lehnt sich lässig gegen die Küchenanrichte. »Ähm …«, bringe ich hervor und reiße meinen Blick von ihrem Körper los. Eilig widme ich mich wieder der Pfanne. »Willst du dir vielleicht was anziehen?«

»Wieso?« Sie tut unberührt. Aber ich höre auch einen Funken Sorge heraus. »Ist nicht so, als hättest du irgendwas davon noch nicht gesehen. Oder berührt.«

Ich muss schlucken, und mir fällt auf Anhieb keine Erwiderung ein. Also schweige ich. Mal wieder.

»Noah«, warnt Brooke mich leise.

»Hm?« Ich ringe mich dazu durch, sie wieder anzusehen. Brooke hat den Mund leicht verzogen, und ihr strahlendes Lächeln von eben ist verschwunden.

»Mach das jetzt bitte nicht weird«, murmelt sie.

»Tu ich nicht«, behaupte ich. »Ich hab nur nicht damit gerechnet, dass du nackt hier reinkommst.«

Sie zuckt mit den Schultern. »Grey ist noch mindestens bis heute Abend weg. Ich dachte, wir könnten …«

Ich schüttle bereits den Kopf. »Sorry, aber ich hab dir schon gesagt, ich bin kein Mann für mehr als eine Nacht.«

Die Enttäuschung ist ihr anzusehen. »Auch nicht für eineinhalb Nächte?«

»Nein.«

Brooke verschränkt die Arme vor der Brust. Sie wirkt fast, als wäre es ihr nun doch unangenehm, nackt vor mir zu stehen. »Fandest du es mies?«, fragt sie unsicher, und ich lache ungläubig auf. Dass sie das überhaupt fragt. Es passt überhaupt nicht zu ihrer selbstsicheren Art, und gleichzeitig ist es meilenweit von der Realität entfernt.

»Scheiße, nein«, erwidere ich und wende den letzten Pancake in der Pfanne. »Im Gegenteil. Aber wir haben darüber geredet, schon vergessen? Ich habe dir gesagt, ich mache das *nie*. Und das war mein Ernst. Du wusstest, worauf du dich einlässt.«

»Okay«, murmelt sie und mustert mich unzufrieden. »Hast du dich deswegen aus dem Bett geschlichen?«

»Ich wollte dich nicht wecken«, verteidige ich mich. Dabei hat sie vermutlich recht. Ich hatte Schiss davor, was passiert, wenn sie in meinen Armen aufwacht. Schiss vor diesem Gespräch. Davor, was wir vielleicht in diesem Bett noch getan hätten. Schiss vor mehr.

Ich bin so kaputt … Es ist unerträglich. Aber ich habe mich damit abgefunden. Eigentlich. Dass ich deshalb Abstand von Brooke nehmen muss, lässt meine Unzufriedenheit mit mir selbst nur wieder hochkochen.

»Mhm.« Brooke mustert die Pfanne in meiner Hand. »Also sind das hier keine normalen Pancakes, sondern ›Sorry, dass ich nicht noch mal mit dir schlafe‹-Pancakes.«

»Pancakes sind Pancakes«, erwidere ich überfordert und hebe den letzten auf den Teller. »Und sie sind gerade fertig. Also wenn du dir was anziehst, können wir essen.«

Sie seufzt. »Okay. Aber sicher, dass du es nicht weird machen wirst? Du wirkst … komisch.«

Ich wünschte, ich wüsste nicht, wovon sie redet. Trotzdem lege ich mir eine Hand aufs Herz. »Ich schwöre es hoch und heilig. Ich werde so tun, als wäre nie was gewesen. Solang du mir versprichst, dass …«

Die Türklingel unterbricht mich, und wir erstarren. Sofort rauscht mein Puls in die Höhe, und sowohl Brooke als auch ich werfen einen panischen Blick an ihrem nackten Körper hinab.

»Geh dich anziehen«, dränge ich sie. »Ich mach auf.«

Kommentarlos huscht sie aus der Küche und in ihr Zimmer. Ich mache mich auf den Weg zur Haustür, öffne sie jedoch erst, als ich mir sicher bin, dass Brooke nirgendwo mehr zu sehen ist. Mir ist heiß, meine Hände sind schwitzig. Und aus irgendeinem Grund wird es nur schlimmer, als ich auf der Veranda unseren Nachbarn Russell entdecke. Was will er hier?

Mein Gehirn malt sich bereits unzählige Horrorszenarien aus. Könnte er uns gehört haben? Oder vielleicht gesehen? Wir befinden uns im Erdgeschoss, die Vorhänge waren nicht zu. Er hätte nur zu einem ungünstigen Zeitpunkt über das Grundstück laufen müssen und …

Das ergibt doch gar keinen Sinn. Was sucht er nachts auf einem fremden Grundstück? Oder gerade eben? Hat er uns durchs Küchenfenster gesehen? Scheiße, was, wenn er es Grey erzählt? Ich bin so was von geliefert!

»Noah«, grüßt der Alte mich und wirft einen suchenden Blick über meine Schulter ins Haus. »Entschuldige die Störung. Ist Greysen auch da?«

Meine Kehle wird eng. »Der ist in Wellington«, bringe ich trotzdem heraus und ziehe die Tür hinter mir weiter zu – nur für den Fall, dass Brooke doch auf die Idee kommt, noch mal ohne Klamotten aus dem Zimmer zu kommen. Scheiße, apropos Zimmer. Meines verrät immer noch viel zu viel darüber, was gestern Nacht passiert ist. Wie viele Spuren willst du hinterlassen? Noah: Ja.

»Was gibt's?«, will ich wissen und setze ein falsches Lächeln auf.

»Ich wollte nicht stören, aber das Café war noch zu. Ich könnte Hilfe mit meinem Wagen gebrauchen. Falls du dich ein bisschen mit Autos auskennst, versteht sich. Der Gute zickt mal wieder.«

»Jetzt gleich?«, frage ich überrumpelt.

»Ich muss nach New Plymouth für die Arbeit. Springt auch was dabei für dich raus, hm?« Er hebt erwartungsvoll die Brauen, als wäre ich ein Schuljunge, den er mit einem Fünfer bestechen kann. Ich will ihm nicht mit seinem Auto helfen. Aber gerade bin ich viel zu überfordert, um die Situation richtig zu verarbeiten.

»Klar«, höre ich mich sagen. »Ich komme gleich rüber. Gebe nur noch eben Brooke Bescheid.«

»Gut, gut. Sag ihr einen Gruß oder so.« Er klingt eher so, als sollte ich ihr einen Fluch ausrichten, doch ich bin einfach nur froh, ihn abgewimmelt zu haben. Russell stapft die Stufen der Veranda nach unten, und ich schließe tief durchatmend die Tür. Okay. Er weiß von nichts. Es ist alles gut.

Ich hole mein Smartphone aus meinem Zimmer, bringe dabei provisorisch Ordnung in das Chaos auf meinem Fußboden und klopfe dann bei Brooke. Zu meiner Erleichterung öffnet sie mir vollständig bekleidet, trotzdem habe ich das Gefühl, als wäre irgendetwas an ihr immer noch nackt und intim. Als hätten wir längst zu viel voneinander gesehen, um noch richtigen Abstand zwischen uns zu bringen.

Brookes graue Augen mustern mich fragend, und ich fahre mir nervös durch die Haare.

»Grüße von Russell. Ich muss eben rüber, ihm mit dem Toyota helfen. Iss also am besten schon mal ohne mich.«

»Okay.« Sie zögert einen Moment lang. »Ich kümmer mich gleich um die Hühner. Kannst du dann heute Nachmittag das Café übernehmen? Ich bin eigentlich mit Kaia verabredet.«

»Klar«, sage ich eilig. »Mach ich. Dann bis später.« Ich schnappe mir in der Küche noch zwei Pancakes vom Teller, die ich kurzerhand zusammenfalte und im Gehen esse, dann verlasse ich das Haus.

Mach es nicht weird.

Das wird vermutlich schwieriger als gedacht. Aber ich habe fest vor, Brookes Wunsch nachzukommen.

Das mit uns …

Reden wir nicht darüber. Am besten, wir tun einfach so, als wäre es nie passiert.

brooke

Was sollte ich dir versprechen?

Vorhin in der Küche, meine ich.

Dass du das Thema fallen lässt.

Das zwischen uns.

Okay.

Es hat wirklich nichts mit dir zu tun. Aber es ist besser so, glaub mir.

Wieso denn?

Lange Geschichte.

Erzählst du sie mir irgendwann?

Vermutlich nicht.

Schade.

Hat ebenfalls nichts mit dir zu tun.

Schon klar. Alles gut.

Und versprochen.

Danke.

Ist doch selbstverständlich.

Ist es nicht. Die Situation ist kacke. Tut mir leid.

Muss es nicht.

Grey kommt übrigens heute Abend schon wieder.

Ich weiß. Keine Sorge, hab schon alle Spuren beseitigt.

Perfekt. Auf dich ist Verlass. Nächstes Mal können wir dann stattdessen gemeinsam eine Bank ausrauben. Ich könnte das Geld gebrauchen.

Ich fürchte, du überschätzt unsere Fähigkeiten maßlos.

Auch gut, im Knast zählt man keine Miete.

Musst du bei deiner Mum Miete zahlen?

Nö. Bei ihr zu wohnen ist aber schlimmer als Knast.

Aber wenigstens ist das Essen besser.

Ich weiß nicht, wie es mit deinen Eltern ist, aber meine Mum kann überhaupt nicht kochen.

Ich warte fünf Minuten lang vergeblich auf eine Antwort und verfluche mich unterdessen selbst für die halbe Lüge, die ich Noah eben aufgetischt habe. Bisher habe ich es strikt vermieden, über Mum zu sprechen. Und wenn Grey mal nach ihr gefragt hat, habe ich ihn angelogen, damit er keinen Verdacht schöpft. Zu Noah wäre ich eigentlich gern ehrlicher, aber ich will ihn nicht noch mehr in einen Zwiespalt bringen, indem ich ihm von Dingen erzähle, die mein Bruder nicht wissen darf.

Er kommt mehrmals online und hat die Nachricht auch gelesen, doch antworten tut er nicht. Als er zum dritten Mal offline geht, ohne zu reagieren, lege ich frustriert das Handy beiseite und lasse mich rücklings auf Kaias Bett fallen.

Eigentlich ist alles okay. Das war jetzt keine weltbewegende Unterhaltung, und Noah geht ziemlich normal mit mir um. Er kommuniziert offen. Er sagt mir, was er will und was nicht. Mich stört nur, dass wir uns, was das angeht, offenbar nicht einig sind.

»Immer noch Krise?«, fragt Kaia, die mit zwei Tassen zurück ins Zimmer kommt. Während ich Noah geschrieben habe, hat sie uns heiße Schokolade mit Pfefferminzsirup gemacht, um uns gebührend auf den Weihnachtsfilm einzustimmen, den wir gleich schauen wollen. Nicht ideal bei dreiundzwanzig Grad Außentemperatur und strahlendem Sonnenschein, aber man muss mit dem arbeiten, was man hat. Und notfalls eben die Vorhänge zuziehen.

Mir entweicht ein frustriertes Stöhnen. »Ich verstehe einfach nicht, wie man nicht mehr wollen kann, wenn es so verdammt gut war!«, beschwere ich mich und nehme Kaia eine der Tassen ab. Eben habe ich ihr in aller Ausführlichkeit von meiner Nacht mit Noah erzählt. Und von seiner Reaktion heute Morgen. Ich brauchte eine zweite Meinung, weil ich selbst gerade nicht einschätzen kann, was eigentlich los ist. Bereut er es? Wird es jetzt noch merkwürdiger zwischen uns? Ich habe keine Ahnung.

»Vielleicht ist es trotzdem am besten, die Sache ruhen zu lassen«, schlägt Kaia vor. »Vermutlich ist er ein bisschen sauer auf sich selbst, weil er die Finger nicht von dir lassen konnte. Und es wird schon seinen Grund gehabt haben, dass er von Anfang an gesagt hat, er wird nicht mit dir schlafen.« Sie lehnt sich neben mir in die Kissen und trinkt einen Schluck aus ihrer Tasse.

Besorgt schaue ich zu ihr rüber. »Meinst du, ich hab ihn dazu gedrängt?«

»Hm.« Sie überlegt. »Ich glaube, du hast argumentiert. Mit teilweise etwas unfairen Mitteln. Aber ist ja nicht so, als hättest du was gemacht, was er nicht wollte, oder?«

»Na ja, nein. Aber wären die Rollen vertauscht gewesen ...«

»Dann?«, fragt Kaia interessiert.

Ich zucke mit den Schultern. »Dann wäre ich wahrscheinlich der unangenehme Creep, mit dem niemand allein gelassen werden will.«

Sie prustet in ihre Tasse. »Also ich bezweifle stark, dass er das so empfunden hat, sonst wäre das gestern sicher nicht passiert.«

»Hoffentlich ...«

»Ach komm.« Sie stößt mich in die Seite. »Du meintest doch selbst, du willst nichts Ernstes.«

»Will ich auch nicht!«

»Warum hängst du hier dann so rum wie ein Häufchen Elend?«

»Weil … keine Ahnung. Ich mag Noah. Als Freund. Und wir wohnen zusammen. Also wäre es wirklich scheiße, wenn wir nicht mehr miteinander klarkämen, verstehst du?«

Kaia mustert mich mit gehobenen Brauen und schüttelt schließlich den Kopf. »Ich sage, du willst mehr von ihm.«

»Ja, mehr Sex!«, stöhne ich.

»Nope. Mehr alles. Mehr Noah. Du bist voll verschossen in ihn. Kann man dir aber auch nicht verübeln, er ist schon ein ziemlicher Traumtyp.«

Ich verdrehe die Augen. »Boah, halt die Klappe. Du weißt, dass ich nicht date.«

»Warum eigentlich nicht?«, fragt sie vorsichtig. »Wegen Talon?«

Der Name lässt jeden Muskel in meinem Körper verkrampfen. Den ganzen Sommer habe ich es geschafft, ihn zu vermeiden. Und nun trifft er mich völlig unvorbereitet, wie ein Schlag in die Magengrube.

Ich dachte, ich käme schon besser damit klar. So viel dazu …

Ich überspiele es, so gut es geht. »Exakt. Und ich date erst recht keine Typen, die laut eigener Aussage nicht mal zu mehr als einer Nacht fähig sind. Ich wollte einfach ein bisschen Spaß. Und wegen Noahs komischen Prinzipien entgeht mir jetzt sehr viel guter Sex.«

»Hm …« Kaia zieht sich die Bettdecke über die Beine, und ich tue es ihr nach. Eigentlich ist es zu warm dafür, aber so ist es kuscheliger. Und niemand will unkuschelige Weihnachten, sind wir mal ehrlich. Nur noch etwa eine Woche bis zum Fest. So richtig bereit fühle ich mich dafür nicht.

»Vielleicht hat Noah auch einen Talon«, gibt sie zu bedenken. »Nur in weiblich. Frag doch mal Greysen.«

Ich verschlucke mich fast an meiner heißen Schokolade. Sie weiß nicht mal, wovon sie da eigentlich redet. Nicht ansatzweise. »Nur über meine Leiche!«, pruste ich. »Erstens müsste ich dann mit Grey darüber reden, was ihn ziemlich sicher misstrauisch machen würde. Zweitens geht mich das nichts an. Wenn er es mir nicht selbst erzählen will, dann will ich es auch nicht wissen.«

Kaia zieht einen Schmollmund. »Ich will es aber wissen, schon mal daran gedacht?«

»Wann bist du eigentlich so eine Gossip-Queen geworden?«

Sie spart sich eine Antwort und streckt mir nur frech die Zunge raus. »Also gut«, lenkt sie ein. »Alternativlösung. Du hörst auf, Noah nachzuheulen, und ich höre mich nach Ersatz um. An Silvester ist wieder Neujahrsparty im Edward. Du kommst, oder? Dann verkupple ich dich da.«

Mit *Edward* meint sie den King Edward Park in der Mitte der Stadt. Jedes Jahr kooperiert die Gemeinde dafür mit der nahe liegenden Bar, die die Meute mit Getränken versorgt. Die Veranstaltung teilt sich ab einer gewissen Uhrzeit in zwei Bereiche. In dem einen feiern die Familien mit Kindern. Alle, die noch nicht trinken dürfen oder sich von den Betrunkenen fernhalten wollen, sammeln sich dort. Die andere Seite habe ich bisher immer nur aus der Ferne beobachtet, weil ich selbst zu jung war. Dort geht es ausgelassener zu. Cocktails, Schnaps, laute Musik. Und um Mitternacht das obligatorische Feuerwerk, das die Hälfte schon nicht mehr mitbekommt, weil sie zu besoffen ist.

Mittlerweile bin ich mir gar nicht mehr so sicher, ob ich Lust auf eine solche Party habe. Alkohol in Maßen finde ich zwar okay, aber diese regelrechten Saufgelage habe ich in den letzten Jahren schnell hassen gelernt. Allerdings kann es wohl nicht schaden, mal vorbeizuschauen. Nur …

»Was ist mit … du weißt schon wem?« Ich bringe es nicht über mich, seinen Namen selbst auszusprechen. Allein wenn ich ihn denke, legt er sich wie Asche auf meine Zunge.

»Hat Hausverbot in der Bar«, erklärt Kaia mir. »Deswegen meinte ich ja neulich, dass es eine sichere Zone ist.«

»Und das weitet sich auf die ganze Silvesterfeier aus?«, hake ich nach.

»Was will er da, wenn er nichts zu trinken bekommt?«

»Hm …«

»Er lässt sich generell selten irgendwo blicken, soweit ich weiß«, beschwichtigt Kaia mich. »Ich hab ihn den ganzen Sommer bisher nur einmal bei der Arbeit im Baumarkt gesehen.«

Mir läuft ein kalter Schauer über den Rücken. »An dem Tag, als wir uns auf dem Parkplatz getroffen haben?«

»Ja … du bist ihm also nicht begegnet?«

Ich schlucke und schüttle den Kopf. Allein der Gedanke, dass ich ihm direkt in die Arme hätte laufen können …

»Was ist jetzt mit Silvester?«, wechselt Kaia das Thema und schaut mich fast schon flehend an. »Es wäre langweilig ohne dich. Bitte?«

»Okay«, gebe ich nach. »Aber bitte spar dir das Verkuppeln, das kann ich nicht ausstehen. Vielleicht ergibt sich was, vielleicht nicht. Ich hab keine Lust auf irgendwelche Erwartungen von irgendwem.«

»Na schön. Dann hast du mehr Zeit, mit mir zu tanzen, das ist auch gut.«

»Die neue Kaia ist sehr fordernd«, stelle ich belustigt fest und stoße unter der Decke mit meinem Fuß gegen ihren.

Sie zwinkert mir zu. »Die neue Kaia hat dich zweieinhalb Jahre lang nicht gesehen. Sei nachsichtig mit ihr.«

Ich nicke mitfühlend. »Hab dich auch vermisst.«

Zufrieden schmunzelnd greift sie nach der Fernbedienung. »Das wollte ich hören. Und jetzt hilf mir bitte, einen Film auszusuchen. Bei der Riesenauswahl an Weihnachts-Romcoms blickt doch niemand mehr durch!«

⌛

Als ich am Abend nach Hause komme, steht der Jeep bereits wieder im Hof. Greysen ist also zurück. Und damit eliminiert er jede Chance darauf, dass Noah und ich noch mal in Ruhe miteinander reden.

Vermutlich ist es besser so. Es gibt ja doch nichts mehr zu sagen. Aber ein bisschen missmutig macht es mich schon.

Ich betrete das Haus und werde von einem himmlischen Duft empfangen. Das riecht fast wie …

»Lasagne?«, frage ich und stecke meinen Kopf in die Küche. Mein Bruder lehnt an der Anrichte und trinkt gerade ein Glas Wasser. Er trägt eine Jeans und ein dunkles Hemd, dessen Ärmel er hochgekrempelt hat. Von Noah ist keine Spur.

Obwohl ich es in den letzten Wochen strikt vermieden habe, mit Greysen allein zu sein, trete ich nun tiefer in den Raum und werfe einen Blick in den Ofen. Das sieht wirklich gut aus. Mein Magen grummelt ungeduldig.

»Mhm«, macht Grey und trinkt sein Glas aus. Er stellt es ab und wischt sich einen verirrten Tropfen vom Kinn. »Die hat Noah vorbereitet. Er dreht grad 'ne Runde mit Columbo.«

»Ah.« Etwas unschlüssig richte ich mich wieder auf und mustere ihn. Die Stimmung zwischen uns ist wie immer merklich angespannt, aber nicht so schlimm wie sonst. Oder zumindest kommt es mir so vor. »Seit wann bist du wieder da?«

»Ein paar Minuten erst. Bin gegen drei losgefahren.«

»Und wie war das Probearbeiten?«, wage ich zu fragen. »Hast du den Job?«

»Ich glaube, es lief gut«, meint er schulterzuckend und stützt sich mit den Händen auf der Arbeitsplatte hinter sich ab. »Mein Prof und ich haben uns gut verstanden, und er wirkte zumindest zufrieden. Aber ich mache mir mal keine Hoffnungen. Immerhin wollte er mich ursprünglich gar nicht in die engere Auswahl aufnehmen. Ich war nur der Nachrücker.«

»Du hast ihn bestimmt trotzdem überzeugt«, versuche ich, ihn aufzumuntern. O Mann, ich bin furchtbar in diesen Schwestersachen. Das scheint auch Greysen zu merken, denn sein Gesicht hellt sich kein bisschen auf.

»Ja, mal sehen«, erwidert er vage. »Aber wo wir gerade beide hier sind … ich wollte noch mit dir reden.«

Mein Herz verkrampft sich unweigerlich. Das kann nie etwas Gutes bedeuten. Sofort kommen mir mögliche Horrorszenarien in den

Sinn. Was, wenn er Mum angerufen hat, um ihr von dem Probearbeiten zu erzählen? Das wäre eine Katastrophe. Aber dafür wirkt er zu ruhig. »Worüber denn?«, bringe ich hervor.

Er atmet tief durch. »Wegen gestern. Ich … hab Dad doch nicht gesagt, dass ich euch hier allein lasse.«

Erleichterung durchströmt mich. Doch irgendwie fällt mir nichts ein, was ich darauf erwidern könnte. Ich schaue meinen Bruder nur irritiert an.

Greysen seufzt. »Vielleicht wird es Zeit, dass ich dir ein bisschen mehr zutraue. Du bist keine siebzehn mehr. Und du bist immerhin hergekommen, um zu helfen. Es fällt mir nur immer noch schwer, in dir nicht das Mädchen von damals zu sehen.«

Meine Kehle ist wie zugeschnürt. Greys Worte hängen seltsam schwer in der Luft, und die Fülle an Emotionen, die sie auslösen, überfordert mich.

Da ist so viel Hoffnung, weil es sich anfühlt, als würde er eine Tür für mich öffnen. Als würde er mir einen Weg zurück anbieten. Zurück zu Bruder und Schwester. Zurück zu einer Familie.

Aber da ist auch lähmende Angst. Weil dieses Mädchen von früher immer noch da ist, irgendwo in mir drin. Und dann wäre da noch mein tonnenschweres schlechtes Gewissen, weil ich das gar nicht verdient habe. Weil ich ihn anlüge – seit Jahren – und vermutlich noch mein ganzes Leben damit weitermachen werde.

Ich muss schlucken. Ich sollte es ihm sagen, wenn schon nicht das mit Talon, dann wenigstens das mit Mum, aber …

»Danke«, bringe ich stattdessen nur heraus.

Ich kann nicht. Denn dieses kleine bisschen Zuneigung wäre dann schneller wieder verpufft, als ich es überhaupt realisieren kann.

Grey mustert mich nachdenklich. Und ohne es zu wollen, sprudeln weitere Worte in mir an die Oberfläche. »Heißt das, du verzeihst mir?«

Seine grauen Augen bleiben unlesbar, doch er schüttelt leicht den Kopf. Enttäuschung durchströmt mich. »Warum sollte ich?«, fragt er leise. »Du hast meine gesamte Zukunft zerschossen, Brooke. Als Dank dafür, dass ich dir helfen wollte.«

»Aber ich wusste ja nicht, dass ...«

»Hör auf«, fordert er scharf. »Was sollen die verdammten Ausreden? Natürlich wusstest du, was du tust! Und ich habe bis heute nicht mal eine Entschuldigung dafür bekommen, geschweige denn eine Erklärung.«

Ich schlucke. Meine Kehle ist so eng, dass ich kaum noch atmen kann. Das *tut mir leid* liegt mir schwer auf der Zunge, ein Stein, der mich zu ersticken droht. Und ich bekomme es einfach nicht über die Lippen. Wenn ich an diese Nacht damals zurückdenke, dann ...

»Siehst du?«, fragt er leise. »Genau das meine ich.«

»Aber es könnte doch immer noch klappen«, bringe ich heraus. »Nach dem Studium ...«

»Das ändert für mich aber nichts daran, was passiert ist. Weißt du, wie sehr ich mir den Arsch für dich aufgerissen habe damals? Du warst meine größte Sorge, Tag für Tag für Tag, und selbst nach Jahren schaffst du es nicht mal, das wertzuschätzen!« Er wird immer wütender, und Tränen brennen mir in den Augen. »Alles, was ich von dir kriege, sind Sticheleien, Streit, Wut, Anfeindungen, obwohl ich immer noch nichts anderes versuche, als dir zu *helfen*, verdammt! Mache ich es wirklich so falsch? Bin ich so ein beschissener Bruder, dass du ...«

Ich umarme ihn. Falle ihm einfach um den Hals, und Grey stockt mitten im Satz. Wie versteinert steht er da, während ich meine Arme so fest um ihn schlinge, wie ich kann, und mein Gesicht unbeholfen an seiner Schulter vergrabe. Tränen laufen mir über die Wange, versickern irgendwo in seinem T-Shirt, und ich unterdrücke ein Schluchzen. Kein Wort verlässt meinen Mund. Nichts wird meinen Fehlern auch nur annähernd gerecht. Und zum ersten Mal habe ich das Gefühl, als würde es nichts ändern, würde ich ihm alles erklären. Weil ich damals aus reinem Egoismus gehandelt habe. Nur für mich selbst, aus Angst, aus Stolz, ohne Rücksicht auf ihn.

Grey seufzt, dann schließt er mich zögerlich in seine Arme. Fast schon liebevoll streicht er mir über den Rücken, und zumindest einen Augenblick lang rede ich mir ein, es habe nie etwas zwischen uns gestanden. »Ich hab dich auch vermisst, Brooke«, murmelt Grey mir ins Ohr, und ich muss noch mehr Tränen wegblinzeln. Mir war nicht klar, wie sehr ich diese Worte hören wollte. Wie heftig ich mich nach Greys sanfter Art von Zuneigung gesehnt habe – nicht nur in den letzten Wochen, sondern in den letzten acht Jahren. Ich weiß, dass ich ihm wichtig war. Aber er hat es immer auf eine Art gezeigt, mit der ich nichts anfangen konnte. Mit Kontrolle und Anweisungen und Tadel. Weil er versucht hat, Dads Rolle zu übernehmen, statt einfach mein Bruder zu sein. Und weil ich es ihm mit jedem Tag schwerer gemacht habe.

»Ich dich auch«, flüstere ich und blinzle hektisch, um die Feuchtigkeit aus meinen Augenwinkeln zu vertreiben.

»Als ob«, scherzt er, lässt mich aber nicht los. Schwere legt sich über uns. Als hingen Greysens ungesagte Anschuldigungen noch in der Luft und meine eigenen mischen sich bittersüß dazwischen.

Du hättest es merken müssen.

Du hättest mir helfen können.

Ich weiß, dass sie irrational sind. Weil ich ihm nie eine Chance gegeben habe, mich wirklich zu beschützen. Und trotzdem sind sie bis heute da. Vielleicht werden sie für immer bleiben, genau wie Greys Wut auf mich. Vielleicht können wir uns nie wirklich verzeihen.

Aber vielleicht bedeutet diese Umarmung hier, dass wir trotzdem noch Bruder und Schwester sein können. Wenn auch nicht so, wie wir es gern hätten.

»Was meinst du«, bricht Grey leise die Stille, »sollen wir den Baum aus der Garage holen? Du kannst wieder diese furchtbaren Hundeanhänger drauf verteilen, die du immer so mochtest.«

Ich schnaube. Als Kind hatte ich seltsame Obsessionen, was Weihnachtsdeko angeht. »Ich stehe zu denen. Columbo verdient auch seinen Platz auf dem Baum.«

»Columbo liegt schon unter dem Baum«, erinnert Grey mich.

»Aber Columbo glitzert nicht. Das war das Problem.«

Schmunzelnd löst er sich von mir. Wir tauschen noch einen zurückhaltenden Blick, dann wendet er sich der Tür zu. »Na gut. Mal schauen, ob wir diese Hässlichkeiten noch finden oder ob Dad sie verbrannt hat.«

»Wenn du sie weiter beleidigst, hänge ich sie über dein Bett«, warne ich ihn.

Grey schnaubt belustigt und hält mir die Tür auf. »In dem Fall sind meine Lippen ab sofort versiegelt.«

damals

Dad hat gebacken. Im ganzen Haus duftet es nach Keksen, und im Wohnzimmer dudeln Weihnachtslieder. Er und Grey haben den Baum aus der Garage geholt und versuchen gerade, das Durcheinander an Deko zu entwirren, das jedes Mal entsteht, weil wir uns im neuen Jahr nie die Zeit nehmen, alles wieder ordentlich einzupacken. Beide sitzen mit dem Rücken zu mir, und so bemerken sie nicht, wie ich in die Küche husche und ein paar der noch warmen Kekse in eine Tüte packe, die ich daraufhin in meiner Jacke verschwinden lasse.

Es ist selten, dass Dad backt. Und fast genauso selten, dass er an einem Nachmittag hier sitzt. Hätte ich das gewusst, hätte ich mich vielleicht später verabredet. Aber jetzt ist es zu spät, um meine Pläne noch zu ändern. Ich werde abgeholt und bin schon spät dran.

»Ich geh aus«, verkünde ich, als ich wieder im Wohnzimmer stehe, und schlüpfe an der Haustür in meine Schuhe.

Dad dreht sich zu mir um und schaut fast schon enttäuscht drein. »Aber du bist doch gerade erst von der Schule gekommen.«

Ich zucke nur etwas hilflos mit den Schultern. »Ich bin verabredet.«

»Mit wem?«, mischt Greysen sich ein.

Ich funkle ihn an. »Mit Freunden.«

»Was für Freunde?«

Wieder ein Schulterzucken, während ich spüre, wie mein Gesicht rot anläuft. »Freunde eben. Frag nicht so komisch.«

»Sicher, dass du nicht den Baum mit uns schmücken willst?«, fragt Dad hoffnungsvoll.

»Geht nicht, sorry. Sie warten schon«, erkläre ich ihm.

»Dann sparen wir uns das Schmücken für heute Abend auf, wenn du wieder da bist?«

Ich seufze innerlich. »Dad, ich weiß gar nicht, wie lang ich unterwegs bin.«

»Oh. Du isst also nicht mit uns?«

Was denkt er denn? Dass ich um achtzehn Uhr wieder zu Hause bin, wenn ich um sechzehn Uhr verabredet war? »Nein, heute nicht.«

»Hat Kaia donnerstags nicht immer Musikunterricht?«, will Grey jetzt wissen.

Wieder funkle ich ihn an. Mir ist klar, dass er es ahnt. Aber seine neugierigen Fragen nerven mich zu Tode. »Und?«

»Mit wem triffst du dich, wenn nicht mit ihr?«

»Ich hab noch andere Freunde.«

»Männliche Freunde?«

»Das geht dich gar nichts an.«

»Geht es wohl!« Grey steht auf. »Vor allem, wenn ich dich in der Pause mit einem Typen hinter der Sporthalle verschwinden sehe, der definitiv nicht mehr zur Schule geht.«

Mir sackt das Herz in die Hose. Wie viel hat er gesehen? Er ist uns doch nicht gefolgt, oder? »Stellst du mir etwa nach?«, fahre ich ihn an.

»Hey«, beschwichtigt Dad uns und hebt die Hände. »Jetzt beruhigen wir uns erst mal wieder. Mit wem hat Grey dich gesehen?«

Ich verschränke die Arme vor der Brust. Es zu leugnen hat ja auch keinen Sinn. Wobei ich gehofft hatte, es noch eine Weile länger geheim halten zu können. »Mit meinem Freund.«

Dads Brauen wandern nach oben. »Du hast einen Freund?«

»Ja.«

»Seit wann?«

»Seit Kurzem.«

»Drei Wochen sind also kurz?«, mischt Greysen sich ein.

Verdammt, woher weiß er das alles? »Ich muss dir nicht alles sofort erzählen«, verteidige ich mich und funkle ihn an.

»Das ist aber nicht der Grund, warum du es geheim gehalten hast«, stellt er fest.

»Ich muss jetzt los.«

»Du gehst nirgendwohin, bevor wir das geklärt haben!«, ruft er, durchquert das Zimmer und schiebt sich zwischen mich und die Tür, die ich eben öffnen wollte.

»Es gibt nichts zu klären!«, fahre ich ihn an. Diese Unterhaltung ist genau der Grund, warum ich ihm nichts gesagt habe. Ich wusste, dass so etwas kommt.

»Und wie es das gibt, du bist sechzehn.«

»Dad?«, beschwere ich mich und schaue auffordernd zu unserem Vater.

Der wirkt sichtlich überfordert. »Bring deinen Freund doch mal mit«, schlägt er mir vor. »Dann können wir ihn kennenlernen und …«

»Ich will ihn nicht kennenlernen!«, fällt Grey ihm ins Wort. Er wendet sich mir zu. »Ich will, dass du dich von ihm fernhältst.«

Ich keuche empört auf. »Du weißt nicht mal, wer er ist!«

»Er ist zu alt für dich. Welcher Erwachsene macht sich an Minderjährige ran?«

»Er ist erst zwanzig.«

»Mein Punkt bleibt bestehen.«

Von draußen ertönt ein Hupen. Ich stoße Greysen gegen die Schulter, damit er mich durchlässt, doch er regt sich kein Stück. »Lass mich vorbei!«

»Kannst du dir nicht jemanden in deinem Alter suchen? Jemanden, bei dem es wenigstens legal ist, wenn du mit ihm hinter der Turnhalle rummachst?«

»Grey«, warnt mein Vater ihn. »Das reicht jetzt. Wenn Brooke ihn mag …«

»Du kannst sie nicht einfach …«

»Es reicht!«, wiederholt mein Vater überraschend scharf. »Brooke, warum bittest du deinen Freund nicht rein? Er könnte ja auch zum Essen bleiben, dann können wir ihn kennenlernen.«

»Wir sind spät dran fürs Kino«, lüge ich. So unvorbereitet will ich weder mir noch Talon ein Essen mit meinem Bruder antun.

»Dann lad ihn doch fürs Wochenende ein, ja? Ich würde mich freuen, ihn mal zu treffen.« Er lächelt warm. Greys Gesicht gleicht dafür einer Gewitterfront.

»Ich frag ihn«, verspreche ich. »Darf ich jetzt gehen …?«

»Natürlich. Dann viel Spaß bei eurem Film.« Dad zieht Grey beiseite, der nur ungläubig den Kopf schüttelt und die Tür freigibt. Ich zögere nicht, nach draußen zu treten. Die empörten Proteste meines Bruders, die kurz darauf folgen, werden von der zufallenden Haustür erstickt.

Tief durchatmend eile ich von der Veranda und auf Talons Wagen zu, der mit laufendem Motor im Hof steht. Sofort habe ich wieder ein aufgeregtes Kribbeln im Bauch. Als ich die Beifahrertür öffne, schlägt mir sein vertrauter Duft entgegen, und kaum dass ich sitze, trifft mich der Blick aus seinen braunen Augen.

»Hey«, sage ich etwas atemlos und beuge mich zu ihm rüber. »Sorry, mein Bruder hat sich aufgeführt …«

Talon legt eine Hand in meinen Nacken und zieht mich zu sich, um mich zu küssen. »Kein Ding«, raunt er an meinen Lippen. Er gibt mich wieder frei und lenkt den Wagen vom Hof. Dabei mustert er mich flüchtig von der Seite. »Hast du ihm also von uns erzählt?«

»Nicht ganz«, murmle ich. »Er hat uns heute Mittag gesehen.« Und wohl irgendwie auch schon vorher Wind davon bekommen … Offensichtlich war ich nicht so gut im Geheimhalten, wie ich dachte.

»Ah.«

»Aber ist mir auch egal, ob er es weiß und was er denkt«, füge ich hinzu.

Talon biegt auf die Hauptstraße ab und legt seine Hand auf mein Knie. »Gut. Er hat keine Ahnung, was das zwischen uns ist.«

»Eben«, pflichte ich ihm bei. Ich bin erleichtert, wie entspannt er es auffasst. Doch ich hatte ihn auch vorgewarnt, dass mein Bruder von unserer Beziehung nicht begeistert sein wird. »Mein Dad würde dich aber gerne kennenlernen«, erzähle ich und lege meine Hand auf Talons, flechte meine Finger zwischen seine. »Willst du am Wochenende zum Essen kommen? Ich kann bestimmt auch dafür sorgen, dass Grey nicht da ist.«

Talon schaut skeptisch zu mir rüber. »Ich weiß nicht, Babe …«

»Mein Dad ist echt viel netter als mein Bruder«, versichere ich ihm. »Er mag dich bestimmt.«

»Nach allem, was du von ihm erzählt hast, bin ich mir aber nicht so sicher, ob ich ihn mag«, erwidert er. »Er kümmert sich ja gar nicht um dich. Und jetzt auf einmal spielt er vor mir Happy Family, oder was?«

»Wenigstens versucht er es?«, frage ich hoffnungsvoll.

Er schnaubt. »Babe, du verdienst mehr als nur einen Versuch. Du bist alles für mich. Und ich kann dann nicht so tun, als würde ich deinem Alten verzeihen, dass er dich so behandelt.« Er drückt meine Finger, und in mir macht sich dieses warme Gefühl breit, das Talon so oft dort verursacht. Er versteht mich. Er sieht mich.

Du bist alles für mich.

Es tut so verdammt gut, das zu hören.

Gleichzeitig drückt mir Trauer auf die Brust. Weil es wehtut, dass ich dieses Gefühl nur bei ihm habe und nicht bei Dad oder Grey. Und weil ich es schön fände, würden sie sich mit Talon verstehen. Aber ich weiß, was er meint. Ich habe ihm alles über meine Familie erzählt. Darüber, wie wenig Dad da ist und was für ein Kontrollfreak Grey geworden ist. Und da kann ich nicht erwarten, dass er jetzt so tut, als wüsste er davon nichts.

»Verstehe«, murmle ich und kann meine Enttäuschung dennoch nicht ganz verbergen.

»Hey.« Talon drückt wieder meine Finger. »Du hast ja mich. Wir beide gegen den Rest der Welt, wie klingt das? Und deine Arschlochfamilie kann uns gestohlen bleiben.«

KAPITEL 18

brooke

In den nächsten zwanzig Minuten tragen Grey und ich gemeinsam Dads alten Plastik-Weihnachtsbaum aus der Garage und stecken ihn im Wohnzimmer zusammen. Noah kommt wenig später von der Gassirunde mit Columbo zurück und rettet gerade noch rechtzeitig die Lasagne aus dem Ofen, die wir vor lauter Tatendrang vergessen haben. Wir essen gemeinsam, wobei Grey uns von seinem Arbeitstag erzählt und Noah sich über Russell beschwert. Offenbar hat dieser ihn heute Morgen dazu genötigt, fast zwei Stunden an seinem sterbenden Toyota herumzuschrauben, nur um ihm als Dank eine Dose Plätzchen in die Hand zu drücken.

Die Stimmung ist erstaunlich gelöst. Grey legt seinen Arm um meine Stuhllehne, während er erzählt, als müsste er den Frieden zwischen uns mit Nähe besiegeln. Noah grinst mich immer wieder an, als wäre gestern Nacht tatsächlich nichts gewesen. Und Columbo frisst so laut schmatzend aus seinem Napf, dass es beinahe als Ruhestörung durchgehen könnte.

Nach dem Essen zwingen wir Noah dazu, mit uns den Baum zu dekorieren. Ich luchse ihm Russells Plätzchendose ab, freue mich über den leicht verdienten Nachtisch und lasse Weihnachtsmusik über die Boxen laufen. Während Noah und Grey sich mit der verhedderten Lichterkette abmühen, suche ich in den Kartons nach der Baumdeko. Es dauert nicht lang, bis ich fündig werde.

»Columbo!«, rufe ich aus und halte stolz einen der Hundeanhänger in die Höhe.

Ein Kläffen ertönt aus der Küche, dann kommt der Namensgeber auch schon angesprungen und schnüffelt interessiert an dem glitzernden Plastik herum.

»Was ist *das* denn?«, will Noah wissen, der neben mir auf einem Stuhl steht und gerade, ohne hinzusehen, versucht, den Rest der Lichterkette um die Baumspitze zu wickeln. Er mustert den kleinen Hund, der von meinen Fingern baumelt, mit offensichtlicher Irritation.

»Unsere Deko!«, verkünde ich und halte sie ihm hin. »Häng den gleich schön weit oben auf, wo ihn jeder sieht. Ich hab noch mehr. Und irgendwo muss auch noch ein Huhn sein.«

Mit skeptisch gehobenen Brauen nimmt er mir den Anhänger ab und dreht ihn einmal zwischen den Fingern, bevor er tut, wie ihm geheißen. »Ist das irgendeine Tradition, die an mir vorbeigegangen ist?«, hakt er nach. »Feiert man Weihnachten auf dem Bauernhof immer mit geballter Geschmacklosigkeit?«

»Sei vorsichtig, Brooke dekoriert sonst dein Zimmer«, warnt Grey ihn.

»Uh!« Ich ziehe einen rosa Glitzerpudel aus der Kiste und reiche ihn Noah hoch. »Hier.«

»Was zur Hölle!« Entsetzt hält er ihn vor sich ins Licht. »Ich wiederhole meine Frage«, sagt er, seine Stimme irgendwo zwischen Belustigung und Unglauben.

»Brooke war ein komisches Kind«, behauptet Grey, geht neben mir in die Hocke und öffnet den Karton mit den Kugeln.

Noah hebt die Brauen und wirft mir einen prüfenden Blick zu. Ich nicke nur auffordernd. »Häng ihn auf.«

»Dein Ernst?«

»Grey hat recht, ich hänge ihn sonst in dein Zimmer.«

Er verdreht die Augen und wendet sich dem Baum zu. Ich widme mich wieder der Kiste.

»Ohh, Mr. Snuggles!« Als Nächstes halte ich ihm einen Mops entgegen.

»Namen haben sie auch noch?«

»Natürlich«, empöre ich mich.

Kopfschüttelnd sucht Noah auch Mr. Snuggles einen Platz zwischen den Ästen. »Super, und wie heißt der Pudel?«

Ich antworte nicht. Ich bin viel zu irritiert davon, was Noah da am Baum anstellt. »Ähm«, mache ich mit gerunzelter Stirn. »Und was wird *das*, wenn ich fragen darf?«

Irritiert schaut er zu mir runter und lässt die Hand sinken. Die drei Hunde hängen nun nebeneinander an den obersten Zweigen des Baumes. »Du wolltest doch, dass ich sie aufhänge?«

Mir entweicht ein verwirrtes Schnauben. »Ich dachte, du verteilst sie!«

Noah schaut etwas ratlos drein, und ich muss lachen.

»Du tust fast, als hättest du noch nie einen Baum dekoriert.«

»Stimmt«, gesteht er zögerlich, und ich hebe überrascht die Brauen. »Im Ernst?«

Er schiebt die Hände in die Hosentaschen und zuckt abwehrend mit den Schultern. »Ich wette, viele Leute haben noch nie einen Baum dekoriert. Erst recht nicht mit glitzernden Hunden.«

»Ich weigere mich, das zu glauben«, erwidere ich todernst. »Aber dann entjungfern wir dich jetzt.«

Noah hebt die Brauen, doch ich bin weit davon entfernt, Scherze zu machen. »Regel Nummer eins«, fange ich an. »Es darf nie symmetrisch aussehen. Verteil alles so wahllos wie möglich. Ähnliche Dekoelemente brauchen immer mehr Abstand zueinander. Also keine Hunde direkt nebeneinander, klar?«

Noah verdreht erneut die Augen, nimmt Mr. Snuggles wieder ab und hängt ihn weiter unten mittig in die Zweige. »Besser?«, fragt er feixend und steigt vom Stuhl, um einen Blick in die Dekokiste zu werfen.

»Ja. Aber Columbo und der Pudel müssen noch weiter auseinander.«

»Hey, vielleicht mögen sie die Gesellschaft.«

»Nein, die vertragen sich nicht. Columbo mag keine anderen Hunde in seinem Revier. Nicht wahr, Großer?« Ich kraule den echten

Columbo hinter den Ohren, und er dreht sich hechelnd auf den Rücken.

Kopfschüttelnd streckt Noah sich nach dem Pudel und hängt ihn woandershin.

»Hier.« Grey reicht ihm eine Schachtel rot-goldener Kugeln. »Aber Vorsicht, die sind aus Glas.«

»Die Hunde auch«, bemerke ich. »Du hast gerade eine sehr verantwortungsvolle Aufgabe, Noah.«

»Was für eine Ehre«, witzelt er und beginnt, die Kugeln in den Ästen zu verteilen. »Ich liebe es auch, wie ich das hier machen soll, nur damit ihr kleinen Kontrollfreaks danach alles umdekorieren könnt.«

»Hey!«, empören Grey und ich uns gleichzeitig.

»Wir respektieren deine Entscheidungen«, behaupte ich. Er dreht sich zu mir um, hebt nur herausfordernd eine Braue und macht Anstalten, eine der Kugeln direkt neben eine gleichfarbige zu hängen.

Ich schnaube abfällig, kann mir aber ein Schmunzeln nicht verkneifen. »Schön, du hast ein bisschen recht«, murre ich.

»Ganz was Neues«, feixt er und widmet sich wieder dem Baum. Diesmal gibt er sich aber offensichtlich mehr Mühe.

Lächelnd beobachte ich, wie er die Kugel jeweils erst an verschiedenen Stellen an den Baum hält, bevor er sich für eine entscheidet. Ein seltsames Glücksgefühl macht sich dabei in mir breit.

Es ist doch nicht komisch zwischen uns. Das gestern hat nichts kaputtgemacht. Wir können weiterhin normal miteinander umgehen. Und es ist nicht schlimm, dass wir es nicht wiederholen. Ich glaube, ich finde es sogar schöner, Noah so bei mir zu haben. So gelöst und … einfach Noah eben. Ich glaube, unsere Freundschaft ist doch ein bisschen mehr wert als der Sex.

Und dann ist da noch die vorläufige Versöhnung mit Grey, die mir ein schweres Gewicht von der Seele nimmt. Es ist ein bisschen surreal. Bis vor ein paar Wochen dachte ich noch, es würde der schlimmste Sommer aller Zeiten werden. Aber plötzlich habe ich das Gefühl, das hier wird vielleicht das schönste Weihnachten seit Langem.

noah

Weihnachten war für mich noch nie ein besonders fröhliches Fest. Ich verbinde mit dieser Zeit des Jahres primär traurige Erinnerungen. Einsamkeit. Sich-verlassen-Fühlen. Neid auf den Rest der Welt, weil alle es besser zu haben schienen als ich.

Aber dieses Jahr fällt es mir leichter als sonst, das zumindest für eine Weile in den Hintergrund zu verbannen. Bei Greysen und Brooke fühle ich mich seltsam zu Hause. So sehr, dass ich mich sogar dazu durchringe, mit ihnen gemeinsam zu feiern, statt am 25. an den Strand zu verschwinden oder mich in meinem Zimmer zu verschanzen.

Nachdem Brooke und Grey gleich am Morgen einen Videocall mit ihrem Dad hatten, der Weihnachten in der Reha feiert, verbringen wir fast den gesamten Tag in der Küche, um ein traditionelles Weihnachtsessen zuzubereiten. Wie ich mittlerweile weiß, hat Brooke das Fest gerne so winterlich wie möglich. Also kein Picknick oder Barbecue am Strand, wie es die meisten anderen Neuseeländer machen, sondern Braten, Plätzchen, heiße Schokolade und Pavlova als Nachtisch.

Ich helfe, wo ich kann, und letztendlich ist es wohl ganz gut, dass ich Brooke und Grey bei den Vorbereitungen nicht allein lasse. Zwar haben sie sich versöhnt und sind seit letzter Woche so freundlich zueinander wie noch nie, aber das heißt nicht, dass sie sich nicht über jedes Gramm Salz oder Zucker streiten könnten.

Bis wir endlich essen können, ist es später Nachmittag. Nicht gerade der klassische Ablauf eines Weihnachtsfestes, aber zumindest das scheint Brooke nicht zu stören. Sie wirkt rundum zufrieden, grinst wie ein Honigkuchenpferd und füttert unter dem Tisch heimlich Columbo mit Braten. Ich sehe es zwar nicht genau, aber seine Rute schlägt immer wieder aufgeregt gegen meine Beine, kaum dass Brookes Hand unauffällig unter der Tischplatte verschwindet.

Es tut gut, sie so glücklich zu sehen, auch wenn es gleichzeitig ein wenig schmerzhaft ist. Dieser halbe Tisch Abstand zwischen uns fühlt sich nach zu viel an. Noch immer halte ich mich von ihr fern, und es wird nur schwieriger statt leichter. Obwohl Brooke sämtliche Flirts und Anspielungen wie versprochen eingestellt hat, kann ich nicht aufhören, an sie zu denken. An *mehr* zu denken. An Brooke in meinen Armen, ihre weichen Lippen auf meinen und ihre Locken unter meinen Fingern. An ihr leises Lachen an meinem Ohr. An ihr verspieltes Grinsen und die Art, wie sie sich unter der Decke an meinen Körper geschmiegt hat.

Wenn es wenigstens nur ihr Körper wäre, der mir ständig im Kopf herumschwirrt. Aber nein … Ich will einfach Brooke generell. Brooke als Person. Und das ist vermutlich noch viel gefährlicher. Keine Ahnung, ehrlich gesagt. So etwas hatte ich noch nie.

»Machen wir jetzt Bescherung?«, will Brooke wissen, kaum dass Greysen sich die letzte Gabel voll Kartoffelbrei in den Mund geschoben hat. Mir entgeht nicht, dass sie mir dabei einen unsicheren Blick zuwirft. Ich lächle nur aufmunternd.

Gestern habe ich panische Nachrichten von ihr bekommen, ob das Geschenk für Grey denn wirklich gut ist. Jetzt, wo sie sich wieder besser vertragen, scheint es noch mal zusätzlich an Bedeutung gewonnen zu haben. Ich glaube, sie ist froh, wenn sie es los ist und endlich weiß, ob es ihm gefällt.

»Können wir machen«, erwidert Greysen, klingt dabei aber ebenfalls zurückhaltend. Er hat mir komischerweise mit keiner Silbe gesagt, was er Brooke schenken will. Dabei fragt er mich bei so was eigentlich immer um Rat. Er schiebt seinen Stuhl zurück und steht auf. Brooke tut es ihm nach.

»Treffen wir uns gleich im Wohnzimmer?«, schlägt sie vor.

Er nickt fachmännisch, und die beiden huschen aus dem Raum, um ihre Geschenke zu holen.

Ich räume noch in aller Seelenruhe den Tisch ab, während sie ihre Verstecke plündern. Das Geschenk für Grey hat Brooke. Und das für sie schlummert schon seit heute Morgen in meiner Hosentasche – nur für den Fall. Ich wollte es bei mir haben, falls ich es … brauche. Keine Ahnung. Irgendwie bin ich mir nicht sicher, ob ich es ihr wirklich geben soll. Es gibt nur drei Leute, denen ich normalerweise etwas schenke. Grey und meine letzten Zieheltern, bei denen ich mich zwar bis heute nicht zu Hause fühle, aber die mir genug Perspektive geschenkt haben, um aus diesem Teufelskreis zu entkommen, der bis dahin mein Leben war. Brooke jetzt in diese kleine Gruppe aufzunehmen, fühlt sich befremdlich an. Irgendwie falsch. Weil ich es mir jahrelang selbst verboten habe, jemanden in mein Herz zu lassen. Oder eher: mich in ihres.

Als ich ins Wohnzimmer komme, setzen sich die anderen beiden gerade auf die Couch, beide mit einem kleinen Stapel Geschenke auf dem Schoß. Ich mustere die von Brooke mit Sorge. Ist das zweite für mich? Scheiße, ich dachte nicht, dass sie mir etwas besorgen würde.

Obwohl ich für genau diesen Fall vorbereitet bin, werde ich plötzlich nervös. Was, wenn mein Geschenk für sie nicht mithalten kann? Wenn sie enttäuscht ist …?

Ich werde aus meinen Gedanken gerissen, weil ich mal wieder fast über Columbo stolpere, der plötzlich einen Sprint zum Sofa hinlegt und sich den Platz neben Brooke sichert. Auf ihrer anderen Seite sitzt Greysen, also lasse ich mich aus Mangel an Alternativen in der freien Ecke nieder. Genau auf dem Platz, den ich sonst meide, weil er mich ein bisschen zu sehr daran erinnert, wie sich Brookes Lippen an anderen Stellen meines Körpers anfühlen.

»Ladys first«, murmelt Grey, fährt sich durch die Haare und überreicht seiner Schwester kurzerhand ein kleines Päckchen. »Frohe Weihnachten.«

Ich sehe Brooke schlucken. Zögerlich löst sie das Papier und bringt einen kleinen Karton zum Vorschein, in dem eine alte Analogkamera, ein passender Film und ein unscheinbares schwarzes Filmdöschen liegen.

Stirnrunzelnd schaut sie zu ihrem Bruder hoch. »Ist das …?«

»Deine alte Kamera«, bestätigt er. »Hab mir Hilfe aus der Stadt geholt, um sie zu reparieren. Keine Ahnung, ich dachte, vielleicht willst du sie ja doch noch mal benutzen. In der Dose ist der Film von damals, aber ich hab dir auch einen neuen eingelegt.«

Brooke blinzelt. Bilde ich mir das ein, oder werden ihre Augen sogar ein bisschen rot? Sie wirkt gerührt, auch wenn ich nicht genau nachvollziehen kann, was es mit dem Geschenk auf sich hat. Eine Erinnerung an früher, so viel ist klar. War das ein Hobby von ihr? Warum hat sie damit aufgehört? Und was ist wohl noch auf dieser alten Filmrolle?

»Danke«, flüstert sie und schiebt die Geschenke von ihrem Schoß, um Grey zu umarmen. Er drückt sie fest an sich und wirft mir über ihre Schulter hinweg einen erleichterten Blick zu.

Ich muss schmunzeln. So viel sie auch streiten, sie mögen sich trotzdem. Sie sind und bleiben eine Familie, die immer zueinander zurückfinden wird.

Der Gedanke sticht, und ich wende mich ab. Ein weiterer Grund, weshalb ich Weihnachten nicht besonders mag – es erinnert mich an all das, was ich nie hatte.

Aus dem Augenwinkel sehe ich, wie sich die beiden wieder voneinander lösen. »Jetzt du«, beschließt Brooke, und ich drehe gerade rechtzeitig den Kopf, um zu sehen, wie sie Grey ein in goldenes Papier eingewickeltes Geschenk entgegenhält. »Das ist von Noah und mir.«

Grey mustert das Päckchen mit sichtlicher Neugier und schüttelt es leicht. »Hm«, macht er. »Eine Bombe? Stinkekäse? Stricksocken von Mrs. Burns?«

»Oh, tut mir leid.« Brooke macht Anstalten, es ihm wieder abzunehmen. »Wenn du dir das wünschst, tauschen wir es natürlich direkt um.«

210

Grey hält grinsend den Karton fest und zieht ihn wieder an sich. »Keine Umstände.« Er reißt das Papier auf und bringt das Parfüm zum Vorschein. Interessiert mustert er die Verpackung und öffnet sie vorsichtig. »Den Duft kenn ich noch gar nicht«, stellt er fest und schnuppert an der Flasche. Als könnte er so irgendwas riechen.

»Teste es richtig«, fordere ich schmunzelnd.

Er zögert kurz. Grey ist extrem geruchsaffin. Falls er den Duft nicht mag, wäre es seine persönliche Hölle, den ganzen restlichen Tag danach zu riechen. Etwas, das ich Brooke ganz bewusst nicht erzählt habe, als sie vorgeschlagen hat, ihm ein Parfüm zu kaufen.

Zu meiner Erleichterung trägt Greysen ein wenig davon auf sein Handgelenk auf und atmet tief ein.

Brooke scheint derweil die Luft anzuhalten. »Und?«, fragt sie unsicher.

Grey schnuppert noch mal. »Wow«, macht er dann. »Das riecht richtig gut!« Er sprüht sich direkt noch eine Ladung auf den Hals, und ich muss lachen.

»Diesel dich nicht so ein, Alter.«

Columbo schnauft empört. Durch das ganze Fell ist es schwer zu erkennen, aber er sieht aus, als würde er die Nase rümpfen.

»Du hast doch gesagt, ich soll es richtig testen«, beschwert Grey sich und mustert erneut die Verpackung. »Ist der Duft neu?«

»Keine Ahnung, hat Brooke ausgesucht«, erwidere ich achselzuckend.

Sie wirft mir einen dankbaren Blick zu, den ich ignoriere, um unsere Tarnung nicht auffliegen zu lassen. Im nächsten Moment werden wir beide von Grey in eine Umarmung gezogen. Er ist aufgestanden und schlingt einen Arm um mich, den anderen um Brooke. Dabei klemmt er Columbo auf der Couch ein, der normalerweise mit Sicherheit versucht hätte, eins unserer Gesichter abzulecken, jetzt aber vor Greysens Parfümwolke zu flüchten scheint. Er schnauft wieder und vergräbt die Schnauze zwischen Brooke und dem Sofapolster.

»Danke euch«, murmelt Grey.

»Gerne doch.« Ich tätschle ihm den Rücken und erwische dabei

Brookes Hand, die dasselbe tut. Schnell weiche ich auf Greys Schulter aus.

»Ich glaube fast, das mag ich mehr als mein anderes«, stellt er fest und löst sich wieder von uns. »Vielleicht wird das …«

Er stockt und legt den Kopf schief. Wir schauen ihn nur fragend an.

»Shit, das ist mein Handy! Gleich wieder da.« Er huscht in den Flur, und jetzt höre ich auch, was er meint. Aus Richtung unserer Zimmer ertönt Greys vertrauter Klingelton.

Unsicher schaut Brooke ihm nach. »Meinst du, er mag es wirklich?«, will sie wissen.

Ich grinse sie an. »Glaub mir, sonst hätte er nicht direkt drin gebadet. War eine gute Wahl.«

»Du musst mir dann berichten, ob er es auch wirklich benutzt, wenn ihr wieder in Wellington seid.«

»Ich messe täglich den Milliliterstand«, verspreche ich ihr.

Wir lächeln uns an, und mein Herz macht einen kleinen Satz.

Brooke streicht zögerlich über das letzte Päckchen, das sie wieder auf ihren Schoß gezogen hat. »Ich hab auch was für dich«, gesteht sie. »Also, was Kleines. Es ist mehr ein Quatsch-Geschenk, sorry …«

Das erleichtert mich mehr, als es sollte. »Ich habe mit gar nichts gerechnet«, beruhige ich sie. »Was ist es?«

Sie überreicht es mir, und ich löse vorsichtig den Deckel der kleinen Schachtel. Darin finde ich drei in Watte gepackte glitzernde Hunde-Weihnachtsbaumanhänger.

Völlig überrumpelt starre ich sie an.

»Für deinen nächsten Baum«, sagt Brooke leise. »Du weißt ja jetzt, wie's geht. Das sind übrigens wir.« Sie deutet auf einen hellblau und rosa gescheckten Hund. »Das bin ich. Logischerweise, der Hund sieht einfach am besten aus. Das bist du.« Ihr Finger wandert zu einer Art Berner Sennenhund, der von einem fast pudrigen Glitzer überzogen wird. »Und der Chihuahua ist Grey. Passt doch, oder?«

Meine verdammte Kehle ist wie zugeschnürt. Ich bringe kein Wort heraus.

Ein Scherzgeschenk.

Scheiße …

Vielleicht realisiert Brooke es nicht, aber das hier ist so viel mehr als ein Scherz. Ich fühle mich plötzlich, als würde ich hier wirklich dazugehören. Es ist das vermutlich erste Weihnachten meines Lebens, an dem ich nicht fehl am Platz bin.

Meine Brust wird eng. Meine Augen brennen verdächtig.

»Noah?«, fragt Brooke vorsichtig. »Tut mir leid. Wenn du sie schrecklich findest, kann ich sie auch zurückschicken. Ich dachte … Ich wusste nicht, was ich dir sonst besorgen soll.«

Blinzelnd schaue ich zu ihr hoch und ringe mir ein tonnenschweres Lächeln ab. Wehmut hat sich dick über mein Herz gelegt und zieht dunkle Schlieren auf meiner Seele.

»Die sind genau richtig, Brooke«, bringe ich heiser heraus und stelle die Schachtel vorsichtig beiseite, um sie zu umarmen.

Brooke wirkt erst etwas überrumpelt. Doch dann entspannt sie sich an meiner Brust, legt ihren Kopf auf meine Schulter und schlingt ihre Arme um meinen Körper. »Sicher?«, flüstert sie.

»Ich finde sie verdammt schön«, gestehe ich leise und muss erstickt lachen. »So hässlich sie auch sind …«

Brooke schnaubt belustigt. »Sie müssen hässlich sein, das gehört zur Ästhetik.«

»Stimmt natürlich.« Ich atme tief durch und blinzle die restlichen Tränen zurück, die immer noch gegen meine Augen drücken. Doch obwohl ich es sollte, lasse ich Brooke noch nicht los. Ich halte sie länger als nötig. Fester als geplant. Und sie beschwert sich nicht.

»Grey wird sehr beleidigt sein, dass er der Chihuahua ist«, stelle ich schwach schmunzelnd fest.

»Er kann froh sein«, behauptet Brooke. »Ich habe noch einen Hund im Tutu gefunden. Mit rosa Socken an den Pfoten. Aber der war so hässlich, dass ich es nicht über mich gebracht habe, ihn dir zu schenken.«

Ich muss lachen. »Das wird ihn sicher beruhigen«, scherze ich und lasse sie widerwillig los. Ich sollte die Grenzen zwischen uns nicht überstrapazieren. Auch wenn es verdammt schön ist, sie zu halten.

Brooke mustert mein Gesicht, anscheinend noch immer etwas verunsichert. Doch als ich nun aufstehe und mit der Schachtel zum Baum rübergehe, entspannt sich ihre Miene.

»Hängen wir sie gleich auf?«, schlage ich vor. »Sonst müssen sie ja ein ganzes Jahr auf ihren ersten Einsatz warten.« Auffordernd halte ich ihr den Berner Sennenhund entgegen. »Würdest du mir die Ehre erweisen, mich an deinen Plastikbaum zu hängen?«

Grinsend steht sie vom Sofa auf und kommt zu mir. Sie nimmt mir den Anhänger ab und sucht am Baum nach einer geeigneten Stelle.

Ich beobachte sie dabei, und das kleine Samtsäckchen in meiner Hosentasche fühlt sich mit jeder Sekunde schwerer an. Ich sollte Brooke das Geschenk geben. Sie wird es nicht komisch finden, oder? So bedeutsam ist es nicht. Auch nicht bedeutsamer als verdammte Glitzerhunde. Es fühlt sich nur irgendwie so an. Für mich. Für sie ist es nichts. Nebensächlich. Selbstverständlich. Ich kratze meinen Mut zusammen, öffne den Mund und hole Luft.

»Brooke?«

Ich stocke. Nicht ich habe eben ihren Namen gesagt, sondern Grey. Er hat das Wohnzimmer wieder betreten, doch irgendwas hat sich verändert. Seine Stimme klingt eisig. Seine Miene ist hart.

Brooke hat soeben den Hund an einen Ast gehängt und dreht sich verwirrt zu ihm um. »Was ist?«

In Greysens Gesicht ziehen regelrechte Gewitterwolken auf. Selbst ohne zu wissen, was los ist, kann ich die Katastrophe kommen sehen. Brooke scheint es ähnlich zu gehen. Sie versteift sich und mustert ihren Bruder voller Sorge.

»Das war eben Mum am Telefon«, verkündet er.

Brooke wird leichenblass.

Columbo stellt alarmiert die Ohren auf.

Grey macht einen wütenden Schritt weiter in den Raum hinein und baut sich zu seiner vollen Größe auf. »Warum zum Teufel hast du mir nicht gesagt, dass sie dich rausgeworfen hat?«, donnert er.

brooke

In mir zieht sich alles auf schmerzhafte Weise zusammen. Mein Herz beginnt zu rasen, mein Hals wird eng, und schon jetzt drückt mir verzweifelte Hilflosigkeit die Luft aus den Lungen.

»Grey, ich –«

Ich komme nicht dazu, den Satz zu beenden. Vermutlich ist das besser so. Ich hätte nicht mal gewusst, was ich sagen soll.

»Ich glaub das einfach nicht!«, unterbricht er mich lautstark und baut sich vor mir auf. »Du bist seit über einem Monat hier und sagst mir kein verdammtes Wort?!«

Noah tritt näher an uns heran und legt Grey eine Hand auf die Schulter. »Hey, komm erst mal wieder runter.«

Greysen schüttelt ihn energisch ab und funkelt auch ihn an. »Das geht dich nichts an, Noah!«

Ich schlucke und recke das Kinn. Nach dem ersten Schock schaltet mein Körper nun von ganz allein in den Abwehrmodus. Angriff ist die beste Verteidigung. Zumindest ist das seit einiger Zeit mein Motto. Vermutlich liegt das allerdings daran, dass ich mir gar nicht anders zu helfen wüsste, als die Schuld von mir zu schieben. Ja, es war scheiße von mir, das mit Mum geheim zu halten. Aber das gibt Grey nicht das Recht, mir gegenüber irgendwelche Ansprüche zu stellen. Ich war es ihm nicht schuldig, ihn einzuweihen.

»Ich wusste nicht, wie ich es dir sagen soll«, verteidige ich mich. »Und es ist auch nicht so, als würde es *dich* etwas angehen!«

Greysen entweicht ein Schnauben. »Willst du mich eigentlich ver-arschen?«, spuckt er aus. »Es geht mich nichts an? Du hast gesagt, du bist hier, um zu helfen! Aber in Wahrheit bist du nur gekommen, um deinen verdammten Arsch zu retten! Du hast mich angelogen, Brooke, raffst du das? *Mal wieder!* Ich dachte, ich könnte dir endlich vertrauen! Dass du nicht mehr dieselbe Scheiße abziehen würdest wie früher! Ich hab dir eine Chance gegeben, und was machst du? Du lügst mir verdammt noch mal ins Gesicht!«

Mir jedem Wort wird seine Stimme lauter, seine Miene wutver-zerrter. Grey hält sein Smartphone mit der Faust umklammert, seine Knöchel treten weiß hervor, und jegliche Zuneigung, die eben noch zwischen uns war, hat sich in Luft aufgelöst. Nur weil Mum es nicht lassen konnte, ihre Meinung von mir an ihn weiterzugeben. Nur weil er mich schon wieder von außen betrachtet, statt sich mal damit zu befassen, wer ich wirklich bin.

»Ich bin nicht wie früher!«, schreie ich beinahe und blinzle die Trä-nen weg, die bei diesen Worten in mir hochkommen. Diese Worte müssen wahr sein. Weil ich es nicht ertragen würde, wenn dem nicht so wäre. Ich darf nicht mehr wie früher sein. Ich habe diese Version von mir begraben, mich von ihr gelöst, diesen ganzen Scheiß hinter mir gelassen.

Dachte ich.

»Ach nein?«, keift er. »Und warum wiederholt sich dann dasselbe Muster immer wieder? Warum hat sie dich rausgeschmissen, hm? Was hast du diesmal gemacht?«

Das hat sie ihm also nicht gesagt, die feige Kuh. Natürlich nicht.

»Das geht dich nichts an!«, fauche ich.

Greysens Gesichtsausdruck wird geradezu spöttisch. »Und wie es mich etwas angeht, immerhin willst du jetzt hier wohnen! Also, worauf hab ich mich eingelassen, hm? Was hältst du noch vor mir geheim? Vielleicht solltest du gleich deine Koffer packen, wenn du vorhast, so weiterzumachen! Ich hab deine rücksichtslose Art satt!«

Mein Herz bricht.

Rücksichtslos.

Ja. Das trifft es. Und genau deshalb trifft es mich. »Das ist nicht dein Haus!«, schreie ich trotzdem. Meine Stimme ist mit einem Mal heiser vor Panik. Wenn Greysen mich auch rauswirft, habe ich wirklich keinen Ort mehr, an den ich noch hinkann. Dann bin ich endgültig allein. Klar gibt es noch Kaia und ein paar Kommilitoninnen, die mir Unterschlupf gewähren würden, aber das ist nicht dasselbe. Das ist keine Sicherheit, lediglich ein weniger tiefer Fall. Ich will nicht zu ihnen, ich will zurück zu meiner Familie. Nur will die mich offensichtlich nicht mehr. Ich gehöre nicht mehr dazu. Ich war jung und naiv und habe damals alles versaut.

»Mag sein«, schnaubt Grey. »Aber ich habe gerade die Verantwortung für dieses Haus. Und was meinst du, was Dad zu der Sache sagen wird, wenn ich ihn gleich anrufe? Er wird nicht begeistert sein, das kann ich dir versprechen.«

Meine Sicht verschwimmt. »Fick dich!«, stoße ich aus und drängle mich zwischen ihm und Noah hindurch. Ich spüre Noahs warme Hand an meinem Arm, doch ich schüttle ihn ab und stürme ohne ein weiteres Wort in mein Zimmer. Ich knalle die Tür so fest hinter mir zu, dass die Wände zittern, und fühle mich dabei wieder wie sechzehn. Wieder wie ein hilfloses, missverstandenes Kind. Wieder wie diese Person, die ich doch längst hinter mir lassen wollte.

Auf einmal ist alles wieder da. Ich stecke in einer Erinnerung an damals, die sich so real anfühlt, dass der Schmerz mich beinah in die Knie zwingt.

damals

Mein Atem geht abgehackt. Meine Stimme ist schrill. »Ich ziehe zu Talon!«, höre ich mich schreien. Ganz dumpf nur. Auf meinen Ohren liegt ein weißes Rauschen, das alles zu verschlucken droht.

Mein Vater starrt mich an. Entsetzt. Ungläubig. Nur wütend ist er nicht. Warum ist er nie wütend? Ich verstehe ihn einfach nicht mehr.

»Brooke …«

Sag nicht Ja.

Sag nicht Ja.

Sag nicht Ja.

»Bitte was?«, mischt sich Greysen lautstark ein. Er kommt ins Wohnzimmer gestürmt, sein Gesichtsausdruck rasend vor Wut. Und jedes Mal, wenn ich sein blaues Auge sehe, scheint es noch schlimmer geworden zu sein.

»Greysen, geh zurück auf dein Zimmer.«

»Ich denk gar nicht dran! Hast du gehört, was sie da grade gesagt hat? Nur über meine Leiche ziehst du mit diesem Wichser zusammen.«

»Grey«, warnt Dad ihn.

»Ich weiß, was ich gesehen hab, Dad! Und es reicht mir, verdammte Scheiße! Wenn du der Sache kein Ende setzt, mach ich es eben!«

Erleichterung und Selbsthass rollen über mich hinweg, verbinden sich zu einer klebrigen Masse, die mich langsam erstickt. Ich will nicht. Ich will das nicht sagen, verdammt. Aber ich muss. Weil ich nicht weiß, was ich anderes machen soll. Weil es zu spät ist, um normal darüber zu reden. Weil ich nur noch gehört werde, wenn ich schreie.

»Schön!«, brülle ich meinen Bruder an. »Dann ziehe ich eben zu Mum! Hauptsache, ich muss nicht hierbleiben! Ich hasse dich, und ich halte es hier keine Sekunde länger aus!«

brooke

Tief atme ich durch, versuche, die Erinnerung an damals abzuschütteln, sie ein für alle Mal aus meinem Kopf zu vertreiben.

Scheiße.

Ich habe nicht geheult, als Mum und ich uns in den letzten zweieinhalb Jahren wieder und wieder gestritten haben. Auch nicht, als sie mich rausgeworfen hat und ich mit meinem gesamten Leben in einem einzigen Koffer vor der Haustür einer Freundin stand. Ich habe nicht geheult, als Grey sich als derselbe engstirnige, unempathische Arsch wie damals herausgestellt hat. Ich habe nicht geheult, seit ich beschlossen habe, nie wieder so schwach zu sein wie damals.

Aber jetzt kann ich die Schluchzer nicht mehr zurückhalten. Sie brechen unaufhaltsam aus mir hervor, reißen die Kontrolle über meinen gesamten Körper an sich. Ich sperre die Tür ab, rolle mich zitternd und weinend auf meinem Bett zusammen und ziehe mir die Decke über den Kopf.

Es ist doch nicht meine Schuld, verdammte Scheiße. Ich kann nichts dafür.

Nur …

Irgendwie eben doch. Weil ich nicht so bin, wie sie mich gern hätten. Und es ist egal, dass ich nichts dafürkann, wie ich geworden bin. Dass ich so bleibe – das ist mein großer Fehler.

Ich blinzle gegen durchdringende Dunkelheit an. Einen Moment lang weiß ich nicht, wo ich bin. Dann dämmert es mir. Ich muss irgendwann eingeschlafen sein. Desorientiert reibe ich mir die Augen, setze mich auf und knipse meine Nachttischlampe an. Ich bereue es sofort. Das helle Licht blendet mich. Mein Kopf tut furchtbar weh, und mein Mund ist trocken, beides vermutlich vom vielen Heulen. Wann bin ich überhaupt eingeschlafen? Und wie spät ist es?

Stöhnend taste ich meine Hosentaschen nach meinem Smartphone ab und schaue aufs Display. Zwei Uhr nachts und drei neue Nachrichten von Noah. Nichts von Grey. Natürlich. Ich bin doch die Böse, warum sollte *er* sich für irgendwas entschuldigen?

Die Erinnerung an unseren Streit legt sich direkt wieder schwer in meine Magengrube. Er wird es Dad erzählen. Dann wirft der mich vielleicht auch raus. Auch wenn er sich bei meinen Besuchen nichts hat anmerken lassen, weiß ich, dass er ebenfalls enttäuscht von mir ist. Und wer weiß, wann ihm der Geduldsfaden reißt. Wann auch er entscheidet, dass er mir nicht mehr verzeihen kann.

Ich wollte die Beziehung zwischen uns kitten, und stattdessen habe ich sie hoffnungslos ruiniert.

Okay, jetzt nicht wieder heulen. Es wird schon wieder. Irgendwie …

Ich schlucke schwer und öffne Noahs Nachrichten. Sie sind erst eine Stunde alt.

> Ich hab dir ein paar Snacks vor die Tür gestellt.

> Grey schläft schon, aber ich dachte, falls du aufwachst und nicht aus dem Zimmer willst …

> Sag, wenn du was brauchst.

In meiner Brust wird es nur noch enger. Aber diesmal auf eine schöne Weise. Weil ich nicht ganz so allein bin, wie ich dachte.

Wenigstens Noah ist irgendwie auf meiner Seite. Oder laut eigener Aussage ja auf keiner.

Mir egal. So oder so – er scheint mich noch nicht zu verurteilen. Und das bedeutet mir viel.

Bist du noch wach?

Ich starre auf unseren Chat, doch von Noah kommt kein Lebenszeichen. Das ist dann wohl ein Nein. Vermutlich hat er die Nachricht geschickt, als er ins Bett gegangen ist. Ich hingegen bin jetzt hellwach, weil ich schon so lange geschlafen habe.

Missmutig rapple ich mich aus dem Bett auf und öffne meine Zimmertür einen Spaltbreit. Auf dem Flur ist es dunkel, doch ich finde tatsächlich ein kleines Tablett auf dem Fußboden. Noah hat mir Kekse, eine Packung Chips, Obst und sogar eine Dose Limonade hingestellt. Wie süß ist er bitte?

Ich nehme mir die Limo sowie die Kekse und schleiche damit zur Haustür. Keine Ahnung, was ich die nächsten paar Stunden machen soll. Ich könnte auf meinem Tablet einen Film schauen und dabei versuchen, nicht wieder zu heulen. Oder ich mache einen Spaziergang. Ob ich Columbo wach kriege? Ich kann ihn in der Dunkelheit des Wohnzimmers zwar nur schemenhaft erkennen, aber ich höre sein Schnarchen. Er schläft tief und fest in seinem Körbchen neben dem Sofa.

Nein, das wäre fies. Er hat sich seinen Schlaf verdient. Allein will ich aber nicht gehen.

Am besten ich schnappe erst mal ein bisschen frische Luft auf der Veranda. Danach kann ich hoffentlich mit klarerem Kopf noch mal darüber nachdenken, wie ich es bis zum Morgen durchstehe.

Leise öffne ich die Tür und trete nach draußen. Es ist kühler, als ich dachte, aber immer noch angenehm. Die Luft ist feucht und duftet nach Tau und dem nahen Ozean. Ich atme tief ein.

»Nicht erschrecken.«

Ich zucke so heftig zusammen, dass mir beinahe die Limodose herunterfällt. Mit rasendem Puls wirble ich herum. Das Licht ist aus, aber im schwachen Mondlicht erkenne ich eine Gestalt, die auf einem der Verandastühle sitzt. Diese Stimme …

»Noah?«, flüstere ich atemlos.

»Du hast dich ja doch erschreckt«, murmelt er belustigt.

Statt sich nach dem Schock wieder zu erholen, beschleunigt mein Herzschlag nur noch mehr. Ich war nicht darauf vorbereitet, ihm zu begegnen.

Allmählich gewöhnen sich meine Augen an die Dunkelheit, und ich trete auf Noah zu. Er trägt noch dieselben Klamotten wie heute Nachmittag, seine Haare fallen ihm zerzaust ins Gesicht. War er noch gar nicht im Bett?

Zögerlich lasse ich mich auf den Stuhl neben ihm sinken und mustere ihn von der Seite. »Was machst du hier draußen?«

Er zuckt mit den Schultern. »Konnte nicht schlafen.«

»Ah«, mache ich überfordert.

Auf Anhieb weiß ich nicht, was ich noch sagen soll. Normalerweise habe ich mehr Zeit, um mich auf Gespräche mit ihm einzustellen und meine Gefühle etwas zu ordnen. Aber Letzteres ist gerade ziemlich hoffnungslos. Ich knibble am Verschluss der Limodose herum, um ihm nicht ins Gesicht sehen zu müssen. »Ich auch nicht«, gestehe ich. »Nicht mehr zumindest.«

»Ich hab mich schon gefragt, ob du eingeschlafen bist oder einfach keine Gesellschaft willst.« Er sagt es ganz ohne Wertung. So als wäre beides in Ordnung gewesen.

»Ersteres«, versichere ich ihm leise. »Übrigens danke für die Verpflegung.«

Noah atmet tief durch. »Nichts zu danken. Ist wohl das Mindeste, nachdem ich vorhin nur nutzlos danebenstand, während ihr gestritten habt.«

Ich schüttle den Kopf, stelle die Limo auf dem kleinen Tisch vor mir ab und öffne die Kekspackung. »Grey hätte auch vor dir nicht haltgemacht«, murmle ich, nehme mir einen heraus und halte die Schale Noah hin.

»Nein danke«, sagt er leise. »Und es tut mir trotzdem leid. Das war einfach keine schöne Situation.«

»Ich schätze, ich bin selbst schuld«, gebe ich leise zu bedenken und knabbere an dem Keks. »Ich hätte ihm ja die Wahrheit sagen können.«

»Hättest du«, bestätigt er. »Aber ich kann mir denken, warum du das nicht getan hast. Wenn man mit so einer Reaktion rechnet, ist das nicht gerade etwas, was man mal nebenbei am Frühstückstisch erwähnt.«

»Kann sein«, murmle ich frustriert. »Keine Ahnung …«

Noah beobachtet mich. Im Dunkeln wirkt sein Gesicht nachdenklich. Vermutlich wird er ebenso wenig schlau aus meinen Antworten wie ich selbst.

Ganz ehrlich, ich weiß auch gar nicht, was ich eigentlich denke. Ich bin sauer auf Grey, sauer auf Mum, sauer auf mich selbst. Wer genau ist jetzt eigentlich schuld? Alle? Oder doch nur ich?

»Warum hat sie dich rausgeworfen?«, will Noah leise wissen.

Mir entweicht ein Schnauben. Ich recke das Kinn und fasse an meinen goldenen Nasenring.

»Wegen des Piercings?«, fragt er ungläubig.

»Jep.«

»Nicht dein Ernst.«

»Sie findet, ich sehe damit billig aus. Und meine Klamotten passen ihr nicht. Oder dass ich mit meinen Kommilitoninnen feiern gehe. Immer wenn ich über Nacht weg war, hat sie einen Riesenaufstand gemacht. Aber wehe, ich bringe einen One-Night-Stand stattdessen mit nach Hause. Das war eine Todsünde.«

Selbst in der Dunkelheit erkenne ich Noahs Stirnrunzeln. »Du bist doch erwachsen.«

»Ja. Aber eben nicht so, wie sie sich das vorgestellt hat. Kein braves Mädchen, das seine Uni mit perfektem Schnitt abschließt und sich Sex für nach der Ehe aufhebt.«

»Und deswegen setzt sie dich auf die Straße? Was ist das denn für eine Mutter?«

Ich seufze. »Sie hat mir immerhin angeboten, zu bleiben, bis ich eine Wohnung habe. Aber das wollte ich nach dem Streit neulich nicht mehr. Ich habe einfach keine Lust mehr auf diese permanente Verurteilung, weißt du, was ich meine?«

»Nur zu gut«, erwidert er leise. »Es ist immer scheiße, wenn Leute einen nicht so sehen können, wie man ist.«

Fragend hebe ich die Brauen. »Was war es bei dir?«

Er schüttelt abwehrend den Kopf.

»Ach komm, mir kannst du es sagen. Wenn Grey mich rausschmeißt, sehen wir uns sowieso nie wieder«, scherze ich.

Noah verzieht das Gesicht. »Grey wird dich nicht rausschmeißen, Brooke. Gib ihm einfach ein bisschen Zeit. Er beruhigt sich wieder, und dann könnt ihr darüber reden.«

Mein Herz wird schwer. »Irgendwie glaube ich das nicht mehr. Er sieht es genauso wie sie, weißt du? Mich, meine ich. Es hat ihm nie gepasst, dass ich nicht die brave kleine Schwester war, die er sich gewünscht hat. Er war noch nie dazu in der Lage, mir entgegenzukommen. Das war schon immer unser Problem. Vielleicht war es eine Scheißidee, hierherzukommen.«

Noah seufzt und schweigt eine Weile. Ich breche ein Stück von meinem Keks ab, esse es aber nicht. Irgendwie ist mir der Appetit vergangen.

»Ganz schön kompliziert zwischen euch, kann das sein?«, meint er schließlich.

»Scheidungskinder eben«, scherze ich halbherzig und ernte ein müdes Schmunzeln von ihm.

»Hm.«

»Warum konntest du nicht schlafen?«

»Ach …« Er wendet das Gesicht ab und lässt das Wort ausklingen, ohne sich zu erklären.

Ich muss wieder an heute Nachmittag denken. Noah wurde so emotional, als ich ihm das Geschenk gegeben habe. Und wenn ich so darüber nachdenke, wirkt er schon seit ein paar Tagen ziemlich beklommen. »Ist alles okay?«, will ich wissen.

»Ja«, behauptet er sofort, schüttelt aber gleichzeitig den Kopf.

»Schon gut«, rudere ich zurück. »Du musst nicht drüber reden.«

Er wirft mir einen unsicheren Blick zu und schluckt. »Weihnachten ist einfach nicht mein Fest.«

»Wieso nicht?«, hake ich vorsichtig nach. Eben meinte er, er könne meine Gefühle nur zu gut nachvollziehen. Heißt das …? »Hast du auch Stress mit deiner Familie?«

»Nein, Brooke«, sagt Noah leise. »Ich habe keine.«

Gänsehaut kriecht mir über die nackten Arme. »Keine Familie?«

»Jep.«

Ich zögere. Sofort fühle ich mich schlecht, weil ich offensichtlich in ein riesiges Fettnäpfchen getappt bin. Trotzdem kann ich es nicht dabei belassen. »Wieso nicht?«, frage ich verwirrt.

Noah hebt beide Mundwinkel, doch es will kein Lächeln daraus werden. Er sieht traurig aus. Und noch nie habe ich ihn weniger gern angeschaut. »Ich bin Vollwaise«, erklärt er.

»Oh«, bringe ich heraus, doch die Worte brauchen einen Moment, um zu mir durchzusickern. Er … was? »Tut mir leid. Ich wusste nicht …«

»Schon gut«, versichert er mir. »Wie auch, ich hab ja nicht darüber geredet. Wobei ich ehrlich gesagt erwartet hätte, dass Grey es dir erzählt. Oder es zumindest mal andeutet.«

»Das ist ihm wohl entfallen«, bemerke ich schnaubend.

Noah erwidert nichts. Er greift nur schweigend nach der Kekspackung auf meinem Schoß und nimmt sich doch einen heraus.

»Also wenn du keine Familie hast … bist du im Heim aufgewachsen?«, frage ich vorsichtig.

»Heim, Pflegefamilien, betreutes Wohnen … Ich glaube, ich habe alles durch, was das System zu bieten hat.«

»Scheiße«, murmle ich.

»Kann man so sagen. Vor dir sitzt ein offizielles Problemkind.«

Mir entweicht ein ungläubiges Schnauben. »Du? Der Moralapostel?«

Er zuckt mit den Schultern. »Wenn Kinder sich hilflos fühlen, bauen sie ganz schön viel Mist.«

Meine Brust wird eng. »Wem sagst du das ...«

Sein Mundwinkel hebt sich kaum merklich. »Stimmt ja. Aber deshalb konnte ich Weihnachten irgendwie nie so viel abgewinnen. Dieses familiäre Geborgensein gab es für mich einfach nicht.« Er atmet aus, und es klingt verbittert. »Vielleicht musste ich deswegen fast heulen, als du mir vorhin diese hässlichen Hunde geschenkt hast.«

Ich muss schlucken. Er hat fast geweint deswegen? Das war mir nicht bewusst. »Sicher, dass es nicht am Faktor Hässlichkeit lag?«, hake ich scherzhaft nach.

Noah schüttelt den Kopf. »Ganz so leicht kriegt man mich dann doch nicht zum Weinen.« Ich kann das Schmunzeln aus seiner Stimme hören, und mir wird wärmer ums Herz. Gleichzeitig flattern Schmetterlinge in meiner Magengrube los.

»Also mochtest du sie wirklich?«, versichere ich mich.

»Kaum zu glauben, aber ja«, raunt er. »Ich werde deine hässlichen Hundeanhänger in Ehren halten, so viel ist sicher.«

Meine Kehle wird eng. »Gut«, flüstere ich.

Es war als Scherzgeschenk gedacht. Aber letztendlich habe ich mehr über diese verfluchten Hunde nachgedacht als je über irgendein anderes Geschenk. Ich habe Stunden damit verbracht, das Internet zu durchforsten und drei passende Anhänger herauszusuchen. Gut, der für Greysen war schnell gefunden. Und auch mein eigener, immerhin war der eine ziemlich intuitive Entscheidung. Aber der für Noah ... Das war eine Herausforderung.

Ich wollte etwas, das perfekt zu ihm passt. Was ein bisschen unmöglich klingt, wenn man bedenkt, dass es sich um verdammte Glitzerhunde handelt. Aber der Berner Sennenhund war genau richtig. Ein Rettungshund. Weil es sich anfühlt, als hätte auch Noah mich hier ein bisschen gerettet. Er strahlt Sicherheit aus. Wärme. Herzlichkeit. Er ist einfach eine treue Seele. Und als ich das Geschenk schließlich bestellt hatte, habe ich mir eine Woche lang Sorgen darüber gemacht, ob ich es ihm wirklich geben soll oder doch wieder zurückschicke. Offenbar habe ich die richtige Entscheidung getroffen.

Noah räuspert sich und richtet sich ein wenig in seinem Stuhl auf. Er scheint etwas aus seiner Hosentasche zu holen. »Ich hab auch noch was für dich …«

Neugierig recke ich den Hals. »Was denn?«

»Freu dich nicht zu früh, es sind keine hässlichen Christbaumanhänger.«

Belustigt verdrehe ich die Augen, auch wenn er das in der Dunkelheit vermutlich nicht sieht. »Wäre auch zu schön gewesen.«

Noah überreicht mir ein kleines schwarzes Samtsäckchen, und mein Herz beginnt wieder, schneller zu schlagen. Er hat mir echt etwas gekauft? Ein … *richtiges* Geschenk?

Ehrfürchtig streiche ich mit den Fingern darüber. »Du hättest mir nichts schenken müssen. Ich hab gar nichts Richtiges für dich, sonst hätte ich …«

»Mach es einfach auf, Brooke«, fordert er sanft.

»Kannst du halten?« Ich mache meine Handytaschenlampe an und reiche ihm mein Smartphone. Dann löse ich zögerlich den Knoten des Säckchens und lasse den Inhalt in meine Handfläche rutschen.

Mir kommt eine dünne goldene Kette entgegen, an der in regelmäßigen Abständen kleine runde Metallplättchen befestigt sind. Sie sind unterschiedlich groß, und manche von ihnen haben eine leicht wellige Oberfläche. Das Metall ist noch warm von Noahs Körperwärme, und ich schließe ehrfürchtig die Finger darum.

»Die ist wunderschön«, flüstere ich.

Aus dem Augenwinkel sehe ich ihn mit den Schultern zucken. »Ich dachte, sie passt zu deinem Nasenring«, erklärt er. »Der dir übrigens verdammt gut steht. Diese Aussage wiederhole ich gerne bei Gelegenheit vor deiner Mutter.«

Ich schaue zu ihm hoch. Und als ich sehe, wie ernst sein Gesicht ist, schiebe ich kurzerhand die Kekspackung von meinem Schoß, stehe auf und umarme Noah. Diesmal bin ich es, die aufpassen muss, nicht zu weinen. Weil er es trotz all der Scheiße, die momentan in meinem

Leben los ist, irgendwie schafft, dass ich mich geborgen fühle. »Du bist süß«, flüstere ich an seinem Ohr. »Danke, Noah.«

Er atmet hörbar ein. Das Licht meiner Handytaschenlampe wird gedämpft, als er es anscheinend auf dem Tisch ablegt. Noah schlingt seine Arme um meine Mitte, und dann … lassen wir uns einfach nicht mehr los.

Eine gefühlte Ewigkeit stehe ich halb gebückt vor ihm, atme seinen vertrauten Duft ein und versuche, ihm so nah zu sein, wie es in dieser Position möglich ist. Ich will mich nicht mehr von ihm lösen. Die Welt ist so viel besser, wenn er mich im Arm hält.

Noah streicht mir zögerlich über den Rücken. »Setz dich schon her«, fordert er schließlich leise und zieht mich auf seinen Schoß.

Das lasse ich mir nicht zweimal sagen. Ich schlinge meine Arme enger um seinen Nacken und kuschle mich an seine Brust. Zögerlich lehne ich den Kopf an seine Schulter, und meine Nasenspitze streift seinen warmen Hals.

»Du bist kalt«, raunt er mir ins Ohr.

»Und du bist warm«, erwidere ich zufrieden.

»Hm«, macht er nur leise und reibt mir über die nackten Arme.

Ich umklammere die Kette zwischen meinen Fingern fester. Meine Kehle ist eng, aber ich kann mich nicht davon abhalten, die Worte auszusprechen, die mir auf der Zunge liegen. »Ich bin froh, dass du da bist, Noah«, sage ich ehrlich.

Sein Körper spannt sich bei diesen Worten kaum merklich an, doch er lässt mich nicht los. Im Gegenteil. Er umarmt mich fester, und die Schmetterlinge, die eben in meiner Magengrube losgeflattert sind, scheinen jetzt von innen gegen meinen Brustkorb zu trommeln.

»Ich bin auch froh, dass du da bist, Brooke«, murmelt er mit rauer Stimme. Sein Atem streift meine Schläfe, und ich erschaudere. Mein Mund wird trocken.

Ich würde Noah jetzt gern küssen. Alles in mir zieht mich näher zu ihm. Wie kann man sich bei einem Menschen nur so wohlfühlen? So geborgen, so akzeptiert?

O Mann … So war das nicht geplant.

Statt mich ihm weiter zu nähern, winde ich mich ein wenig aus seinem Arm und halte ihm die Kette entgegen. »Machst du sie mir um?«, frage ich.

Er lächelt. Und obwohl ich seine grünen Augen in der Dunkelheit nicht genau sehen kann, entfacht sein Blick ein Schwelen in meinem Inneren.

Arme Schmetterlinge.

Gleich werden sie gegrillt.

Noah legt mir die Kette um den Hals. Seine warmen Fingerspitzen streifen dabei meinen Nacken und verursachen noch mehr Gänsehaut. Gänsehaut überall. Und Sehnsucht überall.

Als er fertig ist, lehnt er sich zurück und mustert mich prüfend. »Steht dir«, stellt er grinsend fest und legt seine Hand entspannt auf meinen Oberschenkel, als wäre nichts dabei. Als wäre es ganz normal, dass wir uns so berühren. Dass wir uns so nah sind. Dass ich innerlich verbrenne, weil ich mehr will.

Und ich wünschte, das wäre es. Ich möchte Noah immer so nah sein können.

O Gott …

Hatte Kaia doch recht? Bitte nicht.

»Muss ich dich morgen weiter mit Nahrung versorgen?«, fragt Noah scherzhaft. »Oder wirst du dich Grey stellen?« Ich glaube, er hat den Stimmungswechsel zwischen uns auch bemerkt. Und jetzt versucht er, es zu retten. Umso besser. Wenigstens er behält den Kurs bei.

»Ich kann ihm ohnehin nicht lange aus dem Weg gehen«, stelle ich verdrossen fest. »Besser, ich bringe es hinter mich.«

»Ich bin da, falls du Unterstützung brauchst«, erinnert er mich. »Du weißt ja, wo du mich findest. Und notfalls höre ich euch schreien, denke ich mal.«

»Wenn du uns schreien hörst, ist es vermutlich zu spät.«

»Na ja, ich könnte zumindest noch die Leichen entsorgen, bevor euer Blut den Parkettfußboden ruiniert.«

Ich stoße ihn in die Seite und lache auf. »Am Ende wanderst du für einen angeblichen Doppelmord in den Knast.«

»Bei euch lebt man eben gefährlich. Ich lasse mich auf das Risiko ein.«

Ich kann nicht mehr aufhören zu lächeln. Diese Unterhaltung mit Noah tut gerade so gut, dass ich beinahe vergesse, wie ernst die Sache mit Greysen und mir ist. »Ich denke, ich komme mit Grey klar, sobald er sich ein bisschen beruhigt hat. Hoffe ich zumindest. Und solang habe ich ja dich, um nicht zu vereinsamen.«

»Und Columbo«, stimmt er mir zu. »Wir passen schon auf, dass es dir gut geht. Spielen abwechselnd UNO mit dir und teilen unsere Mahlzeiten. Möchtest du das Hundefutter zum Frühstück oder zum Abendessen?«

Ich muss lachen. »Columbo kann kein UNO spielen, Noah.«

»Nur weil er ein Hund ist, musst du ihn nicht gleich unterschätzen.«

»Ich bin mir ziemlich sicher, dass er farbenblind ist. Aber mal abgesehen davon hat er so viel Fell vor den Augen, dass er die Karten nicht mal sehen würde.«

»Na und, macht das Spiel interessanter.«

Ich muss grinsen. »Danke«, hauche ich und lege den Kopf wieder gegen Noahs Schulter. Er lehnt seine Wange an meine Stirn, und ich spüre sein stoppeliges Kinn an meiner Schläfe.

Das Bedürfnis, sein Gesicht vor meines zu ziehen und ihn zu küssen, ist jetzt beinahe unerträglich. Doch ich reiße mich zusammen.

»Musst du nicht bald schlafen?«, frage ich unsicher. Ich will zwar nicht, dass er mich allein lässt, doch im Gegensatz zu mir hat er nicht den ganzen Abend durchgepennt.

»Theoretisch«, murmelt er. »Aber ich leiste dir noch ein bisschen Gesellschaft, wenn das okay ist. Mein Kopf ist immer noch ziemlich voll.«

Ich muss schlucken. »Das ist mehr als okay. Meiner auch …«

»Ist er doch immer«, behauptet Noah. »Nur meistens mit sehr unanständigen Sachen.«

Mir entweicht ein Schnauben. »Provozier mich nicht«, warne ich ihn.

»Sorry.« Er schlingt seine Arme wieder um meinen Körper. »Ich halte meine Klappe.«

»Ja, Noah, reiß dich mal zusammen«, ziehe ich ihn halbherzig auf und kuschle mich noch ein wenig enger an seine Brust. Ich schließe die Augen und lausche auf Noahs Atem.

Irgendwie fühle ich mich von ihm so verstanden wie von kaum jemandem sonst. Womöglich sind wir uns einfach ein bisschen ähnlich, die Problemwaise und das missverstandene Scheidungskind. Denn auch wenn wir grundlegend völlig verschieden aufgewachsen sind, haben wir doch etwas gemeinsam. Wir wussten nie so richtig, wo unser Platz ist. Wo wir eigentlich hingehören. Und vielleicht fühle ich mich bei ihm deshalb so wohl.

Wir sind gemeinsam verloren, und das wiederum fühlt sich gar nicht mehr verloren an.

Ergibt das Sinn? Keine Ahnung. Vielleicht suche ich auch nur nach Ausreden, um Noah mehr zu mögen, als gut für mich ist.

Aber brauche ich die überhaupt? Es ist eben so. Was bringt es, es zu leugnen? Gefühle brauchen keine Erklärung. Und manchmal ist das Schicksal merkwürdig. Denn wer hätte gedacht, dass ausgerechnet mein engstirniger Bruder mir einen Menschen wie Noah vor die Füße spült?

noah

Brooke trägt die Kette.

Jeden. Verdammten. Tag.

Und ich kann nicht aufhören, mich zu fragen, warum. Aus Höflichkeit? Weil sie sie hübsch findet? Oder weil sie ihr etwas bedeutet? Was davon mir lieber wäre, kann ich nicht mit Sicherheit sagen.

In den Tagen seit Weihnachten sind wir noch enger zusammengewachsen. Brooke hat angefangen, sich an sämtliche meiner Aufgaben dranzuheften. Wahrscheinlich, damit sie möglichst wenig Zeit mit Greysen verbringen muss. Schon wieder gehen sich die beiden nur aus dem Weg, statt einfach mal miteinander zu reden. Es raubt mir den letzten Nerv, wirklich, wobei ich es aus Brookes Perspektive gut nachvollziehen kann. Greysens Sturheit jedoch weckt in mir das Bedürfnis, ihn an den Schultern zu packen und zu schütteln.

Ich verstehe nicht, warum er die Sache so zwischen ihnen im Raum stehen lässt. Er könnte Brooke wenigstens fragen, was eigentlich zwischen ihr und ihrer Mum los war. Oder ihr mal versichern, dass sie nicht jeden Moment ihre Koffer packen muss, nachdem er ihr lautstark mit dem Rausschmiss gedroht hat. Dass er das überhaupt getan hat, macht mich so wütend.

Brooke fühlt sich hier nicht mehr sicher, das merkt man ihr an. In Greys Gegenwart bewegt sie sich wie ein Schatten, immer darauf bedacht, ja nicht aufzufallen.

Das ist nicht mehr Brooke, verdammt.

Die echte Brooke ist laut, selbstsicher und nimmt alles mit einem Augenzwinkern. Sie ist gut so, wie sie ist. Und so gern ich Grey auch habe, ich verstehe allmählich nicht mehr, was eigentlich mit ihm los ist. In den zwei Jahren, die wir uns jetzt kennen, habe ich ihn nie so erlebt. Seine Schwester ist für ihn offensichtlich ein wunder Punkt, und das bringt Seiten an ihm zum Vorschein, die ich lieber nicht entdeckt hätte. Seiten, die ganz schön unfair sind und nichts mehr mit dem verständnisvollen, einfühlsamen Typen zu tun haben, der mich so lange zusammengehalten hat.

Scheiße, ich wollte mich bei den beiden nicht einmischen. Aber täglich wächst mein Bedürfnis, mal ein ernstes Wort mit Greysen zu reden. Besonders in Momenten wie diesen, in denen Brooke mir wieder als sie selbst gegenübersteht und mir umso schmerzhafter bewusst wird, wie sehr sie sich für ihn verbiegt. Eben ist sie zu mir ins Zimmer gekommen und sitzt jetzt mit schwingenden Beinen auf meinem Schreibtisch, während ich auf dem Bett meine Wäsche zusammenlege.

»Du kommst doch trotzdem mit?«, fragt sie hoffnungsvoll.

»Und was macht Grey dann?«, erwidere ich.

Greysen hat uns beim Abendessen unterbreitet, dass er nicht mit zur heutigen Silvesterfeier im King Edward Park kommt. Als Ausrede hat er Columbo und das Feuerwerk vorgeschoben, aber das ist erst um zwölf. Wir könnten problemlos vorher wieder nach Hause.

Das nervt mich nur noch mehr. Wenn Brooke schon auf ihn zugeht und ihn extra einlädt, obwohl er so ein Arsch zu ihr war … *Sturer Bock. Ehrlich.*

»Keine Ahnung, aber das ist doch nicht dein Problem«, beschwert Brooke sich. »Dann soll er eben allein hier rumsitzen, und wir haben ohne ihn Spaß. Es ist seine freie Entscheidung. Und du hattest mir zugesagt, schon vergessen?«

»Kaia ist doch auch da«, weiche ich aus. Eigentlich möchte ich gern mit Brooke zu dieser Party. Aber ich habe trotzdem ein schlechtes Gewissen Grey gegenüber, immerhin hat er mich in den letzten Jahren immer an Silvester mit zu seinen Freunden genommen, damit ich nicht allein bin.

Andererseits habe ich keine Lust, mit *ihm* allein zu sein. Zwischen uns ist die Stimmung auch eher mäßig. Ich glaube, es stört ihn, dass ich mich in dieser ganzen Sache nicht klar hinter ihn stelle, sondern Brooke regelmäßig in Schutz nehme.

»Ich will aber mit dir hin«, sagt Brooke leise und verschränkt die Arme vor der Brust. »Bitte? Ich mache diesmal auch nicht mit Fremden rum, versprochen.«

Wenngleich mich diese Aussage erleichtert, verdrehe ich die Augen. »Du kannst rummachen, mit wem du willst.«

Ich würde es nur bevorzugen, wenn sie es lässt …

»Ich geb dir auch einen Cocktail aus«, versucht sie es jetzt anders.

»Ehrlich gesagt trinke ich nicht so gern Alkohol.«

»Okay. Dann alkoholfrei? Was zu essen? Biiiiitte, Noah!«

Seufzend schaue ich zu ihr rüber. »Warum ist dir das so wichtig?«

Brooke lässt die Arme sinken und zuckt mit den Schultern. Sie fesselt mich mit ihren grauen Augen, und ich komme mal wieder nicht darüber hinweg, wie schön sie ist. Warum will sie unbedingt mit mir dahin? Wir sind Freunde, aber … nicht mehr. Oder?

»Kaia hat auch lauter Freundinnen aus der Schule eingeladen«, gesteht sie. »Aber ich bin vor dem Abschluss weggezogen und habe überhaupt keinen Bezug mehr zu denen. Keine Ahnung … ich hab einfach Angst, dass es komisch wird.«

»Ah«, mache ich belustigt und überspiele damit meine Enttäuschung. »Ich bin dein Notfall-Back-up.«

»Nein, du bist mein Safe Space«, behauptet sie, ohne mit der Wimper zu zucken, und in meiner Brust wird es eng. Das hat mir noch nie jemand gesagt – weder im wörtlichen noch im übertragenen Sinne. Ich bin nicht der Typ, der Sicherheit oder gar Stabilität ausstrahlt. Eher der, bei dem sich alle immer einig waren, dass er nichts als Chaos verursachen kann.

Schon komisch, wie Brooke es immer wieder schafft, mich mit so was zu überrumpeln. Man könnte fast meinen, sie hätte irgendeinen

Wahrnehmungsfehler, der dafür sorgt, dass sie mich so anders sieht als der Rest der Welt.

Mein erster Impuls ist es, ihr zu widersprechen. Aber ich diskutiere nicht gern mit ihr. Und auch wenn ich ihre Worte nicht glaube, genieße ich jetzt, wie sie weiterhin zwischen uns in der Luft hängen.

»Na gut«, höre ich mich sagen. Letztendlich steht Brooke hier vor mir und bittet mich, mit ihr zu feiern, während Grey sich nur schweigend in sein Zimmer verzogen hat. Hätte er mich genauso um Gesellschaft gebeten wie sie, hätte ich vielleicht länger darüber nachgedacht. So hingegen ist klar, wer mich heute lieber bei sich haben will. »Aber du wirst mich den Abend über nicht los, ich hoffe, das ist dir klar. Ich will nicht irgendwann bei Fremden abgestellt werden, wenn du doch allein klarkommst.«

»Möchtest du Partneroutfits, damit jeder weiß, dass wir zusammengehören?«, zieht sie mich auf. »Ich hätte noch so ein Crop Top, das würde dir sicher stehen.«

»Ich will dir nicht die Show stehlen«, erwidere ich feixend. »Ich behalte einfach das hier an, und du und dein Bauchnabel genießen das Rampenlicht.«

Brooke lässt den Blick über meine Jeans und die ausgewaschene schwarze Sweatjacke schweifen, dann nickt sie fachmännisch. »Auch gut. Ich glaube, du ziehst so oder so genug Aufmerksamkeit auf dich.« Bevor ich fragen kann, was sie damit meint, stößt sie sich vom Schreibtisch ab und wendet sich der Tür zu. »Gehen wir in einer halben Stunde?«

»Klingt gut.« Ich verkneife es mir, doch noch auf den Kommentar eben einzugehen. Sie flirtet nicht, sie hat mir lediglich ein Kompliment gemacht. Trotzdem kribbeln meine Finger, und mein Herz schlägt unerwartet schneller. Das muss wirklich aufhören. Seit Weihnachten fühlt es sich an, als wäre Brooke immerzu, mit jedem Wort und jedem Atemzug, viel zu nah an meinem Herzen. Und ich kriege sie da einfach nicht mehr weg.

Es scheint, als hätte sich ganz Hāwera im Park versammelt, um gemeinsam das neue Jahr zu feiern.

Lichterketten hängen zwischen den Bäumen, Stände mit Essen und Getränken wurden aufgebaut. Auf manchen Flächen reihen sich Tische und Stühle aneinander, auf anderen spielt laute Musik. Mir wird schnell klar, dass sich die Menge hier entzweispaltet. Auf der einen Seite feiern die Familien und die ältere Generation ein besinnliches Silvester, auf der anderen ist Party angesagt.

Wir finden Kaia und ihre Freunde an einer Cocktailbar. Sie trägt tiefblauen Glitzerlidschatten und ein dazu passendes Paillettentop, was sie aussehen lässt wie ein Model kurz vor einem Fotoshooting. Der Kontrast zu Brooke, die ungeschminkt und in Jeans hergekommen ist, ist extrem. Trotzdem umarmen sich die beiden fest zur Begrüßung, und ich ernte ein freundliches Lächeln von Kaia. Zum Glück flirtet sie längst nicht mehr mit mir. Das wäre mir in Brookes Gegenwart noch unangenehmer als ohnehin schon.

»Wo ist Grey?«, will sie wissen und schaut sich suchend um. »Ich dachte, er kommt auch mit?«

»Hat sein Festtagsoutfit nicht gefunden«, murmelt Brooke.

Kaia und ich tauschen einen Blick. Ich glaube, sie macht sich wegen der beiden ebenso Sorgen wie ich, aber offenbar weiß sie auch nicht, was sie dazu sagen soll.

»Also wie immer«, erwidert sie nur scherzhaft.

Brooke zuckt mit den Schultern. »Wo sind die anderen?«

»Da vorne auf der Wiese. Ich glaube, du musst Amy ein paar Fragen beantworten. Sie überlegt, zu Maschinenbau zu wechseln, und ich hab versehentlich erwähnt, dass du das studierst.«

Brooke verzieht das Gesicht und wendet sich mir zu. »Rette mich«, fleht sie.

Belustigt hebe ich die Brauen. »Wieso? Ist diese Amy so schlimm?«

»Sie wird mich den *ganzen Abend* damit zuquatschen!«

Kaia brummt zustimmend, und ich lache.

»Und was soll ich jetzt machen?«

»Was wohl? Du bist mein menschlicher Schutzschild! Immer wenn sie sich mir nähert, positionierst du dich zufällig zwischen uns und fragst mich was.«

Ich grinse. »Zu Maschinenbau?«

Brooke verpasst mir einen Ellbogen in die Seite.

»Hey! Schlag nicht mich, sondern Kaia, sie hat dir das eingebrockt!« Jemand zupft an meinem Ärmel, und ich drehe mich irritiert um. Doch hinter mir steht gar niemand. Was zur …?

»Hallo!« Wieder ein Zupfen. Und jetzt erst bemerke ich den kleinen Jungen, der vor mir steht. An den Topfschnitt erinnere ich mich sofort. Das ist der Frechdachs aus dem Repair-Café, dem Brooke und ich mit seinem Nintendo geholfen haben.

»Hey«, sage ich überrumpelt. »Was gibt's?«

»Kannst du auch Autos reparieren?«, fragt er und mustert mich fast schon hoffnungsvoll aus seinen braunen Augen.

»Autos?«, wiederhole ich. »Spielzeugautos?«

Er schüttelt den Kopf. »Nein, richtige! Das Auto von meinem Opa ist kaputt. Du musst es reparieren.«

Hoffentlich ist sein Opa nicht Russell. Das Ding ist nicht mehr zu retten. »Autos kann ich leider nicht«, erkläre ich ihm. »Das darf nur ein Profi machen.«

»Aber du bist doch ein Profi. Du arbeitest im Café.«

»Nur als Aushilfe. Tut mir leid.«

Der Junge zieht einen Schmollmund und deutet auf Brooke, die gerade mit Kaia redet. »Dann muss sie das Auto reparieren. Sie kann das.«

Ich muss schmunzeln. »Und wie kommst du darauf?«

»Weil sie besser ist als du. Sie wusste das mit dem Akku. Sie ist ein Profi, oder?«

Mir entweicht ein Schnauben. *Weil sie besser ist als du.* Wenn der Kleine wüsste, wie recht er damit hat.

»Brooke?« Ich tippe sie an der Schulter an. »Du hast einen Kunden.«

»Was?« Fragend dreht sie sich zu mir um und entdeckt den Jungen. »Oh! Wie geht's deinem Nintendo?«

»Gut. Aber du musst das Auto von meinem Opa reparieren.«

Brooke starrt ihn an.

Unberührt hält er ihrem Blick stand. »Bitte«, fügt er dann trocken hinzu, und ich muss lachen.

»Das mit den Manieren üben wir noch mal.«

Nachdem Brooke es geschafft hat, den Jungen abzuwimmeln, holen wir uns mit Kaia etwas zu trinken und setzen uns zum Rest der Gruppe auf ein paar Picknickdecken. Die anderen aus Brookes ehemaliger Jahrgangsstufe sind allesamt freundlich und locker drauf. Amy unternimmt aber tatsächlich einige Versuche, Brooke über ihr Studium auszuquetschen, die ich unterbinde, indem ich jedes Mal das Gespräch weg von ihr und hin zu Amy lenke. Nicht ideal, weil ich mich jetzt mit ihr über *ihr* Studium unterhalten muss, aber die Tatsache, dass Brooke zum Dank unauffällig meine Finger drückt, macht es irgendwie wieder wett.

Nach drei erfolglosen Versuchen lässt Amy sich von den anderen dazu breitschlagen, etwas abseits der Feier eine Runde Frisbee zu spielen. Noch ist es halbwegs hell und die Leute nicht allzu betrunken.

Kaia macht es sich unterdessen zur Aufgabe, Brooke und mich über den bisherigen Lebenslauf von jedem Einzelnen aufzuklären. Nach weniger als zwei Stunden weiß ich, wer Jahrgangsbeste war, wer durch den Abschluss gerasselt ist, wer jetzt wo studiert und wer versehentlich ein Kind gezeugt hat. Ich fürchte, ich bin schon fast ein bisschen *zu* gut informiert.

»Krass, dass du noch so gut mit allen vernetzt bist«, stellt Brooke fest und stochert mit dem Strohhalm im Eis ihres sonst leeren Cocktailglases. »Ich hab keine Ahnung, was die Leute aus meinem Jahrgang in Auckland so machen.«

»Habt ihr keinen Gruppenchat, um in Kontakt zu bleiben?«

Sie schnaubt. »Vielleicht gibt es einen, und ich wurde nur nicht eingeladen. In dem einen Jahr, das ich auf der Schule war, habe ich ehrlich gesagt nicht wirklich Freunde gefunden.«

»Echt jetzt?« Kaia seufzt. »O Mann. Weißt du, ich dachte, wenn du nach Auckland ziehst, bist du in der neuen Klasse sofort super beliebt und vergisst mich nach drei Tagen. Und jetzt erfahre ich das?«

Brooke schnaubt. »Als könnte ich dich vergessen.«

»Na ja … wir waren ja auch nicht mehr so eng vor deinem Wegzug.«

Jetzt zögert sie. »Aber das lag ja nicht an dir.«

Ich beobachte Brooke von der Seite. Sie wirkt beinahe wehmütig, und ihre Aussagen wühlen in mir unweigerlich Fragen auf. Ich habe sie nie als eine einsame Person wahrgenommen. Aber wenn sie so von ihrer Schulzeit erzählt und ich daran denke, wie es um ihre Familie steht, ist sie das vielleicht doch. Immerhin ist sie zu Grey gekommen, obwohl sie wusste, wie er ihr gegenübertreten wird. Das ist nicht gerade die Entscheidung, die jemand mit Alternativen treffen würde, oder? Außer sie hatte noch einen tiefgreifenderen Plan, als nur ein Dach über dem Kopf zu haben.

Allmählich nervt es mich, dass ich so wenig über sie weiß. Ich gebe mich immer wieder mit Fetzen von ihr zufrieden, dabei würde ich viel lieber alles erfahren. Ich würde gerne ihre Fehler sehen. Weil ich dann vielleicht nicht mehr das Gefühl hätte, ihr völlig unwürdig zu sein.

Schon merkwürdig. Je mehr ich über Brooke und mich nachdenke, desto mehr Ähnlichkeiten fallen mir auf. Zwar nicht, was unser Leben betrifft, aber unser *Er*leben. Vielleicht verstehen wir uns so gut, weil wir die Gefühle des anderen so gut nachvollziehen können. Weil wir beide einsam sind. Uns beide irgendwie ungeliebt fühlen. Beide ein bisschen verloren sind.

Du bist mein Safe Space.

Ich wünschte, sie wüsste, wie kaputt ich bin. Dann könnte ich vielleicht glauben, dass sie das ernst meint. So fühlt es sich an, als würde ich ihr etwas vormachen.

»Hast du noch Kontakt zu deinen Schulfreunden, Noah?«, will Kaia wissen.

Ich reiße den Blick von Brooke los, die nun zu mir rüberschaut, und schüttle den Kopf. »Ich hab meinen Abschluss mit zweiundzwanzig nachgeholt. Dementsprechend war ich nur der komische Außenseiter.«

»Ich wette, die ganzen Mädchen standen auf dich«, bemerkt Kaia.

»Ich fürchte, die waren etwas zu jung für mich«, gebe ich zu bedenken.

»Wieso? Brooke ist doch auch nicht zu jung. Oh.« Sie klappt den Mund zu und schaut peinlich berührt drein. Brooke stöhnt genervt auf.

»Boah, Kaia …«

Ich hebe fragend eine Braue und schaue zu ihr rüber. Sie hat ihr also davon erzählt?

Brooke weicht erst meinem Blick aus, begegnet ihm aber dann doch. »Sorry«, murmelt sie kleinlaut.

Ich zucke mit den Schultern. Solange Grey nichts davon mitbekommt, ist mir egal, wem sie von unserer gemeinsamen Nacht erzählt. Mich würde nur interessieren …

»Was genau hat Brooke dir erzählt?«, frage ich Kaia neugierig und verfluche mich gleichzeitig selbst dafür.

Verdammt, Noah. Warum machst du das?

»Ähm«, macht sie zögerlich.

»Wehe!«, warnt Brooke sie.

»So schlimm?«, hake ich nach und grinse sie an. »Willst du es mir vielleicht selbst erläutern?«

»Ganz sicher nicht!«, meint sie lachend.

»Muss ich mir also Sorgen machen? War es so schlecht, dass du es mir nicht mal ins Gesicht sagen willst?« Ich fasse mir scherzhaft ans Herz, aber ein Teil von mir ist wirklich verunsichert. Kaia gegenüber wird sie ehrlicher gewesen sein als bei mir. Und auch wenn der Sex mit Brooke für mich unglaublich war, muss das noch lange nicht heißen, dass sie das genauso empfunden hat.

»Du bist unmöglich!«, beschwert Brooke sich.

»Ich will ja nur wissen, woran ich noch arbeiten muss!«

»Ich glaube, es fielen die Worte *bester Sex meines Lebens*«, wirft Kaia ein.

»Kaia!«, empört Brooke sich, und nun wandern meine Brauen ganz von selbst nach oben.

»Ach ja?«, hake ich nach, aber Brooke ignoriert mich und konzentriert sich ganz auf Kaia.

»Sag ihm so was nicht, das ist schlecht für sein Ego!«

»Mein Ego fühlt sich gerade ziemlich gut«, gebe ich zu bedenken.

»Sag ich ja!« Sie wirft mir einen verstohlenen Blick zu. »Ich mag dich uneingebildet.«

»Ich wette, du würdest ihn auch eingebildet noch mögen«, säuselt Kaia und kassiert einen Todesblick von Brooke.

»Kann man dich irgendwo stummschalten?«

»Ich finde das sehr informativ«, halte ich dagegen und ignoriere die Tatsache, dass mein Herz nun schlägt wie wild. Was wollte Kaia damit andeuten? Brooke mag mich. Aber wie sehr? Oder war das nur aufs Körperliche bezogen? Das wird sie gemeint haben. Dass sie auch noch mit mir schlafen würde, wenn ich ein eingebildeter Arsch wäre. Und das mit dem besten Sex ihres Lebens war sicher übertrieben. Auch wenn Brooke es nicht abgestritten hat …

»Siehst du?«, beschwert Brooke sich scherzhaft. »Es geht schon los.«

»Brooke ist außerdem nicht minderjährig«, komme ich zum eigentlichen Thema zurück.

»Was Grey aber nicht davon abhalten würde, dich anzuzeigen«, behauptet sie.

»Quatsch«, meint Kaia. »Das hat er doch damals auch nicht gemacht.«

»Damals?«, hake ich nach, doch Brookes Gesichtsausdruck hat sich gewandelt. Eben wirkte sie noch amüsiert, jetzt irgendwie … gequält.

»Sorry, Themawechsel«, lenkt Kaia eilig ein. »Auf einer Skala von eins bis zehn, wie würdet ihr meine Gesprächsskills heute bewerten? Ich gebe mir eine solide zwei Komma fünf.« Sie lacht verlegen, und Brooke ringt sich ein Lächeln ab.

242

»Sie waren schon mal besser«, gibt sie zu.

Ich mustere sie irritiert und versuche, dieses neue Puzzleteil an die anderen zu heften, die ich bisher gesammelt habe. Brooke hatte also mal was mit jemandem, der zu alt für sie war? Ist der Typ auch die Lösung für das Baumarkträtsel? Es würde erklären, warum sie damals so gehetzt gewirkt hat und warum Grey so merkwürdig gefragt hat, ob wir dort jemanden getroffen haben.

»Fuck«, stößt Kaia aus und lenkt meine Aufmerksamkeit wieder auf sich. »Ähm, Brooke? Ich glaub, ich hab ihn heraufbeschworen.«

Ihr Blick wandert besorgt über meine Schulter. Ich drehe mich um, kann aber nicht ausmachen, wen sie meint. Da stehen einfach zu viele Leute. Als ich nun jedoch Brookes Gesicht sehe, wird mir mulmig zumute. Selbst in der schwachen Partybeleuchtung sieht sie bleich aus. Sie starrt einen Moment lang in die Menge, dann wendet sie sich eilig ab.

»Ich … ich dachte, er hat Hausverbot«, stammelt sie, offenbar völlig zerstreut.

»Hat er auch!«, behauptet Kaia. »Scheiße, ich hab echt nicht erwartet, dass er sich hertraut. Alles okay?«

»Ja.« Ihre Stimme ist ein Krächzen. »Klar.«

Plötzlich spüre ich Brookes Hand an meiner. Sie verwebt unsere Finger miteinander, steht von der Picknickdecke auf und zieht vorsichtig an meinem Arm. »Gehen wir tanzen?«, fragt sie mich.

»Okay«, sage ich sofort. Sie will offensichtlich weg von dem Kerl, und kaum dass ich stehe, versuche ich, mich irgendwie so zu positionieren, dass er sie hoffentlich nicht sehen kann. Etwas schwierig, wenn man nicht weiß, wo er ist.

»Ich halte hier die Stellung«, meint Kaia und schaut besorgt zu uns hoch.

Brooke antwortet nicht. Sie zieht mich bereits in Richtung der nächsten Tanzfläche, mitten in die Menge. Als wir uns erfolgreich unter die Leute gemischt haben, nimmt sie auch meine andere Hand und beginnt, sich im Takt der Musik zu bewegen, als wäre nichts. Ich mache nur halbherzig mit. Ich bin viel zu sehr damit beschäftigt, ihr

Gesicht zu mustern. Immer wieder schaut sie sich hektisch um. Genau wie damals im Baumarkt wirkt sie angespannt. Und ich realisiere erst jetzt, was für ein Gefühl sich da in ihren Augen spiegelt.

Angst.

»Vor wem genau flüchten wir?«, will ich wissen.

»Vor niemandem«, behauptet sie. Ihre Stimme ist so leise, dass ich sie über die Musik hinweg fast nicht höre.

»Ah ja«, mache ich nur. Natürlich ist das gelogen. Aber ich will sie auch nicht dazu drängen, darüber zu reden. Es würde allerdings helfen, wenn ich wenigstens wüsste, wie der Typ aussieht, von dem sie sich fernhalten will.

Brooke zieht an meinen Händen. »Beim Tanzen muss man übrigens die Beine bewegen, Noah.«

»Willst du einfach nicht darüber reden, oder willst du nur mit *mir* nicht darüber reden?«, hake ich nach, ringe mich aber dazu durch, wenigstens ein bisschen zu tanzen.

»Ich habe einfach keine Lust, mir mein Silvester verderben zu lassen«, weicht Brooke aus und zerrt auffordernd an meinen Händen.

»Okay. Stattdessen möchtest du mich lieber auf der Tanzfläche blamieren«, stelle ich fachmännisch fest, und Brooke lächelt. Es wirkt beklommen, aber nicht mehr ganz so verschreckt wie eben.

»Wieso blamieren? Komm mir jetzt nicht von wegen, du kannst nicht tanzen.«

»Sieht das hier aus, als könnte ich es?«, frage ich und nicke zu meinen Füßen.

»Oh, komm. Du spielst Schlagzeug. Ich wette, wenn man dich in einen dunklen Raum mit lauter Metalmusik steckt, hüpfst du durch die Gegend wie ein wild gewordener Flummi.«

Belustigt schüttle ich den Kopf. »Ich sitze doch am Schlagzeug, damit ich *nicht* tanzen muss.«

»Ah. Gewiefte Strategie. Aber das hilft dir jetzt leider auch nicht.«

Ich schnaube. »Ich tröste mich damit, dass mich hier keiner kennt.«

Brooke lässt mich los und legt ihre Hände stattdessen auf meine Schultern. Ich stocke kurz, überrumpelt von ihrer plötzlichen Nähe, bewege mich dann aber einfach weiter. Nichts anmerken lassen. Ich genieße es viel zu sehr, um zu riskieren, dass sie sich wieder von mir löst.

»Spielst du eigentlich in einer Band?«, will sie jetzt wissen. Mittlerweile kenne ich sie gut genug, um zu erkennen, wann sie nur redet, um sich abzulenken. Trotzdem mache ich mit.

»Nein. Hab ich auch noch nie.«

»Wieso nicht? Du bist doch richtig gut.«

»Ist nicht so meins«, erwidere ich wahrheitsgemäß. So was liefert viel zu viele Möglichkeiten, um Leute zu enttäuschen …

»Hm. Vermutlich besser so«, meint sie abschätzig.

»Wieso das jetzt?«, frage ich interessiert.

»Wenn du in einer Band spielen würdest, könntest du dich vor lauter Verehrern und Verehrerinnen bestimmt gar nicht mehr retten.«

»Ja, ich bin sicher, sie werfen mir alle ihre Unterwäsche auf die Drums«, witzle ich.

»Ich würde das machen«, behauptet Brooke voller Überzeugung. »Also wenn ich welche anhätte.«

Ich muss lachen. »Was bei dir offenbar selten der Fall ist?«

»Als müsstest du noch fragen«, wirft sie mir vor. »So oft, wie ich dich dabei erwischt habe, wie du mir auf die Brüste gestarrt hast …«

»Was?«, erwidere ich überfordert.

Sie grinst. »War eigentlich nur ein Scherz, aber deine Reaktion sagt genug.«

Ich schüttle den Kopf. »Du bist ein kleiner Teufel.«

»Und du magst es.«

»Kein Kommentar.«

Zufrieden schmunzelt sie in sich hinein, legt ihre Arme um meinen Nacken und ihren Kopf an meine Schulter.

Plötzlich lehnt ihr Körper an meinem. Gänsehaut kriecht mir über den Rücken. Ich räuspere mich und lege vorsichtig meine Hände an Brookes Hüften.

»Was wird das?«, frage ich leise.

»Tanzen«, murmelt sie unberührt. »Außerdem ist mir kalt.«

Zittert sie deshalb so?

»Mhm« ist alles, was ich herausbringe. Ihre unerwartete Nähe raubt mir jegliche Erwiderungen von der Zunge. Trotzdem schließe ich meine Arme um sie. Ein paar Minuten lang wiegen wir uns zur Musik, und während Brooke sich allmählich beruhigt, scheint mein Herz immer heftiger zu schlagen. Es ist überfordert mit Brooke und mir und den ganzen Fragen in meinem Kopf. Ich versuche, einfach die Klappe zu halten und den Moment zu genießen, aber irgendwann kann ich nicht mehr widerstehen und breche das Schweigen zwischen uns.

»Du trägst die Kette echt viel«, stelle ich fest und streiche Brooke über den Rücken.

Sie zögert und hebt den Kopf. Fragend schaut sie mich an. »Sollte ich nicht?«

»Doch«, sage ich schnell und stolpere über den Rest des Satzes, weil mir dieser nicht ansatzweise so leicht von der Zunge gehen will. »Ich hab mich nur gefragt, ob das –«

»Brooke!«

Eine harsche Männerstimme unterbricht mich. Wir drehen beide den Kopf, und Brooke erstarrt in meinen Armen förmlich zur Salzsäule. Ein groß gewachsener, bulliger Kerl mit kurzen schwarzen Haaren steuert durch die Menge direkt auf uns zu. Seine Brauen sind wütend zusammengezogen.

»Fuck«, flüstert sie und windet sich aus meinem Griff. Sie wendet sich ab und will gerade in der Menge verschwinden, als der Kerl einen Satz nach vorne macht und sie am Handgelenk packt.

»Hey!«, fährt er sie an. »Warte gefälligst.«

Brooke versucht, ihm ihren Arm zu entziehen, doch seine riesige Hand umklammert schraubstockartig ihr Handgelenk. Die Panik steht ihr ins Gesicht geschrieben. Es ist mehr als deutlich, dass sie das nicht will. Aber warum sagt sie nichts, verdammt? Die Brooke, die ich kenne, hätte jedem Kerl, der so etwas bringt, sofort eine Ansage gemacht. Wenn er Glück hat und nicht gleich ihr Knie in seinem

Schritt vorfindet. Doch sie rührt sich nicht. Stattdessen sieht sie in seiner Gegenwart so klein aus wie noch nie zuvor.

»Wir müssen reden«, beschließt er und macht Anstalten, sie von mir wegzuziehen.

Eine gefühlte Ewigkeit zu spät setze ich mich in Bewegung und packe seinen Arm. »Lass sie los«, fordere ich und schiebe mich zwischen ihn und Brooke. Sie atmet hinter mir hörbar ein.

»Was willst du Zwerg von mir, hä?«, fährt er mich an. »Misch dich nicht ein!« Er schiebt mich grob zur Seite, aber ich stemme mich dagegen und stoße ihn vor die Brust. Fuck, er hat verdammt viel Kraft. Doch mit meiner Gegenwehr hat er offenbar nicht gerechnet, denn er verliert kurz das Gleichgewicht und lässt dabei Brooke los, die sich augenblicklich in die Menge flüchtet.

»Hey!«, bellt er wieder und will ihr nach, doch ich stelle mich ihm in den Weg und dränge ihn zurück. Keine Chance, dass ich ihn in Brookes Nähe lasse, wenn sie so offensichtlich Angst vor ihm hat.

»Lass sie in Ruhe«, fordere ich und ernte einen finsteren Blick unter dunklen Brauen. »Sie will nicht mit dir reden.«

Er baut sich vor mir zu seiner vollen Größe auf, was mich allerdings wenig beeindruckt. Klar – wenn er jetzt eine Schlägerei anzettelt, werde ich ziemlich sicher verlieren. Ich trainiere zwar regelmäßig, aber er ist gefühlt doppelt so breit wie ich. Das heißt jedoch nicht, dass ich seinem Alpha-Gehabe deshalb irgendeinen Wert zuspreche. »Ich hab gesagt, misch dich nicht ein«, knurrt er und stößt mich von sich. »Was bist du, ihr Freund?«

»Das geht dich nichts an«, erwidere ich ruhig. »Verpiss dich einfach, bevor ich die Polizei rufe.«

Er macht Anstalten, sich an mir vorbeizuschieben, doch wieder versperre ich ihm den Weg. »Andere Richtung, *Großer*«, spotte ich.

Er schaut mich derart hasserfüllt an, dass ich mir sicher bin, gleich seine Faust im Gesicht zu haben. Doch nichts davon passiert.

»Ich will mit ihr reden«, grollt er stattdessen.

»Sie aber nicht mit dir. Wenn's so wichtig ist, schreib ihr 'nen Brief.«

»Was bildest du kleiner Pisser dir eigentlich ein?«, knurrt er und packt mich am Kragen meines Shirts. Seine Riesenpranke ist ein bisschen zu nah an meinem Hals für meinen Geschmack, aber ich bleibe ruhig stehen, halte seinem Blick stand. Nur mein Herz rast wie wild.

»Sollte ich das nicht den Typ fragen, der mitten in der Öffentlichkeit übergriffig wird?«, schieße ich zurück.

Er funkelt mich an. »Sag Brooke, sie soll sich bei mir melden. Sie kann nicht ewig vor mir weglaufen.«

Was für ein Wichser. »Vielleicht solltest du lieber aufhören, ihr nachzulaufen, schon mal daran gedacht?«

Er beißt die Zähne zusammen. Ein Muskel in seinem Kiefer zuckt gefährlich, doch mit einem letzten abfälligen Naserümpfen in meine Richtung wendet er sich ab und verschwindet wieder in die Richtung, aus der er gekommen ist. Die Umstehenden schauen ihm nach und mustern mich skeptisch. Sie haben bereits Abstand von uns genommen – vermutlich, damit niemand sich versehentlich einen Schlag einfängt, falls wir uns wirklich geprügelt hätten.

Ich atme tief durch und streiche mit leicht zitternden Fingern mein T-Shirt glatt.

Scheiße. Wer war der Kerl? Doch hoffentlich nicht ernsthaft ihr Ex?

Ich bahne mir meinen Weg durch die Menge und schaue mich nach Brookes Lockenschopf um, kann sie aber nirgendwo entdecken. Sie hat vermutlich das Weite gesucht. Ist sie nach Hause oder noch hier im Park?

Ihr Gesichtsausdruck hängt noch in meinen Gedanken fest. Diese blanke Panik in ihren Augen. Eilig ziehe ich mein Smartphone aus meiner Hosentasche und rufe sie an. Die Musik ist viel zu laut für ein anständiges Telefonat, aber ich muss wissen, wo Brooke ist. Ich muss sie finden, bevor er es vielleicht tut. Ich glaube dem Kerl nämlich keine Sekunde lang, dass er sie wirklich in Ruhe lässt.

Doch auch beim dritten Versuch geht Brooke nicht ran. Kaia hat sie ebenfalls nicht gesehen. Und ich verfluche mich selbst dafür, sie aus den Augen gelassen zu haben.

Ihr *Safe Space*.

Ist klar.

Warum wundert es mich nicht, dass ich diese Rolle gleich am ersten Abend verkackt habe?

damals

Der Rauch von Talons Zigarette sticht mir in der Nase. Sein Arm liegt schwer um meine Schulter, und das Gelächter seiner Kumpels hat sich längst mit dem dumpfen Wummern der Musik zu einem weißen Rauschen vermischt. Ich stehe zwischen ihnen in dem kleinen Garten, eng an Talons Seite gedrängt, völlig fehl am Platz. Mit klammen Fingern halte ich den Becher mit Bier fest, den Talon mir in die Hand gedrückt hat. Hinter uns steht die Terrassentür offen, sodass man das Grölen der anderen Partygäste hört.

Seit fast drei Stunden frage ich mich, warum ich hier bin.

Ich wollte nicht herkommen. Aber Talon hat mich dazu gedrängt, und jetzt lässt er mich keine Minute aus den Augen. Zweimal habe ich ihm gesagt, dass ich gehen will. Zweimal hat er mir gesagt, dass wir bald nach Hause können.

Das war nicht das, was ich meinte.

Ich wollte nicht mit *ihm* gehen.

Ich wollte nicht erst *bald* von hier verschwinden, sondern gleich.

Und das, was er Zuhause nennt, ist der letzte Ort, an dem ich die Nacht verbringen will.

Talon streicht über meinen Arm, und ich erschaudere leicht. Sofort spüre ich seinen wachsamen Blick auf mir, und wie als Antwort zieht sich die Gänsehaut bis hoch in meinen Nacken.

»Ist was, Babe?«, fragt er leise. Auch seine Kumpels sind mit einem Mal still. Auch ohne aufzuschauen, weiß ich, dass sie mich alle beobachten.

Eilig schüttle ich den Kopf.

»Dein Bier wird warm«, erinnert Talon mich, und mein Puls beschleunigt sich. Ein paarmal hat er es geschafft, mich abzufüllen. Ich dachte, der Alkohol würde die Abende erträglicher machen, aber letztendlich sorgt er nur dafür, dass Talon noch mehr Kontrolle über mich hat.

»Mir ist schlecht«, bringe ich hervor. »Können wir nicht schon gehen?« Vielleicht besänftigt ihn das *Wir*. Wobei ich eigentlich noch weniger mit ihm allein sein will.

»Mein bester Freund hat Geburtstag«, erwidert er genervt. »Mach dich einfach mal locker. Du bist so verklemmt in letzter Zeit.« Er sagt es nicht ohne Unterton. Dass er sich nicht nur auf die Party bezieht, ist so deutlich, dass seine Kumpels anfangen, dreckig zu lachen.

Hitze steigt mir in die Wangen.

»Vielleicht bringst du's einfach nicht mehr, Talon«, feixt einer der Typen. »Lass sie mal eine Nacht bei mir, dann hat sie wieder Bock auf Sex. Nur wahrscheinlich nicht mit dir.«

Gelächter. Ich starre hinunter auf den vollen Becher in meinen Händen, während Talon sich neben mir verspannt.

»Halt die Fresse, Reece, oder ich polier sie dir.«

»Hey, wer ist jetzt verklemmt? War doch nur ein Scherz.«

»Du weißt genau, dass du meine Freundin nicht anzumachen hast.«

»Ist ja gut. Sorry.«

Er entschuldigt sich nicht bei mir. Nur bei Talon. Mein Magen hat sich verknotet, und ich habe das Gefühl, als müsste ich jeden Moment brechen.

Ich will nach Hause. Ich will …

»Brooke!«, bellt jemand hinter mir, und ich fahre erschrocken herum. Vor Erleichterung wäre mir fast der Becher aus der Hand gefallen. Ich weiß nicht, wann ich mich das letzte Mal so gefreut habe, meinen Bruder zu sehen.

Er kommt aus Richtung der offenen Terrassentür auf uns zu, einen wutentbrannten Ausdruck auf dem Gesicht, und ich mache instinktiv einen Schritt in seine Richtung, winde mich aus Talons Arm.

»Dein Scheißernst?«, donnert Greysen und reißt mir den Becher aus der Hand. Er riecht daran, rümpft die Nase und wirft ihn dann kurzerhand beiseite. »Wir gehen«, entscheidet er. Sein Blick schießt hinter mich und fixiert Talon. »Wenn ich sie noch mal mit dir auf einer Party erwische, informiere ich die Polizei.«

»Sie ist freiwillig hier«, erwidert dieser kühl. »Und du kannst sie nicht zwingen, zu gehen, also verpiss dich, Kleiner.«

»Einen Scheiß werde ich tun.« Grey weist mit dem Kinn hinter sich. »Sofort, Brooke.«

Mein Herz rast. Trotzdem mache ich Anstalten, seiner Aufforderung zu folgen.

Ich will hier weg. Dass Grey wütend ist, könnte mir gerade nicht egaler sein.

»Babe«, warnt mich Talons scharfe Stimme.

Widerwillig drehe ich mich zu ihm um und begegne seinem Blick. Sofort komme ich mir kleiner vor. Meine Lunge fühlt sich eng an. Atmen wird seltsam schwer.

»Tut mir leid«, bringe ich heraus. »Ich schreib dir dann, wenn ich daheim bin.«

Er schüttelt den Kopf. »Du gehst nicht mit ihm mit.«

»Ich muss«, behaupte ich. »Sonst ruft er die Polizei, also …«

Ich will noch einen Schritt auf Greysen zu machen, doch plötzlich packt Talon mich am Arm und zerrt mich zurück. Mir entkommt ein Schmerzenslaut, aber er lockert seinen Griff nicht. Schraubstockartig umklammert er meinen Oberarm. »Ich sagte, du gehst nicht mit ihm«, fährt er mich an.

Wieder ein Ruck. Talon stolpert einen Schritt rückwärts, und Greysen ist plötzlich zwischen uns.

»Lass sie los«, blafft er.

»Verpiss dich einfach«, schießt Talon zurück. Er zerrt mich erneut an seine Seite, weicht vor Grey zurück.

»Au, Talon, du tust mir weh!«, protestiere ich und versuche, mich loszumachen.

Er lässt nicht locker. Und auf einmal geht alles ganz schnell.

Greysen stößt Talon hart vor die Brust, und er lässt endlich meinen schmerzenden Arm los. Doch noch im selben Moment verpasst er meinem Bruder einen Schlag ins Gesicht, der Greys Kopf zurückfliegen lässt. Ich schreie auf. Talons Kumpels stürzen sich auf die beiden. Und dann bricht in dem kleinen Garten die Hölle los.

brooke

Ich versuche, tiefe Atemzüge zu nehmen.

Ein.

Aus.

So langsam, wie ich kann.

Doch es bringt nichts. Die Luft will einfach nicht an dem Schmerz vorbei, der meine gesamte Brust eingenommen hat. Tränen laufen mir über das Gesicht, so unkontrolliert wie seit Jahren nicht mehr. Mein ganzer Körper erzittert unter meinen Schluchzern, obwohl ich mich so klein zusammengekrümmt habe, wie es irgendwie geht.

Dass Talon hier auftauchen würde, habe ich nicht erwartet. Ich dachte, das Hausverbot in der Bar, die immerhin die Veranstaltung mitorganisiert, würde ihn davon abhalten. Das war so naiv von mir.

Ich wollte nicht wahrhaben, dass wir uns je wiedersehen könnten. Selbst im Baumarkt war ich nicht darauf vorbereitet, ihm wirklich zu begegnen. Ich habe Talons Gesicht jahrelang aus meinem Kopf verbannt, es unter Qualen mit immer neuen Tränen aus meinen Erinnerungen gespült. Und wofür? Nur damit er jetzt mit einer einzigen Silbe all die alten Wunden wieder aufreißen kann.

Mein Name aus seinem Mund war etwas, das ich nie wieder hören wollte. Etwas, das von vornherein niemals hätte passieren dürfen.

Verdammt, er hat mich zerstört. Er hat mich gebrochen. Er hat mein verdammtes Leben ruiniert, und ich habe es tatenlos geschehen lassen.

Wir müssen reden.

Ich will aber nicht. Nie wieder will ich seinen Launen, seinen Manipulationen, seiner Kontrolle ausgesetzt sein. Ich will einfach nur endlich vergessen, dass diese zwei Jahre jemals passiert sind.

»Brooke!«

Mein Name lässt mich zusammenzucken, aber es ist nicht Talon, der da nach mir ruft, sondern Noah. Ich erkenne seine Stimme, selbst ohne aufzuschauen. Doch das bisschen Trost, das ihr Klang mir spendet, bringt mich nur noch mehr zum Heulen.

Ich dachte, ich wäre stärker geworden. Ich dachte, so etwas wie damals könnte mir nie wieder passieren. Aber wäre Noah nicht da gewesen, um Talon von mir fernzuhalten, dann weiß ich nicht, wo ich jetzt wäre. Ob ich mich ihm wirklich widersetzt oder doch wieder seinem Willen gebeugt hätte. Die Erinnerung an seine Finger, die schraubstockartig um mein Handgelenk lagen, schickt mir einen lähmenden Schauder über den Rücken.

»Hey.« Noahs Stimme ist sanft. Seine Schritte knirschen laut im Kies.

Ich sitze weit abseits der Party an einem stockdunklen Wegesrand. Es ist ein Wunder, dass er mich gefunden hat. Ein Wunder, dass Talon es nicht getan hat. Ein Wunder, dass es Noah offenbar gut geht, denn er klingt nicht, als hätte er eine Schlägerei hinter sich. Nur wirklich besorgt.

Mein schlechtes Gewissen frisst mich trotzdem auf. Wie konnte ich ihn einfach so stehen lassen?

»Brooke?« Er setzt sich neben mich, doch ich bringe es nicht über mich, den Kopf von meinen Knien zu heben, und er zögert. »Ich bin's«, erklärt er überflüssigerweise. »Noah.«

Ich weiß, will ich sagen, bringe aber nur ein unverständliches Schluchzen heraus.

Noah legt mir zögerlich seine Hand auf den Rücken und reibt mir die Schulter. »Ist das okay?«, fragt er. Er ist hörbar überfordert. Dann sind wir damit wenigstens zu zweit.

Statt einer Antwort lehne ich mich gegen ihn. Ich vergrabe das

Gesicht schniefend an Noahs Hals, und er reagiert sofort. Behutsam zieht er mich in seine Arme und lässt zu, dass ich mich halb auf seinem Schoß zusammenrolle wie ein kleines Häufchen Elend. Er legt seine offene Sweatjacke so gut es geht um meinen Körper und streicht mir beruhigend übers Haar. Ich hole tief Luft, atme dabei seinen vertrauten Duft und ringe mich dazu durch, zu ihm hochzuschauen. Ein einziger verschwommener Blick in Noahs Gesicht reicht, um mir neue Tränen in die Augen zu treiben.

»Hey«, raunt er wieder und legt seine Hand an meine Wange. Seine Worte von vorhin hallen mir durch den Kopf, halb verschluckt vom Lärm der Musik und der Menge um uns herum.

Lass sie los.

Er weiß gar nicht, was er mir damit alles erspart hat. Wie dankbar ich ihm dafür bin.

»Ich dachte, er verprügelt dich«, gestehe ich schluchzend und presse mein Gesicht wieder in Noahs warme Halsbeuge.

Er zieht mich fester an sich und drückt mir einen zärtlichen Kuss auf den Scheitel. »Dachte ich auch«, murmelt er. »Hätte mich aber auch nicht gestört.«

»Das ist nicht lustig«, krächze ich und spüre, wie er den Kopf schüttelt.

»Das war mein Ernst. Lieber stecke ich seine Schläge ein, als dass er dir irgendwas tut.«

»Er schlägt mich nicht«, bringe ich hervor. Bisher zumindest …

Noah atmet tief durch. »Mir egal. Er wird dir auch sonst nichts tun, solang ich das verhindern kann.«

Zu spät, denke ich. Der Schaden ist längst angerichtet. Schon lange, bevor Noah und ich uns überhaupt kennengelernt haben. Er kann mich nicht vor etwas beschützen, das mich längst eingenommen hat. Aber ich rechne ihm hoch an, dass er es versucht.

»Komm, ich bring dich heim«, schlägt Noah leise vor, doch ich schüttle den Kopf.

»Grey«, stoße ich aus und kralle meine Finger in sein Shirt. Wenn mein Bruder erfährt, dass Talon hier war …

Keine Ahnung, was genau dann passiert. Auf jeden Fall nichts Gutes, erst recht nicht, wenn er Wind davon bekommt, dass Noah fast in eine Schlägerei mit ihm geraten wäre. Und ich habe keine Energie für das Drama. Ich will diese Begegnung einfach vergessen und Talon wieder so tief wie möglich in die Erinnerungsschublade schieben.

»Dann wenigstens weg von hier«, meint Noah sanft, doch ich höre den Unterton.

»Weg von ihm«, schlussfolgere ich flüsternd, und er nickt. »Okay.«

Noah hilft mir auf die Beine und entledigt sich dann seiner Sweatjacke. »Zieh die über«, schlägt er vor. »Du bist ganz kalt, und außerdem fallen deine Haare dann nicht so auf.«

Dankbar lasse ich mir von ihm in die noch warme Jacke helfen und ziehe mir die Kapuze über den Kopf. Noah legt seinen Arm um meine Schultern und führt mich durch den dunklen Park, immer weiter weg von der ausgelassenen Feier. Wir begegnen nur einem knutschenden Pärchen, das uns keinerlei Beachtung schenkt, und einer Gruppe Teenager, die sich vor uns ins nächste Gebüsch flüchtet.

Von Talon keine Spur. Entweder hat er nach Noahs Ansprache aufgehört, mich zu suchen, oder wir haben einfach Glück und sind ihm entwischt.

»Ernsthafte Frage«, meint Noah leise, als wir den Park endlich hinter uns gelassen haben. Wir laufen ziellos durch die Straßen, und allmählich schaffe ich es, mich wieder halbwegs zu beruhigen. »Sollen wir die Polizei rufen?«

Fast entweicht mir ein Schnauben, doch dann schüttle ich nur den Kopf. Der Gedanke ist sicher nicht falsch. Nur bringt er mir nichts. Die Polizei war schon damals keine Option für mich. »Nein«, flüstere ich. »Alles gut.«

»So sah das aber nicht aus.«

Ich schlucke. »*Jetzt* ist alles gut«, korrigiere ich schwach.

Noah runzelt die Stirn, offenbar auf der Suche nach Worten. »Das war dein Ex, oder?«

»Ja …«

»War er schon immer so … aggressiv?«, fragt er zaghaft. Ich merke ihm an, wie betroffen ihn die Frage macht. Wie unangenehm sie ihm ist, weil er sich vermutlich nicht vorstellen will, wie klein und hilflos ich unter Talons Kontrolle war.

»Am Anfang nicht«, gestehe ich leise. »Es hat sich … eingeschlichen.«

Oder vielmehr hat er es wohl einfach erfolgreich vor mir verborgen, als wir uns kennengelernt haben.

»Verstehe«, sagt Noah nur. Er fragt nicht nach. Er beurteilt es nicht. Er nimmt es einfach an und lässt es anschließend ruhen.

»Erzähl bitte Grey nichts davon«, flüstere ich. Meine Kehle ist eng.

»Wovon genau?«, fragt er unsicher. Als würde er schon ahnen, worauf das hinausläuft.

»Von allem.«

»Okay«, erwidert Noah nur und drückt meine Schulter ein bisschen fester. Die Erleichterung, die ich spüren sollte, kommt nicht wirklich bei mir an. Meine Gedanken hängen noch bei Talon. Talon, der mich kaputtgemacht hat. Talon, der auch das mit Noah hätte zerstören können, genau wie er damals meine Beziehung zu Greysen zerschlagen hat. Ich hätte sie nicht allein lassen dürfen. Wäre ich nur nicht so feige gewesen …

Ich traue mich kaum, die Frage zu stellen, doch sie liegt mir bleischwer auf der Zunge. »Hat er was zu dir gesagt?«, will ich leise wissen.

»Wer jetzt?« Noah wirkt immer noch überfordert. Aber er gibt sich Mühe, es zu verbergen.

»Talon«, presse ich hervor.

Er schüttelt den Kopf. »Nicht wirklich. Aber ich hätte sowieso nicht viel auf seine Worte gegeben. Er meinte nur, dass er mit dir reden will, aber das hat er ja dir gegenüber auch schon klargemacht.«

»Das ist alles?« Zugegeben, diese Tatsache ist beängstigend genug. Was will er plötzlich wieder von mir? Ich habe seit zwei Jahren nichts von ihm gehört. Nachdem ich ihn blockiert habe, hat er es aufgegeben, mich zu kontaktieren.

»So ziemlich.« Noah zieht mich etwas enger an seine warme Seite.

»Ich hab ihm gesagt, er soll dir einen Brief schreiben, wenn's so wichtig ist. Den kannst du dann feierlich ungeöffnet verbrennen, falls du das möchtest.«

Nun entweicht mir doch ein belustigtes Schnauben. Die Vorstellung von Talon, der einen emotionalen Brief schreibt, ist einfach zu skurril. Ein Brief lässt nicht zu, dass er mich anbrüllt. Und ich fürchte, was auch immer er zwischen uns klären will, lässt sich ohnehin nicht mit ein paar beschriebenen Seiten regeln.

Mir bleibt nur zu hoffen, dass er respektiert, dass ich dieses Gespräch nicht möchte. Jetzt, wo er weiß, dass ich wieder hier bin, traue ich ihm durchaus zu, dass er plötzlich unangekündigt vor unserer Tür steht.

Zumindest hier erweist sich Greysen mal als nützlich. Talon weiß genau, dass er sich bei ihm nicht zu zeigen braucht. Immerhin hat mein Bruder ihn schon damals gehasst, und ihre letzte Auseinandersetzung hat ordentlich Wellen geschlagen. Noah wird ihm wohl ebenso wenig die Tür öffnen. Der Hof ist also sicher.

»Was denkst du?«, fragt Noah leise.

Ich zucke mit den Schultern und schlucke gegen meine zugeschnürte Kehle an. »Ich überlege, wie ich ihm aus dem Weg gehe, bis ich zurück in Auckland bin.«

»Wenn er dich nicht in Ruhe lässt, rufen wir doch die Polizei«, beschließt Noah. »Wenn du nicht mit ihm reden willst, hat er das zu respektieren.«

Seufzend schüttle ich den Kopf. Allmählich kann ich wieder klarer denken. Ich atme tief durch, genieße, wie die frische Nachtluft meine Lungen flutet. »Was soll die Polizei denn machen?«, bringe ich heraus. »Das ist nur noch mehr Drama. Ich will das einfach vergessen, Noah. Okay?«

»Alles klar.« Noahs Stimme ist sanft, auch wenn ihm die Unzufriedenheit anzuhören ist. Er reibt mir über den Arm, und erst jetzt wird mir allmählich bewusst, wie nah er mir gerade ist. Dass er es ist, der mich hält. Dass ich seine duftende Jacke trage, seine Wärme an meinem Körper spüre. »Aber …« Er bleibt stehen.

Fragend schaue ich zu ihm hoch. Die Straßenlaternen spenden nur wenig Licht, und sein Gesicht liegt halb im Schatten. Doch das macht nichts. Ich kenne es auswendig. Mein Kopf füllt die Lücken, die die Dunkelheit verursacht, und seine grünen Augen spenden mir trotzdem Trost, bringen dennoch meine Finger zum Kribbeln.

»Falls du mal darüber reden willst, sag einfach Bescheid«, meint er leise. »Ich bin da. Okay?«

»Okay«, flüstere ich und lehne mich mit noch ein wenig mehr Gewicht an seine Seite.

Noah lächelt zaghaft, und in meinem Bauch stieben ein paar verwirrte Schmetterlinge empor. Eben noch war ich in Talons Griff, hilflos, panisch und gleichzeitig wie versteinert.

Jetzt ist da nur noch Noah.

Noah, der mein Herz zu schnell schlagen lässt.

Noah, der Hitze sich in meinem Brustkorb ausbreiten lässt.

Noah, der mich wieder zusammenklebt, nachdem Talon mich vor seinen Augen in tausend Fetzen zerrissen hat.

Noah, Noah, Noah.

»Was machen wir jetzt noch?«, will er wissen und wischt mir mit dem Daumen die letzten Spuren meiner Tränen von der Wange. »Wir könnten auch nach Hause und Grey sagen, die Party sei uns zu langweilig gewesen. Wir machen es uns auf der Couch bequem und schauen noch eine Serie oder so.«

Das Angebot wäre nur allzu verlockend – wäre Grey nicht dabei. Denn in seiner Gegenwart kann ich mich nicht so an Noahs Seite kuscheln wie jetzt. Es wäre keine gelöste Silvesterstimmung, sondern ein grimmiges gegenseitiges Anschweigen.

»Ich will das neue Jahr nicht mit Stinkstiefel-Greysen einleiten«, flüstere ich.

»Okay. Kann ich verstehen.« Noah reibt mir über den Rücken, und wir schweigen einen Moment. Irgendwo in der Ferne hört man noch den Bass der Musik, die wir mit der Feier hinter uns gelassen haben. Der Himmel ist sternenklar, und das Mondlicht beleuchtet selbst die Teile der Straße, die von den Straßenlaternen vernachlässigt werden.

Mittlerweile sind wir weit im Osten der Stadt. Noch ein paar Hundert Meter und wir haben auch die letzten Häuser hinter uns gelassen. Danach trennt uns nur noch eine Weide von dem kleinen Fluss, der sich unweit unseres Hofs durch die Landschaft schlängelt.

»Wir könnten baden gehen«, schlage ich vor, und allein die Vorstellung gibt mir wieder mehr Kraft. Entgegen aller Wahrscheinlichkeit ist die kleine Badestelle einer der wenigen Orte, an denen ich nie mit Talon war. Es fühlt sich an, als hätte er dort weniger Macht über mich. Als könnte mich die Vergangenheit dort nicht einholen.

»Jetzt?«, fragt Noah verwirrt. »Bis zum Strand ist es über eine Stunde Fußweg. Und ist nicht grade Flut?«

»Nicht im Meer«, erwidere ich verschmitzt. »Wenn du willst, zeig ich's dir.«

Er zögert kurz und mustert mich nachdenklich. Dann nickt er. »Okay, warum nicht.«

»So viel Begeisterung«, ziehe ich ihn auf, setze mich aber wieder in Bewegung. Noah folgt mir, den Arm weiterhin um meine Schultern.

»Mit einem Badeausflug habe ich heute Nacht leider nicht gerechnet«, gesteht er.

»Solltest du nicht langsam wissen, dass man in meiner Gegenwart auf alle Eventualitäten vorbereitet sein muss?«

»Ich rechne in deiner Gegenwart primär mit Beleidigungen.« Ich höre das Schmunzeln aus seiner Stimme.

»Tu doch nicht so«, empöre ich mich. »Ich bin erschreckend nett zu dir.«

»Vielleicht nur eine Taktik. Es ist zu früh, um mich in Sicherheit zu wiegen.«

Hätte irgendwer sonst diese Worte gesagt, wäre ich vielleicht verletzt gewesen. Erst recht bei Greysen, der immer nur das Schlechte in mir zu sehen scheint und kein Problem damit hat, mir das auch zu sagen.

In Noahs Stimme schwingt jedoch so viel Zuneigung mit, dass mich die Aussage seltsam glücklich macht. Ja, ich habe eine mitunter neckende bis sarkastische Art. Daraus habe ich nie einen Hehl gemacht, weil ich es einfach nicht einsehe, mich für andere zu verstellen. Aber er ist der Erste, bei dem es sich anfühlt, als wäre das tatsächlich in Ordnung. Der Erste, der es einfach akzeptiert.

Ich führe Noah aus der Stadt und einen unbefestigten Weg zwischen zwei Weiden entlang. Es dauert nicht lang, bis wir ein Gebüsch erreichen, aus dem schon von Weitem das Plätschern von Wasser zu hören ist. Gras löst den staubigen Boden unter unseren Sohlen ab und zwischen den Sträuchern und Bäumen zeigt sich die schimmernde Wasseroberfläche des Flusses, der an dieser Stelle ein kleines Becken bildet. Ich steuere unbeirrt darauf zu und versuche dabei, die Tatsache auszublenden, dass Noah keine Minute seinen Arm von meinen Schultern nimmt. Seine Nähe tut gut. Sie kittet Stück für Stück das Loch, das Talon vorhin aufgerissen hat.

Am Ufer angekommen, bleibe ich stehen und schaue zu ihm hoch. »Willkommen an unserem geheimen Badehotspot. Fühl dich geehrt, Touristen verraten wir normalerweise nichts hiervon.«

»Bin ich neuerdings ein Tourist?«, fragt er belustigt.

»Klar. Katastrophentourismus. Gibt doch nichts Schöneres, als Grey und mir dabei zuzusehen, wie wir uns zerfleischen.«

»Ich würde eher sagen, es gibt nichts Schlimmeres«, meint er und lässt seinen Arm sinken. Zum Glück ist es dunkel. Sonst hätte er vermutlich sehen können, wie enttäuscht ich darüber bin, dass er diese Nähe zwischen uns bricht.

Noah geht ein wenig näher ans Ufer heran, und selbst im schwachen Mondlicht erkenne ich sein Stirnrunzeln. »Da willst du jetzt nicht ernsthaft rein.«

»Wieso? Das Wasser ist bestimmt noch warm von heute Nachmittag.«

»Man sieht ja gar nicht, wo man schwimmt. Das wirkt wie aus einem Horrorfilm«, behauptet er. »Ich wette, uns zieht bei der erstbesten Gelegenheit ein Seeungeheuer in die Tiefe.«

»Du kannst im Wasser stehen, Noah«, erwidere ich lachend und streife mir Jacke und Schuhe ab. »Die Strömung ist auch nicht stark.«

Noah nimmt nun das Gebüsch am Ufer in Augenschein. »Das sagen sie in den Horrorfilmen auch immer.« Er klingt halb scherzhaft, halb ernst. »Woher willst du wissen, dass sich hier in den letzten Jahren keine ... Krokodile oder so angesiedelt haben? Mal abgesehen davon, wir haben gar keine Badesachen, also wie ...« Er dreht sich wieder um und stockt mitten im Satz. Ich ziehe mir soeben mein Top über den Kopf, und Noahs Blick wandert unweigerlich an meinem nackten Oberkörper hinunter. »Scheiße, Brooke«, flucht er und wendet sich eilig ab.

»Was?«, frage ich lachend. »Du hast doch sowieso schon alles gesehen.«

»Ich hatte gerade angefangen, es zu vergessen«, beschwert er sich.

»Sollte ich beleidigt sein, weil dir das so leichtfällt?«

Noah wirft mir über seine Schulter hinweg einen finsteren Blick zu. »Das war sicher nicht *leicht*, Brooke ...«

Ich halte mit dem Top in meiner Hand inne und zögere. »Wenn es dir unangenehm ist, ziehe ich mich wieder an.«

Hörbar atmet er aus. »Es ist mir nicht *unangenehm*, dich nackt zu sehen.«

Ich zögere. »Sondern?«

»Nichts«, lenkt er ein. »Alles gut. Geh ruhig in das Horror-Wasser ...«

Noch immer steht er mit dem Rücken zu mir, und ich weiß nicht ganz, wie ich mich fühlen soll. Ich habe mir ehrlich gesagt nicht viel dabei gedacht, mein Oberteil auszuziehen. Er läuft doch auch regelmäßig oberkörperfrei durchs Haus oder über den Hof. Mir hat sich noch nie erschlossen, warum es bei Frauen so ein Ding ist. Nur weil wir Brüste haben? Ich habe ein A-Körbchen. Wenn ich nicht darf, darf ein großer Teil der männlichen Bevölkerung auch nicht.

Egal.

Nicht der richtige Zeitpunkt, um das zu diskutieren. Wenn Noah sagt, es ist okay, dann wird er es auch so meinen.

»Kommst du mit?«, frage ich vorsichtig.

Er antwortet nicht sofort. Überlegt er?

»Keine Angst, ich hab deinen Körper noch nicht vergessen«, versichere ich ihm. »Es besteht also kein Erinnerungsrisiko.«

Noah schnaubt und dreht sich langsam wieder zu mir um. Er schaut mir ernst ins Gesicht, aber sein Mundwinkel zuckt verräterisch. »Sicher, dass man dadrin baden kann?«

»Ich war erst vor ein paar Tagen mit Kaia hier. Wir haben keine Krokodile gesehen. Auch keine Riesenkraken oder Anakondas. Das einzige Wassermonster, das du hier finden wirst, bin vermutlich ich.«

»Hm«, macht er belustigt. »Vor dir habe ich tatsächlich gar keine Angst.«

»Bitte?«, empöre ich mich. »Ich bin in der ganzen Stadt gefürchtet!«

»Ja, für deine große Klappe.« Noah grinst mich an und zieht sich dabei mit einer fließenden Bewegung das T-Shirt über den Kopf. Ich schlucke, halte meinen Blick aber auf sein Gesicht geheftet. Er soll nicht denken, ich hätte irgendwelche Hintergedanken. Es war nicht mein Plan, mich an ihn ranzumachen. Ich wollte einfach Ablenkung von Talon. Mehr Zeit zu zweit mit Noah. Und das, ohne dass es zwischen uns merkwürdig oder sexuell wird.

Scheiße, wie genau kam ich darauf, dass das möglich sein könnte? Noahs Blick brennt sich plötzlich in meinen, und Gänsehaut überzieht meinen gesamten Körper. Soll ich doch einen Rückzieher machen …?

Er wirft mir sein Shirt zu, und ich fange es rein aus Reflex. Jetzt schaue ich doch auf seine nackte Brust. Auf seine Hände am Gürtel seiner Jeans.

Ich muss schlucken.

»Du starrst«, stellt er fest, doch es klingt kein bisschen anschuldigend. Eher wie eine Herausforderung.

Ich lege Noahs Shirt zu meinen Sachen ins Gras und binde mir meine Haare zu einem unordentlichen Knoten nach oben. »Soll ich meinen Slip für dich anlassen, oder kommst du damit klar, wenn ich nackt bin?«, ziehe ich ihn auf.

Er hält inne. Seine Brauen wandern unmerklich nach oben, doch er bemüht sich anscheinend, sein Gesicht neutral zu halten. »Wie du dich wohler fühlst«, meint er unbeeindruckt. Aber seine Stimme klingt ein wenig rauer als eben noch.

In diesem Fall … Ich würde ungern mit nasser Unterwäsche nach Hause laufen. Und ohne in die Jeans zu steigen, kommt auch nicht infrage.

Während Noah noch zögert, ziehe ich kurzerhand den Rest meiner Klamotten aus und gehe zielsicher an ihm vorbei zum Ufer. Mir entgeht nicht, wie er sich dabei nach mir umdreht. Dennoch schaue ich stur nach vorne.

Ich versuche, den angenehmen Schauer zu ignorieren, der mir über die Arme jagt. Noahs Blick auf meinem Körper. Das Rascheln seiner Klamotten hinter mir.

Zieht er sich auch ganz aus? Ich würde nur zu gerne nachschauen, aber vielleicht ist es besser, wenn ich es nicht weiß.

Vorsichtig teste ich mit meinen Zehen die Wassertemperatur und wate anschließend hinein. Es ist wirklich angenehm warm, zumindest nicht kälter als draußen. Die leichte Strömung streicht mir um die Beine, und es fühlt sich an, als würde sie mir die Begegnung mit Talon von der Haut waschen. Den Angstschweiß. Den hartnäckigen Duft seines Aftershaves. Den festen Griff seiner Finger um mein Handgelenk. Am liebsten würde ich ganz untertauchen, aber dann wären meine Haare nass, und es würde Stunden dauern, bis meine Locken wieder trocken wären.

Erst als das Wasser mir fast bis zu den Schultern reicht, drehe ich mich wieder zu Noah um und ziehe überrascht die Luft ein.

Er hat sich doch ausgezogen. Das Mondlicht erhellt seinen nackten Körper und ruft mir unsere gemeinsame Nacht nur allzu deutlich ins Gedächtnis. Ich glaube fast, jeden seiner Muskeln wieder unter meinen Fingern spüren zu können. Seinen Atem auf meinem Mund. Ihn in mir.

Doch viel präsenter ist die Erinnerung an vorhin. An seine warmen Arme um meinen Körper. Seine Jacke um meine Schultern. Seine sanfte Stimme in meinem Ohr und seinen Trost, der ebenso unerwartet kam, wie er selbstverständlich war.

Noah geht die leichte Uferböschung hinunter, fängt meinen Blick auf und steigt vor meinen Augen ins dunkle Wasser. Er kommt langsam auf mich zu, und ich muss schlucken.

Plötzlich weiß ich nicht mehr, wie ich ihm gegenübertreten soll. In meiner Magengrube beginnt es vor Aufregung zu kribbeln, und ich kann ihn nur regungslos anstarren, bis er mich endlich erreicht.

Er hebt die Brauen und schaut fragend zu mir runter. »Was?«, will er belustigt wissen, doch ich meine zu erkennen, dass er seine eigene Unsicherheit überspielt.

Was machen wir hier schon wieder? Noah hat deutlich gesagt, dass er nicht noch mal mit mir schlafen wird. Aber …

»Hattest du meinen Körper doch schon vergessen?«, zieht er mich auf.

… warum sagt er dann das?

Ich schüttle den Kopf und stoße ihn scherzhaft vor die Brust. Das war ein Fehler. Seine Haut ist glatt und warm unter meiner Handfläche, und am liebsten würde ich weiter mit den Fingern über seinen Körper streichen.

»Ich habe nur abgewartet, ob dich das Krokodil frisst«, lenke ich ab.

»Nicht witzig«, behauptet Noah, doch das Lächeln auf seinen Lippen sagt etwas anderes.

Ich verdrehe gespielt die Augen. »Keine Sorge, ich beschütze dich vor dem bösen Schnappi.«

»Das will ich hoffen, wenn du mich schon hier reinlockst.« Er schaut sich etwas misstrauisch um und lässt sich tiefer ins Wasser sinken, sodass es ihm fast bis zum Hals geht. »O Mann, das ist ein echt merkwürdiges Gefühl. Stört dich das gar nicht?«

»Was genau?«

Er schaut mich wieder an. »Hier nackt zu sein.«

Ich zucke mit den Schultern. »Nicht das erste Mal.«

Noah schmunzelt und belebt dabei die Schmetterlinge in meiner Magengrube wieder. »Natürlich.«

»Warst du etwa noch nie nackt baden?«, hake ich nach.

»Nope.«

»Wow. Also so gesehen entjungfere ich dich gerade.«

Noah lacht auf. »So gesehen, ja.«

»Im Bezug auf andere Dinge kann man das wohl nicht behaupten.«

Als Antwort erhalte ich nur ein leises Schnauben. Doch seltsamerweise widerstrebt es mir, das Thema fallen zu lassen. Ich wüsste gern mehr über Noah. Und vor allem interessiert mich, ob Kaias Theorie stimmt – dass seine Abneigung Dating gegenüber auch von einer beschissenen Beziehung herrührt. Hat er deswegen so wenig Fragen zu Talon gestellt? Weil er selbst weiß, wie es sich anfühlt?

»Mit wem hattest du dein erstes Mal?«, will ich vorsichtig wissen.

Noah legt sichtlich überrascht den Kopf schief. Trotzdem hält er meinen Blick fest und antwortet mir, als wäre nichts dabei.

»Mit einer Klassenkameradin. Wir waren sechzehn und auf einer Hausparty. Es war furchtbar.« Sein Mundwinkel zuckt amüsiert. »Sei froh, dass du dir das nicht mit mir antun musstest.«

Ich übergehe den Kommentar, weil ich beim besten Willen nicht weiß, was ich erwidern soll. Ich könnte mir jetzt einreden, dass ich Noah nur so anziehend finde, weil der Sex mit ihm so gut war. Oder ich gestehe mir gleich ein, dass es viel mehr daran liegt, wie gern ich ihn mag. Dass ich ihn sicher auch früher gemocht hätte. Und dass es mich vermutlich rein gar nicht gestört hätte, ein furchtbares erstes Mal mit ihm zu haben, wenn doch der Rest von ihm so perfekt ist.

»War sie deine Freundin?«, frage ich stattdessen.

»Sie war *eine* Freundin«, erwidert Noah ruhig. »Aber wir waren nicht zusammen.«

»Auch danach nicht?«

»Nein.«

»Und wieso hast du dann ausgerechnet mit ihr geschlafen?«

Er schüttelt den Kopf, als wäre die Frage hinfällig. »Es hat sich einfach ergeben, schätze ich. Keine Ahnung. Ich mochte sie. Wir hatten beide Lust darauf. Und primär wollte ich es hinter mich bringen.«

»Sehr romantisch«, scherze ich.

»Hast du diese Seite an mir noch nicht bemerkt?«, zieht er mich auf.

Auch darauf erwidere ich lieber nichts. Die Antwort würde ihn vermutlich erschrecken. Egal, wie platonisch wir das hier halten – ich finde einiges von dem, was Noah tut, romantisch. »Und ihr habt es auch nie wiederholt?«, hake ich nach.

Noah mustert mich mit einer Mischung aus Belustigung und Irritation. »Wieso willst du das alles wissen?«

Ertappt presse ich die Lippen zusammen. »Ich frage mich nur, seit wann deine Regel schon gilt«, gestehe ich. »Die, dass du mit keiner Frau zweimal schläfst.«

»Ah«, macht er leise und reibt sich den Nacken. Feine Tropfen rinnen über Noahs Schultern und ziehen kurz meine Aufmerksamkeit auf sich. »Schon seit einer Weile.«

Während ich noch überlege, ob ich weiter nachhaken oder es dabei belassen soll, macht Noah einen Schritt auf mich zu. Wasser schwappt mir gegen den Hals, und sofort ist da wieder diese allumfassende Gänsehaut. Obwohl wir uns nicht berühren, bilde ich mir ein, seine Wärme spüren zu können. Und vielleicht ist dem ja auch so. Vielleicht strahlt Noah einfach mit seinem Charakter Wärme aus und nicht nur mit seinem Körper.

»Was ist mit dir?«, will er jetzt wissen. »Mit wem war dein erstes Mal?«

Mein Brustkorb zieht sich so fest zusammen, dass es wehtut. Meine Rippen zerquetschen mein Herz zu Pudding. Zumindest fühlt es sich so an.

Die Erinnerung an damals scheint alles an sich zu reißen. Ich war so glücklich in dieser Nacht. So scheiße naiv glücklich.

»Mit Talon«, flüstere ich, und sofort wandelt sich Noahs Gesichtsausdruck. Eben noch wirkte er gelöst. Nun zeichnet Reue seine weichen Züge.

»Tut mir leid. Das hätte ich mir denken können.«

Ich schüttle den Kopf. »Schon gut«, bringe ich hervor. »Es ist eigentlich eine schöne Erinnerung.«

Wenn man alles danach einfach vergisst.

»Eigentlich?«, fragt er zaghaft.

268

»Sie wäre es, wenn sie nicht immer versuchen würde, die hässlichen Erinnerungen in einem besseren Licht dastehen zu lassen«, flüstere ich.

Ich höre Noah schlucken. »Machst du seinetwegen keine ernsten Sachen?«

Obwohl ich es versuche, bringe ich nicht mehr als ein Nicken zustande.

Noah runzelt die Stirn, anscheinend unzufrieden mit dieser Antwort.

»Was?«

Er verzieht den Mund. »Ich mag diesen Gedanken nicht. Dass du jetzt wegen ihm auf etwas verzichten musst.«

»Es ist besser so«, versichere ich ihm schwach.

»Aber wieso? Er ist doch der, der scheiße war. Und ich verstehe, dass es schwierig ist, danach wieder jemandem zu vertrauen, aber … es fühlt sich einfach an, als wäre es falsch herum. Als würdest du bestraft werden und nicht er.« Noah atmet tief aus und schließt für einen Moment die Augen. »Sorry. Es steht mir nicht zu, das zu bewerten.«

Meine Kehle ist eng. Mein Herz schlägt so heftig, dass ich es auf meiner Zunge spüre, gemeinsam mit all den Worten, die es mir in den Mund legen will. »Du hast ja recht«, bringe ich hervor, beiße mir auf die Innenseite meiner Wange und spreche dann weiter, obwohl sich alles in mir dagegen sträubt. »Aber es geht nicht nur darum, was er gemacht hat. Sondern auch um meine eigenen Fehler. Ich will sie nicht wiederholen«, flüstere ich. »Aber ich weiß, dass ich es tun würde, und das macht mir Angst. Es lag ja nicht nur an ihm, verstehst du?«

Ich habe es zugelassen. Und ich habe verhindert, dass irgendwer sonst es weiß. Dass irgendwer mir helfen kann …

Ich blinzle gegen das plötzliche Brennen in meinen Augen an.

Noah wirkt verwirrt. Trotzdem kommt er noch ein wenig näher und bringt damit meinen Atem zum Stocken. »Aber das ist doch normal«, sagt er leise. »Du darfst Fehler machen. Fehler sind menschlich.«

»Fehler sind Brooke«, erwidere ich mit einem hilflosen Schnauben und schlinge meine Arme um meinen Körper. Ich wollte das gar nicht sagen. Aber kaum dass ich die Worte ausgesprochen habe, hängen sie so schwer in der Luft, dass ich sie nicht unkommentiert stehen lassen kann. »Zumindest, wenn es nach meiner Familie geht …«

Noah wirkt so überrumpelt, dass ich am liebsten das ganze Gespräch rückgängig gemacht hätte. Was habe ich mir dabei gedacht, ihm das alles zu erzählen? Ich habe mich so verwundbar gemacht. So schwach. So lächerlich. Es gibt Gründe, wieso mich niemand so zu Gesicht bekommt. Warum ich nach außen immer diese toughe Fassade bewahre und alles gebe, um sie nicht bröckeln zu lassen.

Doch als Noah jetzt zaghaft seine Hände an meine Ellbogen legt, zieht sich mit einem Mal ein dicker, fetter Riss durch meine Mauern. Und er wird nur noch größer, als er mit seinen Daumen über meine Arme streicht.

»Wenn das so ist«, raunt er und schaut mir tief in die Augen, »dann sind Fehler ziemlich toll. Und liebenswert. Und unverschämt, aber das lassen wir heute mal außen vor.« Er lächelt mich an, und nun kommen mir doch die Tränen. Ich blinzle vehement dagegen an, aber es löst sich dennoch eine aus meinem Augenwinkel und rollt mir über die Wange.

Nicht schon wieder. Als hätte das vorhin nicht gereicht.

»Hey«, meint Noah sanft, und endlich überbrückt er auch die letzte Distanz zwischen uns. Er legt mir eine Hand auf den Rücken, und ich lehne mich, ohne zu fragen, an seine Brust, vergrabe das Gesicht an seinem Hals und schlinge meine Arme um seine Mitte.

Es ist mir egal, dass wir nackt sind. Ich will einfach mehr von seiner tröstenden Nähe. Mehr von diesen Worten. Mehr von diesem Verstandenwerden. Und auch Noah zieht mich nun enger an sich, umarmt mich fest und lehnt seine Wange an meinen Kopf.

»Du bist kein Fehler, Brooke«, flüstert er mir zu und reibt mir über den Rücken. »Und du machst auch nicht mehr davon als andere. Du bist gut so, wie du bist.«

Scheiße, ich will nicht schon wieder heulen. Doch etwas ist anders als vorhin. Ich weine nicht nur, weil es wehtut. Ich weine, weil ich irgendwie auch glücklich bin. Weil Noah diese Dinge zu mir sagt, die ich mir die ganzen letzten zehn Jahre so sehnsüchtig gewünscht habe.

»Hör auf, so süß zu sein«, beschwere ich mich mit brüchiger Stimme und unterdrücke ein Schluchzen. Ich atme tief durch und reibe meine Nase an Noahs Hals. Sein vertrauter Geruch ist immer noch da.

»Dann hör auf, so traurig zu sein«, flüstert er scherzhaft zurück, doch ich spüre, wie er unter meiner Berührung erschaudert. Und mit einem Mal brennt sich Noahs Nähe unter meine Haut.

Meine nackte Brust liegt an seiner, und ich bin nur einen winzigen Schritt davon entfernt, auch den Rest von ihm zu spüren. Sein minzig-herber Duft hüllt mich ein. Seine Wärme verursacht mir Gänsehaut. Die Tränen sind vergessen.

Verdammt, ich muss aufhören, ihn zu wollen. Aber er macht es mir so schwer.

»Danke, Noah«, bringe ich hervor. Mein Atem streift seinen Hals, und seine Finger streichen etwas fester über meinen unteren Rücken.

»Du musst dich nicht bedanken«, murmelt er in meine Haare.

»Warum sollte ich das nicht müssen?«

»Weil es selbstverständlich sein sollte, Wahrheiten auszusprechen.«

Mein Herz hämmert mir so laut in den Ohren, dass ich das Gefühl habe, meine eigenen Gedanken nicht mehr hören zu können.

Bei mir ist es nicht selbstverständlich, die Wahrheit zu sagen. Aber es ist überfällig.

»Darf ich auch eine Wahrheit aussprechen?«, höre ich mich flüstern, und er atmet tief ein.

»Immer.«

Ich schlucke. »Ich mag dich, Noah.«

Er stockt, jedoch nur einen Moment lang. »Ich mag dich auch, Brooke«, erwidert er mit rauer Stimme.

»Okay«, bringe ich hervor. »Aber vielleicht solltest du mich dann loslassen.«

Er zögert. »Warum?« Seine Stimme hat einen Unterton, den ich nicht deuten kann. Dunkler als sonst. Irgendwie verheißungsvoll. Es macht meine nächsten Worte erst recht zur Folter.

»Weil sich das für mich gerade gar nicht mehr kumpelhaft anfühlt«, gestehe ich erstickt. »Also sofern du deine heilige Regel nicht doch brechen willst, wäre es vielleicht besser, wenn …«

Ein plötzlicher lauter Knall unterbricht mich und lässt uns zusammenzucken. Erschrocken klammere ich mich an Noah fest und schaue mich um. Einen Moment lang weiß ich nicht, was passiert. Dann regnet es über uns rote und gelbe Funken. Und auf einmal spüre ich Noahs Körper überall. Überdeutlich.

Noch ein Knall, dann folgen immer mehr. Der Schreck lässt nach, aber Noahs Griff lockert sich nicht. Hat er nicht gehört, was ich eben gesagt habe? Anstatt auf Abstand zu gehen, drückt er mich noch enger an sich.

Über uns explodiert das Neujahrsfeuerwerk in einem leuchtenden Farbspektakel. Ich begegne Noahs Blick und wage es kaum, zu atmen. Vielleicht hat er mich nicht verstanden. Aber warum schaut er mich dann so an?

Noah mustert wie gebannt mein Gesicht, sein eigenes halb erhellt vom Schein des Feuerwerks. Seine Augen wirken dunkel. Der leichte Bartschatten verleiht ihm etwas Verwegenes. Seine Lippen sind kaum merklich geöffnet.

Ich will ihn küssen. Alles in mir sehnt sich wieder einmal schmerzhaft danach.

»Frohes neues Jahr«, hauche ich und löse vorsichtig meine Hände von Noahs Rücken. Vielleicht ist er überfordert, weil ich ihm schon wieder zu sehr auf die Pelle rücke. Doch als ich ein wenig Abstand zwischen uns bringen will, festigt sich sein Griff noch weiter.

»Frohes neues Jahr, Brooke«, raunt er, und die Art, wie er meinen Namen sagt – mit so viel Zuneigung und gleichzeitig so viel Verlangen –, lässt mich am ganzen Körper erschaudern.

Wie von selbst finden meine Hände in seinen Nacken. Ich hebe das Kinn. Noah schiebt seine Finger in meine Haare. Langsam schließe ich die Augen, und das Feuerwerk über unseren Köpfen rückt in den Hintergrund, als Noahs Nasenspitze meine streift, sein Atem meine Lippen.

Ich seufze auf, recke mich ihm entgegen und küsse ihn sanft. Er erwidert es ebenso zärtlich. Und obwohl dieser Kuss weit weg ist von dem sehnsüchtigen Verschlingen, das letztes Mal Besitz von uns ergriffen hat, sind Noahs Lippen nicht weniger einnehmend. Sie schüren ein loderndes Inferno in meinem Inneren. Nur … anders als sonst. Ich habe das Gefühl, dieses Feuer brennt noch heißer. Es steckt nicht nur meinen Körper in Brand, sondern auch meine Seele. Und allem voran mein empfindliches Herz.

Warum macht es mich so glücklich, Noah zu küssen? Warum fühlt es sich an, als würde dieser Kuss mehr bedeuten als simple körperliche Anziehung?

Es ist gefährlich.

Viel zu gefährlich.

Wir dürfen hieraus nicht mehr machen, als es ist. Keine Gefühle. Keine Geständnisse. Nur Freundschaft und Sex, weil keiner von uns mehr will als das.

Ich schlinge meine Beine im Wasser um Noahs Hüften, und wir stöhnen beide auf, als sein halb erigierter Penis dabei gegen meine Mitte drückt.

»Hast du ein Kondom dabei?«, keuche ich auf seinen Mund.

»Wir sind in der Öffentlichkeit«, murmelt er, doch es hält ihn nicht davon ab, mich fester zu packen und sich leicht an mir zu reiben.

»Ich weiß.«

Über uns explodiert noch immer der Himmel. Das Knallen der Feuerwerkskörper schallt über den kleinen Fluss, das Leuchten erhellt die Büsche um uns herum. Doch die Musik der Feier ist aus der Entfernung nicht mehr zu hören, und sonst scheint sich weit und breit nichts zu regen.

»Ich hab eins in meinem Geldbeutel«, gibt Noah nach und bewegt sich mit mir in Richtung des Ufers. Er trägt mich aus dem Wasser und setzt mich neben unseren Klamotten auf die Füße. Nur widerwillig lasse ich zu, dass er sich von mir löst. »Hier.« Er breitet seine große Sweatjacke für mich auf dem Gras aus und zieht sein Portemonnaie aus seiner Hosentasche.

Ich lasse mich auf den weichen Stoff sinken und werde im nächsten Atemzug bereits sanft von Noah auf den Rücken gedrückt. Er beugt sich über mich, stützt sich zu meinen Seiten auf die Unterarme und schaut kopfschüttelnd zu mir herunter. Gras kitzelt meine nackten Beine. Noahs nasser Körper schmiegt sich warm an meinen.

»Was machst du eigentlich mit mir?«, murmelt er und mustert mein Gesicht.

Ich muss schlucken. »Dasselbe könnte ich dich fragen.«

»Ich bin die Unschuld in Person«, behauptet er mit rauer Stimme.

»Klar. Deswegen hast du auch ein Kondom dabei.«

Er lacht, küsst mich sanft und zieht meine Unterlippe zwischen seine Zähne. »Glücklicher Zufall.«

»Kann man so sagen.« Ich nehme ihm das kleine Päckchen ab und umfasse Noahs Erektion. Langsam beginne ich, ihn zu reiben, und spüre, wie er dabei immer härter wird. Ihm entweicht ein kehliges Geräusch, und er lässt sich neben mir auf die Seite sinken. Mit einer Hand fährt er meine Taille hinab bis zwischen meine Beine, und ich atme hörbar aus. Seine Finger kreisen um meine Mitte. Dann dringt er sanft in mich ein, und ich stöhne auf.

Verdammt, ich will ihn wieder auf mir. Vorzugsweise in mir.

»Weißt du eigentlich, wie oft ich es mir in den letzten Wochen selbst machen musste und dabei an dich gedacht habe?«, ziehe ich ihn auf und genieße, wie er sich dabei stärker in meine Handfläche drückt.

»Erzähl mir so was nicht, wenn du willst, dass ich länger als fünf Minuten durchhalte«, keucht er und küsst mich. Ich lasse ihn los und rolle ihm das Kondom über, seine Finger noch immer in mir. Jetzt erst zieht er sie langsam zurück und beugt sich wieder über mich. Ich spreize die Beine, doch Noah hält inne und richtet sich noch einmal auf.

»Hier.« Er hält mir den Ärmel seiner Sweatjacke hin und nickt auffordernd. »Es ist kalt.«

274

Belustigt schlüpfe ich hinein und lasse zu, dass er mir auch mit dem anderen Arm hilft. Es wäre überhaupt nicht nötig, denn mit Noahs Nähe über mir und diesem Brennen in meinem Inneren spüre ich die Kälte kein bisschen. Dennoch kann ich nicht verhindern, dass mein Herz vor Rührung weich wird. Noah schafft es mit den kleinsten Gesten, dass ich mich sicher und gesehen fühle.

»Danke«, flüstere ich, lege meine Hände an seine Wangen und küsse ihn sanft. Er erwidert es und lässt sich wieder auf mich sinken. Ich schlinge meine Arme um ihn und hülle seinen Körper damit ebenfalls in die große Jacke.

Noah löst seine Lippen von meinen und schaut nachdenklich auf mich herunter. »In Ordnung?«, versichert er sich.

Meine Kehle wird eng. »Mehr als das«, bringe ich hervor und kann nicht anders, als zu lächeln.

Noah dringt langsam in mich ein, zieht sich wieder zurück, stößt tiefer in mich, und mir entkommt ein leises Stöhnen.

Er wird nicht gröber. Nicht schneller. Und trotzdem habe ich das Gefühl, als würde er mich mit jedem Stoß mehr ausfüllen, als würden wir immer enger zusammenwachsen.

Wir schauen uns in die Augen, und ich höre Noahs Atem fast so deutlich wie das Feuerwerk über unseren Köpfen. Hinter ihm leuchtet der Himmel weiter in unzähligen Farben, doch ich kann den Blick nicht von seinem Gesicht abwenden. Es ist mir scheißegal, wie schön das Feuerwerk zu sein scheint, wenn er doch so viel schöner ist. So viel perfekter.

Verdammt, keiner von den Typen, mit denen ich bisher geschlafen habe, war wie er.

Keiner hat mich so verstanden.

Keiner war so bedeutungsvoll.

Und keinen werde ich so sehr vermissen, wenn sich unsere Wege wieder trennen.

KAPITEL 24

noah

Noch bevor ich richtig wach bin, weiß ich, dass Brooke neben mir liegt.

Ich habe von ihr geträumt. Von ihrem Gesicht, erhellt vom Schein des Feuerwerks. Von ihren Augen, in denen sich die Funken spiegeln. Von ihren Lippen auf meinen und ihrem Duft in meiner Nase.

Wobei zumindest Letzteres sehr nah an der Realität zu sein scheint, denn ich spüre ihre Locken an meinem Kinn und rieche einen sanften Hauch von Kokos.

Tief atme ich ein und ziehe ihren nackten Körper enger in meine Arme. Brooke gibt ein kaum wahrnehmbares Seufzen von sich und vergräbt das Gesicht an meinem Hals. Sie liegt halb auf meiner Brust, ihr ruhiger Herzschlag klopft gegen meine Rippen.

Der Moment hat etwas Andächtiges. Er droht perfekt zu sein – wäre da nicht die Realität, die hinter der geschlossenen Zimmertür auf uns lauert.

Scheiße. Was machen wir nur für bescheuerte Sachen?

Nachdem wir gestern Nacht leicht durchgefroren vom Fluss nach Hause kamen, haben wir uns gemeinsam unter die Dusche und anschließend in mein Zimmer geschlichen. Ich glaube, ich bin offiziell lebensmüde. Anders kann ich mir diese Entscheidung nicht erklären, immerhin schläft Grey nur ein paar Türen weiter und hätte jederzeit wach werden können.

Dazu kommt die Tatsache, dass ich wirklich kein zweites Mal mit Brooke hätte schlafen sollen. Aber ich genieße ihre Nähe viel zu sehr. Und ich will immer noch mehr davon, verdammt.

Am liebsten würde ich sie gar nicht mehr loslassen. Doch ich muss.

Missmutig öffne ich die Augen und blinzle gegen das helle Licht des neuen Jahres an. Ich starre an die Decke von Greys altem Kinderzimmer, streiche dabei sanft über Brookes nackten Rücken und fühle mich …

Ja, wie eigentlich?

Gestern dachte ich, diese Nacht würde alles verändern. Ich dachte, ein zweites Mal mit Brooke zu schlafen würde in einer Katastrophe enden und mein Leben endgültig aus der Bahn werfen. Doch nichts dergleichen ist passiert.

Stattdessen fühle ich mich seltsam geerdet. Seltsam … glücklich. Die möglichen Konsequenzen meiner Entscheidung sind mir besorgniserregend egal, und auch wenn ich weiß, dass es leichtsinnig war, bereue ich nichts.

Brooke ist kein Fehler. Das habe ich ihr gestern gesagt, und ich habe es auch so gemeint.

Brooke ist …

Ich versuche, den Satz zu Ende zu bringen, aber sämtliche Varianten, die mir in den Sinn kommen, sind zum Kotzen kitschig.

Schöne Scheiße. Wenn ich nicht genau wüsste, dass sie kein Interesse an etwas Ernstem hat, würde ich spätestens jetzt das Weite suchen. So rede ich mir stattdessen ein, dass ich mit meinen verwirrenden Gefühlen nur mich selbst verletzen werde und nicht sie. Zum Glück. Denn wenn ich an gestern zurückdenke, hatte Brooke bereits mehr als genug Arschlöcher in ihrem Leben.

Von der Erinnerung daran, wie aufgelöst ich sie im Park wiedergefunden habe, wird mir schlecht. Sie hat so klein ausgesehen. So zerbrechlich. Und ich weiß, dass sie nichts davon ist, aber allein die Tatsache, dass dieser Talon es geschafft hat, dass sie sich so *fühlt*, dreht mir den Magen um.

Ich küsse Brooke sanft auf den Haaransatz, unsicher, ob ich sie wecken soll oder nicht. Normalerweise läge mir nichts ferner. Aber vielleicht bin ich auch ein bisschen egoistisch und will das meiste aus unserer begrenzten Zeit machen. Denn diese kleine ungestörte Blase platzt spätestens dann, wenn Grey wach wird und wir gezwungen sind, dieses Zimmer zu verlassen.

Vorsichtig streiche ich Brookes Locken zurück und fahre mit den Fingerspitzen an ihrer Schläfe hinab bis hinter ihr Ohr. Sie seufzt erneut, und mein Herz wird noch weicher, als es ohnehin schon ist.

Okay, ich habe es mir anders überlegt. Ich kann sie nicht wecken. Dafür ist sie viel zu süß, wenn sie schläft.

Doch offenbar habe ich es bereits versaut. Gerade als ich die Hand wegziehen will, schmiegt Brooke ihre Wange in meine Handfläche und atmet tief ein.

»Mh«, macht sie leise und kuschelt sich enger an meine Brust. Ich beobachte sie dabei, irgendwo zwischen Schock und Faszination. Ihre Lippen verziehen sich zu einem schwachen Lächeln, dann blinzelt sie müde zu mir hoch. »Morgen.« Ihre Stimme ist heiser. Ihr verschlafenes Schmunzeln ist wunderschön.

»Na, Siebenschläfer?«, raune ich und streiche erneut über die Stelle hinter ihrem Ohr.

Sie fährt mit den Fingern sanft über mein stoppeliges Kinn und meine Lippen. »Du bist ja noch da«, stellt sie flüsternd fest.

»Korrekt«, erwidere ich leise.

Schwach runzelt sie die Stirn. »Okay. Aber du sagst mir bestimmt gleich, dass du kein Mann für mehr als zwei Nächte bist, oder?« Ihr Tonfall ist halb ernst, halb scherzhaft.

Mir entweicht ein Schnauben, und ich küsse Brooke auf die Stirn. »Wenn du im Hinterkopf behältst, dass es trotzdem stimmt, spare ich es mir.«

»Vielleicht beurteile ich das ja lieber selbst«, erwidert sie und reckt das Kinn.

Ein Teil von mir will ihr widersprechen. Aber der Rest hat keine Lust darauf, sich weiter mit diesem Thema auseinanderzusetzen. Ich habe meine Prinzipien bereits erfolgreich in den Wind geschossen.

Dann kann ich wenigstens versuchen, zu genießen, dass ich einmal Ruhe vor ihnen habe.

Ich entgehe einer Antwort, indem ich meine Hand in Brookes Nacken schiebe und sie sanft küsse. Sie erwidert es und gibt erneut einen dieser unfassbar süßen Seufzer von sich. Ihre Lippen sind weich und warm, ihr Körper schmiegt sich perfekt an meinen, und sie vergräbt die Finger in meinen Haaren.

Ich schlinge meinen Arm fester um sie und vertiefe unseren Kuss. Eine gefühlte Ewigkeit liegen wir einfach nur da und verschmelzen miteinander. Nicht so wie in unserer ersten Nacht neulich. Brooke und ich küssen uns wie gestern. Vertrauter. Inniger. Es ist ein Kuss voller Ruhe und Sicherheit. Ein Kuss voller Zuneigung. Ein Kuss, bei dem ich anfange, alles, was ich bin, zu hinterfragen.

Ich habe es nicht verdient, so berührt zu werden. Ich bin nicht gemacht für diese Nähe. Ich sollte …

Auf dem Flur ertönt plötzlich ein dumpfes Klopfen, und wir zucken zusammen.

»Brooke?« Es ist Greys Stimme. Wieder klopft es. Es klingt, als würde er nur ein paar Meter weiter vor Brookes Zimmertür stehen. »Es gibt Frühstück!«

Einen Moment lang sind wir wie erstarrt. Dann springen wir förmlich aus dem Bett und verheddern uns dabei fast in der Bettdecke.

»Brooke?« Seine Stimme ist leiser geworden. Ist er in ihr Zimmer gegangen? Fuck, fuck, *fuck*!

Hektisch sammle ich unsere Klamotten vom Boden und gestikuliere in Richtung meines Bettes.

Eine Tür knallt. Greys Schritte kommen jetzt näher.

»Was?«, flüstert Brooke panisch.

»Unters Bett«, zische ich und ziehe mir auf einem Bein hüpfend meine Hose an.

Brooke wirft mir einen empörten Blick zu, macht es aber tatsächlich. Ohne weiter zu diskutieren, legt sie sich nackt auf den Boden und rutscht unter das Bett in die Dunkelheit. Während ich mir die Hose hochziehe, schiebe ich ihre Klamotten mit dem Fuß hinterher.

Ich wage es nicht, sie in meinen chaotischen Kleiderschrank zu stopfen. Am Ende kommt mir dabei der halbe Inhalt entgegen.

Jetzt hämmert Grey an meine Tür. Ziemlich energisch dafür, dass es weiß Gott wie früh am Neujahrsmorgen ist.

»Noah?« Er drückt die Klinke runter, und ich bekomme beinahe einen Herzinfarkt. Zum Glück haben wir abgesperrt. Brookes Arm verschwindet gerade erst aus meinem Sichtfeld. Grey flucht. »Verdammt, seit wann sperrst du ab? Bist du da? Noah!«

Ich fahre mir einmal mit der Hand durch die Haare, stolpere zur Tür und öffne sie. Bleibt nur zu hoffen, dass ich einfach nur verpennt aussehe und nicht in irgendeiner Weise durchgevögelt. Die Grenzen sind zum Glück fließend. Oder …?

Als Grey mich sieht, runzelt er irritiert die Stirn. Sein Blick wandert einmal an mir hinab, über meine nackte Brust und meine schief sitzende Jogginghose, dann mustert er meine Frisur. »Was ist denn mit dir passiert?«

»Hm?«, mache ich gespielt verschlafen und reibe mir die Wange. Bloß nicht den Nacken. Das ist mein nervöser Tick, und Grey kennt ihn.

Er schüttelt den Kopf. Offenbar ist ihm das Thema gerade nicht so wichtig. »Weißt du, wo Brooke ist?«, will er stattdessen wissen, und in mir zieht sich alles zusammen.

Es ist eine Sache, ihm etwas zu verheimlichen. Aber zumindest gefühlt noch mal eine ganz andere, ihm eiskalt ins Gesicht zu lügen.

»Sie ist mit mir nach Hause gekommen«, weiche ich aus.

»Wann?«, will er wissen.

Wieder reibe ich mir das Gesicht. Grey schaut derweil über meine Schulter ins Zimmer. Scheiße, ich hoffe wirklich sehr, dass Brooke in die hinterste, staubigste Ecke dieses Bettes gekrochen ist, sonst haben wir gleich ein Problem.

»Keine Ahnung«, gestehe ich wahrheitsgemäß. Ich muss ihn hier wegkriegen. Bevor er auf komische Ideen kommt oder Brooke von den Spinnen gefressen wird. »Hast du Kaffee gemacht?«, brumme ich. »Wenn du mich schon weckst.«

»Sorry«, murmelt er und bedeutet mir mit einem Wink, ihm in die Küche zu folgen. Ich ziehe die Tür hinter mir zu und atme erleichtert durch. »Brooke ist nicht in ihrem Zimmer«, beschwert er sich weiter, während wir den Flur durchqueren. »Sieht aus, als hätte sie woanders übernachtet. War sie besoffen, als du sie heimgebracht hast?«

Irritiert bleibe ich neben ihm stehen. Greysen holt zwei Tassen aus dem Oberschrank und widmet sich der Kaffeemaschine. Dieses Gespräch pisst mich jetzt schon an. Noch mehr, als es seine Launen Brooke gegenüber ohnehin tun.

»Ich hab sie nicht *heimgebracht*«, stelle ich klar und male dabei Gänsefüßchen in die Luft. »Ich bin nicht ihr Aufpasser.«

Grey verdreht die Augen. »Ob sie betrunken war, hab ich gefragt.«

»Was tut das zur Sache?«, will ich wissen.

»Du weißt genau, was es zur Sache tut. Ich wette, sie hat sich bei der erstbesten Gelegenheit wieder aus dem Haus geschlichen, um bei irgendeinem Typen zu übernachten. Typisch Brooke eben. Und ich darf sie jetzt suchen.«

»Alter«, entfährt es mir, und ich balle ungewollt die Hände zu Fäusten.

Ich sollte mich raushalten. Allein schon, weil es ihn vermutlich misstrauisch macht, wenn ich seine Schwester jetzt so verteidige. Aber wie Grey über sie spricht, macht mich endlos wütend.

Ganz ehrlich, es ist doch kein Wunder, dass sie ihm nicht erzählt, was in ihrem Leben los ist. Würde er sich mir gegenüber so verhalten, würde ich auch kein Wort mehr mit ihm wechseln, geschweige denn ihm meine wunden Punkte anvertrauen.

Ich hielt Grey immer für einen sehr rationalen Mann, aber wenn es um Brooke geht, scheinen bei ihm sämtliche Sicherungen durchzubrennen. »Das ist deine Schwester, über die du da sprichst«, erinnere ich ihn ruhig.

»Ja, aber ich kann ja auch nichts dafür, wenn sie sich benimmt wie …«

»Sag jetzt nichts Falsches«, unterbreche ich ihn scharf.

Grey stockt und runzelt die Stirn. Er wirkt irritiert. »Was ist denn mit dir los?«

Vermutlich schaufle ich mir soeben mein eigenes Grab. Aber es ist mir auf einmal scheißegal, weil ich einfach nicht mehr schweigen kann. Ich kann mir das nicht mehr geben, verdammt. »Mit mir ist gar nichts los«, entkommt es mir. »Du bist hier derjenige, der sich wie ein Arschloch verhält und Brooke grundlos runtermacht! Wie wär's, wenn du ihr wenigstens mal ein Mindestmaß an Respekt entgegenbringst, bevor du irgendwelche Ansprüche an sie stellst?«

»Respekt muss man sich verdienen«, behauptet er, und ich lache auf.

»Klar! Ich gehe auch auf der Straße hin und spucke Fremden vor die Füße, weil sie sich meinen Respekt noch nicht *verdient* haben. Alter, ohne Respekt geht gar nichts, erst recht nicht zwischen Geschwistern. Du bist ihr Bruder!«

»Und sie lügt mich an! Findest du das etwa respektvoll?«

»Sie lügt dich nicht an! Sie will dir nur nicht erzählen, was bei ihr los ist, und das ist ihr gutes Recht! Wenn dich das stört, dann fass dir mal an die eigene Nase und frag dich, warum sie das Gefühl hat, dir die Wahrheit nicht sagen zu können! Schon mal dran gedacht, dass das vielleicht an dir liegt und nicht an ihr?«

Grey starrt mich an, als hätte ich den Verstand verloren. »Willst du mir jetzt sagen, es ist *meine* Schuld, dass sie so ist?«

Frustriert schüttle ich den Kopf. »Hörst du mir eigentlich zu? Ich gebe hier niemandem die Schuld für irgendwas. Im Gegensatz zu dir. Und das ist das Scheißproblem, Grey.«

Er presst irritiert die Lippen zusammen und scheint einen Moment lang über meine Worte nachzudenken. Ich schaue ihm in die Augen und versuche, mir meine Gefühle nicht anmerken zu lassen. Aber mein Herz rast vor Wut und Angst gleichermaßen. Und unter seinem geradezu prüfenden Blick schlägt es nur noch schneller.

»Was juckt's dich überhaupt?«, will er wissen. Auch eine Art, meine Ansprache abzutun.

Ich atme tief durch. »Ich mag Brooke«, sage ich wahrheitsgemäß. »Und ich finde dein Verhalten in letzter Zeit ziemlich scheiße. Wenn du mich fragst, solltest du dringend lernen, ihre Grenzen zu akzeptieren.«

»Ich habe meine Gründe, okay? Du weißt doch gar nicht, was damals war«, beschwert er sich.

Ich muss an Talon denken. An die Panik in Brookes Augen. An ihre fast geflüsterte Bitte, Grey nichts davon zu erzählen.

»Weißt du es denn?«, rutscht es mir heraus.

Greysen runzelt die Stirn. »Ja? Ich war dabei also …«

»Warst du?«, unterbreche ich ihn. »Oder ist das nur deine Version der Geschichte? Ich dachte eigentlich nicht, dass du so egozentrisch bist.«

Er öffnet den Mund, schließt ihn aber wieder, ohne etwas zu sagen. Grey ist offensichtlich überfordert. Vielleicht auch ein bisschen sauer. Geht mir genauso.

Da er keine Anstalten macht, mir einen Kaffee aus der Maschine zu lassen, trete ich neben ihn und drücke den Knopf selbst. Das Brummen des Automaten füllt die plötzliche Stille zwischen uns, und ich kann förmlich spüren, wie es hinter Greys Stirn rattert.

Keine Ahnung, wann ich ihm das letzte Mal so eine Ansage gemacht habe. Ob das überhaupt je passiert ist. Es fühlt sich komisch an und ist weit davon entfernt, wie unsere Freundschaft sonst funktioniert. Es kommt mir vor, als hätte ich mich mit dieser Zurechtweisung irgendwie über ihn gestellt. Aber da er sich hier in Hāwera ständig über Brooke positioniert, war das Machtverhältnis ohnehin komisch. Wie soll ich sowohl mit Brooke als auch Grey auf einer Ebene stehen, wenn er sich seiner Schwester gleichzeitig so überlegen fühlt?

Trotzdem bin ich gerade von mir selbst verwirrt. Was war überhaupt mein Ziel? Primär ging es mir darum, dass er endlich aufhört, so eine Scheiße zu labern. Aber jetzt fühle ich mich schlecht. *Super.*

Aus dem Augenwinkel nehme ich eine Bewegung wahr. Ich drehe den Kopf und sehe Brooke die Küche betreten. Sie trägt Jogginghose und ein Oversize-Shirt und wirft Grey und mir einen flüchtigen Blick zu. Ohne auch nur ein Hey von sich zu geben, öffnet sie den Kühlschrank und zieht einen Milchkarton daraus hervor.

»Wo warst du?«, grüßt Greysen sie, doch sie tut so, als hätte sie nichts gehört. Wortlos nimmt sie sich eine Schüssel, einen Löffel und die Packung Cornflakes aus den Schränken und setzt sich damit an den Esstisch.

Scheiße, im Vergleich hierzu ist das frostige Schweigen von eben gar nichts. Brookes Ausstrahlung könnte problemlos die Hölle zufrieren lassen. Und ich fürchte, ich weiß, was los ist. Sie hat alles gehört, oder? Greys ganzen Bullshit und dementsprechend auch meinen.

»Ich hab Pancakes gemacht«, verkündet Grey, als Brooke gerade Cornflakes in ihre Schüssel kippen will, und öffnet den Ofen. Er holt einen abgedeckten Teller daraus hervor und stellt ihn vor Brooke auf den Tisch.

Sowohl sie als auch ich heben die Brauen. Grey macht keine Pancakes. Weiß er überhaupt, wie das geht?

Brooke sagt noch immer nichts. Überfordert schnappe ich mir meinen fertigen Kaffee und setze mich ihr gegenüber. Keine Ahnung, ob das richtig ist, aber es fühlt sich besser an, als die zwei allein zu lassen. »Kann man die essen?«, frage ich scherzhaft und beäuge den Pancakestapel.

Grey wendet sich kopfschüttelnd ab, um Teller aus dem Schrank zu holen, und ich nutze die Gelegenheit für einen fragenden Blick in Brookes Gesicht. Sie fängt ihn auf und lächelt flüchtig. Es wirkt traurig, und ich kann es nicht so ganz deuten. Traurig wegen Grey? Traurig wegen mir?

Meine Brust wird eng. Doch dann spüre ich unterm Tisch ihre Füße zwischen meinen und entspanne mich ein wenig.

»Kaffee?«, biete ich ihr an und schiebe meine Tasse zu ihr rüber.

Noch ein knappes Lächeln, diesmal etwas breiter. »Danke«, murmelt sie, trinkt einen großen Schluck und gibt sie mir wieder zurück.

»Wie war die Party?«, will Grey wissen. Er deckt den Tisch, und Brooke schiebt tatsächlich ihre Schüssel beiseite.

Nun kommt auch Columbo zu uns in die Küche. Mit hängendem Schwanz und trottendem Gang.

»Er hatte keine besonders gute Nacht«, erklärt Grey. »Ist schlecht drauf heute.«

Brooke krault den Hund hinter den Ohren und macht keine Anstalten, Greys Frage zu beantworten. Also bleibt das wohl an mir hängen. Oder will sie mir vielleicht die Wahl lassen, wie viel ich Grey sage? Über uns …?

Gott, nein. Ich kann das nicht einfach ausplaudern, ohne dass wir darüber gesprochen haben. Und ob das überhaupt eine gute Idee ist, ist noch mal eine ganz andere Frage. Besonders in der aktuellen Situation.

»Es war … okay«, erwidere ich nur und tue mir Pancakes auf. Ich weiß echt nicht, wie ich die mittelmäßige Party, das furchtbare Aufeinandertreffen mit Talon und die perfekte Nacht mit Brooke sonst zusammenfassen soll.

»Klingt, als hätte ich nichts verpasst«, stellt Grey fest. Seiner Stimme ist anzuhören, dass er krampfhaft versucht, locker zu klingen. Kamen meine Worte von eben also bei ihm an?

So, wie ich Brooke gerade einschätze, wird es allerdings mehr brauchen als ein paar Pancakes, um ihre Vergebung zu erlangen. Unsere Eiskönigin hat sich einen davon auf den Teller gehoben und inspiziert ihn gerade von allen Seiten, als könnte Grey versuchen, sie zu vergiften.

Er ignoriert es gekonnt und tut so, als wäre alles ganz normal. Schweigend beginnen wir zu essen. Brookes Füße bleiben dabei warm zwischen meinen liegen, und obwohl Grey das sehen könnte, wenn er sich nur einmal nach Columbo bückt, rühre ich mich nicht.

Schon bedenklich. Meine Prioritäten haben sich seit gestern offenbar radikal verschoben.

»Und?«, will Greysen nach ein paar Minuten wissen. »Schmecken sie?«

»Die sind gut«, gestehe ich ihm ehrlich zu. Doch sein fragender Blick hängt nur an Brooke, die teilnahmslos auf einem Stück Pancake herumkaut und mit den Schultern zuckt.

Langsam hebt sie den Kopf. Aber sie schaut nicht ihren Bruder an, sondern mich, und ihre grauen Augen verursachen mir unweigerlich Gänsehaut.

»Noahs sind besser«, erklärt sie schlicht. Und allein dieser simple Satz bringt mein Herz wieder zum Rasen.

Wir sollten reden.

Okay, das klang jetzt kacke, sorry.

Das war kein ernstes »Wir sollten reden«.

Also wir sollten schon ernsthaft reden, aber es sollte nicht so düster klingen.

Ich mache es gerade schlimmer, oder?

In zehn Minuten im alten Stall?

Alles klar.

Vergiss dein Klemmbrett nicht.

Klemmbrett?

Klang so offiziell. Nicht, dass du deine Unterlagen zu Hause lässt und wir den Termin verschieben müssen.

Das mit dem »ernsthaft reden« wird dann wohl nichts.

Ich gebe mir Mühe!

Aber wenn wir einen Notar brauchen, zahlst du das.

Übrigens musst du unter deinem Bett dringend mal putzen.

Wieso? Hast du doch heute gemacht.

Arsch.

Ich starre abwechselnd auf mein Handy und auf die halb offene Stalltür. Das Gebäude ist klein und heruntergekommen, nur ein Gang mit zwei Boxen auf einer Seite. Das Holz ist verwittert, das Dach mit Sicherheit undicht, und durch die Spalten in den Wänden fällt die Nachmittagssonne herein. Staub schwirrt in der warmen Luft und macht die dünnen Lichtstreifen sichtbar.

Ich stehe neben der halbdunklen Ecke hinter den Boxen, die von der Tür aus nicht zu sehen ist, und warte auf Brooke. Der Geruch von Heu hängt in der Luft, doch jeder Beweis, dass es hier mal Pferde gab, ist verschwunden. Wenn ich es richtig mitbekommen habe, gehörten sie damals Brookes Mutter und wurden irgendwann verkauft. Vermutlich spätestens nach der Scheidung, und damit ist es sicher schon zehn Jahre her. Aber ich kann mir nur zu gut vorstellen, wie ein kleines Mädchen mit heller Haut voller Sommersprossen und wilden roten Locken hier durch das Heu jagt und ihrer Mum beim Versorgen der Tiere hilft. Keine Ahnung, ob das je so passiert ist. Aber ich wünsche es mir. Weil das bedeuten würde, dass Brookes Kindheit wenigstens ein wenig unbeschwerter war als ihre Jugend.

Warum braucht sie so lang? Ich öffne unseren Chat wieder.

> Wo bleibst du? Der Notar wartet.

> Ich zahle nach Stunden, mach mich nicht arm.

Brooke bleibt offline. Ich atme die stickige, warme Luft ein und versuche, diese Nervosität abzuschütteln, die mich plötzlich im Griff hat. Es ist doch nichts dabei, mit Brooke zu reden. Wir reden jeden verdammten Tag. Nur eben nicht so. Nicht über uns.

Uns.

Allein dieses kleine Wörtchen verunsichert mich.

Seufzend stecke ich mein Handy ein und lehne mich mit dem Rücken gegen die Stallwand. Draußen ist das Surren und Zirpen von Insekten zu hören, untermalt vom Gackern der Hühner. Doch es dauert nur ein paar Minuten, bis endlich eilige Schritte erklingen.

Die Tür wird geöffnet, und Brookes Silhouette schiebt sich ins Halbdunkel des Stalls. Mit einem schelmischen Grinsen auf den Lippen kommt sie auf mich zu.

»Wo ist dein Klemmbrett?«, will sie wissen und schaut sich bestürzt um.

Ich ziehe sie sanft weiter in die Ecke, wo man uns von draußen nicht sehen kann, und verdrehe gespielt genervt die Augen.

»Wo ist dein Putzlappen?«, erwidere ich scherzhaft.

Sie schüttelt den Kopf. »Bei dir hilft auch Putzen nichts. Dich kriegt man nicht mehr rein und unschuldig.«

Ich hebe die Brauen. »Was soll das denn bedeuten?«

»Nichts«, feixt sie und kommt direkt vor mir zum Stehen. Ihr Duft verdrängt den des Heus, und sie ist mir so nah, dass ich selbst in der Dunkelheit ihre Sommersprossen zählen könnte. Brooke schaut aus diesen graublauen Augen zu mir auf und lächelt sanft. »Hi«, flüstert sie, und alles in mir zieht sich zusammen.

»Hi«, raune ich zurück, rühre mich allerdings nicht. Der Wunsch, sie zu küssen, ist überwältigend. Aber wir sollten wirklich erst reden, sonst endet das ziemlich sicher in einem Desaster.

Brooke schluckt. »Danke für vorhin«, meint sie dann leise, und ich runzle die Stirn.

»Für was?«

»Für das, was du zu Grey gesagt hast.«

»Du hast es also gehört«, stelle ich seufzend fest. »Ich wollte mich wirklich nicht einmischen, aber er hat mich so aufgeregt ...«

Brooke schüttelt den Kopf. »Ich fand es gut, dass du das gemacht hast. Ich selbst hab irgendwie schon aufgegeben, mit ihm zu reden.«

Ich zögere. Vielleicht sollte ich ihr Mut zusprechen, noch mal auf Greysen zuzugehen, aber andererseits ist das wirklich nicht ihre Aufgabe. Sie ist nicht in der Pflicht, sich ständig zu erklären und zu verteidigen. Und wenn ich so darüber nachdenke, bin ich selbst ganz froh, ihm vorhin meine Meinung gesagt zu haben. Denn ich glaube, hätte ich Grey einfach weiterreden lassen, ohne ihm Kontra zu geben, hätte ich mich selbst dafür gehasst.

Brooke und ich sind ... befreundet. Wohl auch ein bisschen mehr als das, machen wir uns nichts vor. Und sie hat keinen Typen verdient, der kommentarlos zulässt, dass andere über sie herziehen. Ganz egal, um wen es sich handelt.

Und wo wir schon bei dieser Freundschaftssache sind ...

»Was machen wir jetzt?«, frage ich und reibe mir den Nacken. »Sagen wir ihm, dass …?«

»Dass was?«, hakt sie nach. »Dass wir Sex hatten oder dass wir Sex *haben*?«

Ich bin überfordert. Mein Kopf kann diese Frage ganz eindeutig beantworten. Denn rein logisch betrachtet sollten wir keinen Schritt weitergehen. Abbruch. Abstand. *Abort mission.* Das volle Programm.

Aber jetzt ist das Kind doch ohnehin schon in den Brunnen gefallen, oder? Und mein Herz hat leider andere Präferenzen.

Mein *Herz* …

Scheiße, wann war das zum letzten Mal irgendwo involviert?

»Wohl eher Letzteres«, sage ich dennoch. Mal ehrlich. Ich schaffe es sicher nicht, mich weiterhin von Brooke fernzuhalten. Bleibt also nur zu hoffen, dass wir die gemeinsame Zeit hier ohne Drama überstehen und die knapp dreihundert Meilen Luftlinie zwischen Wellington und Auckland im Herbst den Rest übernehmen.

Brooke nickt fachmännisch. »Sex können wir knicken, wenn Grey davon erfährt.«

»Ich kann es aber auch nicht vor ihm geheim halten«, widerspreche ich. »Ich weiß, er ist gerade ein Arsch, aber er ist trotzdem mein bester Freund. Wir wohnen zusammen. Und ich vögle hinter seinem Rücken seine Schwester? Das geht echt nicht.«

»Wenn wir es ihm jetzt sagen, rastet er aber aus«, gibt Brooke zu bedenken. »Bei seiner momentanen Laune ist das keine gute Idee.«

Damit hat sie leider recht. »Und was schlägst du stattdessen vor?«

»Wir könnten ihn langsam an die Sache ranführen? Wenn er uns mehr zusammen sieht …«

»Dann denkt er am Ende, wir verlieben uns«, rutscht es mir heraus.

Fast befürchte ich, Brooke mit dieser Aussage vor den Kopf zu stoßen. Was weiß ich denn, ob sie das nicht vielleicht längst tut? Zwar war von Anfang an klar, dass das hier nur etwas Lockeres ist, aber solche Vorsätze gehen nicht selten schief. Ich merke es ja gerade an mir selbst. Meine einzige Hoffnung auf Rettung ist es, einfach oft genug zu betonen, dass nichts dabei ist, und darauf zu hoffen, dass es so wahr wird.

»Hm. Das wäre ungünstig«, meint Brooke locker heraus. Doch sie mustert mich verstohlen. »Erzählst du mir eigentlich irgendwann, warum du solche Bindungsängste hast? Ich meine, du weißt jetzt schließlich auch, warum ich so kaputt bin. Das wäre ja nur fair.«

Schnaubend schüttle ich den Kopf. »Nein.«

Sie hebt die Brauen. »Warte, du streitest es nicht mal ab?«

»Ich hab dir schon mal gesagt, dass ich kein guter Lügner bin.«

Sie verzieht nachdenklich den Mund. Aber mal ehrlich, eigentlich könnte sie selbst darauf kommen, was mein Problem ist. Ich habe ihr erzählt, wie ich aufgewachsen bin. Das erklärt doch schon alles. Sie ist nur aufgrund ihrer eigenen Vergangenheit auf die Idee gekommen, es müsse eine Beziehung im Spiel gewesen sein.

»Also, zurück zu Grey?«, lenke ich das Thema wieder von mir.

Brooke zuckt mit den Schultern. »Keine Ahnung, vielleicht warten wir einfach einen guten Moment ab?«

Simpel. Einleuchtend. Aber mir ist unwohl bei dem Gedanken, es auf unbestimmte Zeit vor ihm zu verheimlichen.

Andererseits mache ich das schon seit Wochen. Immerhin hatten wir bereits vorher Sex. Und bei der Vorstellung, ihm *jetzt*, mit seiner aktuellen Laune, zu gestehen, dass Brooke und ich schon *zwei* Mal miteinander geschlafen haben, wird mir noch sehr viel unwohler zumute.

»Okay«, willige ich ein. »Das ist vermutlich das Beste.«

»Letztendlich geht es ihn auch nichts an«, fügt Brooke hinzu. »Das ist unsere Sache. Ob und wann wir ihm davon erzählen, genauso.«

»Theoretisch …«

»Praktisch auch. Er meint nur, er muss alles zu seiner Angelegenheit machen.«

Wenn man es aus Brookes Perspektive betrachtet, stimme ich ihr da zu. Aus meiner jedoch? Absolut nicht. Meinem besten Freund so was nicht zu erzählen, ist ein *big fucking deal*.

Brooke zieht mich an meinem Shirt näher zu sich, bis meine Brust ihre berührt, und legt ihre Hände in meinen Nacken. Die Berührung lenkt meine Gedanken sofort weg von meinen Sorgen, hin zu ihr. »Wir müssen uns jedenfalls überlegen, wie wir weitermachen, bis wir Grey davon erzählen«, stellt sie fest. »Eins ist sicher: Nächstes Mal wischst du unter meinem Bett Staub.«

Mein Mundwinkel zuckt belustigt. »Nackt?«

»Natürlich. Ist nur fair.«

»Könntest du vorher mal durchsaugen?«

»Bei dir oder unter dem Bett?«

Mir entweicht ein ersticktes Lachen. »Wow, war der schlecht …«

»So reagierst du also auf mein großzügiges Angebot? Das merke ich mir. Genauso wie die Tatsache, dass du Grey erzählt hast, gestern sei nur *okay* gewesen.«

»Er hat gefragt, wie die Party war«, erinnere ich sie. »Der gute Teil kam erst danach.«

»Geschickt gerettet …«

Belustigt verdrehe ich die Augen. »So gern ich unter deinem Bett Staub wischen würde – ich fürchte, das Haus ist generell ein ganz schlechter Ort für alles, was Nacktheit betrifft.«

Brooke schürzt unzufrieden die Lippen. »Können wir Grey nicht noch mal nach Wellington schicken? Bestenfalls für ein paar Wochen …«

Ich umfasse sanft ihre Taille und ziehe Brooke näher an meinen Körper. Mein Kopf malt sich derweil die bescheuertsten Sachen aus. Theoretisch könnten wir gemeinsam nach Wellington. Wir hätten die ganze WG für uns allein, während Grey sich hier um den Hof kümmert. Sowohl das als auch der Gedanke an Brooke in meinem eigenen Bett sind ziemlich verlockend. Aber es ist wohl kaum die Definition von etwas *Lockerem*, sie eineinhalb Monate bei mir wohnen zu lassen. Und es ist generell eine beschissene Idee, allein schon, weil das bei Grey sicher einige Fragen aufwerfen würde und ich ein schlechtes Gewissen dabei hätte, ihn mit der Arbeit hier allein zu lassen.

»Wir könnten uns nachts ins Café schleichen«, schlage ich vor.

»Das ist gefühlt doppelt so gefährlich wie unsere Zimmer.«

»Kommt drauf an, wie laut du sein willst …«

Brooke grinst. »Das kommt drauf an, was du mit mir vorhast.«

»Hm.« Ich dränge sie rückwärts gegen einen schmalen Tisch an der Wand. »Lass mich überlegen … Noch irgendwelche Vorlieben, von denen ich wissen sollte? Außer Sex im Freien natürlich …«

»Das ist keine Vorliebe, das hat sich so ergeben«, behauptet sie.

»Ja, weil du sehr dringend nach einem Kondom verlangt hast«, ziehe ich sie auf.

Brooke reckt das Kinn. »Ich bereue nichts. Diesmal habe ich außerdem vorgesorgt.« Sie greift in ihre Gesäßtasche und holt ein kleines Päckchen daraus hervor.

Ich hebe die Brauen. »Deine Reaktion auf *wir müssen reden* ist es, Kondome einzupacken?«

»Sag mir jetzt nicht, ich bräuchte keines.«

Grinsend hebe ich Brooke auf den Tisch und trete zwischen ihre Beine. »Niemals würde ich es wagen, dich derart zu enttäuschen.«

Das hier ist doch einfacher, als ich dachte. Nur Sex. Keine Liebe. Es fiel mir noch nie schwer, das zu trennen. Warum sollte es jetzt auf einmal so eine Herausforderung darstellen?

Aber irgendwie hänge ich dann doch zu sehr an Brookes Augen statt an ihrem Körper. Und mein Magen macht merkwürdige Sachen. Irgendwas mit Schmetterlingen. Ich weiß doch auch nicht.

»Wir müssen aufpassen, wo wir die entsorgen«, stelle ich fest und nehme Brooke das Kondomtütchen ab.

»Was hast du mit dem von neulich gemacht?«

Ich rümpfe die Nase. »Draußen unter den Müll aus den Ferienwohnungen geschmuggelt.«

Brooke lacht auf. »Igitt!«

»Es war notwendig«, verteidige ich mich.

»Ich habe Sex mit einem menschgewordenen Waschbären …«

»Ist das dein Kink?«, frage ich grinsend. »Soll ich aufhören, mich zu rasieren?«

Scherzhaft stößt sie mir vor die Brust. »Hör lieber auf zu reden.«

Ich nehme Brookes Hände in meinen gefangen und beuge mich zu ihr vor. »Mir hat mal jemand gesagt, sie sei nur gut im Klappehalten, wenn man ihren Mund anders beschäftigt. Ich fürchte, das gilt auch für mich.«

»Stimmt gar nicht«, raunt sie und streift mit ihrer Nasenspitze meine. »Du bist viel besser darin als ich. Du willst ja nur, dass ich dich küsse.«

»Das und ein paar andere Dinge«, murmle ich und lege meine Lippen auf ihre.

Brooke erwidert den Kuss, befreit ihre Finger aus meinen und lässt ihre Hände an meinen nackten Armen emporwandern.

Ihre Berührungen sind kühl, ihr Atem ist dafür umso heißer. Ich umfasse ihre Taille und will gerade ihr Shirt hochschieben, als draußen Greysens Stimme ertönt. Er ruft nach uns. *Großartig.*

Ich will einen Schritt zurückmachen, doch Brooke hält mich fest. »Ignorier ihn«, schlägt sie flüsternd vor.

Entsetzt schaue ich sie an. »Was, wenn er uns findet?«

»Wieso sollte er hier drin suchen?«

Mir entweicht ein ungläubiges Schnauben. »Wir kommen beide in die Hölle«, stelle ich fest und widme mich wieder dem Saum ihres Oberteils.

Greys Rufe hallen weiter über den Hof, doch der Richtung nach zu urteilen ist er völlig auf dem Holzweg. Ich will gerade Brookes Brüste freilegen, als die Stalltür knarzt und wir beide erstarren.

Was …

Leise Schritte tapsen über den Boden. Dann kommt ein hechelnder Fellball um die Ecke. Columbo schaut durch seine Ponyfransen zu uns hoch und legt erwartungsvoll den Kopf schief. Brooke und ich stöhnen beide auf.

»Das war's dann wohl«, stelle ich fest und nehme Abstand von ihr. Ich schiebe mir das Kondompäckchen in die Hosentasche und fahre mir durch die Haare. »Wenn Grey gesehen hat, wo er hin ist, wird er auch gleich hier auftauchen.«

Zum ersten Mal, seit ich sie kenne, mustert Brooke Columbo missmutig. »Das wird schwieriger, als ich dachte«, stellt sie fest, und einen Moment lang habe ich tatsächlich Angst, sie könnte es sich anders überlegen.

Die ganze Zeit über war ich derjenige, der sich gegen das hier gewehrt hat. Aber nun, wo ich meine eigenen Prinzipien so platt gewalzt habe, dass Brooke und mir nichts mehr im Weg steht, bin ich plötzlich regelrecht versessen auf ihre Nähe.

»Tja«, macht sie schulterzuckend und stößt sich von dem kleinen Tisch ab. »Sieht so aus, als müssten wir das Café einweihen.«

brooke

Ich dachte, das hier wird der schlimmste Sommer meines Lebens.

Der Rauswurf von Mum, die Unsicherheit, ob ich eine Wohnung finde, die Konfrontation mit Grey und meiner Vergangenheit … Das alles waren Faktoren, die auf ein ausgereiftes Desaster hingedeutet haben.

Doch ich hatte die Rechnung ohne Noah gemacht. Noah, der diesen schlimmsten aller Sommer zum schönsten hat werden lassen.

Seit drei Wochen haben wir heimlich Sex. Und obwohl ich ganz genau weiß, dass wir bereits viel zu weit gegangen sind, genieße ich jede Sekunde mit ihm. Ich habe mich schon lange nicht mehr so frei gefühlt wie bei Noah. Irgendwie unbeschwert. Wertgeschätzt – und zwar nicht nur für meinen Körper.

Es ist besonders. *Er* ist besonders.

Doch während Noah und ich ungewollt immer enger zusammen-wachsen, bleibt die Beziehung zwischen Grey und mir angespannt. Zugegeben, er ist jetzt wieder netter. Seit Noah ihm an Neujahr diese Ansage gemacht hat, hält er sich mit seiner Wut auf mich zurück. Aber er hat sich genauso wenig bei mir entschuldigt wie ich mich bei ihm. Und auch wenn ich ihm dafür keinen Vorwurf machen kann, enttäuscht es mich trotzdem. Er ist doch der Ältere von uns beiden. Der Erwachsenere. Wenn er einen Schritt auf mich zu machen könnte, mir irgendwie mehr Verständnis entgegenbringen würde, könnte ich mich ihm vielleicht anvertrauen. Ihm alles erklären …

Stattdessen schweigen wir es tot.

Noch immer ist Noah der Einzige, der ungefähr weiß, was wirklich mit Talon passiert ist. Der Einzige, der versteht, warum ich so bin. Und vielleicht muss ich endlich akzeptieren, dass sich das nicht mehr ändern wird.

Wenn ich ehrlich bin, habe ich aufgehört, daran zu glauben, dass Grey und ich jemals wieder richtige Geschwister werden. Wir funktionieren besser auf Abstand, wenn wir einander nicht enttäuschen können. Also versuche ich, diesen, so gut es geht, zu halten.

In den nächsten beiden Tagen ist das jedenfalls kein Problem. Grey wurde von seinem Prof noch mal nach Wellington geordert. Anscheinend konnte sich der Kerl nicht zwischen seinen drei Favoriten entscheiden und will diese jetzt ein zweites Mal Probe arbeiten lassen. Für mich persönlich klingt das eher, als würde er gern so viel Gratis-Unterstützung abgreifen wie möglich, aber das behalte ich besser für mich. Grey ist ohnehin schon angespannt, weil er die Stelle so dringend braucht, und eigentlich kann es mir auch egal sein, was die Gründe für seine Abwesenheit sind. Die Hauptsache ist, dass Noah und ich das Haus zwei ganze Nächte für uns allein haben. *Endlich.*

Anfangs war es aufregend, hinter Greys Rücken Sex zu haben. Mittlerweile nervt es einfach nur, ständig um ihn herumschleichen zu müssen. Zugegeben, wir hätten ihm längst die Wahrheit sagen können. Aber irgendwie haben wir jedes Mal eine Ausrede dafür gefunden, es doch nicht zu tun. Vorwände, um weiter in dieser kleinen heilen Blase zu bleiben.

Warum Noah noch nicht darauf bestanden hat, es Grey zu sagen, weiß ich nicht. Aber meine eigenen Beweggründe kenne ich nur zu gut. Ich habe Angst davor, weil Grey das zwischen Noah und mir kaputtmachen könnte. Und das will ich nicht. Ich will diese kurze Zeit, die uns hier auf dem Hof bleibt, in vollen Zügen genießen. Mein Leben wird schnell genug wieder furchtbar sein, sobald ich zurück in Auckland bin.

»Brauchst du noch lang?«, rufe ich durch das Repair-Café. Grey ist schon vor ein paar Stunden nach Wellington gefahren, weshalb

Noah und ich hier die Stellung gehalten haben. Vor ein paar Minuten haben wir offiziell geschlossen, und während ich die Bar sauber mache, räumt Noah hinten im Materialraum auf. Da heute Sonntag ist, war wieder einiges los. Zwei Touris mit Campervan waren da, um ihre schrottreifen Fahrräder zu reparieren, was für ganz schönes Chaos gesorgt hat. Am Ende saß die halbe Stadt versammelt und hat versucht, aus den Einzelteilen einen fahrbaren Untersatz zu machen. Ironischerweise hat ausgerechnet Mrs. Burns, die nicht den Hauch einer handwerklichen Begabung hat, darauf bestanden, dass die Dinger noch zu retten seien. Irgendwie haben sie es wohl tatsächlich geschafft, aber ich habe die letzte Stunde lieber an der Kaffeemaschine verbracht, statt mich ins Getümmel zu mischen.

Schade eigentlich. Ich bin gut darin, Dinge zu reparieren. Schon als ich klein war, hat Dad mir alles beigebracht, was er weiß. Deswegen habe ich mich auch für Maschinenbau eingeschrieben, statt irgendwas mit weniger Zahlen zu studieren und mir damit jede Menge Stress zu sparen. Aber das ändert nichts daran, dass ich mich in der Gesellschaft dieser Menschen nicht mehr wohlfühle. Ich habe immer noch den Schwieriger-Teenie-Stempel von früher und einfach keine Lust, mich mit Kommentaren und aufdringlichen Fragen auseinanderzusetzen.

»Gleich«, kommt es von Noah zurück. Die Tür zum Nebenraum ist nur angelehnt, und ich höre es drinnen klappern. »Geh schon mal vor, wenn du willst. Ich sperr ab.«

Perfekt. Das gibt mir die Gelegenheit, mich vor unserem gemeinsamen Abend noch mal kurz frisch zu machen. »Okay. Bis gleich«, rufe ich zurück und verlasse das Café. Vor der Tür bleibe ich einen Moment lang stehen, schließe die Augen und atme die nach Meer und Tau duftende Abendluft ein.

Endlich Ruhe. Sofa. *Noah.*

In den Büschen um mich herum zirpt irgendein lautes Insekt. Eine leichte Brise bringt die Blätter zum Rascheln, und ich schaue mich gedankenverloren auf dem Hof um.

Manchmal holt mich die Nostalgie dieses Ortes ohne Vorwarnung ein. Dann bin ich wieder in der Zeit vor der Trennung meiner Eltern.

Der Zeit vor dem Drama, vor Talon, vor der neuen Brooke. Nur ein unbeschwertes Kind ohne Sorgen oder Verpflichtungen, das warme Abendstunden wie diese meist damit verbracht hat, sich mit seinem Bruder in der Natur herumzutreiben und mit Stöcken zu kämpfen oder Polizei zu spielen. Auf Letzteres hat Grey immer bestanden. Was er mal werden will, war schon von klein auf klar.

Die Erinnerung sticht und wirbelt neue Schuldgefühle in mir auf. Ich kann nicht leugnen, dass ich mir diese Tage zurückwünsche. Dass es schön gewesen wäre, hätten sie länger gehalten.

Damals haben Grey und ich uns noch vertragen. Er war mein Partner in Crime, oder eher mein Partner against Crime, und nicht mein selbst ernannter Aufpasser.

Irgendwie vermisse ich diese Art an ihm.

Ich vermisse es, dass er mich als ebenbürtig sieht.

Ob ich jemals eine Entschuldigung über die Lippen bringe? Wenn ich älter bin? Vielleicht hat er recht, und ich bin wirklich noch ein Kind …

Mein Blick wandert über die blühenden Sträucher am Rand unseres Hofes und bleibt dann an der Einfahrt etwa hundert Meter weiter hängen.

Ich erstarre. Mein Atem stockt.

Ein groß gewachsener, breiter Mann mit schwarzen Haaren steht an der Straße und schaut zu mir rüber. Selbst auf die Entfernung erkenne ich ihn problemlos.

Talon.

Ein eiskalter Schauer läuft mir über den Rücken, aber ich kann mich nicht rühren. In meinem Kopf überschlagen sich die Gedanken.

Was will er hier? Ich dachte, er würde mich in Ruhe lassen. Stattdessen kommt er den ganzen Weg hierher, um …

Ja, um was? Mich aus der Entfernung anzustarren?

Just in diesem Moment macht Talon einen Schritt auf mich zu.

damals

»Ich hab dir eine Frage gestellt!« Talons Stimme ist so laut, dass ich mir am liebsten die Ohren zugehalten hätte. Mein Körper fühlt sich taub an. Taub vor Angst und lähmender Panik. Meine Kehle wird eng. Tränen brennen in meinen Augen.

»Hör auf, mich anzuschreien«, presse ich kaum hörbar hervor.

»Dann hör auf, mich wütend zu machen!«, donnert er und schlägt mit seiner Faust so fest auf den kleinen Küchentisch, dass die Teller klappern. Ich zucke zusammen. »Wo du warst, will ich wissen!«

Mit jedem seiner Worte sinke ich weiter in mich zusammen. Zwei Jahre habe ich geglaubt, ihn zu lieben. Aber jeder Tag, den ich mit Talon verbracht habe, hat mich kleiner gemacht. Kaputter. Hilfloser. Ich starre hinunter auf die Holzmaserung der Tischplatte und versuche, nicht zu weinen. Er hasst es, wenn ich das tue. Und ich hasse ihn.

»Ich war nur im Kino«, flüstere ich.

»Mit wem?«

»Mit Kaia und Amy …«

»Seit wann triffst du dich wieder mit denen, hm? Ich dachte, das hätten wir geklärt.«

»Ich weiß nicht … Sie haben mich gefragt, und mir war langweilig und …« Mir fällt kein Grund mehr ein. Weil ich nicht verstehe, was ich eigentlich begründen soll.

»Wo ist dein Ticket?«

Überfordert schaue ich hoch. »Was?«

Talons braune Augen durchbohren mich förmlich. »Dein Kinoticket, Brooke.«

Kalter Schweiß bildet sich auf meinen Handflächen und in meinem Nacken. Ich fühle mich so schuldig, dabei habe ich doch gar nichts gemacht. Wie eine Schwerverbrecherin vor Gericht. »Ich ... ich hab keins«, stammle ich. »Kaia hat bezahlt, sie hatte es auf ihrem Handy.«

»Dann schreib ihr, dass sie es dir schicken soll.«

Ich zögere kurz, doch Talon schaut mich so erwartungsvoll an, dass ich kurzerhand mein Smartphone aus der Jackentasche ziehe. Ich schlucke. »Und wenn sie fragt, warum?«

»Denk dir was aus.«

Widerwillig beginne ich zu tippen, doch Talon klopft mit den Knöcheln auf die Tischplatte zwischen uns. »Hierher.«

Ich schlucke meinen Protest herunter und lege das Handy zwischen uns ab, offenbare ihm meinen Chat mit Kaia. Darin steht nichts über einen Kinobesuch, weil sie spontan mit dem Auto bei mir gehalten haben, um mich zu fragen. Die letzte Nachricht ist von vor einer Woche. Irgendwas wegen der Mathehausaufgaben.

Talon starrt darauf hinunter, als würde er sich gerade überlegen, wen er zuerst umbringen soll – mich oder den Kerl, mit dem ich seiner Meinung nach fremdgehe. Schon seit einer Weile beschuldigt er mich dessen immer wieder. Vielleicht, weil er genauso gut weiß wie ich, dass ich nicht bei ihm bleiben sollte und bei jedem anderen besser aufgehoben wäre.

»Warum zittern deine Finger so?«, will er mit geradezu tödlicher Ruhe in der Stimme wissen.

Ich kann nicht mehr sprechen. Ich kann ihn nicht mehr ansehen. *Deinetwegen*, würde ich am liebsten sagen, aber ich habe viel zu große Angst davor.

Ich habe aufgehört, Talons Verhalten damit schönzureden, dass er mir noch nie wehgetan hat. Weil ich aufgehört habe, zu glauben, dass das so bleiben wird. Und weil auch seine Worte Wunden hinterlassen. Narben auf meiner zerrissenen Seele. Doch das Schlimmste ist nicht die Angst vor ihm. Das Schlimmste ist, dass ein Teil von mir Talon noch immer liebt. Und ich gebe nicht ihm, sondern mir selbst die Schuld dafür, dass wir so geworden sind.

Ich habe zugelassen, dass es so weit kommt.

Ich habe diesem Mann die Macht gegeben, mich zu zerstören.

Und vielleicht habe ich es deshalb verdient, so verletzt zu werden.

> Kannst du mir bitte einen Screenshot von den Kinotickets schicken?

Ich bete, dass Kaia nicht schon schlafen gegangen ist. Solange sie nicht antwortet, wird auch Talons Wut nicht verschwinden. Und mit dieser will ich auf keinen Fall die Nacht verbringen. Sie macht ihn unberechenbar.

Talons schwere Finger trommeln neben mir auf die Tischplatte, als wollten sie mich daran erinnern, wie kräftig er ist. Wie überlegen. Ich versuche, mich von ihnen nicht aus dem Konzept bringen zu lassen, doch es gelingt mir nicht. Mir fällt es merklich schwer, einen sinnvollen Satz zu formulieren, geschweige denn mir eine gute Erklärung auszudenken.

> Grey glaubt mir nicht, dass wir in dem Film waren.

Hä? Er hat uns doch gesehen, als wir dich abgeholt haben.

Moment.

> Kaia hat dir ein Bild gesendet.

Ich atme auf. Mein Herz hingegen verkrampft sich immer weiter. Talon zieht mein Handy zu sich und mustert den Screenshot von Kaias Onlineticket. Er verzieht leicht die Lippen, schließt den Anhang wieder und wischt dann nach rechts, um meine anderen Chatverläufe zu sehen.

Stillschweigend schaue ich dabei zu, wie er durch die Liste scrollt und hin und wieder einen Chat mit Klassenkameraden von mir öffnet, um ihn nach Beweisen zu durchsuchen.

Alles in mir sträubt sich dagegen. Ich will nicht, dass er das macht. Es geht ihn nichts an. Das sind meine Nachrichten, mein Leben, meine Privatsphäre. Doch äußerlich bleibe ich unbewegt. Ich lasse diese Grenzüberschreitung ebenso über mich ergehen wie alle vorherigen und fühle mich dabei noch erbärmlicher als sonst.

»Okay.« Er schaltet mein Display aus und schiebt mir das Handy wieder zu.

Widerwillig schaue ich ihm ins Gesicht. Talon mustert mich noch immer skeptisch. Und obwohl ich eben meine Unschuld bewiesen habe und er mich völlig zu Unrecht angebrüllt hat, ist da kein Funken Reue in seinen Augen. Er verschränkt die breiten Arme vor der Brust und lehnt sich in seinem Stuhl zurück. Mit dem Kinn deutet er in Richtung Sofa. »Schauen wir noch eine Folge?«

Zögerlich stehe ich auf und stecke mein Handy wieder ein. Meine Beine fühlen sich an wie Gummi, und ich habe das Gefühl, als könnte mir hier drin jeden Moment wortwörtlich die Decke auf den Kopf fallen. »Ich muss nach Hause«, bringe ich heraus.

Talon runzelt die Stirn. »Seit wann das?«

»Dad macht sich sonst Sorgen.«

»Das juckt ihn doch sonst auch nicht.« Er steht auf und umrundet den Tisch. Direkt vor mir bleibt er stehen und streicht mir schmerzhaft sanft eine Strähne aus dem Gesicht. »Bist du jetzt sauer auf mich, Babe?«

»Nein«, würge ich hervor. Und es stimmt sogar. Wenn da wenigstens Wut auf ihn wäre … Aber stattdessen ist da nur Wut auf mich selbst und dieses lähmende Gefühl der Hilflosigkeit, das es mir unmöglich macht, mich ihm zur Wehr zu setzen.

»Ich wollte dich nicht anschreien«, behauptet er und streichelt meine Wange. Seine Berührung versucht, mir all die schönen Momente mit ihm wieder in Erinnerung zu rufen. Sein herber Duft steigt mir in die Nase, vertraut und verhasst zugleich. »Aber du hättest mir Bescheid geben müssen. Das haben wir doch besprochen.«

»Tut mir leid«, flüstere ich. Noch mehr Lügen. Noch mehr Selbstzerstörung.

»Schon gut.« Talon schlingt seine warmen Arme um mich, zieht mich an seine harte Brust. Er drückt mir einen Kuss aufs Haar, der mich erschaudern lässt. »Du bleibst einfach hier, und wir reden über alles, hm? Schreib deinem Alten, dass du bei Kaia übernachtest.«

Da ist es wieder. Dieses Versprechen von Heilung, von Sichbessern. Dieses *alles wird gut*, an dem ich so lang festgehalten habe.

»Ich bin wirklich müde«, bringe ich hervor.

»Zu müde für deinen Freund? Ich hab den ganzen Abend auf dich gewartet, Babe.«

Mir wird schlecht. Denn ich habe den ganzen Abend nur versucht, ihm aus dem Weg zu gehen. Und nun bin ich doch wieder in seiner Falle gelandet. Gefangen zwischen Schuld, Angst und dieser ewigen Sehnsucht nach Liebe, die Talon niemals erfüllen wird.

Ich muss hier weg.

Ich muss ihm entkommen.

Aber wie soll ich das anstellen? Denn eines ist sicher:

Talon wird mich niemals freiwillig gehen lassen.

KAPITEL 26

brooke

Nein.

Nein, nein, nein!

Panik ergreift von mir Besitz, schnürt mir in Sekundenschnelle die Luft ab.

Ich will ihn nicht sehen. Ich will nicht mit ihm reden. Bitte …

Doch das hält ihn nicht davon ab, einen weiteren Schritt auf mich zu zu machen. Er setzt sich endgültig in Bewegung, doch gleichzeitig geht hinter mir die Cafétür auf und lässt mich zusammenzucken. Erschrocken drehe ich den Kopf.

Es ist nur Noah.

… nur?

Es ist *Noah*.

Schwerfällige Erleichterung durchströmt mich, doch sie kommt nicht ganz gegen die Panik an, die mich noch immer im Griff hat. Noah hat sich der Tür zugewandt und sperrt sie gerade ab. Offenbar hat er Talon nicht bemerkt.

»Wenn das jedes Wochenende so stressig wird, bin ich dafür, sonntags zuzumachen«, scherzt er, zieht den Schlüssel heraus und dreht sich zu mir um. »Warum stehst du eigentlich noch …« Er hält inne und mustert mich. Fragend zieht er die Brauen zusammen. »Alles okay?«

Ich bringe keine Antwort heraus. Mein Herz hämmert schmerzhaft gegen meine Rippen. Mein Blick schießt zurück zur Einfahrt, doch Talon ist verschwunden. Fast als hätte ich ihn mir nur eingebildet.

Vielleicht stimmt das ja auch. Es wäre mir lieber, als dass er wirklich hier war.

»Brooke?«, fragt Noah besorgt.

»Können wir reingehen?«, flüstere ich, ohne mich von dem Weg abzuwenden.

»Ähm … klar?« Noah ist hörbar irritiert. Aus dem Augenwinkel glaube ich zu sehen, wie er meinem Blick folgt. Doch statt weiter nachzuhaken, legt er mir seinen Arm um die Schultern und führt mich um das Haus herum zur Veranda. Ich schmiege mich an seine Seite, aber all meine Vorfreude für den Abend mit ihm ist mit einem Mal verpufft. Mir liegt ein schwerer Stein in der Magengrube, und mein Brustkorb fühlt sich schmerzhaft eng an.

Kaum dass Noah die Haustür für uns aufgesperrt hat, flüchte ich mich in die Küche und schenke mir ein Glas Wasser ein. Nur leider hilft auch das nicht. Ich kriege kaum etwas davon runter.

Noah folgt mir mit etwas Abstand in die Küche und bleibt unschlüssig am Kühlschrank stehen. »Also, was willst du machen?«, fragt er vorsichtig. Er weiß genau, dass etwas nicht stimmt. Weil ich es schon wieder nicht schaffe, meine Mauern aufrechtzuerhalten.

Weil Talon alles kaputtmacht.

Weil ich nicht stark genug bin, um diesen Typen hinter mir zu lassen, und er nur an meiner verdammten Einfahrt vorbeilaufen muss, um mich auseinanderzunehmen.

Ich kriege keine Luft mehr. Meine Brust ist so eng, als würde ein Lkw darauf parken, und Tränen brennen mir in den Augen. Noahs Gesicht verschwimmt.

»Ich …«

Was, ich?

Ich weiß nicht mehr, was ich sagen wollte.

Talon.

Das sollte ich sagen, aber ich kann nicht. Ich kann nicht denken. Ich kann nicht atmen.

»Brooke?«

»Ich …« Ein lautes Klirren lässt mich zusammenfahren. Noah flucht, und ich blinzle irritiert. »Was …?«

Allmählich nehme ich meine Umgebung wieder klarer wahr. Die Küche, in die warmes Abendlicht fällt. Noah, der mich halb besorgt, halb erschrocken anschaut. Aus dem Flur ertönt ein Kläffen, und schon kommt auch Columbo hechelnd in den Türrahmen geschlittert.

»Bleib!«, befiehlt Noah ihm scharf und bedeutet ihm mit einer energischen Geste, nicht näher zu kommen. Zur Abwechselung gehorcht Columbo sogar, aber er legt interessiert den Kopf schief und schaut sich in der Küche um.

Ich bin verwirrt. Doch nun spüre ich allmählich die kalte Nässe, die meine Socken tränkt. Vorsichtig reibe ich meine Fingerspitzen aneinander und schaue zu Boden. Ich habe das Glas fallen gelassen. Eine große Lache hat sich unter mir gebildet. Scherben und Wasserspritzer bedecken den Boden und haben sich offenbar in der ganzen Küche verteilt.

Auch Noahs Socken sind nass, doch er rührt sich nicht von der Stelle. Er steht einen Schritt von mir entfernt und fasst mich sanft am Ellbogen.

»Ist dir schwindelig?«, fragt er. »Willst du dich hinsetzen?«

Ich nicke nur überfordert. »Sorry …«

»Alles gut.« Noah streckt sich nach einem der Stühle und stellt ihn direkt neben mir ab. Er dirigiert mich darauf, als würde er befürchten, dass ich sonst die Sitzfläche verfehle. »Pass auf deine Füße auf. Ich hole den Besen. Columbo *bleib*«, befiehlt er wieder, da dieser winselnd im Türrahmen auf und ab geht. Widerwillig setzt er sich hin, lässt mich aber nicht aus den Augen.

Noah bahnt sich auf Zehenspitzen einen Weg zwischen den Scherben hindurch und verschwindet im Flur. Kurz darauf kommt er mit Besen, Handkehrer und einer Kehrschaufel zurück und macht sich daran, das Chaos zu beseitigen.

Mein Kopf wird allmählich wieder klarer. Und mit dem Verständnis, was gerade passiert ist, kommt auch Scham.

»Ich kann das machen«, biete ich an, doch Noah schüttelt den Kopf.

»Bleib sitzen. Sobald die Scherben halbwegs aus dem Weg sind, helf ich dir aufs Sofa.«

Ich bringe es nicht über mich, ihm zu widersprechen. Mein Kopf ist noch viel zu durcheinander. Also lasse ich schweigend zu, dass Noah alle Scherben auf einen nassen Haufen kehrt und mich dann ernsthaft ins Wohnzimmer trägt. Columbo folgt uns aufgeregt, springt sofort neben mir auf die Sitzfläche und schnüffelt an meinem Gesicht herum.

»Hey, ein bisschen Anstand«, ermahnt Noah ihn und drückt sanft seine Schnauze beiseite. »Brauchst du was? Trinken? Essen? Arzt?« Er wirkt immer noch besorgt und mustert mich aufmerksam.

»Einfach … einen Moment«, bringe ich hervor.

»Okay.« Er verzieht sich ohne Widerstand in die Küche, und ich höre, wie er sich wieder den Scherben widmet. Tief durchatmend lege ich den Kopf zurück und schließe die Augen.

So eine Scheiße … Noah macht sich Sorgen und muss alles putzen – dabei war doch gar nichts. Es ist nichts passiert, was diesen Aussetzer gerechtfertigt hätte.

Columbo schnauft und legt den Kopf auf meinen Schoß. Ich kraule ihn hinter den Ohren und versuche, mich wieder halbwegs zu sammeln. Als Noah ein paar Minuten später aus der Küche kommt und sich die nassen Socken von den Füßen zieht, glaube ich immerhin, wieder normal atmen und denken zu können. Nur das mulmige Gefühl in meiner Magengrube lässt sich nicht vertreiben. Ein letztes Überbleibsel meiner Hilflosigkeit.

Noah bleibt neben dem Sofa stehen und reibt sich etwas unbeholfen den Nacken. »Ich gehe später noch mal mit dem Staubsauger durch, wenn der Boden trocken ist«, lässt er mich wissen. »Soll ich … ähm …« Er bringt den Satz nicht zu Ende, sichtlich überfordert mit der Situation. »Sicher, dass du nichts brauchst? Ich kann auch …«

»Ich habe Talon gesehen«, platzt es aus mir heraus.

Noah stockt. »Wie …?«

»In der Einfahrt …« Ich vergrabe meine Finger tiefer in Columbos Fell, der wie als Antwort seinen Kopf an meinem Bauch reibt, und schlucke. »Er wollte offenbar zu mir. Dann bist du aus dem Café gekommen, und er ist abgehauen.«

Zögerlich lässt Noah sich auf das Seitenteil der Couch sinken und mustert mich. Ich weiß nicht, wie er es schafft, aber allein seine grünen Augen sind so verdammt tröstlich, dass ich mich sofort ein bisschen besser fühle. »Ging's dir deswegen so schlecht?«, fragt er vorsichtig.

Widerwillig nicke ich.

Noah stützt die Ellbogen auf seine Oberschenkel und knetet seine Finger. »Hast du ihn seit der Party öfter gesehen? Treibt er sich hier rum?«

»Das war das erste Mal«, erwidere ich erstaunlich ruhig. Aber allein der Gedanke, dass Talon hier auf dem Grundstück herumschleichen könnte und mich womöglich durchs Fenster beobachtet, bringt mich zum Schaudern.

Noah scheint mir meine Sorgen anzusehen, denn er weist mit dem Kinn zur Haustür. »Soll ich eine Runde drehen?«

Eilig schüttle ich den Kopf. Jetzt allein zu sein, ist so ziemlich das Letzte, was ich will. Nichts für ungut, aber Columbo ist nicht gerade der beste Beschützer. Er ist höchstens gegen Leute mit Hundehaarallergie hilfreich. Und die kuschelt er dann zu Tode.

»Wegen heute Nacht …«, setze ich an und verziehe den Mund. »Ich fühl mich nicht so gut«, gestehe ich leise. Eigentlich hatte ich geplant, diese Nacht mit Noah voll auszukosten. Aber gerade möchte ich nur in seine Armbeuge kriechen, mein Gesicht an seiner Brust vergraben und so lang die Augen zumachen, bis ich einschlafe.

»Okay.« Er zögert. »Also … soll ich dich in Ruhe lassen, oder willst du Gesellschaft?«

»Gesellschaft wäre schön«, flüstere ich. »Aber ich bin gerade keine gute.«

»Das stört mich nicht«, meint er völlig unberührt. »Was willst du machen?«

Ich überlege einen Moment. »Pizza und Netflix im Bett?«

Noah zieht sein Handy aus der Hosentasche. »Ich bestelle.«

Sofort fühle ich mich ein kleines bisschen besser. »Ist noch Eis im Gefrierfach?«

»Nope. Willst du Chocolate Chip oder Salted Caramel?« Er wischt über das Display und zuckt bereits mit den Schultern, bevor ich überhaupt Gelegenheit zum Antworten habe. »Ach, ich bestell einfach beides.«

Ich starre Noah an. Sein so vertrautes Gesicht. Seine warmen, verständnisvollen Augen. Seine trainierten Arme, die in den letzten Wochen eine unerwartete Art von Zuhause geworden sind.

Er schaut zu mir hoch, begegnet meinem Blick und lächelt mich schwach an. »Dasselbe wie immer?«

Scheiße … Ich glaube, ich liebe diesen Mann.

Bei der Realisation zieht sich mein Inneres erneut zusammen, doch diesmal auf eine ganz andere Art und Weise. Keine schmerzhafte, sondern eine hoffnungsvolle. Gemischt mit nicht zu leugnender Angst.

»Ja bitte«, bringe ich hervor.

Noah widmet sich wieder seinem Smartphone. »Kommt in zwanzig Minuten«, verkündet er dann. »Dein Bett oder meins?«

»Deins ist größer«, gebe ich zu bedenken. Ich habe immer noch einen Kloß im Hals, und der merkwürdige Gedanke von eben setzt sich hartnäckig in meinem Hinterkopf fest.

Liebe?

Nein.

Das war ein Scherz. Vielleicht habe ich mich doch noch nicht so ganz von dem Schock vorhin erholt. »Ich glaube, ich sollte was trinken …«

»Ich hol dir was.« Schon ist Noah aufgestanden und geht in die Küche.

Ich starre ihm nach. Atme tief durch.

Aber statt zu verschwinden, sickert das Gefühl des Verliebtseins nur immer tiefer ein.

Etwa eine Dreiviertelstunde später ist die Küche glassplitterfrei, und von der Pizza sind nur noch Reste übrig. Ich liege in Shorts und T-Shirt in Noahs Bett, seinen Laptop auf dem Schoß, und er kommt mit den beiden Bechern Eiscreme und zwei Löffeln zu mir ins Zimmer. Die Tür lässt er für Columbo offen, der sich am Fußende der Matratze zusammengerollt hat.

»Danke.« Ich nehme ihm einen der Becher ab und hebe die Decke für Noah an. Er lehnt sich neben mir in die Kissen und legt mir einen Arm um. Seufzend kuschle ich mich an seine Seite und schiebe mir einen Löffel Eis in den Mund. »Karamell macht alles besser«, nuschle ich.

Noah wirft einen Blick auf den Laptop und lacht auf. *The Office? Echt?*

»Willkommen bei Dunder Mifflin«, feixe ich und kratze mir diesmal einen Löffel Eis aus seinem Becher.

»Es ist gefühlt ein Jahrhundert her, dass ich diese Serie geschaut habe.«

»Wow. Zum Glück sind wir nicht berühmt, sonst wären wir Thema Nummer eins in diesen Agegap-Videos auf TikTok.«

»Ich hab keine Ahnung, wovon du redest«, meint Noah belustigt.

»Natürlich nicht. Du bist ein Fossil, wie wir gerade festgestellt haben.«

»Mach meinen alten Hintern nicht so fertig.«

»Okay, Boomer.«

Er zwickt mich in die Seite. »Das nimmst du zurück.«

Ich schiebe mir den Löffel voll Eis in den Mund und schüttle nur grinsend den Kopf.

Noah stellt seinen Becher auf den Nachttisch und begräbt meinen Körper kurzerhand unter sich. Ich spüre seinen heißen Atem an meinem Hals, dann zieht er mit den Zähnen an meinem Ohrläppchen, und ich lache erstickt auf.

»Nimm's zurück«, fordert er, und ich höre das Lächeln aus seiner Stimme.

Ich verschlucke mich vor lauter Kichern fast an meinem Eis. »Okay!«, nuschle ich. »Ich nehm's zurück, aber lass bitte mein Ohr in Ruhe. Das wollte ich noch piercen lassen.«

»Hm.« Noah lehnt sich ein wenig zurück, sodass er mir ins Gesicht schauen kann. Er mustert mich und streicht mit den Fingern über meine Schläfe. »Das ist ein überzeugendes Argument. Du darfst das Ohr behalten.«

»Magst du Piercings?«

Er fährt mit dem Zeigefinger sanft über meinen Nasenring. »An dir schon.«

Mir wird heiß. »Dann hat es sich ja gelohnt, dass ich für das Ding rausgeworfen wurde«, scherze ich.

»Hm. Trugschluss. Ich mag vielleicht keine Piercings ohne dich, aber ich mag dich ohne Piercings.«

»Also doch kein Mehrwert«, stelle ich fest und ignoriere, dass mein Herz bei seinen Worten immer heftiger schlägt.

»Doch. Für mich zumindest. Sonst hätte ich ja den ganzen Sommer allein mit Grey verbringen müssen.«

»Puh. Das hättest du nicht verdient gehabt.«

Noah schmunzelt schwach. »So sieht leider der Großteil meines Lebens aus.«

Ich lege den Kopf schief. »Warum bist du überhaupt mit Grey her-gekommen, statt in Wellington zu bleiben?«

Er zuckt mit den Schultern, aber ich sehe ihm an, dass er nicht alles sagt. »Ich hatte keinen Bock, den Sommer über allein zu sein«, meint er.

»Was ist mit deinen Freunden?«, frage ich vorsichtig.

Noahs Zögern ist kurz, doch ich bemerke es trotzdem. »Ich funkti-oniere besser allein«, murmelt er.

»Sagst du zumindest.«

Er hebt eine Braue, und ich muss schlucken.

»Mit Grey funktionierst du ziemlich gut zusammen«, erkläre ich. »Und … mit mir auch. Würde ich zumindest behaupten.«

»Ja«, gesteht er leise. Doch auf einmal wirkt Noah bedrückt. Das Thema ist sein wunder Punkt, das ist mir mittlerweile bewusst. So ganz durchschaut habe ich es allerdings noch nicht.

»So hast du dir den Abend ohne Greysen wohl nicht vorgestellt«, wechsle ich das Thema und nicke in Richtung Laptop, der halb von meinem Schoß gerutscht ist.

Sofort ist da wieder ein verschmitztes Grinsen auf Noahs Lippen. »Sagt die Richtige. Ich wette, du hast dir schon in aller Ausführlichkeit ausgemalt, wie wir es auf dem Küchentisch treiben.«

»Kannst du mich dafür verurteilen?«, frage ich und schiebe schmollend die Unterlippe vor.

Noah schnaubt leise und küsst mich sanft. »Nein«, raunt er an meinem Mund. »Aber das hier ist auch mehr als in Ordnung.« Er streicht meine Haare zurück, küsst mich erneut, und ich schmelze förmlich unter seinen Lippen. Er ist so zärtlich. So fucking liebevoll.

Als Noah sich wieder von mir löst und sich zurück in die Kissen lehnt, muss ich ein enttäuschtes Aufseufzen unterdrücken. Dabei bin ich doch diejenige, die gerade nicht in der Stimmung für Sex ist.

»Also«, fordert er, nimmt sich seinen Löffel und bedient sich an meiner Eispackung. »Startest du?«

Ich rücke den Laptop zurecht und drücke auf Play. Noah zieht mich noch ein bisschen fester an seine Seite und lehnt seinen Kopf gegen meinen.

Merkt er eigentlich, was hier gerade passiert?

Nicht erst seit eben, sondern seit Wochen. Vielleicht sogar von Anfang an.

Scheiße, das zwischen uns ist nicht mehr nur körperlich. Das war nie nur Sex. Wir liegen hier wie … wie ein Pärchen. Und … ich mag das. Auch wenn es mir eine Scheißangst macht.

Wer weiß – vielleicht ist Noah ja genau der Richtige, um sie endlich zu überwinden. Immerhin versteht er mich besser als irgendwer sonst.

Aber …

Er will das gar nicht. Und ich kann das noch nicht.

Nicht nach damals.

Nicht nach Talon.

Nur warum denke ich dann immer wieder darüber nach?

noah

Ich werde von einem Winseln geweckt. Eine feuchte Schnauze stupst gegen meinen Unterarm, ein ungeduldiges Schnauben ertönt an meinem Ohr.

Widerwillig blinzle ich gegen das Morgenlicht an und richte mich halb im Bett auf. Brooke liegt neben mir und rührt sich nicht. Ihre roten Locken verdecken den Großteil ihres Gesichts, ihr Arm ist um meinen Oberkörper geschlungen, ihr Atem geht ruhig und gleichmäßig.

Wenigstens sie kann noch schlafen. Und einen Moment lang bin ich völlig fixiert auf ihren Anblick und das warme Gefühl, das er in meiner Brust auslöst. Wie jedes Mal. Diese Frau macht mich fertig. Auf die bestmögliche Weise.

Wieder ein Winseln. Missmutig drehe ich den Kopf.

Columbo sitzt neben dem Bett. Seine dunklen Knopfaugen blitzen unter seinem zottigen Fell hervor und beobachten mich erwartungsvoll.

»Hunger?«, flüstere ich und ernte dafür ein Schwanzwedeln. Er springt auf und huscht aus dem Zimmer.

Also gut …

So vorsichtig wie möglich befreie ich mich aus Brookes Umarmung, stehe aus dem Bett auf und schleiche durch den Flur. Die Uhr in der Küche sagt mir, dass es schon neun ist. Oder erst … wie man es nimmt. Wobei Brooke und ich gestern wirklich nicht lange wach waren. Irgendwann gegen elf ist sie in meinem Arm eingeschlafen, und ich habe den Laptop ausgemacht. Das heißt, sie schläft jetzt seit zehn Stunden wie ein Stein, während ich noch die halbe Nacht wach lag.

Meine Gedanken haben mich nicht in Ruhe gelassen. Diese ewige nagende Angst, Brooke zu verletzen oder zu enttäuschen, macht mich zunehmend fertig. Ich hätte das mit uns niemals so weit kommen lassen dürfen. Jetzt schlafen wir schon kuschelnd in einem Bett, ohne auch nur an Sex zu denken. Das kann nur schlimm enden. Früher oder später fliegt mir meine Inkonsequenz um die Ohren, und Brooke wird diejenige sein, die darunter leidet.

Columbo streicht ungeduldig um meine Beine wie eine überdimensionale Katze, und ich beeile mich damit, ihm sein Futter hinzustellen. Während er frisst, schmiere ich ein paar Scheiben Toast für Brooke und mich und schneide Obst auf. Heute keine Blaubeerpancakes. Ich will einfach nur zurück zu ihr unter die Decke und die Tatsache genießen, dass wir den ganzen Tag ungestört miteinander verbringen können.

Mir ist längst bewusst, dass meine Gefühle für sie außer Kontrolle geraten sind. Das ist okay. Es ändert nichts. Die Grenzen unserer Beziehung sind klar definiert. Das Ende ist es ebenso. Jetzt mache ich das Beste daraus und kümmere mich später um die Konsequenzen.

Das wird dann wohl mein erster richtiger Liebeskummer.

Oder ist es vielleicht längst, denn zu wissen, dass ich Brooke nicht an meiner Seite behalten kann, zerstört mich. Darauf hätte ich wirklich verzichten können.

Als Columbo satt ist, lasse ich ihn nach draußen und kümmere mich noch schnell um die Hühner. Er macht es sich sofort auf seinem Lieblingsplatz unter dem Baum neben dem Misthaufen bequem. Von dort aus hat er einen guten Überblick über den Hof. Meistens verschläft er aber den halben Tag und blinzelt höchstens mal müde, wenn die Gäste aus den Ferienwohnungen zu einem Ausflug aufbrechen oder der Zeitungsbote vorbeikommt. In dieser Hinsicht ist er wirklich low maintenance. Und das gewährt Brooke und mir noch ein paar Stunden Ruhe.

Zurück im Haus schnappe ich mir das Frühstückstablett und kuschle mich wieder zu Brooke ins Bett. Sie hat sich nicht gerührt, also lasse ich sie schlafen und esse in Ruhe eine Scheibe Honigtoast. Es dauert ein paar Minuten, bis neben mir ein verschlafenes Brummen ertönt.

Ich lache leise. »Du lebst ja doch noch.«

Brooke robbt näher an mich heran und vergräbt das Gesicht an meiner Seite.

»Wie spät ist es?«, murmelt sie.

»Halb zehn.« Ich streiche ihr mit der freien Hand über den Rücken.

Sie atmet tief ein. »Warst du vorhin weg?«

»Ich hab die Tiere versorgt und Frühstück gemacht.«

»Frühstück?«, fragt sie hoffnungsvoll und hebt blinzelnd den Kopf. Ihr verschlafener Gesichtsausdruck bringt mich zum Schmunzeln, und ich halte ihr das letzte Stück des Honigtoasts hin.

»Keine Pancakes, sorry.«

Brooke macht sich nicht mal die Mühe, mir den Toast aus der Hand zu nehmen. Sie reckt den Hals, um sich von mir füttern zu lassen, und kuschelt sich dann genüsslich kauend wieder in die Kissen. Ich beobachte sie dabei und muss mir verkneifen, sie zu fragen, wie es ihr heute geht. So früh am Morgen weiß sie das vermutlich ohnehin noch nicht, und ich will sie nicht unnötig an Talon erinnern.

Sicherheitshalber habe ich die Haustür heute Nacht allerdings doppelt abgesperrt und im ganzen Haus geschaut, ob die Fenster zu sind. Der Typ macht ja sogar mir Angst. Wie muss es Brooke erst gehen?

»Ich hab noch mehr«, lasse ich sie wissen, doch Brooke vergräbt eine Hand in meinem Shirt, die andere in meinen Haaren und zieht meinen Kopf zu sich herunter. Sie küsst mich sanft, und erneut breitet sich der Geschmack von Honig auf meiner Zunge aus. Brookes vertrauter Kokosduft umspielt meine Nase. Ihr Körper schmiegt sich an meinen, und ihr heißer Atem auf meinen Lippen verursacht mir Gänsehaut.

Scheiße, ich wünschte wirklich, ich wäre ein Mann für mehr als eine Nacht. Denn Brooke ist eine Frau für alle Nächte, und ich wäre nur zu gern der Typ, der das verdient hat. Der jeden Morgen so mit ihr aufwachen darf. Der jeden Tag in den Genuss ihres scharfen Verstands kommt und sich guten Gewissens von ihrer sanften Seite einwickeln lassen kann, ohne das Gefühl zu haben, sie dabei kaputtzumachen.

Brooke klettert auf meinen Schoß und schiebt mein T-Shirt hoch. Ihre kühlen Finger gleiten über meine nackte Brust, und ich lasse zu, dass sie es mir auszieht. »Ich hoffe, du kommst damit klar, wenn das restliche Frühstück noch ein bisschen wartet«, flüstert sie und beugt sich vor, um mich wieder zu küssen.

Selbst wenn ich gerade vor Hunger gestorben wäre, hätte ich ihr das in dieser Situation sicher nicht gesagt. Stattdessen erwidere ich Brookes Kuss und ziehe ihr dabei das Schlafshirt aus. Ihre roten Locken fallen ihr über die nackten Brüste, und ich streiche sie sanft beiseite. Langsam lasse ich meine Lippen über ihren Kiefer und ihren Hals hinabwandern und umschließe einen ihrer Nippel.

Brooke stöhnt leise auf und reibt ihr Becken an meinem. Ihre Finger graben sich in meine Haare, und ich knete sanft ihre andere Brust, genieße das Gefühl ihrer weichen Haut unter meiner Handfläche.

Je mehr Brooke sich auf mir bewegt, desto mehr geraten meine Ängste in den Hintergrund. Vielleicht ist das der einzige Grund, weshalb ich nicht längst einen Rückzieher gemacht habe. Nur sie schafft es so effektiv, mich vom Zweifeln abzuhalten. Wenn ich bei Brooke bin, vergesse ich, dass ich es nicht sein sollte, und nach all den Jahren des Sich-fehl-am-Platz-Fühlens ist das ein Zustand, der mich geradezu süchtig macht. Meine kaputte Seele ein kleines bisschen zusammensetzt.

Ich küsse mich Brookes Oberkörper hoch bis zu ihrem Hals. Ihr zufriedenes Seufzen jagt Gänsehaut über meine Arme, doch als ich dabei über ihre Schulter sehe, erschrecke ich mich fast zu Tode. Jemand steht im Türrahmen und beobachtet uns. Ein Blick aus blaugrauen Augen bohrt sich in meinen, und mein gesamter Körper gefriert zu Eis.

Halluziniere ich gerade, oder …?

Mir wird schlecht. Nein, es ist keine Scheißeinbildung. Greysen steht im verdammten Türrahmen und starrt mich an.

»Noah?«, fragt Brooke leise und legt ihre Hände an meine Wangen. Sie versucht, mich dazu zu bewegen, sie anzusehen, doch ich kann mich nicht rühren.

Was mache ich jetzt? Etwas sagen? Ihr die Decke über die Schultern ziehen? Sie von meinem Schoß heben, damit ihr Bruder sich das nicht weiter anschauen muss?

Wenigstens sitzt sie mit dem Rücken zu ihm, aber das ist nur ein kleiner Trost. Er hat mehr als genug gesehen.

Fuck.

Fuck, fuck, *fuck*.

»Was zur Hölle?«, stößt Grey aus, und Brooke zuckt zusammen. Sie wirbelt zu ihm herum, und ich bin gerade noch geistesgegenwärtig genug, um sie an den Armen festzuhalten, damit sie sich nicht ganz umdreht. Greys Gesicht verzieht sich immer weiter. Abscheu steht darin geschrieben, so klar und deutlich, dass ich seinen Blick kaum ertrage.

Was habe ich getan? Verdammt, was habe ich mir in den letzten Wochen gedacht?

»Ich kann das erklären«, behaupte ich, doch mein bester Freund dreht sich wortlos um und rauscht davon. Seine wütenden Schritte hallen durch das Haus, und ich hasse ihn dafür, dass er eben nicht genauso laut war. Hätten wir ihn gehört, hätten wir vielleicht das Schlimmste verhindern können. Aber ich fürchte, ich war zu fokussiert auf die Geräusche, die Brooke von sich gegeben hat, um irgendetwas anderes zu bemerken.

»Sorry«, murmle ich ihr zu, schiebe sie vorsichtig von meinem Schoß und stolpere Greysen hinterher. Er hat bereits das halbe Wohnzimmer durchquert und steuert auf die noch offene Haustür zu. Mein Brustkorb fühlt sich an, als wäre darin nicht mehr genug Platz für meine Lunge. »Grey.«

»Ihr wollt mich doch komplett verarschen!«, donnert er und wirbelt zu mir herum. Sein Gesichtsausdruck ist rasend. »Das ist ein Scheißwitz, oder?!«

Ich schlucke schwer, unfähig, etwas zu erwidern. Plötzlich fehlen mir die Worte. So oft habe ich überlegt, wie ich es ihm erklären soll. Ich hatte hundert gute Versionen, aber für keine genug Mut. Und jetzt ist von ihnen nicht mal ein einziger Fetzen in meinem Gedächtnis zu finden.

»Ich glaub das nicht, Noah!«, fährt er donnernd fort. »Weißt du, wann ich heute aufgestanden bin? Um sechs! Nur um, kurz bevor ich zum Probearbeiten loswollte, einen Anruf zu kriegen, dass es ausfällt, weil die Stelle anderweitig besetzt wurde. Ich bin den ganzen verdammten Weg nach Wellington gefahren – für nichts. Und dann komme ich zurück, in dem Glauben, mich gleich bei dir auskotzen zu können, und stelle fest, dass du Wichser hinter meinem Rücken meine Schwester vögelst?! Seit wann? Wie lang verarschst du mich schon so?«

Meine Kehle wird eng. »Es ist nicht …«

»*Seit. Wann?*«, wiederholt Grey scharf und macht einen energischen Schritt auf mich zu.

»Keine Ahnung«, bringe ich hervor, weil ich viel zu überfordert bin, um die Wochen zu zählen. Oder eher die Monate, wenn man ab unserem ersten Mal zählt …

»*Keine Ahnung?*«, poltert er.

»Es tut mir leid, ich wollte es dir sagen, aber …«

»Aber was? Wäre nicht halb so spaßig gewesen, hm?«

»Grey, es …«

»Spar's dir«, fällt er mir scharf ins Wort. »Weißt du was, ich will deinen Bullshit gar nicht hören! Am besten, du verpisst dich einfach, bevor ich mich vergesse.«

Ich stocke. »Was?«

»Du hast mich gehört! Verschwinde aus meinem Haus!«

»Beruhig dich erst mal«, erklingt Brookes Stimme hinter mir. Sie tritt neben mich. Mittlerweile hat sie sich ein Shirt angezogen, aber obwohl ihre Worte sicher klingen, verrät mir ein kurzer Blick auf sie, dass sie ebenso hadert wie ich.

»Du kannst gleich mit!«, fährt Greysen nun sie an. »Ich hab deine ewigen Lügen satt, Brooke! Mein bester Freund – was anderes ist dir nicht eingefallen, um mir eins auszuwischen? Und du.« Er kommt noch zwei Schritte näher, bis er direkt vor mir steht, und stößt mir vor die Brust. »Ich hab zwei Jahre lang *alles* für dich getan, und das ist mein Dank? Das kriege ich dafür, dir vertraut zu haben? Bester Freund – am Arsch. Ich geb dir eine halbe Stunde, um deine Sachen zu packen und zu verschwinden.« Er wirbelt herum, stürmt nach draußen auf die Veranda und knallt die Haustür so fest hinter sich zu, dass ich es in meinen Knochen vibrieren spüre.

Einen Moment lang tritt Stille ein. Brooke und ich stehen beide wie versteinert da und starren Greysen nach.

»Fuck«, murmelt sie schließlich und schlingt die Arme um ihren Körper. »War ja klar, dass er überreagiert. Er kann so ein Arsch sein ...«

Ich fixiere weiterhin die Tür, und mein Magen verknotet sich immer mehr.

»Grey hat recht«, bringe ich erstickt hervor. Und wie er das hat. Mir war doch klar, was ich tue. Ich wusste genau, was er davon halten würde. Dass ich ihn damit verletze. Sein Vertrauen breche. Und hat es mich gejuckt? Nein.

Unterschwellig vielleicht, aber nicht genug, um etwas zu ändern. Ich habe es bereitwillig in Kauf genommen, in dem Wissen, dass ich es früher oder später bereuen werde. Und dass Grey mich jetzt dafür hasst, ist allein meine Schuld.

Ich habe mal wieder getan, worin ich schon mein ganzes Leben am besten bin – ich habe die Person, auf die es am meisten ankommt, bitter enttäuscht.

Vielleicht könnte ich versuchen, es ihm zu erklären. Aber was überhaupt? Meinen zum Himmel stinkenden Egoismus? Das hilft mir auch nicht weiter. Ich habe seinen Hass doch verdient. Mir war schon immer schmerzlich bewusst, dass seine Freundschaft irgendwie zu gut für mich ist.

Brooke legt mir ihre Hand auf den Arm, doch ich schüttle sie ab. Meine Brust ist so eng geworden, dass ich das Gefühl habe, jede falsche Bewegung könnte mein Herz aufreißen.

320

Fuck, eben war noch alles gut.

Mehr als das. Eben war ich *glücklich*. Weil ich für einen kleinen Moment so getan habe, als wäre ich jemand anders. Als hätte ich das verdient. Und genau das hat mich jetzt alles gekostet, was ich hatte. Denn nun lasse ich mit Hāwera nicht nur Brooke hinter mir, sondern so viel mehr.

Es war von Anfang an klar, dass die Sache zwischen uns endet, sobald ich zurück nach Wellington fahre. Aber dass ich dabei auch meinen besten Freund zurücklassen würde, habe ich nicht erwartet. Und plötzlich erscheint mir der Preis für diesen Verlust lächerlich hoch. Ein paar Wochen Sex für ein Leben in Einsamkeit. Fünf Minuten, um aus mir wieder denselben Versager wie früher zu machen.

Großartig, Noah.

Jetzt hast du endgültig allen bewiesen, wie wenig man dir vertrauen kann.

Und du fragst dich ernsthaft, warum dich nie eine Familie wollte.

brooke

Der Schock von eben sitzt mir noch in den Knochen, doch meine Kehle ist aus einem anderen Grund wie zugeschnürt.

Noah schaut mich nicht mehr an, entzieht sich meiner Berührung.

Er sieht aus, als würde er alles bereuen.

Als hätte er endlich realisiert, dass ich ein Fehler war.

Als wäre ich diesen Preis nicht wert gewesen und als würde er am liebsten alles rückgängig machen.

Ich weiß wieder, warum ich normalerweise niemanden so nah an mein Herz heranlasse wie ihn. Ein falscher Blick, und er schafft es, mich zu zerreißen. Ich kann kaum atmen, so sehr macht seine Reaktion mir Angst.

Mit steifen Schritten folge ich Noah zurück in sein Zimmer. Er wirkt wie in Trance, offenbar tief verletzt von Greys Worten eben. Ich kann selbst noch nicht glauben, dass mein Bruder all das wirklich gesagt hat.

Klar, er ist überrascht und sicher auch wütend. Aber das ging zu weit. Es hat den Rahmen dessen, was nachvollziehbar gewesen wäre, ganz klar gesprengt.

»Noah«, fordere ich hilflos und bleibe im Türrahmen stehen. Er starrt wie versteinert sein Bett an, als würde er versuchen, die Erinnerung an uns vorhin und Grey eben miteinander zu verknüpfen.

»Ich muss packen«, meint er. Seine Stimme klingt hohl, und in mir tut sich ein Loch auf, das alles zu verschlingen droht. All die schönen

Dinge, die Noah mich diesen Sommer hat fühlen lassen, rutschen urplötzlich in endlose Schwärze.

»Packen«, wiederhole ich tonlos. Keine Frage. Keine Feststellung. Nur hilflose Verwirrung.

»Du hast Grey doch gehört.«

»Er kann dich nicht rauswerfen«, bringe ich hervor. »Das ist nicht sein Haus, sondern Dads. Ich habe hier genauso viel Mitbestimmungsrecht wie er, und ich …«

»Hör auf«, unterbricht er mich schwach und lässt die Schultern sinken. Seine Stimme ist kratzig, irgendwie leblos, und schickt einen Schauder durch meinen Körper. »Wir haben es verkackt, Brooke.«

»Nein«, widerspreche ich stur und balle die Hände zu Fäusten. »Wir haben gar nichts verkackt! Wir haben nichts Verbotenes getan!«

»Das macht es nicht okay.«

Hilflos schüttle ich den Kopf. »Er beruhigt sich schon wieder. Gib ihm ein paar Stunden, und dann …«

»Und dann was?«, entfährt es ihm, und er dreht sich zu mir um. Seine grünen Augen wirken gequält. Noahs ganzes Gesicht ist so schmerzverzerrt, wie ich es noch nie gesehen habe. »Scheiße, es wird nicht besser, wenn wir warten, wann verstehst du das endlich? Das haben wir die letzten drei Wochen versucht, und es hat alles nur noch schlimmer gemacht! Hör doch auf, es zu verteidigen! Es ist egal, ob er mich rausschmeißen *kann* oder nicht. Oder ob er sich beruhigt oder nicht. Ich habe Mist gebaut. Punkt. Und wenn er mich jetzt nicht mehr sehen will, dann gehe ich, weil alles andere noch beschissener wäre und ich mich gerade schon genug selbst hasse, okay?!«

Ich blinzle überfordert und ringe um Worte. »Du musst dich nicht selbst hassen, Noah! Du hast doch nur …«

»Brooke.« Seine Augen werden feucht, doch er hält meinem Blick stand und schüttelt den Kopf. »Tu mir einen Gefallen und lass mich allein, ja?«

Noch ein Stich. Meine Kehle wird eng. »Dann reden wir später«, beschließe ich und balle die Hände zu Fäusten. Meine Finger zittern. Mein Herz schmerzt.

»Ich wüsste nicht, worüber«, erwidert Noah leise und wendet sich seinem Schrank zu. Vor meinen Augen fängt er an, seine Klamotten auszuräumen und in eine große Reisetasche zu stopfen.

»Über uns?«, entfährt es mir. »Über alles! Du kannst jetzt nicht einfach gehen! Die Semesterferien dauern noch einen ganzen Monat.«

»Die Semesterferien sind mir egal.«

Mir aber nicht, sage ich fast.

Mir sind sie wichtig.

Mir ist *Noah* wichtig.

Aber alles, was ich aus seinen Worten heraushöre, ist: Du *bist mir egal.*

Tränen steigen mir in die Augen.

»Wir wollten den ganzen Sommer zusammen haben, schon vergessen?« Ich überdecke die Verzweiflung in meiner Stimme mit Wut, doch sie brennt sich mir dennoch ein. Das ist alles, was es braucht, um Noah von mir loszumachen? Ein paar impulsive Worte von meinem aufgebrachten Bruder?

Noah hält inne, schaut mich jedoch nicht an. »Ich hab dir nichts versprochen«, erwidert er leise. »Und du hast mir gesagt, dass du nichts erwartest, also …«

Er lässt den Satz ausklingen, als wüsste ich selbst, was danach kommt.

Also was?

Also mach mir keinen Vorwurf?

Also hör auf, mich zu nerven?

Also wunder dich nicht, wenn ich dich beim Wort genommen habe, während du doch die ganze Zeit über wusstest, dass du dich nur selbst belügst …

»Ja«, bringe ich hervor. Ich *wollte* auch nichts erwarten. Weil ich genau wusste, wie gefährlich es ist, mein Herz zu verschenken. Weil mir klar war, dass es wieder gebrochen wird – vielleicht nicht auf dieselbe Weise wie damals, aber doch ebenso schmerzhaft. Etwas, das schon mal in Trümmern lag, geht nur umso leichter erneut kaputt.

Trotzdem habe ich den Fehler gemacht, mit Noah auf mehr zu hoffen. Denn sonst würde es jetzt nicht so scheiße wehtun. Dann würde es sich jetzt nicht anfühlen, als würden sich die Splitter dessen, was zwischen uns gerade gebrochen ist, metertief in meine Seele bohren.

Tränen brennen mir in den Augen, doch ich blinzle sie weg und stürme ohne ein weiteres Wort aus dem Zimmer. Ich habe es so satt, zu weinen. Ich habe alles hier satt. Diese Stadt, die Erinnerungen, Talons Nähe und allem voran Grey, der niemals verstehen wird, dass ich anders bin, als er mich haben will. Der es einfach nicht verstehen will und mit dem nie wieder alles so sein wird wie früher, egal, ob er mir verzeiht oder nicht. Weil ich ihm nicht verzeihe.

Ohne es wirklich zu realisieren, suche ich Grey auf dem Hof. Der Jeep steht noch vor der Veranda, er kann also nicht weit sein. Und tatsächlich finde ich ihn wenig später im Café vor einem der Werkzeugschränke.

Er dreht nur flüchtig den Kopf, als ich zur Tür reinkomme, und wendet sich dann mit finsterem Gesicht wieder einem Akkuschrauber zu.

»Noah packt«, spucke ich ihm entgegen und bleibe ein paar Schritte von ihm entfernt zwischen zwei Werkbänken stehen. »Bist du jetzt zufrieden?« Meine Stimme zittert.

»Gut«, erwidert er lediglich.

»Gut?«, wiederhole ich aufgebracht und lege meine Hände auf das raue Holz der Werkbank, als würde es mir Halt geben. »Gut, dass dein bester Freund jetzt denkt, du hasst ihn! Gut, dass er sich wertlos fühlt – deinetwegen!«

»Ist das jetzt meine Schuld?«, fährt er mich an und wirbelt zu mir herum. »Bin ich plötzlich dafür verantwortlich, wenn ihr es hinter meinem Rücken treibt, damit du mir eins auswischen kannst? Was hast du von mir erwartet? Freudensprünge?«

»Ich wollte dir keins auswischen, du Arsch!«, schreie ich. Dass er mich schon wieder auf diese Unterstellungen reduziert, macht mich so wütend. Besonders, weil es auch um Noah geht. Noah, der so viel mehr ist als ein verdammter Streich unter Geschwistern.

Grey knallt den Akkuschrauber vor sich auf den hüfthohen Schrank. »Es ist mir scheißegal, ob du mir eins auswischen wolltest oder nicht!«, donnert er zurück. »Wenn du jemanden zum Ficken brauchst, dann such dir gefälligst nicht meinen besten Freund dafür aus!«

Mir entweicht ein hilfloses Schnauben. »Oh, Verzeihung, dass ich meine Sexualpartner nicht nach deinen Vorgaben aussuche! Möchtest du mir vielleicht eine Liste zusammenstellen, wer *dich* zufriedenstellen würde? Weil offensichtlich geht es ja nicht darum, ob *ich* mit der Person glücklich bin, sondern lediglich darum, ob *du* dich mit dem Gedanken anfreunden kannst, dass mich ein Mann anfasst!«

Er schnaubt. »Ach komm, Brooke. Spar dir die Scheiße einfach.«

Seine Worte lassen nur noch mehr heiße Wut meine Kehle hochkochen. »Weißt du, was ich mir spare?«, fahre ich ihn an. »Dich, Greysen. Dich und dein beschissenes Arschlochverhalten! Dich und deine ewige Verurteilung! Ich kann das nicht mehr! Du machst mich kaputt, raffst du das eigentlich?«

»*Ich* mache *dich* kaputt?«, sein ungläubiger Blick ist fast schon herablassend. »Sagt die Meisterin der Zerstörung. Die, die gerade meine Freundschaft gesprengt hat. Die den Rest unserer verdammten Familie in Fetzen gerissen und meine Zukunft ruiniert hat, weil ihr mal eben danach war, mich durch den Dreck zu ziehen!«

Seine Worte stechen so sehr, dass mir für einen Moment die Luft wegbleibt. Dabei weiß ich gar nicht, wieso ich jedes Mal so überrascht von ihnen bin. Es ist doch immer noch dieselbe Meinung über mich, die Grey seit Jahren nicht geändert hat.

»Welche Familie denn?«, schreie ich. »Wir waren schon lange keine Familie mehr, Grey!«

»Weil du uns keine sein ließt!« Er wendet sich mir ganz zu und tritt einen Schritt näher. »Weil du nie wolltest, dass ich für dich da bin, verdammte Scheiße!«

»Weil du es falsch gemacht hast!« Ich brülle so laut, dass meine Kehle schmerzt. Und auf Greys Gesicht zeichnet sich mit jedem Satz deutlicher der Schmerz ab.

»Wie hätte ich es denn richtig machen sollen? Ohne Dads Hilfe.

Ohne zu wissen, was eigentlich mit dir los ist! Du hast mir ja nicht mal eine Chance gegeben! Ich hab meine verschissene Jugend geopfert, um dich zu beschützen!«

»Und trotzdem hast du es nicht geschafft.« Die Tränen kommen unvermittelt. Mein Hals ist so eng, dass jedes meiner Worte erstickt klingt, aber sie sprudeln trotzdem aus mir heraus. »Trotzdem hast du mich im Stich gelassen.«

Grey starrt mich an. »Nachdem du mich *verraten* hast. Nachdem du dabei zugeschaut hast, wie dein Wichser von einem Ex mir eine reinhaut, nur weil ich versucht habe, dir zu helfen, und dann zugelassen hast, dass seine Freunde *mir* eine Anzeige wegen Körperverletzung reindrücken! Du wusstest, wie sehr ich diese Ausbildung bei der Polizei machen wollte! Du hättest aussagen können, verdammte Scheiße, aber du hast lieber deinen Lover in Schutz genommen! *Du* wolltest ausziehen! *Du* hast *uns* hinter dir gelassen, nicht andersrum. Und ich soll dich im Stich gelassen haben?«

Durch den Tränenschleier kann ich kaum noch etwas sehen. Ich kriege keine Luft mehr, weil die Erinnerung an damals mich zu erdrücken droht.

»Das meinte ich nicht«, würge ich hervor.

»Was denn dann?«, donnert Grey weiter. »Wie wär's, wenn du endlich aufhörst, die Schuld von dir zu schieben, und erwachsen wirst?«

»Du hast mich nicht vor *ihm* beschützt!«, schreie ich mit einem Mal und stoße Grey vor die Brust. Er stolpert einen Schritt rückwärts und blinzelt mich verdattert an.

In mir lodert es. Wut und Enttäuschung mischen sich miteinander und wollen mich dazu bringen, noch mal auf ihn loszugehen. Gegen seine Brust zu trommeln. Zu schreien, bis meine Kehle so rau ist, dass ich keinen Ton mehr herausbekomme. Ich weiß, wie irrational es ist. Dass er nichts dafürkann. Dass es meine Schuld war, dass er nicht wusste, wie Talon wirklich war.

Und trotzdem.

Es wäre seine Aufgabe gewesen. Seine und die von Dad. Sie hätten es merken müssen. Sie hätten es *sehen* müssen.

»Dich vor wem beschützt?«, fragt Grey irritiert.

Er starrt mich an, wie ich schwer atmend und heulend vor ihm stehe, endlich auch äußerlich das Häufchen Elend, das ich innerlich schon so viele Jahre war.

Nie hat er meine Fassade durchschaut.

Nie hat er *mich* gesehen.

Ich schlucke schwer. Noch immer bringe ich die Wahrheit nicht über die Lippen. Greys Bild von mir ist einfach zu verzerrt, als dass ich sie ihm je gestehen könnte. Ich kann mir diese Blöße nicht geben. Ich kann ihm nicht mehr zeigen, wer ich wirklich bin, weil er diese Person nicht wiedererkennen würde.

Wieder schlucke ich gegen den Kloß in meiner Kehle an. Doch er verschwindet nicht. Im Gegenteil. Er wird immer größer, weil da zu viele unausgesprochene Worte sind, die ich eigentlich loswerden müsste. Ich habe mich viel zu lange von ihnen ersticken lassen, und doch lasse ich nur einen Bruchteil von ihnen an die Oberfläche.

»Weißt du, was das Schlimmste ist?«, frage ich ihn mit zitternder Stimme und ignoriere den irritierten Blick, den er mir zuwirft. Stattdessen umklammere ich die Tischplatte der Werkbank und recke das Kinn. »Das Schlimmste ist, dass mein eigener Bruder nicht mal wirklich versucht, mich zu verstehen. Das hast du noch nie, egal, wie sehr du es behauptest. Du siehst einen meiner Fehler und denkst, ich hätte ihn mit Absicht begangen. Du siehst meine Schwächen und denkst, ich hätte sie mir ausgedacht, um dir wehzutun. Du gehst immer von *meinem* Schlimmsten aus, und dann wunderst du dich, wenn du es damit wirklich in mir hervorbringst. Du wunderst dich, wenn ich dir deswegen nichts erzähle, und obwohl ich das *für mich* tue, um *mich* vor deiner Verurteilung zu schützen, ist es in deinen Augen sofort wieder ein Angriff gegen dich. Du hast keine Ahnung von mir, Grey. Du weißt nicht, was damals war oder was heute ist. Du weißt nicht, wie ich mich gefühlt habe oder wie es mir ging. Du hast keine Scheißahnung, wie sehr ich gelitten habe und es immer noch tue! Du spielst dich immer als Beschützer auf, aber eigentlich beschützt du nur noch dich selbst. Und ich hab dir nichts von Noah und mir erzählt, weil ich wusste, dass du es genauso kaputtmachst wie alles andere auch. Dass du wieder nicht in der Lage sein wirst, zu sehen, dass ich das *für mich* tue. Weil es mich glücklich macht. Weil es mir *hilft*.«

Ich atme tief durch. Blinzle Tränen weg. Wappne mich für den Rest meiner eigenen Worte.

»Es tut mir leid. Alles. Dass ich dir damals Sorgen gemacht habe, dich verletzt habe und dass ich dein Leben so ruiniert habe. Aber ich kann es dir niemals erklären, weil ich dir nicht vertraue. Weil ich Angst davor habe, wie du reagierst.«

Ich schnappe nach Luft. Meine Kehle ist eng, mein Herz brennt, Tränen laufen mir über die Wangen.

»Ich dachte, ich könnte das zwischen uns reparieren. Ich dachte, ich könnte dich dazu bringen, mich anders zu sehen, aber ich schaffe das nicht. Das hier macht mich kaputt. Und dich auch. Ich glaube, ich habe genug ruiniert, also höre ich ausnahmsweise auf das, was du mir sagst. Ich gehe.«

Greysens Gesichtsausdruck hat sich gewandelt. Von Wut zu Verwirrung zu Unglauben. Doch ich bringe es nicht über mich, ihn weiter anzusehen. Stattdessen wende ich mich ab und gehe zur Tür.

Ich fühle mich schlecht. Aber gleichzeitig wird mir jetzt, wo all diese Worte endlich gesagt sind, klar, wie nötig sie waren. Wie sehr ich sie aussprechen musste. Wie dringend ich das hier hinter mir lassen muss, wenn ich daran nicht ebenso zerbrechen will wie an Talon.

Ich kann meinen Verrat von damals nicht wiedergutmachen. Und ich kann selbst nicht vergessen, was passiert ist.

»Und wo willst du hin?«, fragt Grey gereizt. Noch immer ist da so viel Wut. Weil er immer noch nichts verstanden hat. »Schläfst du in Auckland unter einer Brücke, oder was? Hey! Was sollte das überhaupt alles bedeuten?«

Ich ziehe die Tür auf und werfe ihm über meine Schulter hinweg einen Blick zu. »Ich weiß, was für eine Last ich für dich bin. Oder wohl eher *war*. Ich glaube, es ist besser, wenn ich ab jetzt auf mich selbst aufpasse.«

»Warum bist du auf einmal das Opfer?«, beschwert er sich. »Was hab ich dir jetzt getan?«

Ich atme tief und zitternd durch. »Du hast mir Noah kaputtgemacht«, antworte ich leise.

Er starrt mich nur mit vor Irritation zusammengezogenen Brauen an, und ich warte nicht mehr darauf, dass ihm eine Erwiderung einfällt.

»Mach's gut, Greysen«, flüstere ich und trete nach draußen. Die Cafétür fällt hinter mir ins Schloss, und es fühlt sich ein bisschen so an, als würde ich innerlich zerreißen.

Fuck.

Warum tut das so weh? Grey hat mir in den letzten Jahren nicht wirklich Gründe gegeben, ihn zu mögen. Aber es ändert eben nichts daran, dass ich ihn mögen will. Er ist mein Bruder. Ein Teil der Familie, die ich so dringend wiederhaben wollte. Der, der immer am stärksten versucht hat, mich zu beschützen – und bei dem es deshalb am meisten wehtut, dass er versagt hat.

Dazu kommt die Schuld, die jetzt noch schwerer auf mir lastet als sonst. Ich wusste, dass er mir die Geschehnisse von damals nachträgt. Aber es noch einmal so deutlich aus seinem Mund zu hören – zu wissen, dass die Zeit diese Tatsache kein bisschen geändert hat –, tut dennoch weh.

Außerdem ist Greysens Frage leider berechtigt. Wo soll ich jetzt hin? Erst mal zu Kaia, schätze ich, bis ich einen Flug oder Bus nach Auckland gebucht habe. Und dann muss ich mich wohl oder übel doch bei einer Kommilitonin einquartieren, während ich auf eine Rückmeldung vom Wohnheim hoffe.

Ich schiebe die Gedanken an Grey und meine Wohnsituation beiseite und versuche, mich stattdessen auf Noah zu konzentrieren.

Sein Verhalten vorhin hat mich verletzt, aber ich schiebe es auf den Schock. Er wusste in diesem Moment ebenso wenig wie ich, was er machen soll. Und manchmal sagen Menschen dann Sachen, die sie später bereuen – ich selbst bin dafür Paradebeispiel Nummer eins. Fakt ist, ich will nicht, dass das zwischen uns so endet. Scheiße, ich will nicht, dass es das überhaupt tut. Und vielleicht wird es Zeit, ihm das zu sagen, auch wenn es entgegen allen Abmachungen geht, die wir in den letzten Wochen getroffen haben. Und auch wenn ich selbst nicht weiß, was ich mir von dieser Wahrheit erhoffe. Alles, bloß keinen Abschied, denn er allein hält mich momentan zusammen. Er allein schafft es, mich ein bisschen zu heilen.

Das ist mir egal.

Seine Worte von vorhin hallen noch in mir nach. Aber ich bin mir sicher, dass er sie nicht ernst gemeint hat.

Noah und ich – das war mehr als eine verdammte Affäre. Und obwohl mir meine wachsenden Gefühle für ihn eine Scheißangst machen, bin ich mir irgendwie sicher, dass er das Gleiche für mich empfindet. Dass ich nicht wieder sinnlos ins Leere liebe wie damals bei Talon, sondern bei Noah etwas zurückbekomme, das ich zuvor vergeblich gesucht habe.

Vertrauen. Halt. Einen *Partner.*

Doch als ich zurück ins Haus komme, ist es verdächtig still. Die Tür seines Zimmers steht offen. Sein Schreibtisch ist leer. All seine Sachen sind verschwunden.

Und Noah ist es ebenfalls.

CONTENT NOTE

Diese Reihe enthält potenziell triggernde Inhalte:

Toxische Beziehung
Emotionaler Missbrauch
Physische Übergriffigkeit in der Beziehung
Gaslighting
Stalking